國際

村上春樹研究

輯一

黎活仁——總編輯

林翠鳳
李光貞——主編

獻給恩師

興膳宏教授
京都大學文學部名譽教授
前國立京都博物館館長

同學少年
金文京教授
京都大學教授
前京都大學人文科學研究所所長

《國際村上春樹研究》

顧問委員／林金龍（國立台中科技大學）

　　　　　王晉江（華夏書院）

　　　　　李思齊（江蘇師範大學）

　　　　　伍懷璞（江蘇師範大學）

總 編 輯／黎活仁（香港大學、華夏書院）

主　　編／林翠鳳（國立台中科技大學）

　　　　　李光貞（山東師範大學）

聯絡地址／台中科技大學應用中文系

　　　　　（404 台灣台中市北區三民路三段 129 號）

　　　　　電話：(886-4)2219-6423

　　　　　傳真：(886-4)2219-6421

　　　　　網址：http://ac.nutc.edu.tw/bin/home.php

出版單位／秀威資訊科技股份有限公司

　　　　　（台北市內湖區瑞光路 76 巷 65 號 1 樓）

　　　　　電話：886-2-2796-3638

　　　　　傳真：886-2-2796-1377

　　　　　網址：http://www.showwe.com.tw/

International Journal for the Study of Murakami Haruki

Correspondence Address:
Department of Applied Chinese Language, National Taichung University of Science and Technology, No. 129 Sec. 3, Sanmin Rd. Taichung, Taiwan, 404.
TEL: (886-4)2219-6423
FAX:(886-4)2219-6421
HOMEPAGE: http://ac.nutc.edu.tw/bin/home.php

Publisher:
Showwe Information Co., Ltd.
1F, No.65, Lane 76, Ruiguang Rd., Taipei, Taiwan
TEL: 886-2-2796-3638
FAX: 886-2-2796-1377
Homepage: http://www.showwe.com.tw/

合作單位 Jointly launched by:

主辦　國立台中科技大學 Department of Applied Chinese Language, National Taichung University of Science and Technology

主辦　山東師範大學外語學院日語系 Japanese Division, Foreign Language College, Shandong Normal University

主辦　廈門大學海外教育學院 Overseas Education College, Xiamen University

　　〔美國〕哈佛大學 Department of East Asian Languages and Civilizations, Harvard University

　　〔美國〕聖地亞哥大學 Confucius Institute, University of California

　　〔美國〕特拉華大學 Confucius Institute, The University of Delaware

　　〔新西蘭〕惠靈頓維多利亞大學 Confucius Institute, Victoria University of Wellington

　　〔加拿大〕聖瑪麗大學 Saint Mary's University

　　〔英國〕卡迪夫大學 Confucius Institute, Cardiff University

　　〔英國〕南安普敦大學 Confucius Institute, The University of Southampton

　　〔英國〕紐卡斯爾大學 Confucius Institute, The University of Newcastle

　　〔法國〕西巴黎南戴爾拉德芳斯大學 Confucius Institute, West Paris - Nanterre- La Defense University

　　〔德國〕特里爾大學 Confucius Institute, University of Trier

　　〔日本〕大阪府立大學 Faculty of Language and Culture, Osaka Prefecture University

Dong　東北師範大學中文系 School of Literature, Northeast Normal University

Hua　華東師範大學日文系 Department of Japanese, Foreign Language College, Huangdong Normal University

　　華夏書院 Hua Xia College, Hong Kong

Ji　吉林大學外國語學院 Foreign Language College, Jilin University

Jiang　江蘇師範大學文學院 Faculty of Arts, Jiangsu Normal University

Shan　山東師範大學文學院 Faculty of Arts, Shandong Normal University

Shang　上海交通大學人文學院 School of Humanities, Shanghai Jiao Tong University

Shan　陝西師範大學文學院 Faculty of Arts, Shaanxi Normal University

Si　四川外國語學大學日本學研究所 Japanese Studies Research Institute, Sichuan International Studies University

Zhong　中國海洋大學外國語學院日語系 Japanese Department, Foreign Language College, Ocean University of China

Zhong　中山大學外國語學院日語系 Japanese Department, School of Foreign Languages, SUN YAT-SEN University

Yang 楊炳菁 Bingjing YANG（北京外國語大學日文系 Japanese Department, Beijing Foreign Studies University）

楊　偉 Wei YANG（四川外國語大學日本學研究所 Japanese Studies Research Institute, Sichuan International Studies University）

Ye 葉　蕙 Hui YE（馬來西亞、拉曼大學中華研究院 Institute of Chinese Studies, Universiti Tunku Abdul Rahman）

葉瑞蓮 Sui-lin IP（香港教育學院中文系 Department of Chinese, Hong Kong Institute of Education）

Yu 于桂玲 Guilin YU（黑龍江大學東語學院 College of Eastern Languages, Hailongjiang University）

Zeng 曾穎雯 Wing Man TSANG（文史工作者，Literary Researcher）

Zhang 張明敏 Mingmin CHANG（健行科技大學應用外語系，Department of Applied Foreign Languages, Chien Hsin University of Science and Technology）

張　青 Qing ZHANG（西北大學文學院 Faculty of Arts, Northwest University, Xian）

張小玲 Xiaoling ZHANG（中國海洋大學外國語學院日語系 Japanese Department, Foreign Language College, Ocean University of China）

Zhao 趙學勇 Xueyong ZHAO（陝西師範大學文學院 Faculty of Arts, Shaanxi Normal University）

Zhou 周異夫 Yifu ZHOU 吉林大學外國語學院，Foreign Language College, Jilin University

譯文編輯 Translation Editors：

Bai 白春燕 Chun Yan PAI（東海大學 Tunghai University）

Lao 勞保勤 Po Kan LO（牛津大學 University of Oxford）

序之一

■總編輯　黎活仁

　　《國際魯迅研究》與《國際村上春樹研究》兩種刊物，都是秀威資訊科技股份有限公司出的，由我擔任總編輯。2013 年 3 月 12 日，在「2013 楊逵、路寒袖國際研討會」（2013.03.08）後，踏上歸程之前，《國際魯迅研究》的編委和作者一行二十人，訪問了秀威，因為大家都對電子書的製作感到好奇，想去看個究竟。秀威副總編輯蔡登山先生跟活仁是舊交，而我們剛又在合作《國際魯迅研究》出版事宜，此外，我又在秀威編輯一套《閱讀白靈》、《閱讀向陽》、《閱讀楊逵》的閱讀大師系列經典。那天承發行人宋政坤先生、登山兄、閱讀大師系列經典責任編輯林泰宏先生、《國際魯迅研究》與《國際村上春樹研究》責任編輯廖妘甄女士，和公司上下熱情接待，至為感謝！

　　其時網上列出研究村上的日文書，已達 155 冊，實際上不只此數，可是翻譯到中國去的只有黑古一夫教授、小森陽一教授、河出書房新社《1Q84》論集等較有份量的幾種，秀威登山兄認為村上的小說在台灣極為暢銷，達到驚人的程度，可惜相關研究譯介工作做得很少，說不定短期內村上也會獲諾貝爾文學獎，在台灣將再出現熱潮，建議配合作一些規劃。坐在旁邊的林翠鳳教授，剛承命執掌國立台中科技大學應用中文系主任，循例要舉辦一些活動，對此至感興趣；翌日離開台北機場時，林主任和活仁再度透過電話就村上春樹議題交換了意見，決定林主任在台灣約稿，活仁則在香港透過網路負責對外聯繫。

　　初時準備編一些閱讀村上春樹的論文集，但目前的學術評鑑，卻又偏重學術刊物，於是為了給大家提供方便，遂有出版《國際村上春樹研究》之議。村上的書雖然暢銷──《挪威的森林》初版約四百萬冊，但卻遭到扶桑學術界一定程度的冷遇，至今也沒有研究專刊。《國際村上春樹研究》只此一家，別無分店。

　　《國際魯迅研究》編委山東師範大學文學院呂周聚教授給我聯絡了該校日文系李光貞教授，也想不到那麼順利，《國際村上春樹研究》於是由國立台中科技大學應用中文系、山東師範大學日文系聯合主辦，稍後，又邀請廈門大學海外教育學院方環海教授親率屬下哈佛大學等孔子學院加盟，奠定國際學刊的基礎。李光貞教授代為聯絡東南西北各大高校日文系專家學者，不到兩個月，我們邀約了近二十位研究村上的學者，首先是林少華教授（中國海洋大學外國語學院日語系）、葉蕙教授（馬來西亞、拉曼大學中華研究院），兩位是村上作品的中譯者；譯過研究村上著作的楊偉教授（四川外國語大學日本學研究所，內田樹《當心村上春樹》、楊偉、蔣葳合譯）、王海藍博士（復旦大學中文系博士後，《村上春樹：轉換中的迷失》，黑古一夫著，秦剛、王海藍譯）。以村上研究取得博士的有楊炳菁教授（北京外國語大學日文系）、尚一鷗教授（東北師範大學外國語學院）、于桂玲教授（黑龍江大學東語學院）、張明敏教授（健行科技大學應用外文系）、王海藍博士（復旦大學中文系博士後），楊、張、王三位的博士論文，分別在內地、台灣和日本問世，參考稱便。還有正在攻讀博士的有王靜女士（名古屋大學文學研究科日本文化學專業），王女士擔當我們的「日本之音」，負責提供扶桑的村上研究活動資訊，又承擔部分影印掃瞄工作。在進行相關研究計劃的有張青教授（西北大學文學院）、劉研教授（東北師範大學中文系）和張小玲教授（中國海洋大學外國語學院日語系）。

　　東京大學的村上研究小組中國文學中國語學博士課程的徐子怡會長和東京大學的村上春樹研究小組也惠允加盟；給我們介紹「東京大學的村上研究小組」而目前在日本任教的謝惠貞博士（帝京科學大學綜合教育中心），也應邀擔任了編委。林翠鳳主任透過張明敏博士邀約了藤井省三教授（東京大學中國文學中國語學），藤井教授長期致力兩岸三地的「村上接受史」研究，是彼邦斯學泰斗級人物。

　　王海藍博士的指導老師黑古一夫教授（筑波大學名譽教授）給了我們很大的支持，黑古教授為創刊號寫了特稿，另外，林翠鳳主任又邀請藤井省三教授和張明敏教授配合《挪威的森林》的專題，把舊作修訂。黑古教授惠允創刊號梓行之日，拜託《朝日新聞》記者給與適當的報導，高義隆情，至為銘感。

　　到了 2013 年 8 月，在王靜女士的協助下，團隊已完成《海邊卡夫卡》日文研究論文的蒐集工作，掃瞄為 PDF，交大家參考，並開始進行有關《1Q84》的同樣流程。秀威資訊又委託白春燕女士著手對《海邊卡夫卡》日文研究論文中譯。依設定的目標：出版國際學報、系統資料蒐集、與組稿配套的研討會、日文研究論集的中譯等，如果循序漸進，也不必幾個寒暑，當可主導村上春樹研究。

　　所謂「君子遠庖廚」，不知什麼時候成為大和民族的風尚，男人十指不沾陽春水，年輕人甚至把衣服用快郵「宅急便」寄給母親清洗，以便專心讀書，這是河合隼雄教授所說的「日本的母性病理」，如今村上的男主人公，卻帶有開酒吧當爐的習慣，親自下廚，對外國讀者，未免造成誤導，以為日本大男人都「非君子」，淑女們千萬不要異想天開，以為扶桑紳士都那麼精於烹調，那麼為女性設想。

　　還有小說主人公常以三明治為主食，實在吃不消，如果天天生魚壽司，「不辭長作東瀛人」！香港的生魚片大概也是空運來的，因為工資和租金較低廉，在超市所見的價格，確是不可思議的便宜。日本人午餐一般是飯盒，裡面有一塊魚乾，一點沙拉，一兩片以鹽醃製蘿蔔，肉不會多。日本人很少過重，也是事實。

　　不記得是否加藤典洋教授說的，村上對中華料理的興趣，僅限於麵條，其實他長居於華僑散居的神戶，有機會品嘗有不弱於香港的廣東菜，廣東菜油膩，而扶桑口感又偏好清淡。村上的主人公偶然也吃牛肉，當然不一定是以啤酒和人手推拿培育的「一級棒」「神戶牛柳」，「神戶牛柳」好在那裡，真不知所以然，雞肉則很少提及，《挪威的森林》的「綠」明確說討厭「庭鳥」，雞在日文叫做庭鳥，聽起來較為文雅。我在北美洲旅行時，吃過完全沒有魚味的河鮮。彼邦覺得大和「庭鳥」和蛋味同嚼蠟，長期用科學方法養殖，蛋白也異常稀薄，如稀釋的蠟，想像終於會出現通體透明、薄若寒蟬的家禽，一如外星動物植物，從光熱攝取能源，不必飲食。

　　日本有四分之一人吸煙，《挪威的森林》中只直子不抽，這一點近於寫實。村上也把天天游泳的習慣，帶進小說，以為日本人都愛游泳、跟以為彼邦人人擅長柔道、劍道、乒乓球，都是對東瀛欠缺理解所致。誤解在

後現代有正面意義，誤解即布魯姆（Harold Bloom）所謂誤讀，凡事例必扭曲來理解，方為上策，才有新意。比方政治家多大話，公民又愛以意逆志，胡亂猜測，離心離德，社會變得紛亂擾攘，人心思變，如是無心插柳，小說家就有了靈感，無益於世道，而有助文章。現代中國人都愛用扶桑的廚房設備。對日本的認知，也止於家品，歷史風土人情文學藝術則欠奉。如同男女的邂逅，始於誤讀，終於了解。東京的地理，國人可能對歌舞妓町熟知一點，那兒的酒店相對廉宜，而且是不夜天，對旅客有方便之處。村上的〈青蛙救地球〉，把地牛翻動的震央設定在這個旅客常駐足的紅燈區，符合東京人的想像，有一位相熟的東大教授跟我說，這種地方絕對不能涉足，絕對不能去，村上〈青蛙救地球〉想像用火山爆發來救新宿，出發點與東大教授的苦心婆心無二致，都是為東京好。至於不把震央設在燈紅酒綠的六本木或東京鐵塔所在地的「港區」，大概他怕當地的房地產商會找他麻煩吧。

　　為什麼直子不在旅客較為熟悉的地下街與渡邊散步？為什麼不到公園或動物園去談心？這種問題，常有人知道我在研究村上之後，就來打聽。也只能答非所問，顧左右而言他。地下街的指示較為清晰，路面相對較易迷失方向，變成旅客的迷宮，《挪威的森林》的主人公在不熟悉環境的外國旅客認定的迷宮走來走去，兩小無猜，兩手並不相牽，不知在做什麼？要知，村上的想像力，是在地下鐵地底地心深處，《挪威的森林》的開端，說他在潛水或在潛水艇上，較為合適。也許在《挪威的森林》的續篇，如果有的話，也許就讓他們往地下街走一遭。

　　《挪威的森林》會有續篇嗎？不知道！綠與渡邊的一段情，小說中沒有交代，說不定鈴子與渡邊春風數度之後，珠胎暗結，多年後來個父子相認——父子相認，是把小說拉長的常見橋段，俄國形式主義如是說。直子可能沒死，她在《尋羊冒險記》不是活過來嗎？論者說她寄住在地獄邊緣，像但丁那樣，出入陰陽界十分方便。誠如帕特莎‧渥厄（Waugh, Patricia）《後設小說：自我意識小說的理論與實踐》一書說，主人公在小說中隨時會活過來，端賴作者的意願，如《舞‧舞‧舞》的 KIKI，死去又還陽，至於愚夫愚婦與主人公同歌同哭，甘受擺弄，是讀者反應的問題。

　　澤田研二在京都演唱會失足跌下舞台，其時為小三的女友即演《阿信的故事》的田中裕子花了七萬日圓坐計程車，前往探望，雖屬不倫之戀，

媒體卻視為美談。渡邊坐新幹線即台灣大陸的高鐵，前往京都阿美寮探望直子，路費以作為大學生的兼職收入，已不便宜，也許這種激情，即要渡邊坐計程車，不大可能。新幹線其時各站停一下的慢車，比較便宜，小說沒有交代渡邊是否坐鈴子所說的「棺材」即新幹線「特急」。國立大學教授的月薪，當時約二十二萬左右，加上在其他學校兼課，不到三十萬，以上數字道聽塗說，而且因年資而異，不是百分之百準確，但可為參照。

「陌生化」理論發明者什克洛斯夫基一篇研究小說如何拉長的短稿中說，逃避預言也是一個常見的方法，譬如俄狄浦斯故事，是為了逃避殺父娶母的神諭，做了很多防禦措施。《海邊的卡夫卡》正用了這一技法，成為情節的骨幹，另外，配以容格的「陰影」、超能力、神通等元小說常用技法，極具匠心。對這西方人殺父殺母的自立過程，東方人應感到震撼，如河合隼雄所說，東方人也許會用較溫和的日出日落以表達，在《挪威的森林》，看官有沒有注意渡邊為升降旗而感到疑惑，這是日出日落的表達方式，渡邊得以成長，全靠這多此一舉的儀禮，否則早就命送黃泉。《海邊的卡夫卡》謀篇的精妙，遠非莫言所能比擬。眾所周知，2012 年的諾貝爾文學獎，與村上擦肩而過，給了莫言。

一九八三年，我得到日本學術振興會的資助，重訪闊別五年的京都，其時容格熱已大為流行，我讀了不少河合隼雄教授的著作，河合教授後來與村上有過一次對談，也出了書。從河合教授的容格心理學了解村上作品，變得較為方便。八三年又與官拜國立大學教授的學長重逢，學長親歷村上小說中多次描述過的「大學紛爭」，「大學紛爭」是相當於中國文化大革命的解放全人類的「宏大敘事」，亦即土居健郎在《依賴心理結構》所說的「『桃太郎』討伐鬼」的成年禮，成年禮對身心成長有正面意義，學長奮不顧身，當年向機動部隊舉起了投槍，雄姿英發，有一次說投擲的是火把，有著「普羅米修斯情結」，把出版部遭衝擊後散遍校園的出版物撿回去，紅袖添香夜讀書，風雅之極。因為有了成年禮，學長才不會變成「永遠的少年」，容格心理學如是說。

「久旱逢甘雨，他鄉遇故知；洞房花燭夜，金榜掛名時。」古人認為至善至美，莫過如此，時移世易，又有「娶日本老婆，住美國房子，吃中國菜。」的說法，至於《挪威的森林》、《海邊的卡夫卡》，把大和撫子描寫成閣樓上的瘋女人，直子和鈴子，都瘋了，問題少女小林綠，在大庭

廣眾高聲談論男友交歡之事，是名符其實的壞女孩。凡此種種「厭女情結」的筆法，與炎黃子孫的期望有一定落差。香港同學周君，時在京都大學合成化學博班，於「東山三條」附近破廟面壁八年，面壁八年圖破壁，某日中了丘比特一箭，邂逅家在嵐山嶺下住的大和撫子，如今恐已含飴弄孫。當年雲鬢花顏金步搖，我見猶憐，何況血氣方剛的少年，夫人負笈華盛頓，學得胡兒語，兼擅蟹行書寫，千載搭訕卿我作胡語，亦由今之視昔。遠適異國，昔人所悲，老父棒打鴛鴦，以斷絕往來相脅。無奈花前月下，海誓山盟，一往情深深幾許，絲蘿非獨生，願託喬木，相偕私奔桂離宮，一索得男，終獲接納，迎歸故里。

大學班上有一個像《挪威的森林》的突擊隊一樣性格的同學，獨來獨往，畢業後有成家立室之念，回來問計於軍師，軍師即平日的酒肉朋友，內容是看電影時應該如何打開話匣子？能否給予惡補？或提供答教？此事自然有好事徒主動獻計，目的不過如渡邊拿他來開玩笑。闊別十多年的同學少年突擊隊後來迷於風水，某一天如村上崇拜的《大亨小傳》作者，自高樓往下一跳，得年四十。比突擊隊年紀小得多的妹妹，在葬禮上一臉惘然地向叔叔阿姨查問究竟發生了什麼事——畢業後各忙各的，平日並不往來，原因始終成謎？「永遠的少年」突擊隊始終未能走上紅毯，供養父母的責任，丟給弟妹和社會來承擔。

山手線不知坐過多少次，經過五反田，我就想起一個朋友，他一如《舞・舞・舞》的五反田，財產全給老婆弄走，身無分文，離婚訴訟纏身，突然而來的壓力，讓他得到癌症，不禁心灰意冷，放棄療程，終於撒手。又有一位朋友，嫁給如《挪威的森林》的永澤那樣的浪子，苦不堪言，跟她同一運命的，還有守在浪子身邊的為他死忠二三女友。《挪威的森林》和《舞・舞・舞》對我來說，是寫實小說。

最後要感謝方環海教授、呂周聚教授、李光貞教授和王海藍博士的慨助，海藍博士恩師黑古教授的鼎力扶持，才會在三數月內，出版一本或可主導村上研究的學刊。

甚矣吾衰矣，交遊零落，幸有《挪威的森林》和《舞・舞・舞》常置左右，以娛暮年。

序之二

■主編　林翠鳳

　　村上春樹是長跑健將，《關於跑步，我說的其實是……》（2008，時報文化）一書，清楚地記述了他的跑步歷程，以及跑步對他的創作的影響。他表示：完成《尋羊冒險記》之後，決心要當一個專業小說家，從此開始天天跑步，認真地跑步。尤其是長跑，數十年如一日。跑步早已和日常吃飯、睡覺、工作一樣，是生活中的一種自然習慣。我感到這是和村上寫作歷程最為貼切的比擬。固然寫作是需要一些天分的稟賦，但一種自律、專注和堅持，或許更成就了事業的推進和超越。作為一個職業作家也好，或是做為一個認真成就自己的人也好，這樣的人格特質是正向的。

　　大學時期有一段時間我也熱衷跑步，起因是為了假期之後過於發福而瘦身。在學校大操場上跑，剛剛開始時跑不到兩圈便氣喘吁吁，跑跑停停地，十分吃力，也感到很痛苦。但為了達成目標，試著努力調整呼吸和步伐的節奏，一天一天地接著，咬緊牙根每天多跑一些。漸漸地，腳步比較輕盈了，距離逐漸加長了，體態也慢慢恢復了。這項運動適合我，而當時我也喜歡上跑步了。跑步是簡單的，因為不需要特別的器材或設備。跑步也是獨立的，因為對自己負責就好，也無須陪伴。

　　從村上春樹推出第一本創作《聽風的歌》便得獎以來，年年都推出作品，小說、遊記、雜文不一。而村上春樹在台灣出版的第一本中譯本是1986年短篇小說集《遇見100%的女孩》，至今（2013）二十餘年來已經累積近200本，銷售數量屢創新高，村上春樹是書店暢銷書排行榜上，最為大家所熟悉的作家之一。村上春樹的作品在台灣，一直是以飽滿的文學質感以及知性形象等特有風格而吸引讀者。在台灣掀起的村上春樹熱潮久久不息，甚至與其相關命名的咖啡館、民宿、潮店等所在多有，「村上春樹」已然成為一種時尚，一種象徵潮流的符碼。村上春樹在台灣是如此，在日本、香港、中國及世界很多地區，也有類似的盛況。以1987年發表的《挪威的森林》為例，至今發行量已經累積突破1000萬本以上，並翻譯成英、

美、德、法等 33 種語言，在 36 個國家出版，也改編拍成電影版上映，在全球數十個國家中擁有上億以上的書迷。新近出版的《1Q84》預購即創新紀錄，掀起洶湧熱潮，引起各地文壇的非常矚目。村上春樹作品的評價固然各家多有不同見解，然而創作以來獲得國際獎項不斷，且作品多數暢銷，能使二者兼擅，實為不易。在地域界線越來越模糊的新世紀地球村中，村上春樹早已是受到世界性矚目的現代作家。

　　村上春樹出生於二次世界大戰結束、社會詭譎、經濟艱困的 1949 年，日本作家們因環境困頓而使得當時的作品中常帶有沉重陰鬱的氣息，不過此一時代氛圍對他薰染卻似乎有限。他以獨立的眼光觀察世代黎民、觀察都會人性、觀察現實理想。比如早期的作品中會出現的奇妙異界聯想、斷片式書寫，以及出人意表的情節，塑造了獨有的個人風格，雖然曾被批評難以理解，甚至是謎團式閱讀，褒貶皆具，但似乎同時也引動新世代讀者更多的閱讀參與，包括閱讀的特異妙趣、生活輕哲理的省思等。村上小說的人物情節有疏離於人群之外，又有參與於社會時事，綜合著有趣的比喻、清輕的語彙、自我的激勵、音樂氛圍的帶入等，他的娓娓道來有時像是一種內化檢視，對人們心靈產生一定的牽引力，彷彿產生出一種自我療癒的意義。這或許受到他所喜愛的歐美音樂文學影響，或許與他遊歷多方的經驗有關，也或許是他忠於自我的性格所使然。隨著經濟的提升、社會型態的轉變，村上春樹作品往往舉重若輕，在濁重的世局裡，輕盈的文字基調散發著獨特的魅力。村上熱發散已久，而至今蔓延不衰。

　　總之，村上春樹用自己的語言風格表達內在的自我，像是在漫長的跑道上昂首前進，堅定地走自己的路，自我詮釋這一路的風光，鋪陳出獨有的村上風文學。藝術美感是主觀的，村上的文學當然也有許多角度的理解和評價，但他實際也得到許多競賽評審的肯定以及讀者群眾廣大的回響，從而被稱為是第一個純正的「後戰後時期作家」，並被譽為日本「1980年代的文學旗手」，更被推許將是未來諾貝爾文學獎得主的最熱門人選之一。在川端康成與大江健三郎之後，在高行健與莫言之後，我們樂見更多的東方作家成為西方國家中文學最高殿堂的桂冠得主。

　　村上春樹是受到廣大讀者歡迎的文學作家，在世界文壇中自有其一席之地。驚人的暢銷數字已經足以讓村上文學得到充分的量化指標。而在此數據化的背後，其作品的文學藝術性、內容的思想性、文化的價值性等等

屬於質化的深究，理應同步進行探討，這也是深化村上文學的科學途徑。在學術界，台灣、中國、香港等地都有不少學者從事相關研究，自成一家之言。而國內外以村上春樹為主題的博碩士論文，也具有可觀數量的論文產出，其中不乏論述精闢之作，村上文學可說是學界的一項研究熱點。而隨著村上文學創作的不斷推出，以及他在世界文壇的聲望，這股研究能量在可見的未來，相信將會長久地持續下去。而一個村上春樹文學的研究平台，自然也應該是極有意義的。

　　2013 年 3 月 8 日本校臺中科技大學語文學院與應用中文系聯合舉辦「2013 楊逵、路寒袖國際學術研討會」，承蒙來自中、港、日、韓、臺等各界學者的熱情與支持，會議圓滿順利。依循計畫於 12 日參訪著名的台北秀威資訊公司，受到熱誠的接待，十分感謝！參訪中，香港大學黎活仁教授與秀威副總編輯蔡登山先生有志一同認為：村上春樹的研究與推廣是值得抓緊時機努力的課題，具體的規劃是辦理刊物出版或研討會等。兩位前輩的高瞻遠矚，我自然是支持的。初步是希望以原閱讀大師系列延續推出，我協理台灣的部分，海外由黎教授統籌，並由秀威公司出版。於今四個月後終於薈萃諸多學者的論述精華，推出《國際村上春樹研究》。期望這份刊物能成為一座促進交流的優質平台，也藉以激盪出更多可貴的研究火花。

《國際村上春樹研究　輯一》
International Journal for the Study of Murakami Haruki

目　次

村上春樹小說研究

《國際村上春樹研究　輯一》
International Journal for the Study of Murakami Haruki

Contents

A Study of Haruki Murakami's Novels

From Editor-in-Chief

《國際村上春樹研究》輯一（2013 年 12 月）1-8。

與時代的接點在何處
——關於新作《沒有色彩的多崎作和他的巡禮之年》

■黑古一夫　著
■白春燕　譯

作者簡介：

　　黑古一夫（Kazuo KUROKO），1945 年生於群馬縣，法政大學大學院博士課程修了（日本近代文學專攻），國立圖書館情報大學助教授、同大教授，筑波大學圖書館情報研究科教授、華中師範大學外國語學院日本語科大學院特別招聘教授（楚天學者，2012.9-）。現為文藝評論家、筑波大學名譽教授。近年著有：《大江健三郎論——森の思想と生き方の論理》、《村上春樹——ザ・ロースト・ワールド》、《村上春樹と同時代の文学》、《大江健三郎とこの時代の文学》、《作家はこのようにして生まれ、大きくなった——大江健三郎伝説》、《村上春樹「喪失」の物語から「転換」の物語へ》、《〈1Q84〉批判と現代作家論》。編有：《宮嶋資夫著作集》（全 7 卷）、《日本の原爆文学》（全 15 卷）、《思想の最前線で——文学は予兆する》（全 1 卷）、《日本の原爆記録》（全 20 卷）、《広島・長崎原爆写真絵画集成》（全 6 卷）、《小田切秀雄全集》（全 19 卷）、《大城立裕全集》（全 13 卷）、《大城立裕文学アルバム》（全 1 卷）、《ノーモア　ヒロシマ・ナガサキ》（写真集　全 1 卷）、《林京子全集》（全 8 卷）《ヒロシマ・ナガサキからフクシマへ——核時代を考える》、《立松和平全小説》（全 30 卷）等。

譯者簡介：

　　白春燕（Chun Yen PAI），女，淡江大學日文系學士，東海大學日本語文學系碩士，台灣清華大學台文所博士一年生。《國際魯迅研究》、《國際村上春樹研究》翻譯編委。研究範圍：1930 年代中國、日本、台灣的文

學交流、左翼文藝理論流布、多元文化交流；近年發表的論文或著作：〈第
一広場の変遷〉（2010）、〈社会福祉系移住労働者の公共性——対抗的
な公共圏構築に向けた可能性——〉（2010）、〈1930 年代臺灣・日本的
普羅文學之越境交流——楊逵對日本普羅文學理論的接收與轉化〉（2011）、
〈論楊逵對 1930 年代日本行動主義文學的吸收與轉化〉（2013）等。

內容摘要：

　　對於村上春樹的這部新作品，充斥「解謎」式的評論，都在說好話。說
明日本現代文學仍然持續處於「衰退」狀態。或許也可以說，這意味著「評
論的貧困」。我做為一個村上春樹迷，面對這種狀況，不得不感到痛苦。

關鍵詞：村上春樹、《沒有色彩的多崎作和他的巡禮之年》、《1Q84》

　　早已數不清讀過了多少本小說，但從來沒有讀過像村上春樹這本在開賣一星期就創造一百萬本驚人銷售記錄的新作品這樣，從開始閱讀到結束的過程裡，似曾相識的感受（déjà-vu）接連不斷地出現。

　　首先，主人公被設定為內心「被過去所囚困」、存在著「喪失感和孤絕感」，這與在日本合計賣出 1000 萬本單行本及文庫本、並且是世界級暢銷書的《挪威的森林》（1987）裡的主人公渡邊徹的情況一模一樣。而且，主人公的內在是「空蕩」的、將「死亡」內在化一事，讓我回想起從處女作《聽風的歌》（1979）、後來的《尋羊冒險記》（1982）、乃至於《舞・舞・舞》（1988）這一連串的作品。理由是，這種將「謎題」（這可以說是存在於主人公及登場人物內心裡的「黑暗」）帶入故事的作法，也就是，以解開「謎題」為主軸來舖陳故事的偵探小說式的手法，與《發條鳥年代記》（第一部－第三部，1994、1995）、或《海邊的卡夫卡》（2002）、甚至大張旗鼓地宣傳卻是明顯的失敗之作（拙劣之作）的《1Q84》（2009-10）（關於《1Q84》的評論，我已在《《1Q84》批判與現代作家論》（2011 年 2 月，*Arts and Crafts* 刊行）一文中，連同其銷售策略一併做過詳細的批判）中的作法是相仿的。

　　《沒有色彩的多崎作和他的巡禮之年》為何會讓讀者產生這種似曾相識的感受呢？最主要的理由應是，村上春樹文學常見的特徵是從「過去」受到的「心靈傷痛（也可以說是「內部的黑暗」）」進行敘事舖陳，我們在《挪威的森林》裡可以看到這個典型，而本次的新作品也同樣地呈現了相同的敘事結構。再者，這個回溯「過去」的行為裡具有「居住在都會裡的主人公在探究『20 歲』時為何會嚐到『失落感』和『孤獨感』的原因」這樣的共通性。就因為村上春樹文學將處於「後現代」時期的現代完全地體現出來，所以他的作品才被視為這個「青春」時代特有的失落感、孤獨感和無力感已被內化的年輕人們的故事。

　　然而，回溯（＝探索）「過去」受到的「心靈傷痛（內部的黑暗）」的這種故事結構並非村上春樹文學獨有的特徵。眾所皆知，不論是被喻為掀開日本近代文學序幕的森鷗外（MORI Ōgai, 1862-1922）的《舞姬》（1890，明治 23）、或二葉亭四迷（FUTABATEI Shimei, 1864-1909）的《浮雲》（1887，明治 20-1889，明治 22 年，未完）、或夏目漱石（NATSUME Sōseki, 1867-1916）的《心》（1914，大正 3），故事內容都是繞著「青春」時代受到的「心靈傷痛（內部的黑暗）」而展開的。因此，若以「青春小

說」這種分類來看，村上春樹的文學仍然連結到「青春小說」的系譜。若從這個角度來看，就不具任何「新意」了。從世界各地村上春樹文學的讀者裡年輕人佔壓倒性多數的這個事實，也可以清楚地理解此事。

換言之，對於正在為「生活」努力打拚（工作）的「大人」們來說，村上春樹描繪的「青春小說」與自己正面對的「現實」相距太遠，說穿了不過是一種 Sentimentalism（感傷）的情緒，根本無暇去理會這樣的多愁善感。我想這種讀者群「分布不均」的現象，應是造成村上春樹這幾年獲得諾貝爾文學獎的呼聲甚高但最後卻未能獲獎的原因之一（關於村上春樹未能獲得諾貝爾文學獎的其他理由，我已在前述拙作《〈1Q84〉批判與現代作家論》陳述了個人的看法）。

雖說如此，本次的新作品仍然像之前的長篇那樣，吸引讀者走進故事世界裡的故事性（Storytelling）仍然健在，就這個意義來說，《沒有色彩的多崎作和他的巡禮之年》可以說是一本能夠充分享受「閱讀」樂趣的作品。舉例而言，標題所示的「（多崎作的）巡禮之旅」的主要情節是，在高中時期形成了「一心不亂的和諧共同體」的五人組（赤松慶、青海悅夫、白根柚木、黑埜惠理、以及主人公多崎作），但是主人公在大學二年級時卻被宣布「絕交」。16 年後，主人公在女朋友的勸說之下展開了尋找絕交的「真正理由＝謎題」之旅（巡禮），讀者在這個過程裡被猛地拉進故事內部。將「謎題」散布在各處然後一一展開的這種故事性，讓人不得不感到佩服。

對村上春樹的文學一貫表示支持（禮讚）態度的評論家加藤典洋（KATŌ Norihiro, 1948- ）在《1Q84》（BOOK1、BOOK2）出版之後馬上在《文學界》2009 年 9 月號發表〈『程度懸殊』的小說〉一文，指出「這部小說是由一組男女主人公和二個故事構成。這當中的一個故事擁有充滿魅力與搏鬥的世界。這種將『娛樂』性當做文學線索的作法，是一種新的嘗試。這種引進『娛樂』性的作法，讓人感受到其方法性」，跟往常一樣地，對於其文學方法做出了高度的評價（筆者在前述拙著裡對於加藤禮讚的「娛樂性」做出批評，我認為這應是村上春樹從池波正太郎（IKENAMI Shōtarō, 1923-90）的原作《殺手‧藤枝梅安》「盜用、剽竊」過來的）。這個新作品裡的「解謎」、也就是偵探小說式的作法，可以說是如同加藤所說的，是追求「（最近村上春樹文學裡的）娛樂性」的結果，這種「解謎」＝偵探小說式的作法確實是將讀者引進作品之中的重要元素。

　　但是，因為主人公的名字不帶有「色彩」而被其他四人「紅」、「藍」、「白」、「黑」宣告絕交的那種「另有含意」的故事設定，或者因為被四人宣告絕交之後一味想著「死亡」而最後連體型都變得判若兩人的主人公，儘管有女友的建議，但為何會在「16年後」決定展開尋找絕交理由的「旅＝巡禮」呢？而「黑」早已知道絕交的理由是「白」的狂妄之語，但為何沒有向當時他「喜歡」的主人公告知此事呢？還有，在大學認識、後來變成「互相信任的好朋友」、擁有另有含意的黑白混合而成的「灰色」名字的「灰田文紹」，不知為何沒有任何理由就在故事裡消失了。以「小說本來就是「虛構（Fiction）」的」為由而否定現代小說所必要的現實性的這種創作方法，真的是在追尋人類的生存方式嗎？或者，以大江健三郎（ŌE Kenzaburō, 1935- ）式的說法，這種創作方法是否符合「提出（具有歷史性存在人類的）生存模式」的現代文學的本質呢？

　　這部新作品裡的各種「謎題」（推理式的設定）是被認為重視故事性（娛樂性）的村上春樹小說裡「不可或缺」的元素。即便如此，造成主人公煩惱到連體型都改變的「死亡」思考的原因——原本「一心不亂的和諧共同體」的四位朋友宣告「絕交」的起因：「白」的強暴事件，以及在只有主人公不知情的情況下發生的「白」被勒死的殺人事件，為何在小說裡「沒有解決」地留了下來呢？難道只有我一個人在這裡讀出作者輕視小說現實的「恣意性」嗎？

　　村上春樹在作品中數度使用主人公女友的話：「記憶是可以蓋上蓋子的。但是歷史無法隱瞞。」（這句話應該會被新增到「村上春樹語錄」裡）。確實，個人所屬的「記憶是可以蓋上蓋子的」，但是，我們也可以稱之為「集體（社會）的『記憶』」的「歷史無法隱瞞」。這樣說來的話，為何紅或藍或黑都一直對主人公「隱瞞」這個屬於「歷史」的「白」的強暴事件及「白」被勒死的殺人事件呢？此事應是村上春樹穿過「不可理解之事」而將重心放在娛樂性的這種創作方法裡的致命缺陷。「不帶有色彩」這件事或許並非只是名字裡沒有顏色，而是與輕易依附於所謂的「村上世界」（例如，「一心不亂的和諧共同體」的五人組都是作者喜好的「中流家庭」子女、或者雖有女友但仍在第三次見面時與之發生性關係的女性的登場安排）之事在基底部份具有共通性。

　　這幾年來，不知是為了獲得諾貝爾文學獎，還是真的是發自「真心」的發言，村上在以色列巴基斯坦（加沙地區）受到壓倒式不合理武力攻擊（侵略攻擊）之後馬上舉行的「耶路撒冷文學獎」獲獎紀念演說「牆與雞蛋」時（2009 年 2 月），表示身為作家的自己並非站在「牆」（強權）這一側，而是站在「雞蛋」（弱者）的一側，做出了極度吹捧自己的發言。關於東日本大地震（以及福島），他在 2011 年 6 月的加泰羅尼亞（西班牙）國際獎獲獎紀念演說「非現實的夢想家」中，對於東日本大地震談及「無常」，並且對於福島之事表示「我們日本人應該堅持對核發出『No』的呼喊」。我感覺到村上的作品與這些發言似乎有在某處有所連結。也就是說，做為一種演出形式的文學獎或國際獎的得獎紀念演講與實際作品之間存在極大的「落差」。或許正因為如此，受與現實（時代或歷史）沒有接點的年輕人歡迎的村上春樹文學的「本質」才能夠被表徵出來。

　　我知道有一位受過核爆襲擊的作家在得知村上春樹在加泰羅尼亞國際獎獲獎紀念演說的發言：「我們日本人應該堅持對核發出『No』的呼喊」之後，很悲傷地喃喃自語：「那個人為何能夠心平氣和地說出那樣的『謊言』呢？」。然而，對於村上能夠說出「記憶是可以蓋上蓋子的。但是歷史無法隱瞞。」這種很酷的話，卻又曝露出其對於以廣島和長崎為起點的日本反核（反對原子彈及核能發電）運動的歷史的「無知」，還厚顏無恥地大放「我們日本人應該堅持對核發出『No』的呼喊」之言，我覺得或許這裡才是存在著村上春樹文學的陷阱。不知是否如此呢？

　　我要再次重複的是，我讀完《沒有色彩的多崎作和他的巡禮之年》最直接的感想就是：作家的「發言」只限於當時的場合，不應馬上信以為真；不過其恣意而行的故事情節，與他在社會上的發言和實際作品之間的懸殊落差之間，確實是有所關連。也就是說，不論是耶路撒冷文學獎獲獎紀念演說「牆與雞蛋」、或是加泰羅尼亞國際獎獲獎紀念演說「非現實的夢想家」，我認為這些都是村上春樹自身向世界傳達「將自己的文學置於時代（社會歷史）的接點」這個訊息的證據，而他的新作品《沒有色彩的多崎作和他的巡禮之年》卻完美地背叛了這個「宣言」。此事也可以反映村上春樹的創作史，也就是說，村上春樹理應已在阪神淡路大地震及地鐵沙林毒氣事件等奧姆真理教所為的一連串事件的契機下從「Detachment（對社

會漠不關心）」轉換為「Commitment（與社會產生關連）」，但現今卻又再度寫出了以初期那種對「過去」的感傷溯行為主題的作品。

村上春樹的新作品《沒有色彩的多崎作和他的巡禮之年》開賣以來剛好滿一個月，對於村上春樹的這部新作品，不論是網路或全國性報紙的書評欄，都充斥著「五人組意指陰陽五行」、「主人公的名字『多崎』指涉前述東日本大地震發生地東北地方的溺灣海岸」之類擬「解謎」式的評論，放眼望去都是「禮讚式」的評論。這個現況就是日本現代文學仍然持續處於「衰退」狀態的證據。或許也可以說，這意味著「評論的貧困」是現實存在之物。我做為一個村上春樹迷，也做為從村上春樹的處女作開始一直關注其文學的評論家，在面對這種村上春樹新作品的狀況，不得不感到痛苦。

儘管如此，我認為，能夠對村上春樹文學做出「適切」批評的評論終有一天會出現的。

Sychrony of Individual Life and Societal Development on *Colorless Tsukuru Tazaki and His Years of Pilgrimage*

Kazuo KUROKO
Emeritus Professor, University of Tsukuba

Translated by Chun Yen PAI
Ph.D Candidate, Institute of Taiwan Literature,
National Tsing Hua University, Taiwan

Abstract

The analysis of Haruki Murakami's new books by critics reflected the stagnation of modern Japanese literature. As a admirer of Haruki Murakami 's work, I can't help but feel disappointed by this.

Keywords: Haruki Murakami, *Colorless Tsukuru Tazaki and His Years of Pilgrimage, 1Q84*

《國際村上春樹研究》輯一（2013 年 12 月）9-26。

《沒有色彩的多崎作和他的巡禮之年》的
詮釋與過度詮釋
——專家學者觀點綜論

■王靜

作者簡介：

　　王靜（Jing WANG），女，2011 年畢業，獲山東師範大學日語語言文學碩士，現於名古屋大學文學研究科日本文化學專業攻讀博士學位。《國際村上春樹研究》編委。近年來發表的論文有〈人物語言的翻譯與人物形象的再現——以《挪威的森林》的漢譯本為分析樣本〉〔《安徽文學》7（2010）〕、〈《我在美麗的日本》的美學試論〉〔《文學界》2（2011）〕、〈《參加葬禮的名人》與川端康成的中間性〉〔《文學教育》4（2011）〕等。

內容摘要：

　　以名古屋為背景的《沒有色彩的多崎作和他的巡禮之年》，在 2013年 3 月出版一星期，售出一百萬冊，本文介紹新作問世半年日本評論家的看法。

關鍵詞：村上春樹、《沒有色彩的多崎作和他的巡禮之年》、名古屋、拉扎爾貝爾曼、專修大學

一、引言：故事梗概

　　村上春樹（MURAKAMI Haruki, 1949-）的新作《沒有色彩的多崎作和他的巡禮之年》（以下簡稱為《沒有色彩的多崎作》）農曆 2013 年 3 月初三在日本問世，該作由 19 個章節構成，共 370 頁。沒有《發條鳥年代記》中錯綜複雜的敘事結構；沒有《1Q84》中小小人等超越性存在；也沒有《世界末日與冷酷異境》裏類似於地下夜鬼、獨角獸的奇想。該作採用了第三人稱敘事手法，視點隨著主人公多崎作而移動，是一部令人聯想起《挪威的森林》的現實主義作品。很多日本讀者連續花了 2、3 個小時，一口氣讀完，顯示該作很易於閱讀[1]。多次採訪過村上春樹的小山鐵郎（KOYAMA Teturo, 1949-）認為該作「不但寫得誰都能饒有興味地閱讀，進一步則深深得到鼓勵」[2]。沼野充義（NUMANO Mitsuyoshi, 1954-）則指出該作令人想起〈襲擊麵包店〉中提到的「海底火山」，表現出了「乍看平靜的日常生活下所隱藏著的火山」[3]。這些評議都表明該作實在有著豐富的內涵。

　　《沒有色彩的多崎作》主要描寫了多崎作的存在狀態和他對舊友的尋訪。多崎作從高中時代起參加一個由 5 人組成的共同體，從該團體分享成長經驗，與其餘 4 人（白根柚木、黑埜惠里、青海悅夫、赤松慶。以下簡稱為白、黑、青、赤）在名古屋一起度過了青少年時期。但在大學 2 年級時，多崎作突然同時被其他 4 人排擠，迫使絕交，原因不明。多崎作此後度過半年只考慮死亡的生活，身心劇變。走出死亡的邊緣之後，多崎作結識了喜歡古典音樂和哲學的灰田，兩人互相分享內心世界和個人經歷，但 8 個月後這位難得的朋友也不辭而別。畢業以後，多崎作在東京從事自己喜歡的車站設計工作，但僅僅是履行工作職能，面對歸往之處的喪失，而

---

[1] 如東京大田區的攝影記者北村美和子（44）約 3 小時讀完。東京代官山蔦屋書店文藝擔當間室道子（52）約 2 小說讀完。〈新刊読んだ！村上春樹さん 3 年ぶり長編、大人気情報「小出し作戦」が的中〉，《朝日新聞》2013 年 4 月 12 日，夕刊，13。

[2] 湯川豊（YUKAWA Yutaka，1938-）、小山鉄郎（KOYAMA Teturo, 1949-），〈喪失から受容へ——痛みを抱きしめる物語〉，《文学界》67.8（2013）：208。

[3] 沼野充義（NUMANO Mitsuyoshi, 1954-），〈色彩、比喩、ノスタルジア——トラウマと正しさをめぐる静かな物語〉，《文学界》67.6（2013）：167。

繼續存活。36 歲時，多崎作遇到了有異常吸引力的木元沙邏，在與她的交往之中，意識到過去的心理創傷會防礙日後的人生。在沙邏的建議之下，多崎作探尋被從 5 人組合中被排擠的原因，踏上了訪尋舊友（藍、赤、黑）的旅程。在與 16 年來視為陌路人的三位舊友接觸的過程中，漸次揭開塵封的謎底，同時聆聽了他們的故事。

多崎作之所以被絕交，因為白向另外三個人謊稱自己被多崎作施加暴行（也有可能是白的妄想）。藍、赤、黑雖然不完全相信，但為了穩定白混亂的精神狀態，選擇排除多崎作。在音樂大學求學的白在才能方面碰壁，進一步陷入精神危機。此後離開名古屋在濱松市獨自以教鋼琴為生，兩年後不知為誰所殺害。藍在名古屋結婚生子，作為一名頗有業績的銷售員活躍於豐田公司雷克薩斯的銷售處。赤於名古屋創辦了培養企業戰士的職員教育公司，取得了相當大的成功。黑一度以照料白為生活重心，但因此迷失人生的目標，後通過學習陶藝再出發，交了芬蘭男友，兩人結婚後移住芬蘭，以燒製陶藝製品為業。隨著真相大白，多崎作認識到「人和人的內心並不只是因為調和而相連。反而是由於傷痛和傷痛而深深結合起來」[4]。儘管目睹沙邏和其他男人的親密關係，回到東京後的多崎作仍下決心把握住和沙邏的一段情，建構日後的人生。

二、作為社會現象的《沒有色彩的多崎作》

《沒有色彩的多崎作》問世以來形成一股旋風，席捲日本的文化市場，成為眾所周知的新聞和媒體的炒作對象。如五十嵐太郎（IKARASHI Tarō, 1967-）所指出，其發行「是一個事件，可以說是超越了文學的社會性現象」[5]。

---

[4] 村上春樹（MURAKAMI Haruki, 1949-），《色彩を持たない多崎つくると、彼の巡礼の年》（東京：文藝春秋，2013）307。

[5] 五十嵐太郎（IKARASHI Tarō, 1967-），〈名古屋／鉄道駅／震災〉，《村上春樹『色彩を持たない多崎つくると、彼の巡礼の年』をどう読むか》，河出書房新社編集部編。（東京：河出書房新社，2013）63。

1.出版商的銷售策略

　　《沒有色彩的多崎作》的銷售量及各大小書店內的熱銷情況被多家新聞媒體追蹤報導。發售之時，出版商「文藝春秋」初版準備了 30 萬冊，根據預訂情況在發售前 3 次重印達到 50 萬冊[6]，發售第 7 天銷售量突破了百萬冊[7]。銷售策略得宜，是成功要素之一。問世前，「文藝春秋」一方面對具體信息嚴守秘密，一方面大力展開宣傳。據《朝日新聞》報導，文藝春秋「在發售日之前徹底管控新作的具體信息。如向大書店發貨時利用專櫃運送，以防止銷售日之前封面圖像外泄」[8]。另一方面，自 2 月中旬開始，「利用 Google 等搜索引擎的互聯廣告，社交網站 facebook 等發布相關活動，在網上大事宣傳」[9]。對於景氣低迷的日本書市，村上被認為是有力挽頹風的作家之一，圖書經銷商們對該新作寄予了很大的期望。東京神保町三省堂書店總店豎起高達 1.4 米的《沒有色彩的多崎作》書塔[10]；東京澀谷區的代官山蔦屋書店於 12 日深夜零時進行發售解禁倒數，同時還召開讀書會，文藝評論家福田和也（FUKUDA Kazuya, 1960- ）與 100 多位村上迷進行互動，一片「村上節」的氣氛[11]。大阪市天王寺區的「くまざわ書店天王寺店」則從 4 月 12 日早上 7 點起在ＪＲ天王寺站檢票處破天荒進行展銷[12]。不可否認出版界的這些商業運作加速了《沒有色彩的多崎作》的流行和傳播。

2.拉扎爾貝爾曼《巡禮之年》熱賣

　　同時在這一過程中，該作中出現的音樂、封面設計以及與舞台背景相關的事物也受到了額外的關注。《沒有色彩的多崎作》中反覆出現了俄羅斯鋼琴家拉扎爾貝爾曼（Lazar Berman）的《巡禮之年》（Liszt, *Années de pèlerinage*），進而引發了對該曲的殷切需求。據《朝日新聞》報道，「12

---

[6] 〈新刊読んだ！〉　13。
[7] 〈村上春樹さん新作、100 万部に〉，《朝日新聞》2013 年 4 月 18 日，夕刊，14。
[8] 〈新刊読んだ！〉　13。
[9] 〈新刊読んだ！〉　13。
[10] 〈新刊読んだ！〉　13。
[11] 〈ハルキ熱、はや沸騰　村上春樹さんの新作きょう発売〉，《朝日新闻》2013 年 4 月 12 日，朝刊，33。
[12] 〈ハルキ熱〉　33

日小說的內容公布以來，（《巡禮之年》的）進口 CD 不斷出現脫銷的現象。付費下載劇增，甚至在部分音樂網站上一舉登上排行榜首位。日本國內的 CD 本已停產，環球唱片馬上決定於 5 月 15 日再次發售」[13]。

3.美國現代美術家 Louis 與國立國際美術館的作品展

此外，《沒有色彩的多崎作》的發行甚至影響了美術館的宣傳策略。該作以色彩為主題的封面（為依次排列的橘黃、綠、土黃、黃、藍、綠、紅、黃、土黃 9 根線條）採用了美國現代美術家 Morris Louis Bernstein（1912-62）的作品 *Pillar of Fire*（1961）。無獨有偶，位於大阪中之島的國立國際美術館所舉辦的關西地區藏品的美術展（4 月 6 日至 7 月 15 日），展出了 Louis 的作品。雖然除 Louis 之外，還有多位藝術家，作品約達 80 部，《沒有色彩的多崎作》發行之後，主辦方之一《朝日新聞》社特別強調 Louis 的作品，在開篇就提到「因作家村上春樹新作的封面而成為話題的 Morris Louis」，並用較大的版面著錄其人的作品[14]。主辦當局借《沒有色彩的多崎作》來宣傳的意圖顯而易見。

4.「名古屋巡禮」熱潮

此外，如內容簡介中所述《沒有色彩的多崎作》以名古屋為背景，出現名古屋大學經濟學部、愛知縣立藝術大學工藝科、豐田雷克薩斯銷售處等。作品問面世之後，媒體和讀者以及村上研究者紛紛好奇地前往這些地方考察，形成「名古屋巡禮」熱潮。《朝日新聞》的東海地區限定版「朝日＋C」利用 4 個版面從多個角度報道了作為《沒有色彩的多崎作》舞台的名古屋。不但製作了巡禮圖，記者還實地探尋了藍的工作所在地「雷克薩斯高嶽店」、多崎作與藍見面的「榮公園」、多崎作與藍分開後所前往的「愛知圖書館」等處[15]。位於名古屋東區的「雷克薩斯高嶽店」店員森

---

[13] 〈クラシック界にハルキノミクス　新作中の曲、品切れ続出　廃盤復刻も決定〉，《朝日新聞》2013 年 4 月 20 日，夕刊，10。

[14] 〈現代美、たどる旅「美の響演　関西コレクションズ」120 年の流れ楽しむ大阪〉，《朝日新聞》2013 年 4 月 27 日，夕刊，4。

[15] 〈多崎つくるの巡礼をたどって　記者・都築和人が迷い込む〉，《朝日新聞》2013 年 5 月 26 日，朝刊 1、2、4、5。「雷克薩斯高岳店」、「榮公園」、「愛知圖書館」均為推測地點，故加引號。

壽德在接受愛知電視台採訪時指出，拿著小說在外面徘徊或者進入店中詢問打聽的村上迷越來越多[16]。此外，專修大學村上春樹研究會也策劃 8 月尾尋訪多崎作在名古屋的路線圖。名古屋觀光界認為是絕佳的觀光宣傳機會。名古屋觀光會事務所的永田惠子（NAGATA Keiko）直言「關於日本，國外人士只對東京和京都有印象。（該作品）若能讓世界各地知道名古屋、了解名古屋的形象，實與有榮焉」[17]。

　　《沒有色彩的多崎作》引發對古典音樂的回歸，對現代美術的鑒賞，在某種意義上為疲勞的都市人揭示一片心靈的淨土。《沒有色彩的多崎作》的存在意義並不僅在於振興圖書市場，或者引起對美術展的關注，或者帶動名古屋觀光。大眾媒體的喧囂之中尚有未發掘出的文學價值，喧囂之後《沒有色彩的多崎作》是否會常置案頭、留在大眾的記憶深處，取決於文本的魅力。

三、《沒有色彩的多崎作》的多元解讀

　　《沒有色彩的多崎作》出版以來，陸續出現了相關評論和研究。河出書房新社繼《村上春樹〈1Q84〉をどう読むか》之後，這次同樣邀約了清水良典、加藤典洋、大澤真幸等知名學者及評論家，在新作發行兩個月後推出了評論集《村上春樹〈色彩を持たない多崎つくると、彼の巡禮の年〉をどう読むか》。此外，相關評論研究也散見於《文學界》、《群像》等文學雜誌，批判和褒揚的聲音此起彼落。

1.主題研究

　　眾所周知，該作是 2011 年東日本大地震和福島第一原發事故之後村上春樹的第一部作品。被稱為國民作家的村上春樹在新作中對該歷史性事件的看法，是評論界的一大關注點。確實從表面上看來該作中沒有明顯的、涉及大地震和原發事故的地方，但多位學者從災難主題切入，嘗試解讀新作與時代心理和生存方式。清水良典（SHIMIZU Yoshinori, 1954-）認

---

[16] 愛知電視臺 http://www.tv-aichi.co.jp/news/2013/05/post-107.html
[17] 愛知電視臺。

為該作是多崎作從失去「故鄉」到踏上巡禮之路之間的 16 年,和 1995 年(阪神淡路大地震和地鐵沙林事件發生之時)至 2011 年(東日本大地震和福島第一原發事故發生之時)的時間間隔偶合,進而認定,被書寫下來的「陰暗」是連接 1995 年和 2011 年的橋樑[18]。加藤典洋(KATŌ Norihiro, 1948-)則在清水論的基礎上從人物的名字、與過去作品的互文關係入手,推論村上延伸了災難主題,認為該小說是「將大的日本敘事放在心頭所構想的——從噩夢中恢復和重生的物語」[19]。五十嵐太郎則認為「突然失去的五人幫的幸福共同體和東北地區受災地相重疊」[20],而直面記憶的多崎作的巡禮,是試圖忘記東日本大地震,讓受災者從而甦醒過來[21]。並從該作中得到如下的啟示:

> 已經回不到消失了的完美過去中。不是封印它,也不是執著於它,首先作為事實接受,即使不完美也開始邁開腳步。這時會發現新的屬於自己的空間[22]。

關於該作的主題,除了以上以社會時代背景為大前提的解讀以外,也有從心理分析的角度進行的研究。山岡賴弘(YAMAOKA Yoshihiro, 1956-)挖掘出「惡」的主題,認為該作「接近了惡的『全體像』」:

> 《沒有色彩的多崎作》中的『色彩』指的是『惡』,《沒有(沒有意識到)惡的多崎作》這一書名採用了探訪舊友,面向內心『陰暗』的巡禮小說的意義[23]。

---

[18] 清水良典(SHIMIZU Yoshinori,1954-),〈「魔都」名古屋と、十六年の隔たりの意味——『色彩を持たない多崎つくると、彼の巡礼の年』をめぐって〉,《村上春樹『色彩を持たない多崎つくると、彼の巡礼の年』をどう読むか》,河出書房新社編集部編。(東京:河出書房新社,2013)13。

[19] 加藤典洋(KATŌ Norihiro, 1948-),〈一つの新しい徴候——村上春樹『色彩を持たない多崎つくると、彼の巡礼の年』について〉,《村上春樹『色彩を持たない多崎つくると、彼の巡礼の年』をどう読むか》,河出書房新社編集部編(東京:河出書房新社,2013)23。

[20] 五十嵐太郎 65。

[21] 五十嵐太郎 6。

[22] 五十嵐太郎 66。

[23] 山岡賴弘(YAMAOKA Yoshihiro, 1956-),〈悪とモラルを超えて——多崎つくるの《冬の夢》〉,《文学界》67.7(2013):222。

同時還深刻地指出，與試圖排除惡的奧姆真理教的機制相對，該作提供的是「靈魂帶著惡走向軟著陸的機制」[24]。大澤真幸（OSAWA Masachi, 1958-）則著眼於其中關於自私之愛和普遍之愛的悖論，指出「為了確保對所有成員無差別的愛，必須差別對待特定的他者，並將其排除」[25]，而多崎作經歷的正是這一悖論產生的悲劇，該作品是「經歷了被愛所完全放逐的男人的故事」[26]。另一方面，大澤真幸認為「這個物語對不可能的『普遍之愛』的可能性並沒有捨棄最後一絲希望」，多崎作的名字中可以成為任何顏色的「多」，以及多崎作所造的可以接受任何人的車站都暗示著「普遍之愛」[27]。

如上所述，對該作品的主題各家見仁見智。從恢復與重生的主題解讀中，可以看出災難後日本社會對村上作品的訴求，從而賦予了該作品指涉現實的特質。而對「惡」或者「愛」的探討則呈現出該作品的深層心理。尤其山岡賴弘所關注的「惡」的主題，是對加害和被害的再認識。筆者認為這不單是影射奧姆真理教事件，與日本對二戰的理解也密切相關。適值日本法定終戰紀念日 8 月 15 日之際，舉國祈禱世界和平，但很多日本媒體首先強調的仍是東京大空襲或者廣島、長崎遭受原子彈的災難。不能不質疑更多的是建立在被害者意識之上。在思考日本的和平、世界的和平之際，《沒有色彩的多崎作》對歷史的直面，對惡的「全體像」的把握值得更多的關注與思考。

2.文化批評研究中的「名古屋」

《沒有色彩的多崎作》中使用了很多固有名詞，評論界對此也嘗試進行解讀。限於篇幅，本文暫梳理對「名古屋」的相關研究。如上文概要中所述，多崎作離開名古屋以後被另外 4 人所排斥，一度徘徊於死亡邊緣；藍和紅分別在名古屋市內成家立業；白在離開名古屋之後身亡，黑在遠離

---

[24] 山岡賴弘 226。
[25] 大澤真幸（OSAWA Masachi, 1958-），〈ソフィーは多崎つくるを選ぶだろうか〉，《村上春樹『色彩を持たない多崎つくると、彼の巡礼の年』をどう読むか》，河出書房新社編集部編（東京：河出書房新社，2013）54。
[26] 大澤真幸 55。
[27] 大澤真幸 57。

名古屋的芬蘭獲得新天地。可以說以名古屋為中心，在近中心和離心之間，展開了人物的命運。圍繞著名古屋，很多學者在村上的空間認識、現實空間與文本中的空間關係等方面展開了討論。

　　關於村上的名古屋觀，很多評論都參照了旅行記《地球のはぐれ方東京するめクラブ》中收錄的名古屋體驗談〈魔都、名古屋に挑む〉。村上春樹和都築響一（TSUZUKI Kyoichi, 1956-）、吉本由美（YUMI Yoshimoto, 1960-）同行到名古屋體驗了當地的飲食和文化，其中涉及到新奇百怪的飲食店、寬廣的道路設施、尷尬的波士頓美術館、散布於普通市街之中的情人旅館等，談論到名古屋的封閉、城市所欠缺的連續性、日本全體和名古屋的相似性等諸多問題[28]。《沒有色彩的多崎作》中沒有〈魔都、名古屋に挑む〉中出現的場所，沒有名古屋市內風景的具體描述，也沒有名古屋方言。因此新作出版之初首先有聲音質疑將名古屋作為小說舞台的背景意義。與此相對，清水良典、伊藤剛（ITŌ Gō, 1967-）等評論家則交代了該作選擇名古屋作為舞台的必然性及意義。

　　居住於名古屋的清水良典指出：「《多崎作》中的名古屋明顯是很特別的城市，在這裏居住的人也滲透著這個城市的特殊性」[29]，認為村上在創作之時，意識到的是「作為普遍的日本人的內部的『陰暗』之象徵的魔都」，在名古屋「『純粹培養』出的不是一個地方城市的個性，而是使逃離變得困難的故鄉之陰暗磁力」[30]。出生於名古屋並就讀於名古屋大學理學部的伊藤剛認為作品中的名古屋「是真實的名古屋的圖像，而且這是從名古屋內部所看到的真實」[31]，並從多個方面展開了詳細論述。首先，從個人經歷談起，伊藤剛論述了在本地升學就職的名古屋人的意識之中所包含的「現實的」「合理性判斷」[32]的思維模式，認為作品中留在

---

[28] 村上春樹，都築響一（TSUZUKI Kyoichi, 1956-），吉本由美（YUMI Yoshimoto, 1960-），〈魔都、名古屋に挑む〉，《地球のはぐれ方　東京するめクラブ》（東京：文藝春秋，2008）17-90。

[29] 清水良典　6。

[30] 清水良典　9。

[31] 伊藤剛（ITŌGō, 1967-）〈色彩を持たない名古屋の街と、彼らの忘却の土地〉，《村上春樹『色彩を持たない多崎つくると、彼の巡礼の年』をどう読むか》，河出書房新社編集部編。（東京：河出書房新社，2013）150。

[32] 伊藤剛　154。

名古屋的赤正是典型的「名古屋人」[33]。在此基礎上指出名古屋失去了土
地的固有性、獨自性和歷史原委，是「巨大的郊外」，「無法用中央、地
方，都市和田園這樣的二元對立而把握」[34]，這樣的舞台背景正適合於該
作中「一方面形成親密的關係，另一方面避免更多介入的主體的物語」[35]。
此外，伊藤剛關注到舊帝大之一的名古屋大學和空襲後再建的道路設施，
論述了日本戰敗後名古屋所呈現的歷史的斷裂和對歷史的遺忘，進而與
村上小說作一聯繫，指出「切斷並懸空擱置與歷史土地的連接，同時潤
色舒適生活」[36]。

　　以上對名古屋的論述都不乏獨到之處，但名古屋所象徵的「日本人的
內部『陰暗』」具體指什麼尚未明確。伊藤剛對名古屋的剖析十分有見地，
但同樣留在名古屋的藍、赤，彼此間卻不太往來，筆者認為留在名古屋的
小說人物的生存方式不能用「現實的」「合理性判斷」的思維模式概括。
這些問題仍需要進一步的探討。

3.比較研究

　　關注《沒有色彩的多崎作》與其他文本的互文研究也比較多。內田樹
（UCHIDA Tatsuru, 1950- ）認為《沒有色彩的多崎作》與上田秋成（UEDA
Akinari, 1950- ）的《雨月物語》有直接關係。上田秋成把「非現實性存在」
比喻為「狐」，而「上田秋成所說的『狐』是幾近將作殺死的東西的真面
目」[37]，「在描寫『具有濃厚的現實感的非現實的存在』如何激活嫉妒、
欲望、暴力，使之成為現實這一點上，該小說與《雨月物語》的有一定
淵源關係」[38]。鈴村和成（SUZUMURA Kazunari, 1944- ）則追尋谷崎潤一
郎和村上春樹往返東日本和西日本間的軌跡以及兩位作家的作品中共同

---

[33] 伊藤剛　156。
[34] 伊藤剛　158。
[35] 伊藤剛　159。
[36] 伊藤剛　160。
[37] 內田樹（UCHIDA Tatsuru, 1950- ），〈境界線と死者たちと狐のこと〉，《文学界》
67.6（2013）：177。按《海邊的卡夫卡》與《雨月物語》的關係，詳小山鉄郎（KOYAMA
Tetsurō, 1949- ）.〈雨月物語〉，《村上春樹を読みつくす》（東京：講談社，2010）
76-84。
[38] 內田樹　178。

出現的地點，從作家的離鄉、搬遷，作品中人物和地理的關係等角度論述了兩者的互文[39]。

　　除了與其他日本文學作品的關聯之外，由於《沒有色彩的多崎作》中有很多地方呼應著以往已發表的作品，而成為評論的焦點。加藤洋典從姓名的切入，認為《挪威的森林》中的「通」是通過禮儀的通，而《沒有色彩的多崎作》中的「作」為通過後的人提供了休息的場所「車站」，包含了介入的意義[40]。此外，注意到木元沙邏與《蜂蜜派》中害怕地震的女孩沙邏的名字有類似的地方，即所謂互文，認為名字的因襲表明「本作繼承了從 1995 年阪神大地震之中恢復重生的主題」[41]。此外加藤洋典還談到在自我發現的主題上，《沒有色彩的多崎作》與《品川猿》（2005）一脈相承，而關於愛的主題《挪威的森林》（1987）和新作的則有所不同。《挪威的森林》是「主人公質問自身，對兩位女性的愛之間的誠實是什麼的百分百分的戀愛小說」，新作是「突破自身的殼，試圖『無條件地從心裏愛誰』的百分之百的戀愛小說」，是「解除了非武裝地帶，無條件的介入的小說」[42]。此外，鴻巢友季子（KOUNOSU Yukiko, 1963-）從「靈魂之友」（Soul mate）的角度切入，注意到《沒有色彩的多崎作》中的五人幫和《1Q84》中天吾和青豆的二人關係以及《挪威的森林》中直子、木月[43]、渡邊的三人組合的相似性，指出「由於本質上分離的困難，（「靈魂之友」）常常成為接近死亡的致命的（lethal）東西」[44]。

　　關於上田秋成的作品與村上作品的關聯，在對《海邊的卡夫卡》的研究之中也這樣的類似的想法。若將之理解為村上對日本古典文學的回歸，這一回歸的意義值得探討。

---

[39] 鈴村和成（SUZUMURA Kazunari, 1944-），〈東奔西走——谷崎潤一郎と村上春樹——〉，《文学界》67.6（2013）：186-225。

[40] 加藤洋典　29。

[41] 加藤洋典　29。

[42] 加藤洋典　35。

[43] 即 Kizuki

[44] 鴻巢友季子（KOUNOSU Yukiko，1963-），〈だれが白雪姫を殺したか——多崎つくると、そのカラフルな人生〉，《文学界》67.6（2013）：180。

四、《沒有色彩的多崎作》研討會之側記

　　新作發行之後，各地愛好者和研究者舉辦了讀書會、討論會。筆者有緣旁聽了 2013 年 6 月 23 日在專修大學召開的《沒有色彩的多崎作》研討會，至感榮幸。專修大學自 2011 年起至今舉辦了四屆村上春樹研討會。該校的村上研究得風氣之先，1997 年石倉美智子（ISHIKURA Michiko）即以〈村上春樹論——〈第一次〉三部作から〈第二次〉三部作へ〉取得博士，現在面向碩士的近現代文學課程，也有村上春樹研究專題，碩博士生中目前也有數人以村上春樹作為研究對象。此次《沒有色彩的多崎作》的研討會分為個人研究發表、讀書會和特別研究發表三個部分，參會者除了專修大學的師生之外，多是正在進行村上研究或者對村上研究感興趣的粉絲，可以說是一次專業水準較高的研討會。

1.個人研究

　　個人研究發表中，北海道大學在讀博士平野葵（HIRANA Aoi）以〈迷走する〈娘〉たち——『1Q84』から『色彩を持たない多崎つくると、彼の巡禮の年』へ〉（迷走的「女兒」們——從《1Q84》到《沒有色彩的多崎作和他的巡禮之年》——筆者譯）為題作了報告。平野葵聚焦村上作品中的母女關係，解讀了從《1Q84》到《沒有色彩的多崎作》，「母」、「女」的問題如何變化，以及女性內心中潛藏的陰暗面如何被書寫的問題。讀書會則以《沒有色彩的多崎作》為中心，從暴力的繼發性、五人幫的關係、色彩和人物論等角度展開了自由討論，其中不乏高見，但鑒於與上文中所歸納的評論有重複之處，茲不贅。

2.中村三春教授的解讀

　　北海道大學的中村三春（NAKAMURA Miharu, 1958-）應邀就「特別研究」發表了較為深入系統的心得。中村氏，近現代文學專業，在文本樣式論、修辭學、映像學等方面成就卓著。中村氏應邀參加了歷屆專修大學所舉辦的村上春樹研討會，這次研討會以〈Monster 之「獸」のあいだ——解釋之しての英譯による村上春樹短編論〉（Monster 和「獸」之間——作為解釋的英譯所引發的村上春樹短篇論——筆者譯）為題作了報告。

報告嘗試結合翻譯和文學批評，以村上春樹的短篇小說〈綠獸〉（1990）為分析樣本，通過對照原文及其英譯，得到新的解讀方式。

中村氏認為作為第二文本的英譯，首先是對第一文本即原文的接受，其中包含著譯者的解讀與再創作。第二文本解讀與再創作就像鏡子一樣反照第一文本，進而可以探索作品新的內涵。對〈綠獸〉的研究中成為定論的是該作的「脆弱性」（vulnerability）的惡性循環，即作為易受到暴力侵害的弱者，女主人公再生產了暴力，女主人公由於其「脆弱性」而對綠獸施加攻擊。對照英譯本和原文本的基礎之上，中村氏重新解讀了關於「脆弱性」的主題。通過對比名稱「獸」和"Monster"的不同以及兩個文本中「獸」所述語言的差異，中村氏指出英譯比原文更突出了獸的怪異性、他者性。反觀原文本這一點則沒有那麼強烈，從獸的語言中可看出其口吃的語言障礙，獸也有「脆弱性」，即在該文本中的「脆弱性」具有相通之處。此外，通過對照比較短篇小說〈眠〉（1989）、〈泰國〉（1999）與該作的關係，確證〈綠獸〉中的核心主題：個人未意識到的「內心的陰暗面」。目前的研究中往往把「脆弱性」的惡性循環看做弱者的正當防衛或緊急避難之處，中村氏通過分析以上作品中表現的「內心的陰暗面」指出，只有從「脆弱性」的惡循環中走出來，才能與他者共存。

中村氏的報告給予了兩點重要的提示。首先，翻譯既可豐富原文的意義，又可以反過來對原文作研閱窮照，成為解讀文本的策略。這一研究方法可以推廣到村上春樹中譯本的研究以及其他文學作品的翻譯研究。此外，報告論述了短篇小說在村上文學中的意義。短篇雖然很多是尚不完整的片段，但正因為其缺乏具體性，由之可以擴展和連繫其他的作品，具有象徵性意義。正如山岡賴弘所論《沒有色彩的多崎作》中「惡」的主題，可以看出〈綠獸〉這一短篇的主題延伸以及輻射到新的創作。「內心的陰暗面」在《沒有色彩的多崎作》中得以繼承和演化。

五、結語

如上所述，《沒有色彩的多崎作》出版以來，引發了古典音樂熱潮、帶動「名古屋巡禮」的觀光項目，在音樂、美術、旅遊領域再生產為種種文化符號。另一方面，從文本闡釋來看，研究者從《沒有色彩的多崎作》

隻言片語象徵性地與奧姆事件、3.11 事件等社會時代問題作了有機的連繫，說明了與已發表的其他作品的互文性。由於其象徵性和互文性使得對該作呈現出多元的樣貌。關於新作的主題，除了從災害文學的解讀之外，也可自心理角度切入，深入到「惡」與「愛」的本質性問題。圍繞著「名古屋」的文化批評，有助於文化空間的認知。專修大學的村上研討會在研究方法方面給予了重要啟示，將村上作品的譯本和作品解讀結合起來，讓人一新耳目，中村三春氏報告表明，譯本對於原文本的再詮釋並非過度詮釋。此外，村上的短篇作品對於其文學的整體把握具有穿針引線的作用，值得深入進行研究。

參考文獻目錄

CUN

村上春樹（MURAKAMI, Haruki）.《色彩を持たない多崎つくると、彼の
　　巡礼の年》。東京：文藝春秋，2013。
──、都築響一（TSUZUKI, Kyoichi）、吉本由美（YUMI, Yoshimoto）.
　　《地球のはぐれ方　東京するめクラブ》。東京：文藝春秋，2008。

DA

大澤真幸（OSAWA, Masachi）.〈ソフィーは多崎つくるを選ぶだろう
　　か？〉，《村上春樹『色彩を持たない多崎つくると、彼の巡礼の年』
　　をどう読むか》，河出書房新社編集部編。東京：河出書房新社，2013，
　　50-57。

JIA

加藤典洋（KATŌ, Norihiro）.〈一つの新しい徴候──村上春樹『色彩を
　　持たない多崎つくると、彼の巡礼の年』について〉，《村上春樹『色
　　彩を持たない多崎つくると、彼の巡礼の年』をどう読むか》，河出
　　書房新社編集部編。東京：河出書房新社，2013，20-49。

HONG

鴻巣友季子（KOUNOSU, Yukiko）.〈だれが白雪姫を殺したか──多崎
　　つくると、そのカラフルな人生〉,《文学界》67.6（2013）：179-85。

LING

鈴村和成（SUZUMURA, Kazunari）.〈東奔西走──谷崎潤一郎と村上春
　　樹──〉,《文学界》67.6（2013）：186-225。

NEI

内田樹（UCHIDA, Tatsuru）.〈境界線と死者たちと狐のこと〉,《文学
　　界》67.6（2013）：172-78。

QING

清水良典（SHIMIZU, Yoshinori）.〈「魔都」名古屋と、十六年の隔たり
　　の意味──『色彩を持たない多崎つくると、彼の巡礼の年』をめぐ
　　って〉,《村上春樹『色彩を持たない多崎つくると、彼の巡礼の年』
　　をどう読むか》,河出書房新社編集部編。東京：河出書房新社,2013,
　　6-13。

SHANG

山岡賴弘（YAMAOKA, Yoshihiro）.〈悪とモラルを超えて──多崎つく
　　るの《冬の夢》）,《文学界》67.7（2013）：222-28。

TANG

湯川豊（YUKAWA, Yutaka）、小山鉄郎（KOYAMA, Teturo）.〈喪失か
　　ら受容へ──痛みを抱きしめる物語〉,《文学界》67.8（2013）：
　　208-29。

WU

五十嵐太郎（IKARASHI, Tarō）.〈名古屋／鉄道駅／震災〉,《村上春
　　樹『色彩を持たない多崎つくると、彼の巡礼の年』をどう読むか》,
　　河出書房新社編集部編。東京：河出書房新社,2013,63-66。

YI

伊藤剛（ITŌ, Gō）.〈色彩を持たない名古屋の街と、彼らの忘却の土地〉,
　　《村上春樹『色彩を持たない多崎つくると、彼の巡礼の年』をどう
　　読むか》,河出書房新社編集部編。東京：河出書房新社,2013,150-61。

ZHAO

沼野充義（NUMANO, Mitsuyoshi）．〈色彩、比喩、ノスタルジア——ト
　　ラウマと正しさをめぐる静かな物語〉，《文学界》67.6（2013）166-67。

XIN

〈新刊読んだ！村上春樹さん3年ぶり長編、大人気情報「小出し作戦」
　　が的中〉，《朝日新聞》2013年4月12日，夕刊，13。

XIAN

〈現代美、たどる旅「美の響演　関西コレクションズ」120年の流れ楽
　　しむ大阪〉，《朝日新聞》2013年4月27日，夕刊，4。
〈クラシック界にハルキノミクス　新作中の曲、品切れ続出　廃盤復刻
　　も決定〉，《朝日新聞》2013年4月20日，夕刊，10。
〈ハルキ熱、はや沸騰　村上春樹さんの新作きょう発売〉，《朝日新聞》
　　2013年4月12日，朝刊，33。

Interpretation and Overinterpretation: The Feedback and Perspectives from Critics and Academics on Haruki Murakami's *Colorless Tsukuru Tazaki and His Years of Pilgrimage*

Jing WANG

Ph.D Candadite, Division of Japanese Culture,
Graduate School of Letters, Nagoya University

Abstract

Colorless Tsukuru Tazaki and His Years of Pilgrimage is a novel that sold one million within weeks of its time of publication in March 2013. This essay assesses the feedback and perspectives from critics and academics on this piece of work half a year after its release.

Keywords: Haruki Murakami, *Colorless Tsukuru Tazaki and His Years of Pilgrimage*, Nagoya, Lazar Berman, Senshu University

《國際村上春樹研究》輯一（2013 年 12 月）27-45。

《挪威的森林》論
——「喪失」與「戀愛」的故事

■黑古一夫　著
■白春燕　譯

作者簡介：

　　黑古一夫（KUROKO Kazuo），1945 年生於群馬縣，法政大學大學院博士課程修了（日本近代文學專攻），國立圖書館情報大學助教授、同大教授，筑波大学圖書館情報研究科教授、華中師範大學外國語學院日本語科大學院特別招聘教授（楚天学者，2012.9-）。現為文藝評論家、筑波大學名譽教授。近年著有：《大江健三郎論——森の思想と生き方の論理》、《村上春樹——ザ・ロースト・ワールド》、《村上春樹と同時代の文学》、《大江健三郎とこの時代の文学》、《作家はこのようにして生まれ、大きくなった——大江健三郎伝説》、《村上春樹「喪失」の物語から「転換」の物語へ》、《〈1Q84〉批判と現代作家論》。編有：《宮嶋資夫著作集》（全 7 卷）、《日本の原爆文学》（全 15 卷）、《思想の最前線で——文学は予兆する》（全 1 卷）、《日本の原爆記録》（全 20 卷）、《広島・長崎原爆写真絵画集成》（全 6 卷）、《小田切秀雄全集》（全 19 卷）、《大城立裕全集》（全 13 卷）、《大城立裕文学アルバム》（全 1 卷）、《ノーモア　ヒロシマ・ナガサキ》（写真集　全 1 卷）、《林京子全集》（全 8 卷）、《ヒロシマ・ナガサキからフクシマへ——核時代を考える》、《立松和平全小説》（全 30 卷）等。

譯者簡介：

　　白春燕（Chun Yen PAI），女，淡江大學日文系學士，東海大學日本語文學系碩士，台、清華大學台文所博士一年生。《國際魯迅研究》、《國際村上春樹研究》翻譯編委。研究範圍：1930 年代中國、日本、台灣的文

學交流、左翼文藝理論流布、多元文化交流；近年發表的論文或著作：〈第一広場の変遷〉（2010）、〈社会福祉系移住労働者の公共性——対抗的な公共圏構築に向けた可能性——〉（2010）、〈1930 年代臺灣・日本的普羅文學之越境交流——楊逵對日本普羅文學理論的接收與轉化〉（2011）、〈論楊逵對 1930 年代日本行動主義文學的吸收與轉化〉（2013）等。

內容摘要：

在 1979 年以處女作《聽風的歌》出發的村上春樹，緊接著寫出《1973 年的彈珠玩具》（1980）及《尋羊冒險記》（1982），以這所謂的「鼠三部曲」生動地描繪了因「喪失」而受傷的「青春」。但是他寫出了追究「內心」複雜性的《世界末日與冷酷異境》（1985）之後，卻又寫出了披著「愛情小說」外衣的《挪威的森林》（1987），再次地質問了「什麼是自己的青春」。這部長篇真的是「愛情小說」嗎？由「喪失」、「孤獨」、「無力感」妝點其中的這部世界級暢銷書的「真正的主題」究竟是什麼？村上春樹為何在這個時期寫出這部長篇小說呢……？

關鍵詞：村上春樹、《挪威的森林》、《聽風的歌》、《1973 年的彈珠玩具》、《尋羊冒險記》

一、為何、現在？

在寫成於作家初期、決定其作家風格的「鼠」三部曲：《聽風的歌》（1979）、《1973年的彈珠玩具》（1980）及《尋羊冒險記》（1982）裡，村上春樹用極少的文字描寫了對主人公「我」的心靈留下決定性創傷（Trauma）的「失戀」，以不經意的方式表現出此事對於之後的「我」的生活方式附加了重要的意義。

「我」的「失戀」以女友突然自殺死亡的形式讓「我」來面臨，但是關於女友之死，《聽風的歌》裡有以下的描述：

> 第三個對象，是在大學圖書館裡認識的法文系女生，不過她在第二年春假，在網球場旁貧瘠的雜木林裡上吊死了。屍體直到新學期開始之後才被發現，足足吊著被風吹了兩星期。現在天一黑，誰都不敢走近那樹林[1]。

先不談這種排除「情緒」的「飢渴」表現，這個自殺死亡的女孩是非常「喜愛現代風格＝新事物」的古怪的21歲女性，稱「我」的陽物為「你存在的理由」。不過，「我」對於自殺女友的反應，更可以說是村上春樹文學的特徵。

> 我只有她一張相片，後面記著日期，1963年8月。甘迺迪總統腦袋被射穿的那年。（中略）看起來有點笨拙，然而卻很美。那是一種看見的人心中最溫柔的部分都會被穿透的那種美。（中略）。那時候她14歲，是21年的人生裡最美麗的瞬間。然而那些突然間便消逝了，我只能這樣想。是什麼原因，還有什麼目的，讓這件事發生，我實在不明白，誰也不明白[2]。

村上春樹的小說裡，作品裡擔任重要角色的人物會突然「出現」或毫無理由地「消失」，這個特徵在這部處女作《聽風的歌》可以看到原型。

---

[1]　村上春樹，《聽風的歌》，賴明珠譯（台北：時報文化，1995）81。。
[2]　村上春樹，《聽風的歌》　102。

除此之外，在這部處女作裡，「我」因為女友突然自殺而第一次經歷了自
己重要的東西從眼前消失的經驗，這個經驗到底意味著什麼呢？即便是女
友突然離開（世俗的說法是「被甩」），人們會從由此產生的悲哀、憎恨、
憤怒、失落的情緒，實際地轉變成現實（生或死）的問題，藉由這種感情
的散發，絕望的情緒反而可以受到撫慰。

　　但是，這個「我」的情況是，與女友的關係是被未告知理由的自殺而
斷絕的。因此，「我」不得不感嘆「我不知道要有怎樣的理由、怎樣的目
的才能讓這種事情發生」。女友令人無法理解的自殺在「我」的心靈深處
留下了無法抹滅的創傷（Trauma）。《聽風的歌》整部作品之所以瀰漫著
厭世絕望的氣氛，其理由之一與這個女友之死有很深的關連。就因為如
此，女友之死才會對主人公日後的生活方式持續留下極大的陰影。

　　　　在回程的電車上，我對自己說了好幾次，一切都到這裏為止，
　　忘了吧！不是因為這個才來到這裏的嗎？可是怎麼忘得了呢？對
　　直子的愛、和她已死的事實，結果沒有一件事是結束了的。(《1973
　　年的彈珠玩具》[3])
　　　　「我是生在一個奇怪的星星下的，也就是說啊，想要的東西不
　　管是什麼都會到手，可是每次得到一樣東西的時候，卻踩到另一樣
　　東西。妳懂嗎？」
　　　　「有一點。」
　　　　「誰都不相信，不過這是真的。三年前我才注意到，而且心裡
　　想再也不要去想得到什麼了。」
　　　　她搖搖頭。「因此，你就打算這樣過一輩子囉？
　　　　「大概吧。這樣就不會給任何人帶來麻煩。」(同上)[4]
　　　　「跟你一起睡覺，常常會覺得很悲哀。」
　　　　「我覺得很抱歉。」我說。

[3]　村上春樹，《1973 年的彈珠玩具》，賴明珠譯（台北：時報文化，2010）32。
[4]　村上春樹，《1973 年的彈珠玩具》　119。

「這不怪你。而且也不是因為你抱著我的時候，卻在想著別的女孩的事。這種事我無所謂。我……」她說到這裡突然把嘴巴閉上，慢慢在地上畫了三根平行線。「搞不清楚。」

「我並沒有故意要把心關閉起來。」我稍微停了一下再說。「只是到底發生了什麼，連自己都還無法好好掌握而已。

我對各種事情，都盡可能公平對待。不想做不必要的誇張，除非必要也不想變成太現實。不過這需要花一些時間。」

「多少時間？」

我搖搖頭。「不清楚。也許一年就夠了，也許要花十年也不一定。」(《尋羊冒險記》[5])

女友之死並沒有使「一切都結束了」，「我」之所以認為「我已經什麼都不要了」、而且處於「（對女友之死）自己都還弄不清楚到底發生什麼事」的狀態，以及村上春樹的初期三部曲（「鼠」三部曲）的主題之所以被認為是「喪失＝女友之死」，都是因為故事是從主人公的內心開始舖陳所致。雖說如此，村上春樹描繪的「戀愛」是很複雜的。舉例來說，在《尋羊冒險記》的引文部分是，1970 年晚秋、曾經獲諾貝爾文學獎提名的知名作家三島由紀夫（MISHIMA Yukio, 1925-70）發動軍事政變衝入位於市谷的自衛隊屯駐地、最後切腹自殺的那一天，「我」與大學附近咖啡店的常客、一位被大家稱為「跟誰都睡覺的女人」的少女的對話中得知，那時的「我」和少女每週會在星期六晚上一起過夜。

「我」雖然說「也不是有意想把心封閉起來」，但卻將每週一次一起過夜的少女與自己的關係視為「三條平行線」（這意味著「我」、「自殺的女友」、「跟誰都睡覺的女人」的關係之間沒有交集）。對於「我」而言，雖然女友已經死了 8 個月，但是「心靈的創傷」仍未治癒，可以看出深愛女友的程度，但是卻又每週一次與「跟誰都睡覺的女人」一起過夜。這裡描繪的可以說是大多數人在青春時代會體驗到的「Agape（精神）」與「Eros（肉體）」的分裂。

或許可以說，任何人都有一兩處一生都無法消除的「心靈（內在）的創傷」，而村上春樹在初期三部曲＝「鼠」三部曲裡，以「想要忘卻、希

5　村上春樹，《尋羊冒險記》，賴明珠譯（台北：時報文化，2001）17。

望消失、但是一旦發生某事就會開始疼痛」這種任何人都可能有過的心靈
（內在）＝青春的創傷為基底寫出了初期三部曲。

就這個意義來說，一直亦步亦趨跟著村上春樹來進行評論活動的加藤
典洋（KATŌ Norihiro, 1948- ），在一篇主要討論《尋羊冒險記》、標題為
〈自閉與鎖國〉（《文藝》1983 年 2 月[6]）的文章裡，指出村上春樹拘泥
於自己青春（戀愛）的創傷，繞著這個創傷鋪陳出這個故事。這是很正確
的見解。相信他人並深入交往、結果心靈受到嚴重傷害的「我」在二十歲
時體驗到此事，之後就不曾為別人打開心扉，這不是一件很受傷的事嗎？
村上春樹之所以能夠吸引這麼多讀者，應該與這種受傷的心靈有所關連。
理由是，「我」一直流著血的心靈，與活在現代社會中的人們的「病態心
靈」產生了共振。

《挪威的森林》（上下冊，1987）之所以能夠在短時間內吸引人們購
買超過 400 萬本（《挪威的森林》的出版社講談社在 2012 年公布單行本
及文庫本合計出版冊數超過 1000 萬本），與上述那種「女友自殺死亡＝
喪失」並非全然無關。也就是說，這意味著，這部長篇小說不得不是一部
討論之前的作品裡只有片斷提及的「我」的失戀過程（或許這是由作者村
上春樹的體驗反映而成）。

眾所皆知地，《挪威的森林》是以三十七歲的「我」渡邊徹對於十八
年前「發生的事＝失戀」進行回想的形式寫成的故事。故事的開頭是三十
七歲的「我」在前往德國漢堡途中聽到飛機在著陸時播放以前女友喜歡的
披頭四的歌曲「挪威的森林」而陷入混亂。

> 因為頭脹欲裂，我彎下腰用雙手掩住臉，就那樣靜止不動。（中
> 略）音樂換成比利・喬（Billy Joel）的曲子。我抬起頭眺望浮在北
> 海上空的陰暗烏雲，想著自己往日的人生過程中所喪失的許多東
> 西。失去的時間，死去或離去的人，已經無法復回的情感。
>
> 一直到飛機完全停止，乘客鬆開安全帶，開始從行李櫃裡拿出
> 皮包和外套之類的東西為止，我依然還留在那片草原上。我嗅著草

---

[6]　加藤典洋，〈自閉と鎖国　村上春樹『羊をめぐる冒険』〉，《村上春樹論集》，
　　卷 1（東京：若草書房，2006）3-30

的氣息,用肌膚感覺著風,聽鳥啼叫。那是一九六九年秋天,我即將滿二一十歲的時候[7]。(強調標記為黑谷附記)

「回憶」往往是甘甜的。即便形成這個「回憶」的經驗在當時是痛苦辛酸的,當它做為一種「回憶」來談論時,時間會將各種辛酸和痛苦予以淨化,只留下甘甜的情緒。《挪威的森林》也一樣,當故事以「我」的「回憶」的形式來談論時,並不是與「回憶」裡包含的甘甜完全無緣。

主人公「我」現在三十七歲,已經遠離「青春」。不管如何抵抗,光輝燦爛的青春已不復返,因為青春變得只存在於「回憶」之中。三十七歲的「我」聽到以前女友喜歡的披頭四歌曲「挪威的森林」,「為了不叫腦袋為之迸裂,我弓著身子,兩手掩面」。這不只是一種不願回想起「失戀=女友之死」的痛苦這種生理防禦行為,而且是無意識地不願承認現在已遠離青春的自己所產生的心境。一聽到「挪威的森林」這首曲子,「我」的「回憶」就會一下子衝到沸點。

理所當然的,不論是《聽風的歌》、《1973年的彈珠玩具》、《尋羊冒險記》、或《挪威的森林》,主人公的「我」都不是村上春樹自己。但是若想到從《聽風的歌》開始展開一連串故事的主人公被「失戀」刻劃出決定性的心靈創傷,便會自然地認為作者曾經有過與主人公相同的經驗,將之反映在作品裡。再者,《聽風的歌》裡自殺女友的名字是「直子」,《挪威的森林》裡主人公那個最後自殺的女友也取了同樣的名字,在此可以感受到作者強烈的意圖,令人不禁猜測村上春樹是否經歷過「女友自殺」這種無法自拔的體驗。就這個意義來說,從《聽風的歌》到《挪威的森林》一連串的長篇,可以說是圍繞著一個接連不斷的故事或同一個主題所展開的故事。

換言之,雖說「虛構(Fiction)=小說」,但也不可能寫出與自己=作者完全無關的世界。就這個意義來說,可以很確定的是,作者的經驗和思想反映在作品裡是自然之事。讀者之所以想要在文學裡追求「樂趣」和「打發時間」之外的東西,是因為他們認為這裡一定存在著作者寄託在故事裡關於「生活方式」的某些訊息。村上春樹在《挪威的森林》裡

---

[7]　村上春樹,《挪威的森林》,賴明珠譯(台北:時報文化出版企業股份有限公司,2003)8。

描繪出「失戀＝女友自殺」所帶來的青春的殘酷、溫柔及混亂，就是因為有這樣的心靈狀態才能夠映襯出青春，因為每個人都曾經在青春的當中不知所措過。

我們觀察村上春樹的小說，《挪威的森林》也好，具實驗性質的《世界末日與冷酷異境》（1985）也好，不管是長篇或短篇，小說的世界一直是以青春裡無止盡的「喪失」為主題，不過《挪威的森林》可以說是其中出色的「青春小說」。並不是因為他描繪的是戀愛與失戀這種每個人都可能體驗過的「青春」故事，而是因為只能將「青春」視為過去之事的作者，以被認為是他自己體驗過的「喪失」為基底，將這個「喪失」描繪成一種「甘甜」、「美麗」之事。

這個「喪失＝青春」的描繪方法被認為是《挪威的森林》成為世界級暢銷書的理由。另外談一件別的事，村上春樹會何一定要在這個時期寫出以「失戀＝喪失」為故事的《挪威的森林》呢？在這裡可以發現的是，村上春樹在《挪威的森林》之後馬上寫出被喻為以《聽風的歌》為首的「鼠」三部曲的續篇《舞・舞・舞》（1988）。換個說法，村上春樹會何一定要在表面看起來有某種關連但內容卻完全不同的「鼠」三部曲和《舞・舞・舞》之間寫出《挪威的森林》呢？也就是說，相對於「鼠」三部曲是以作者的青春時代特有的「政治的季節」（從六〇年代末期到七〇年代初期的大學連合鬥爭運動＝學生叛亂的時代）裡的「喪失」為主題，《舞・舞・舞》則是以現今「失落的人際關係」為主軸來展開人們從「過去＝死」回歸到現在的故事。

限於篇幅不加詳述，但在此簡單說明「鼠」三部曲和《舞・舞・舞》的關係。「鼠」三部曲成立於對於「過去＝青春」的執著之上，以對「過去的清算」做為主題。相對於此，《舞・舞・舞》這種對「過去」的執著是很稀薄的，而以「現在」的「死→再生」做為最大的主題。若從這個「鼠」三部曲跳躍（轉換主題）到《舞・舞・舞》之事來思考的話，《挪威的森林》非寫不可的理由就不由得地明白了。

也就是說，對於為自己的青春裡做出決定性刻印的「政治」＝學生運動經驗，村上春樹在「鼠」三部曲做了大致的結束，而在關於「戀愛＝失戀」方面，打算藉由書寫《挪威的森林》來將「過去」做為對象來加以清理。就這個意義而言，《挪威的森林》就成了非寫不可的長篇。

二、「愛情小說」……?

村上春樹在《挪威的森林》上冊的書衣寫出下述的文章:

> 這部小說是我以前不曾寫過的類型,而且是我一直想要書寫的類型。
>
> 這是愛情小說。雖然稱呼十分老套,但此外想不出合適的說法。這是一部激烈、寂靜、哀傷,百分之百的愛情小說。(底線出自原文)

作者自己都說這部長篇是「愛情小說」了,評論家和文學研究者或許不應再說什麼,但是如此簡單地將這部小說當作「愛情小說」來看待是否恰當呢?這部長篇小說確實將一位男性=主人公的大致上算是不同種類的兩種「戀愛」的進行過程做了細緻的描述。再者,除了主人公的「戀愛」之外,還寫到了「永澤」和「初美」之間的「戀愛」。

但是,「我」和「直子」、以及「我」和「綠」之間的關係真的可以稱為「戀愛」嗎?若只因為一個男人和一個女人發生性行為那種程度的親密關係,就說這個男人和這個女人處於「戀愛」關係,這未免是過於簡單草率的想法。「戀愛」是「Eros(肉體)」元素和「Agape(精神・心靈)」元素兩者纏繞而成的男女關係,若偏向 Eros 或 Agape 其中一方的話,就不能稱之為「戀愛」。舉個極端的例子,例如妓女與嫖客之間的關係,不管兩人之間的關係多麼親密,兩人關係的底層仍存在著「金錢=娼鴇賣春管理」的關係,絕不是自立形成的男女關係。在有賣春制度的社會裡,這種制度下的男女關係一般不被稱為「戀愛」。例如江戶時代的近松門左衛門(CHIKAMATSU Monzaemon, 1653-1725)寫的「自殺劇」,由於在封建制度下「戀愛」無法被成就,只好在現世選擇「死」,祈求來世的「幸福」。很明顯地,這與近代概念裡的「戀愛」相距甚遠。

當我們以這種觀點來考量男女關係時,《挪威的森林》裡的「我」和「直子」及「綠」之間的關係、或者「永澤」和「初美」之間的關係,真的可以稱為「戀愛」嗎?也就是說,《挪威的森林》的男女關係裡或許不存在「愛=Eros 和 Agape 的複合體」。為何這麼說呢?因為存在於這個故事裡的,只有村上春樹文學(尤其是初期作品)裡特有的、──若用村上

春樹自己後來說過的話——與 Detachment（超脫社會）處於表裡關係的
「溫柔」（另一種說法是，是從與社會和人群沒有深入關連（不具有濃密
的關係）之處生出來的「溫柔」）。例如以下引用的「我」和「直子」的
關係真的可以稱為「愛」嗎？或者只是不願踏入對方內心的「溫柔」呢？

「我知道啊。就是知道。」直子依然緊緊握著我的手那樣說。
然後沉默一會兒繼續走著。「那種事情我很清楚。這跟道理沒關係，
只是感覺得到。例如像現在這樣緊緊跟你靠在一起時，我就一點也
不害怕了。多麼惡劣黑暗的東西都不會來引誘我了。」

「那麼事情就簡單了。只要一直維持這樣不就好了嗎？」我
說。「這——你是真心說的嗎？」

「當然是真心的啊。」

直子站定下來。我也站定下來。她把雙手搭在我肩膀上從正面
一直注視著我的眼睛。她的瞳孔深處漆黑沉重的液體描繪出圖形不
可思議的漩渦。那樣一對美麗的眼眸長久之間探視著我的內心。然
後她挺起身子把她的臉頰輕輕貼在我的臉頰上。那動作在一瞬之間
令我感到胸部快窒息的溫暖甜蜜。

「謝謝。」直子說。

「哪裡。」我說。

「你能這樣說我非常高興。真的噢。」她好像有點感傷似地面
帶微笑說著。「但這是辦不到的。」

「為什麼？」

「因為那樣做不行啊。因為那樣太過份了。那——」話才說到
一半直子突然打住，就那樣又繼續開始走起來。我知道很多想法正
在她腦子裡打轉，於是在一旁默默走著並沒有插嘴[8]。

乍看之下，這是一段平凡無奇的年輕男女朋友之間的對話，但是「我」
和「直子」兩人的關係若真的很親密，為何「直子」會說「那樣做不行啊，
因為那樣太過分了」？而當「我」說可以一直握著手沒關係時，「直子」
為何會「有點感傷似地面帶微笑」呢？還有，為何「我」不願進入「直子」

---

[8] 村上春樹，《挪威的森林》 14。

的內心呢？對於這些疑問，這個故事並沒有為我們準備「答案」。比起濃厚、深入的關係，反而更想要淡泊、不深入的關係，這是經歷過「政治的季節」之後、生活在七〇年代開始到八〇年代之間的年輕人的實態。即便如此，這真的可以稱為「戀愛」嗎？

村上春樹文學的特徵便是描繪這種稍微偏離本質的人際關係，《挪威的森林》也很周到地讓「我」對自己的事說出「到了東京，住進宿舍，開始我的新生活時，我知道只有一件事是自己該做的。凡事都不能想得太深，所有事物和自己之間都必須保持適當的距離──只有這件事。」這樣的話。這個「我」的樣態可以說是始於七〇年代後半期、席捲八〇年代的「冷漠世代」的典型（這一點與《挪威的森林》的時代背景六〇年代末期有所出入）。「直子」也曾在高中時期經歷男友 Kizuki「無法令人理解的自殺」，不論是「我」或是「直子」的內心都存著「不相信別人」這種最惡劣的心態，渡過了青春歲月。

> 死不是以生的對極形式、而是以生的一部分存在著。（中略）到那時候為止，我一直把死這件事當作與生完全分離而獨立存在的東西來掌握。也就是「死總有一天會把我們確實捕捉住。但相反地說，直到死將我們捕捉的那一天來臨之前，我們不會被死所捕捉。」那種想法對我來說覺得像是極端正常而合理的想法。生在這邊，死在另外一邊。我在這一邊，不在那一邊。然而以為 Kizuki 死的那一夜為界線，我已經再也不能那樣單純地掌握死（還有生）了。死並不是生的對極存往。死是本來就已經包含在我這個存在之中了，這個事實是不管多麼努力都無法忘掉的。因為在那個十七歲的五月夜晚捕捉了 Kizuki 的死，同時也捕捉了我[9]。

十七歲時將「死」視為「生」的一部分的「我」的感性（「直子」和「木月」都具有相同的感性），這種我們可以稱之為對「生」的極致表現的戀愛（也就「愛」的實現＝成就），是否有可能實現呢？換言之，「戀愛」是「生存」的一種證明，是位於「死」的極北之地的人類行為，對於已認定「死」是「生的一部分」的人們而言，是否有可能「戀愛」呢？

---

[9]　村上春樹，《挪威的森林》　38-39。

　　將「死」視為「生的一部分」，意味著有這種認知的人已從「死的恐怖」當中解放了，將「死」視為必然的、日常的存在來予以接受了。若是即將面臨自然死亡的老人，可能有一天突然就去世了，但是剛站上人生入口的十七歲年輕人若已真正覺悟到「死是生的一部分」的話，就不是被臨時興起的感傷（Sentimentalism）導引出來的，應該說其具有「特殊」的人生哲學。就因為《挪威的森林》的主人公們（我、直子、木月、綠、永澤）被設定為具有這樣的心理狀態，這部長篇才會被稱為「後現代」小說。在此先不提此事。如果「愛・戀愛」是位於「死」的極北之地的話，對於已認定「死是生的一部分」的人來說，設法達到「愛・戀愛＝生的實現」的行為應該是徒勞之舉。也就是說，他並不是以單純的觀念、而是以身體來認識這個生就是死的自己，對於在世間所做的戀愛（愛）行為，他的感受只有「全部皆為「徒勞」之舉」。

　　由此也可以看出《挪威的森林》這部長篇整篇瀰漫著「虛無主義」。主人公們已經自覺到自己是「死亡」的存在，他們無法燃燒「現在」這個時間短暫的「生」，因此他們只能在「虛無的深淵」意識之下過生活。經歷了木月「無法令人理解的自殺」的「我」保有「凡事都不能想得太深，所有事物和自己之間都必須保持適當的距離」這樣的人生教義，就是「我」只生活在「虛無主義」之中的證明。但是，這裡有一個問題：這麼快就對人生絕望，真的好嗎？

　　在這裡可以看到的是，這部小說的結構是三十七歲的「我」對於自己那個可以稱為「疾風怒濤的時代」的二十歲時光所做的回想。「二十歲的時光」已經是不可復返的時間。「我」以外的人們，除了自殺死掉的「直子」和「初美」之外，綠、永澤、鈴子到哪裡去了？還活著嗎？還是已經死了？這部《挪威的森林》裡漂蕩著的「孤獨感」其實與「虛無感」相同性質，由以下的記述可以明白了解：

　　　「真的不要緊嗎？」
　　　「不要緊，謝謝妳。」我說。空中小姐微微一笑走開了，音樂換成比利・喬（Billy Joel）的曲子。我抬起頭眺望浮在北海上空的

陰暗烏雲，想著自己往日的人生過程中所喪失的許多東西。失去的時間，死去或離去的人，已經無法復回的情感[10]。

這樣的「回想＝悔恨」應該可以說是一種感傷（Sentimentalism），但如前所述，在這之後展開的故事絕對不是以「愛＝戀愛」做為主題的，而是一種只能稱為「溫柔」的東西。《挪威的森林》之所以不是「愛」的故事、而是「溫柔」的故事的理由是，舉例而言，對於一直想念著高中時期自殺死掉的 Kizuki、但卻又好像接受了「我」的求愛而只睡過了一次之後住進了深山裡的精神病院的「直子」，「我」明白她的情況不會好轉，在精神和物質層面都是一種負擔，但「我」好幾次專程從東京到京都去探望。這樣的探望絕對無法稱為「愛」。現在「我」和大學同學「綠」很要好（在別人看來是男女朋友的交往），但「我」好幾天的晚上被宿舍的學長「永澤」帶到繁華街區，與路過的女子共渡一夜（有時會與永澤交換伴侶玩樂），這樣的生活也持續著。

就常理而言，如果「我」是真心「愛著」「直子」的話，就不會腳踏兩條腿地和「綠」交往，也不會只為了處理「性慾」而跟路過的女子上床。在現今世上充斥著「和平」和「豐饒」的假象情況下，如同各種週刊誌宣傳的，正值適婚期的女性要求對方的條件是「溫柔」，這象徵了世間最想追求的可能就是「溫柔」。就這個意義來說，村上春樹自己為《挪威的森林》的宣傳詞雖然是「激烈、寂靜、哀傷，百分之百的愛情小說」，但是我們從這部小說感受不到「激烈」，而且最先感受到的不是「愛情小說」，而是「溫柔」，因此即使我們說這部小說反映出整個現代，並不過言。

有一個和村上春樹同一時代的人（比村上大三歲）說，在一九七〇年前後的「政治的季節」，即使是站在流行最前線的東京，「永澤」和「我」每天晚上在熱鬧街區跟閒逛的女子搭訕（獵豔）、並在飯店共渡一夜這種事，在現實風俗民情裡應該不存在。《挪威的森林》裡的「我」和「永澤」每天晚上的行為，很像即將發生泡沫經濟的八〇年代後期的風俗民情，與各種媒體報導的「性混亂」、「奔放的性」等話題極為相近。也就是說，小說的時代設定為一九七〇年前後，但小說呈現的卻是八〇年代末期的風俗民情。或許就因為是這樣的非現實世界，才會被稱為「村上春樹世界」。

---

[10] 村上春樹，《挪威的森林》　8。

三、《挪威的森林》現象及其意義

　　《挪威的森林》為何受到國內外眾多讀者的歡迎呢？其最大的理由應該是主人公「我＝渡邊徹」以及跟他有關係的主要人物（直子、綠、永澤、初美、鈴子）的生活方式是「時髦」的這一點。在此所謂的「時髦的生活方式」，與重視人與人的關係的浪花節（譯注：重視人情義理的日本說唱藝術）式的生活方式完全相反，是彼此不窺探對方內心、不懼孤立的生活方式。也就是說，《挪威的森林》的出場人物不同於日本以「共同體＝村落」為基底的傳統人際關係，而是以「個體」為中心、尊重歐美式的人際關係。這就是《挪威的森林》或者說村上春樹文學之所以被稱為後現代文學的理由。這種「時髦」的生活方式與八〇年代開始正式發展的「豐饒的時代」極為相稱。

　　讀者憧憬「我」或「永澤」那種「時髦」的生活方式，可能的話，希望自己可以從現在猶豫不決的生活抽離出來，試著過看看他們那種「時髦」的生活方式。這樣的願望存在於《挪威的森林》的讀者的心底。舉例而言，《挪威的森林》裡的「時髦」性象徵了以下這種「我」的樣態。

> 罷課解除，在機動隊佔領下，重新開始上課，最先去出席上課的居然是那些罷課學潮中居於領導地位的傢伙。他們若無其事地到教室來記筆記，被喊到名字時乖乖地回答。這就奇怪了。因為罷課決議依然有效，誰都沒有宣佈終結罷課啊。只因大學引來機動隊破壞掉障礙欄而已，原理上罷課還繼續。而且他們在決議罷課時大放厥辭，把反對罷課（或表明疑問態度）的學生臭罵一頓，或群起批鬥一番。我還跑去找他們，問問看為什麼不繼續罷課，要來上課呢。他們答不出來。因為沒有理由可答。他們怕出席數不足學分會被當掉。這種傢伙居然喊得出要罷課，我覺得真是太可笑了。這種卑鄙傢伙就會見風轉舵[11]。

　　這段引文充分表現了「政治的季節」＝學生叛亂時代已經過去的大學裡的一個風景。但是，我們同時可以感受到作者過度強調「我」和誰都不

---

[11] 村上春樹，《挪威的森林》　70。

具有濃密關係的生活方式、也就是「時髦」的生活方式這種作者的「惡意」。若能充分閱讀引文就可明白，「我」能夠栩栩如生地描繪「Barricade（封鎖）」等事情，就可知道他是經常出現在學生運動現場的人物。若是這樣的話，在罷課被制止之後就到教室上課的罷課領導人們應該只是學生運動裡一部分可稱為「最差勁」的活動家才對。多數領導罷課的活動家們的樣態其實是多樣的，有的人在罷課被制止之後仍在大學內外大喊「奪回大學」並不斷地重複發動示威遊行，有的人因了解到大學鬥爭的極限而轉往黨派（Sect）活動，也有人深刻地嘗到「敗北」的滋味之後，心情混亂地窩在陰暗的出租宿舍裡，或者離開令人絕望的大學返回故鄉。

　　但是對於「罷課領導人」，作者只是一次元地描寫為「罷課被制止後，在機動隊的佔領下，又重新開課時，最先出席上課的竟是帶動罷課的那夥人」。或許這可以說作者是為了戲劇性地捕捉「我」的大學生活，但也不得不令人感到作者過度偏頗的看法。即便如此，若現實上真的有一位平日只處於旁觀者立場（像「我」這樣的學生）的人問了「何以不繼續罷課，反倒上起課來了」這種問題的話，可能會被回說「你在說什麼！你沒有資格問這種問題！」並且揍了過來。還有，若是他們認為自己是與這個時代共存的人，即使政治＝校園鬥爭已經「敗北」，應該只有少數學生會對於參加罷課（政治）之事感到「後悔」吧？大多數的學生即使不會認為自己選擇參加政治是一件值得「誇耀」的事，但也不會像引文那樣地採取讓自己變得「自卑」的態度。

　　然而，村上春樹將那群罷課領導人寫成了像引文那種不帶有絲毫尊嚴的、「微不足道的」利己主義者。或許這可以說作者是想要強調「我」過著多麼時髦的生活方式，但感覺作者過度往自己的世界（思想）靠攏。簡單地說，這是對於學生運動家們過於簡單的描寫，這與每天晚上被「永澤」帶去從事只為了處理性慾的性行為、同時又對「直子」和「綠」表現出無邊無際的「溫柔」的「我」的心理狀態，在基底部份具有共通性。也就是說，這些全部都只是不同於「現實」的作者在腦袋裡產生的人物形象，不是對某事的移情作用，只是在這個故事裡「時髦」地享受「孤立」的一個人。

　　《挪威的森林》的主人公是這種對所有社會現象保持一貫「超脫社會（Detachment）」的態度、對所有人和事物保持相同距離的「我」，搭配村上春樹不管是否出版仍自行設計的紅及濃綠的粉彩色系封面的效果，攜

獲了八〇年代末期年輕人的心。唯一的理由是「我」和其他出場人物都是「超脫社會（Detachment）」的存在。大江健三郎對於這種《挪威的森林》中的文學特徵，做出了以下真知酌見的評論：

> 村上春樹文學的特徵形成自「即使對於社會或個人生活中與自身最貼近的環境，都一律不採取能動的姿態」的這種覺悟。更有甚者，以完全不抵抗的被動體來接納來自於風俗民情環境的影響，並且以能夠聽得到背景音樂的方式來毫無破綻地編織出自己內在的夢想世界。這就是他的方法。戰後的文學家們採取了能動的姿態進行各種工作，經過約三十後之後，採取完全相反的被動的態度現在的文學家，則是極端地表現出今日文學的狀況。相對於前述戰後文學家「明確指出該時代多樣化的問題點」這種主題明確性，代表新世代的作家說道，他並不關心「主題」這種東西，只有優良的寫作技巧才是重要的。
>
> 他的文學超越了做為作家的自覺，充分地表現了已喪失以能動的姿態來面對社會和世界的視角（也就是「主題」）的該時代人們在另一個層次的主題。就這一點而言，他已廣泛地吸引了今日的年輕讀者。（強調標記出自原文。〈從戰後文學到今日的窘境〉演講錄。1986 年 3 月）

大江的演講錄是在長篇《挪威的森林》出版之前的文章，但卻能淋漓盡致地指出《挪威的森林》的特徵。這可以證明大江的洞察力相當優秀，而且大江對村上春樹文學的這個評論也可以證明《挪威的森林》是一部如何地「被做出來的」（與現實相距甚遠）小說。

這與《挪威的森林》是一個與包含「政治」在內的「外部」完全切離、沒有糾葛的「內部」的故事並非全然無關。也就是說，《挪威的森林》裡看不到與曾經陪伴過「我」、名為「政治」＝學生運動的「外部＝時代」進行過實際的或想像的格鬥，也沒有寫到「我」和「直子」等出場人物的「內心（的糾葛）」，但是《挪威的森林》卻受到眾多讀者的歡迎。一位與村上春樹完全相同世代的作家增田瑞子（MASUDA Mitsuko，在八〇年代到九〇年代之間相當活躍、但現今的文藝雜誌裡幾乎看不到名字的女性作家），在《挪威的森林》出版約一年前，將該時代年輕人不得不擁有的

「孤獨感」寫成《單細胞》（1986 年。獲泉鏡花文學獎）一書，極獲好評。
《挪威的森林》描寫的也是只能待在「Single Cell（單細胞）」裡生活的
年輕人，這是其最大的特徵。

　　住進精神病院的「直子」自殺之後，「我」出去旅行了一個月，即使
這看起來像是為了治癒女友自殺造成的震撼所做的「旅行」，其實只是「我」
為了「死不是生的對立，而是早已存在於我們的生之中」這個「真理」進
行的再次確認，只不過是一趟感傷之旅（Sentimental journey）罷了。為什
麼呢？因為「我」從「旅行」回來之後，馬上接受已從精神病院出院的「直
子」的病友「鈴子」的拜訪，這時「我」和「鈴子」共睡（做愛）過四次。
如果真的在哀悼「直子」之死的話，在詳細地描述「直子」之死及葬儀過
程之後，真的能夠做出這樣的行為嗎？

　　如同以下的引文所示，因為有這種《挪威的森林》的「敷衍性」，所
以《挪威的森林》的主題並不是「戀愛‧愛」，而是任何時代都會向年輕
人襲來的「認同危機（Identity crisis）」。

　　　　我打電話給綠，說我無論如何都想跟妳說話。有好多話要說。
　　好多不能不說的話。全世界除了妳之外我已經什麼都不要了。我想
　　跟妳見面談話。一切的一切都想跟妳兩個人從頭開始。

　　　　綠在電話那頭長久沉默著。簡直像全世界的細雨正降落在全世
　　界的草地上一般，那樣的沉默繼續著。在那之間我額頭一直抵著玻
　　璃窗閉著眼睛。然後綠終於開口了。「你，現在在哪裏？」她以安
　　靜的聲音說。

　　　　我現在在哪裏呢？

　　　　我手依然拿著聽筒抬起臉，試著環視電話亭周圍一圈。我現在
　　在哪裏呢？但我不知道那是什麼地方。看不出來。這裏到底是哪
　　裏？映在我眼裏的只有不知正走向何方的無數人們的身影而已。我
　　正從不能確定是什麼地方的某個場所正中央繼續呼喚著綠[12]。（強調
　　標記出自原文）

---

[12]　村上春樹，《挪威的森林》　203。

　　對還活著的女友說「在這個世界上，除了妳以外別無所求」、「一切的一切從最初遇到妳的時候開始來過」，但卻又反問自己「現在我在哪裡」的二十歲男子的模樣，確實非常懇切。但相反地，這也暴露出「在經歷過很多的『死』卻還無法『確定自己』的情況下，只能維持在『感傷』的程度來渡過重要的二十歲時光」這樣的弱點。

　　我們將之對照當時任何學生運動家都知曉的法國小說家、哲學家及革命家保羅・尼讚（Paul-Yves Nizan, 1905-40）的《亞丁阿拉伯》（*Aden Arabie,* 1931）開頭語「我二十歲了。但我決不願意讓任何人說什麼這是一生中最美麗的年華」來看，仍是過度感傷的樣態。或許村上春樹是將保羅・尼讚這句眾人皆知的名言放在心頭，將二十歲視為「一生中最美麗的年華」，以此創作出《挪威的森林》。不過可惜的是，其內容遠不及《亞丁阿拉伯》。

　　《挪威的森林》上冊封面內頁寫著一句話：「獻給許多的節慶（Festival）」。若採用柳田國男（YANAGITA Kunio, 1875-1962，民俗學）對「節慶」這個字的解釋的話，《挪威的森林》這部長篇是描述一個過著平凡無奇的「日常」生活的三十七歲男子深刻地、感傷地「回想」二十歲時那個為「戀愛」所苦的時代，那是一個「非日常的」節慶的世界，一個「喪失」了很多事物的時代。之所以世界上的年輕人在讀《挪威的森林》時會感覺書裡好像是在談自己的事，應該是因為閱讀這個故事可以使因「喪失」而受傷的我的心靈得到療癒。這可能與「對於超過某個年紀的人而言的《挪威的森林》只是『過於甜膩的』青春小說」一事有所關連。對於比起那個自殺妝點其中、屬於「Festival＝節慶・非日常」的二十歲時光，經過歷練、年歲增長的「現在＝日常」反而感到沉重的人來說，《挪威的森林》只是一個過度感傷的故事罷了。

（本稿是以 1989 年 12 月寫成後刊行的《村上春樹論──失落的世界》（六興出版）〈第 5 章「喪失」與「戀愛」的故事──《挪威的森林》〉為主題，再加上之後的「閱讀」重新寫成，後半段幾乎都是「新稿」。我有信心自己提出的是新的《挪威的森林》論。）

（2013.5.22 記）

Norwegian Wood: A Tale of Love and Loss

Kazuo KUROKO
Emeritus Professor, University of Tsukuba

Translated by Chun Yen PAI
Ph.D Candidate, Institute of Taiwan Literature,
National Tsing Hua University, Taiwan

Abstract

Haruki Murakami skillfully illustrated damage on youth sustained from emotional losses through his trilogy of literary work: *Hear the Wind Sing*, *Pinball, 1973*, and *A Wild Sheep Chase*. He further questioned the definition of youth through later works *Hard-Boiled Wonderland and the End of the World* and *Norwegian Wood*－the subject of this essay. *Norwegian Wood* is a book openly presented as a romance novel. However, this outwardly romantic theme was contrasted by the emphasis on loss, loneliness, and helplessness, which raised ambiguity on the true topic of the novel.

Keywords: Haruki Murakami, *Norwegian Wood, Hear the Wind Sing, Pinball, 1973, A Wild Sheep Chase*

《國際村上春樹研究》輯一（2013 年 12 月）46-100。

《挪威的森林》與兩岸三地的村上春樹現象

■藤井省三著*
■張明敏譯

作者簡介：

　　藤井省三（Shōjō FUJII），1952 年生於東京，東京大學文學博士，現為東京大學教授。長期從事東亞比較文學研究，主題包括魯迅乃至韓寒之現代中國作家、台灣女性主義作家李昂、香港電影王家衛，以及村上春樹與松本清張等日本作家在華語圈的接受影響。著有《魯迅──東アジアを生きる文学》（岩波新書，2011）、《中國語圈文學史》（東京大學出版會，2011）、《村上春樹のなかの中國》（朝日新聞社，2007）等十餘冊。譯有魯迅《故鄉／阿 Q 正傳》、莫言《酒國》、鄭義《古井戶》、李昂《殺夫》、董啟章《地圖集》等兩岸三地作家作品十餘種。

譯者簡介：

　　張明敏（Mingmin CHANG），女，2009 年獲台灣輔仁大學比較文學博士學位，現為健行科技大學應用外語系助理教授。曾任日本東京大學文學部訪問學者。曾獲台北文學獎、香港青年文學獎翻譯文學獎、日本交流協會獎助。曾於 2008 年與譯者賴明珠、林少華、葉蕙去見村上春樹。著有《村上春樹文學在台灣的翻譯與文化》（台北：聯合文學出版社，2009）等。譯作包括《「1Q84」之後──村上春樹長訪談》（村上春樹著，與賴明珠合譯）、〈《漫長的告別》日文版譯者後記〉（村上春樹著）、《村上春樹心底的中國》（藤井省三著）（以上譯書皆為台北時報出版社出版）等。

---

* 　本文由健行科技大學應用外語系助理教授張明敏譯。內文與《村上春樹心底的中國》（張明敏譯，台北：時報出版社，2008）一書重覆部分，已獲得台北時報出版社同意轉載。

內容摘要：

　　華語圈的村上接受歷史至今已超過四分之一世紀，《挪威的森林》連續暢銷二十餘年，在華語圈的台灣、香港、中國，則以《挪威的森林》出版為契機，引發了村上文學的閱讀熱潮，更形成一股社會文化影響力，例如村上春樹成為許多文藝青年的精神導師。本文以拙作《村上春樹心底的中國》為基礎，整理探討《挪威的森林》與華語圈兩岸三地村上春樹現象與熱潮的發展，並加上最新的文獻分析，提供針對中國境內第三波村上熱潮的最新觀察

關鍵詞：村上春樹、周星馳、王家衛、賴明珠、《挪威的森林》

　　村上春樹於 1979 年以《聽風的歌》獲得群像新人賞而崛起於日本文壇。1985 年八月於台北出版的《新書月刊》雜誌，是日本以外首次譯介村上春樹文學的刊物，華語圈的村上接受歷史至今已超過四分之一世紀。在東亞，讀者各以不同方式接受村上春樹的作品，然而其中原因可能與《挪威的森林》習習相關。《挪威的森林》是由敘述者「我」於 1987 年搭飛機抵達德國漢堡機場而展開。當時三十六歲的「我」突然憶起十八年前，亦即一九六〇年代末期的戀愛經驗，於是再次被深刻的失落感襲擊。清水良典（SHIMIZU Yoshinori, 1954-）指出，《挪威的森林》的登場人物的都具有「無法妥善與社會、他人連結，不擅於表達自己」、「深覺『活著很辛苦』」的精神狀態，而透過直子、綠這兩個人物描繪出「尋找語言之病症」、「令人心痛的敏感性愛」；清水良典又說：「自從這樣的孤獨出現以來，描繪得最為深入的作品，應該就是《挪威的森林》。」[1]

　　若將這一點置於東亞的脈絡中思考，可以說是因為《挪威的森林》的內容突顯了語言與身體的溝通危機，使此書能連續暢銷二十餘年，累計至二〇〇九年七月在日本發行量已突破一千萬冊。在華語圈的台灣、香港、中國，則以《挪威的森林》出版為契機，引發了村上文學的閱讀熱潮，更形成一股社會文化影響力，例如關村上春樹成為許多文藝青年的精神導師，「村上之子」[2]陸續誕生；此外，與村上相關的社會現象也層出不窮，例如在台灣台北出現以「挪威的森林」為名的咖啡廳、「力麒村上」住宅建案、「挪威森林」汽車旅館，在中國南京則有住宅建案取名「挪威森林」等等。

　　本文以拙作《村上春樹心底的中國》[3]為基礎，整理探討《挪威的森林》與華語圈兩岸三地村上春樹現象與熱潮的發展，並加上最新的文獻分析，提供針對中國境內第三波村上熱潮的最新觀察。

---

[1]　清水良典（SHIMIZU Yoshinori, 1954-），《村上春樹はくせになる》（東京：朝日新聞社，2006）139, 141, 142, 144。

[2]　「村上之子」（Murakami's children）一詞最早出現於 2002 年 11 月號之 *Time* 雜誌。在 POP MASTER 專欄中，Velisarios Kattoulas 指出：「在東亞，村上春樹抒情的小說形式被許多人模仿，他們被稱之為『村上之子』。」參照藤井省三《20 世紀の中国文学》（東京：放送大學教育振興会，2005）。

[3]　藤井省三，《村上春樹心底的中國》，張明敏譯（台北：時報出版社，2008）。

一、兩岸三地讀者接受村上春樹的四大法則

以地理位置來看，「村上春樹現象」是由「台灣→香港→上海→北京」這順時針方向而展開，就時間上來說都是在以上各地的高度經濟成長有減半的趨勢之際。我將這兩種現象分別稱為「**順時針法則**」以及「**經濟成長趨緩法則**」。

在六〇年代後半葉的日本，平均經濟成長率達到百分之十七點六（此為表面數字，實際數字為百分之十一點一），為高度經濟成長的極盛期。都市急速改頭換面，懷念的景物陸續消失。《挪威的森林》的戀人們在東京街頭徘徊，正是在尋找逐漸消失的東京風景。而後過了十八年，當「我」的青春時期接近尾聲時，亦即八〇年代後半葉，當時日本平均經濟成長率為百分之六點一（實際為百分之四點九），約下滑了三分之二。相反地，1975 年日本人的國民生產毛額（GNP）為每人四千四百五十美元，八七年則躍升為一萬六千二百七十一美元，約成長四倍。

至於台灣則從 1964 年起，十年之間的經濟成長率為百分之十一點一，八七年更達到百分之十三的高點，後來則跌為百分之六左右。日本的「村上春樹現象」傳來時，台灣也和日本一樣經歷高度經濟成長的結束，眼前是過度的都市化、都市風景與人際關係產生激烈變化的結果，而迎向經濟成熟的時期。

香港和台灣一樣，國內生產毛額（GDP）成長率在六〇年代實際為百分之八點八，七〇年代也是繼續攀升為百分之九（名義上是百分之十九點四）。但到了八〇年代，香港的經濟成長率跌為百分之六點五（名義上為百分之十五點四），九〇年代前半葉則降為百分之五點七（名義上為百分之十四點三）。六〇年代的第一次工業化是以服裝、纖維產業為主，而七〇年代各種行業國內生產毛額的成長率中，建設業與金融、保險、不動產業等達到百分之二十六以上，勝過製造業的百分之十七點四。但到了八〇年代，零售批發、貿易、飲食業、飯店業與運輸、倉儲、通信業等，則分別達到百分之十七至十八，高於建設、金融、保險、不動產業的百分之十三。

就業人口方面，製造業由 1982 年的九十萬人開始持續減少，九一年時被零售批發、貿易、飲食業、飯店業就業人口所超越；九三年被運輸、

倉儲、通信、金融、保險、不動產業等就業人口追趕而上。1991 年，博益出版社的《挪威的森林》在香港出版時，正值香港社會形態從以製造業為主大幅轉向服務、資訊產業的時期[4]。

此外，1980 年代末期，華語圈國家的民主化運動如火如荼進行，在台灣是以不流血的和平改革實現了民主化，但中國卻發生悲慘的六四天安門事件，扼殺了人民對於民主化的期望，兩岸的民主發展進程涇渭分明。而民主化運動的結果，對於各地接受村上春樹的強弱之差產生極大的影響，可稱為「**後民主化運動的法則**」。

至於村上春樹熱潮的發生，在台灣、香港及韓國，都出現於 1989 年「百分之百的戀愛小說」[5]的《挪威的森林》譯本開始出版並且大賣之後。雖然中國也在同年出版《挪威的森林》的譯本，但中國的村上春樹現象卻大約在十年後才出現。此外，所謂村上春樹「青春三部曲」中的長篇小說《尋羊冒險記》（日本於 1982 年初版），譯本推出的時間則比較晚。台灣版為賴明珠翻譯，出版時間是 1995 年；中國的譯者為林少華，於 1997 年出版；韓國譯本也是 1997 年推出。《尋羊冒險記》的譯本出版時間稍嫌落後。一般而言，在東亞，《挪威的森林》擁有超高人氣，《尋羊冒險記》受歡迎的程度遠不能及，可以說是「**森高羊低的法則**」。

相對於華語圈「森高羊低」的現象，英譯本的情形並非如此。《挪威的森林》和《尋羊冒險記》二書的英譯本都是在 1989 年由日本講談社國際版（Kodansha International）出版，譯者為阿弗烈・伯恩邦（Alfred Burnbaum），書名分別為 *Norwegian Wood* 及 *A Wild Sheep Chase*[6]。2000 年，《挪威的森林》的英文平裝版出版，改由 Vintage Books 出版社發行，譯者也由傑・魯賓（Jay Rubin）取而代之。不過，《尋羊冒險記》的平裝

---

[4] 有關經濟統計數據之參考書籍如下：《平凡社百科便覽》平凡社，1986 年；《平凡社百科便覽改訂版》（東京：平凡社，1993）；施昭雄、朝元照雄編著《台灣經濟論》（東京：勁草書房，1999）；野村總合研究所（香港）有限公司編，《香港と中國》（東京：朝日新聞社、朝日文庫，1997）。

[5] 出自《挪威的森林》的講談社精裝本上卷的廣告詞，為村上春樹本人所撰。在台灣故鄉版的封底，將本句譯為「百分之百的戀愛」。香港介紹《挪威的森林》的文章中，也使用同樣的字句。在中國，《挪威的森林》的最早譯本（灕江版）的封面則刊載了稍微不同的字句：「百分之百的純情，百分之百的坦率」。

[6] 根據搜尋日本國會圖書館或東大圖書館目錄的結果。

版早在 1992 年已收錄於講談社國際版的「日本現代作家」系列，採伯恩
邦的譯本，同時在東京、紐約、倫敦發行。就英文版譯本的出版來看，顯
示《尋羊冒險記》的接受程度比《挪威的森林》略勝一籌。

魯賓曾經訪問伯恩邦，伯恩邦表示起初他建議講談社英譯村上文學
時，針對「特別喜歡的村上小說」這個問題，他的答覆是《尋羊冒險記》
一書。當時其他的美國編輯也支持伯恩邦的看法，而講談社也展開了在美
國的村上春樹文學宣傳活動，並自 1990 年秋天起，在著名的藝文周刊《紐
約客》相繼刊登了〈電視人〉、〈發條鳥與星期二的女人們〉等短篇小說
的譯文[7]。此外，在《聽見 100%的村上春樹》中，魯賓論及英文版《尋羊
冒險記》的篇章佔了二十二頁，比討論《挪威的森林》的部分多出兩頁，
或許是他也對《尋羊冒險記》更能產生共鳴之故。

在法國、德國、俄國，就翻譯出版的時間而言，也是《挪威的森林》
落後於《尋羊冒險記》。《尋羊冒險記》一書的譯本在上述三國的出版時
間分別為 1990、91、98 年，相對的，《挪威的森林》的譯本出版時間為
1994、2001、2003 年，分別比《尋羊冒險記》晚了四年至十年不等[8]。我
們可以發現，歐美及俄國的村上春樹接受法則，可以說是「羊高森低」；
而相對於此，東亞各國則是「森高羊低」。

普遍來說「森高羊低」的東亞，香港卻是個特例。香港版《挪威的森
林》（葉蕙譯）出版後，緊接著一年之後《尋羊的冒險》（台灣譯名為《尋
羊冒險記》）的香港譯本就發行了。香港版的《尋羊的冒險》比台灣譯本
早三年出版，也比中國譯本早了五年。而且這本香港博益出版社的譯本，
在上卷前三頁附錄了〈編者語〉，其中說明「村上春樹的作品經常充滿都
市人對人生變化而有的無可奈何的孤獨感。這樣的筆調在《尋羊的冒險》
中更見深刻。」[9]在香港，《挪威的森林》與《尋羊的冒險》同樣受到歡迎，
此一現象我稱之為「森羊雙高」。

---

[7]　魯賓（Jay Rubin），《聽見 100%的村上春樹》（*Haruki Murakami and the Music of Words*），周月英譯（台北：時報出版社，2004）192-93。

[8]　參照柴田元幸（SHIBATA Motoyuki, 1954-）等編、文藝春秋出版《世界は村上春樹をどう讀むか》（2006）收錄之〈翻譯世界地圖〉。

[9]　葉蕙譯，〈編者語〉，《尋羊的冒險》（香港：博益出版，1992），上下卷皆有收錄。

　　接下來即以前述的華語圈接受村上文學之四大法則為基礎，來探討各地在相互影響下，同時也展開具有濃厚地區性的村上春樹現象。根據第一項「順時針法則」的順序，首先由台灣開始談起。

二、《挪威的森林》與台灣的村上春樹現象

1.全世界最早的村上春樹譯作與《挪威的森林》

　　根據目前資料，台灣的賴明珠女士（1947-）應是全世界最早翻譯村上春樹作品的譯者。賴明珠生於台灣苗栗，畢業於台中中興大學農業經濟系。在台北的廣告公司上班之後，於 1975 年十月到日本千葉大學進修，獲得園藝學碩士，於 1978 年四月返台。村上春樹以《聽風的歌》獲得群像新人獎，是在 1979 年六月，因此賴明珠並沒有在日本親眼目睹村上春樹崛起文壇的過程。

　　賴明珠開始注意到村上春樹的作品，是 1982 年在台北的廣告公司上班時。當時她因工作需要所參考的日本女性雜誌中，常常刊登有關村上春樹的書評。現在她手邊還留著有關《尋羊冒險記》的書評，包括 1982 年 *an・an* 十二月三日號、*non-no* 十二月五日號，*MORE* 1983 年二月號，以及有關《看袋鼠的好日子》（中譯本名為《遇見 100%的女孩》）的書評，刊載於 *High Fashion* 1983 年十二月號。賴明珠被村上的異質性所吸引，在當時的台灣或日本文學中是前所未見的特色。村上春樹的文字簡潔，避免使用難解晦澀的語彙，乍看之下輕盈簡單，其實是割捨很多東西才能達到的精練純熟；雖然喪失了故事性，取而代之的是對人事狀態或感覺的敏銳描寫，以及充滿自由的感覺。閱讀村上春樹時，她認為自己首次遇見了一位能寫出她內心感覺的作家[10]。

　　因此賴明珠翻譯了村上的三篇短篇小說〈街的幻影〉、〈一九八〇年超級市場式的生活〉、〈鏡子裡的晚霞〉[11]，再加上節譯評論者川本三郎

---

[10]　根據本人於 2000 年 10 月 12 日採訪賴明珠之訪談內容。
[11]　前兩篇收錄於《波の繪・波の話》（東京：文藝春秋，1984），最後一篇收錄於《象工場のハッピーエンド》（《象工場的 Happy End》）（東京：CBS・ソニー出版，1983）。

（KAWAMOT Saburō, 1944-）在 1980 年代初寫的兩篇村上春樹評論[12]，然後投稿到她的朋友編輯的《新書月刊》，刊登於 1985 年八月號，標題為「特稿：村上春樹的世界／賴明珠選譯」。不久後，《新書月刊》停刊了，賴明珠認識的那位總編輯轉到時報出版社任職，於是賴譯的《失落的彈珠玩具》（後改為《1973 年的彈珠玩具》）、《遇見 100%的女孩》（以上二書皆於 1986 年出版）、《聽風的歌》（1988）就在時報出版社出版，在台灣被稱為村上春樹的三部曲。附帶一提，《遇見 100%的女孩》的日文原書名為《看袋鼠的好日子》，台灣譯本的書名取自其中一篇短篇〈四月某個晴朗的早晨遇見 100%的女孩〉，後來「遇見 100%的……」就成為與村上相關言說的提示語了。

村上的處女作《聽風的歌》，為什麼在台灣成了第三號出版的村上作品呢？賴明珠在 1992 年二月《聽風的歌》改版的譯序中寫道，村上春樹新潮特殊的表現方式，台灣的讀者較難接受，尤其《聽風的歌》「沒有明顯的情節變化，極可能被忽略」，因此先由故事性較強的另外二書打頭陣[13]。在《失落的彈珠玩具》譯序中，賴明珠也強調村上文學的新穎，指出當今的日本和戰前的日本已經大不相同，如果以川端康成（KAWABATA Yasunari, 1899-1972）和三島由紀夫（MISHIMA Yukio, 1925-70）代表日本以往的文學，村上春樹就是「八〇年代文學的旗手」。「為什麼日本年輕一代讀者喜歡他的作品？」賴明珠對台灣讀者說，他的作品非常「特別」，「如果你對『新』的東西敏感，那麼一定也會喜歡這本書。[14]」

村上春樹的這三部作品，在台灣低調地問市。然而，此時《挪威的森林》成為 1988 年日本年度暢銷排行第一名、銷售總數達三百五十萬冊的消息也傳到了台灣。由於當時賴明珠認為《挪威的森林》一書風格和以往的村上作品格格不入，因此推卻了翻譯此書的工作。過去曾刊登賴明珠選譯之村上小說及評論的《日本文摘》，對村上文學相當關注，其相關企業

---

[12] 川本三郎（KAWAMOT Saburō, 1944-），〈「都市」の中の作家たち──村上春樹，村上龍をめぐって〉（「都市」中的作家們──以村上春樹與村上龍為主）《文學界》35.11（1981）：156-68。。〈一九八〇年のノー・ジェネレーション（文學は開かれる）〉（一九八〇年的 No Generation）《すばる》2.6（1980）：222-29。本文引用來源為川本三郎《村上春樹論集成》（若草書房，2006 年）。

[13] 賴明珠譯，《聽風的歌》（台北：時報文化出版，1992 年 2 月 2 版 1 刷）5。

[14] 賴明珠譯，《失落的彈珠玩具》（台北：時報文化出版，1992）8。

故鄉出版社在得知賴明珠無意翻譯後，總編輯黃鈞浩即請了五位譯者合譯
《挪威的森林》，並於 1989 年二月分「上、中、下」三冊出版[15]。

　　故鄉版《挪威的森林》的封面，描繪一個戴眼鏡的長髮青年的側面輪
廓，在這大大的側臉的下方及左下方各有一位裸女，一個正面袒胸，一個
露背露臀，也許是在影射《挪威的森林》中綠和直子這兩位性格完全相反
的女主角吧。原來講談社精裝本《挪威的森林》共有上、下冊，封面分別
以紅、綠單色為底色，上頭只印了書名與作者名，單純而華麗，與故鄉出
版社的封面設計明顯不同。

　　打開故鄉版《挪威的森林》的封面，右側褶頁上的作者簡介寫道：「村
上春樹與赤川次郎（AKAGAWA Jirō, 1948-）並列為當今日本文壇兩大紅
人，同時也是日本新世代心目中的偶像。」這一段說明，相對於賴明珠以
川端康成、三島由紀夫與村上春樹對比是大異其趣的。此外，在目次中，
故鄉版的各章都擅自加上了標題，如「第三章／黑暗中的裸體」等，然而
日文原著中皆只標註「第X章」。

　　故鄉版《挪威的森林》其中一位譯者，曾在《聯合文學》1989 年四月
號發表該書書評。或許因為顧慮到譯者身兼評論者有失公允，他在《挪威
的森林》譯者群中使用本名「傅伯寧」，但在這篇書評中則署名諧音「胡
拜年」。這篇書評題為〈強顏歡笑的性與愛〉，其中寫道：

> 彷彿在多年後的今天，村上春樹的心仍留在過去，卻已無法接受過
> 去小說家那套「從叛逆到挫折」的公式，改以寓言直指結局的情境，
> 又陰錯陽差地符合了新生代不自覺受歷史推衍左右的內欲心
> 態。……作者想寫的愛情仍受一股更巨大的情緒所控制，讀者可能
> 深深入迷於小說中故作冷漠、強顏歡笑的性與愛，卻不見得同意文
> 中人物的態度，更不看好他們的未來[16]。

　　故鄉版《挪威的森林》的編者序〈村上春樹時代來了〉，標題稍具煽
動意味；然而身兼譯者與評論者的胡拜年可能藉著書評表達了自己無法

---

[15] 黃浩鈞主編，《挪威的森林》上卷，劉惠禎、黃琪玟合譯。中卷，傅伯寧、黃琪玟、
　　黃翠娥、黃鈞浩合譯。下卷，黃鈞浩、黃翠娥合譯（台北故鄉出版公司，1989）。
[16] 胡拜年，〈強顏歡笑的性與愛：評村上春樹的《挪威的森林》〉，《聯合文學》5.6
　　（1989）：200。

「同意文中人物的態度」。而截至當時為止，賴明珠所撰寫的村上文學翻譯介紹，是以深刻共鳴為基礎，並保有「對台灣讀者而言為期尚早」這樣的慎重姿態。相形之下，搶先出版《挪威的森林》的故鄉出版社可說是注重銷售成績、譯本賺錢與否的出版事業。

　　然而故鄉版《挪威的森林》還是在台灣創下銷售佳績，並引發了「村上春樹現象」。由於故鄉出版社的譯本是未獲版權的盜版，再加上數年之後出版社也不知何故倒閉，因此無法確認具體的發行數量。1991 年，故鄉出版社將《挪威的森林》上、中、下三冊改版為合訂本，隔年台北的可筑書房將大陸的林少華簡體字譯本翻印為繁體字版，並將封面改為童話般的清新風格。我手邊的可筑版是 1993 年 9 月第 4 版，雖然是翻印版，但一年之間竟然再刷了三次。較晚出版的可筑版也頗受讀者歡迎，原因之一可能是其定價為台幣兩百元，比故鄉合訂本定價兩百八十元要便宜三分之一之故。在可筑版的「內容介紹」中（推測應為可筑編輯部所撰寫），其中提及《挪威的森林》是「以百分之百的純情、坦率傾倒無數少男少女和城鄉讀者的這部青春小說佳作」，所謂「無數」應該不見得是單純的誇張。

　　這段期間，村上的其他作品也陸續被翻譯成中文，皆是未經日本授權的盜版譯本，茲列舉如下：

1989	《麵包屋再襲擊》，許珀理譯，皇冠出版社
1990	《電視國民》，陳明鈺譯，皇冠出版社
1991	《迴轉木馬的終端》，賴明珠譯，遠流出版社
	《村上春樹短篇小說傑作選》，郭麗花譯，故鄉出版社
	《舞・舞・舞》，張喚民等譯，故鄉出版社
1993	《國境之南・太陽之西》，賴明珠譯，時報出版社
1993	《國境之南・太陽之西》，可鍾、傅君譯，故鄉出版社

　　不過這「盜版天國」的狀況，自 1994 年時報出版社取得村上春樹版權，並且出版《世界末日與冷酷異境》譯本以後即完全改頭換面。此後台灣的村上作品譯本都納入了時報出版社叢書系列發行。時報出版社發行的村上作品中譯本，除了少數幾本散文及小說外，大多是由賴明珠負責翻譯。當年她對村上春樹的風格變化感到疑惑，而猶豫是否翻譯《挪威的森林》，但後來終於在 1997 年六月完成《挪威的森林》的譯本，由時報出

版（全一冊）。賴明珠翻譯的《挪威的森林》在此後四年半內發行二十一刷，到了 2003 年發行新版改為上、下冊為止，總計銷售數量達十一萬冊。如果將之前兩種盜版的發行量一併列入來看，在人口兩千三百萬的台灣，《挪威的森林》可算是名正言順的暢銷與長銷書。

2.「挪威森林」咖啡館與其他村上相關藝文活動

　　1989 年，因為《挪威的森林》出版而掀起的台灣村上春樹現象，直到現在都不曾間斷持續當中。除了賴明珠的用心翻譯外，時報出版社的相關企業、台灣的大報《中國時報》的配合也炒熱了話題。《中國時報》第一次以整個副刊版面刊登村上特集，應該是 1996 年七月的「嗨！村上春樹」。在刊登特集之前兩週，編輯便在「讀者散步區」的討論主題「村上春樹」中進行預告，後來湧入報社的一百多封讀者投稿則交由廣告公司總經理許舜英統整介紹：

　　「曾有朋友告訴我，當他看了幾頁《尋羊冒險記》後，難過地躺在床上而且無法繼續再看下去⋯⋯，原因是他被逼視生命中不可承受之真相，我為他探索到村上小說的本質而感到欣慰。」（女，花蓮）這位來稿者應該算是典型的村上迷。「閱讀川端康成或侯文詠都有缺點，前者或許只剩學院派還在議論，後者可能被取笑為缺乏文學品味。而閱讀村上春樹卻是種最安全且有效的投資。」（男，台北市）這位作者諷刺將閱讀村上當作一種時髦。「村上他不懂女人，他筆下的女人個個像木頭，沒有靈魂的氣息，他只懂他想像中的女人，像朵睡蓮般，靜靜地開，但關於那些有的沒的，卻很能打動女性。」（女，台北市）有時候也可看到日本評論家有如此的評論[17]。

　　《中國時報》幾乎每年都會編輯類似的全版村上特集，由讀者投稿或文化人撰寫評論感想等。2006 年 2 月 4 日起甚至連續三天，刊載村上親自回答台灣書迷問題的特集，翻譯工作也由賴明珠負責。

---

[17] 許舜英，〈嗨，村上春樹！〉，《中國時報》1996 年 7 月 11 日，39。

　　2003 年 3 月，時報出版社、誠品書店西門町店、書店裡的「台北人 Cafe」共同舉辦「村上情緒」的活動[18]。在誠品西門町店的大樓內，張貼了村上作品中、英、日各國語言譯本的封面海報，書店中村上著作專區陳列了中、英兩種語言譯本，以及村上所有的日語原著作品，還有村上作品相關的音樂 CD 和《村上食譜》等烹飪書、旅遊導覽等，活動規模相當龐大。

　　活動期間，「台北人 Cafe」播放村上喜歡的爵士樂，也準備了一份村上春樹輕食菜單，包括《聽風的歌》中的醃牛肉三明治[19]、《發條鳥年代記》裡的蕃茄起司三明治[20]、《舞·舞·舞》的瑪自拉番茄沙拉及火腿義大利麵[21]、《尋羊冒險記》的鮭魚蘑菇雜菜飯[22]等，價格由台幣一百六十元到兩百二十元不等。而當時也販售一只三百五十元的《海邊的卡夫卡》紀念保溫咖啡杯。此外，活動中甚至還召開了「村上的美食座談」。附帶一提，我平常在台北食用的午餐便當，一個大約六十元。

　　2005 年 1 月 21 日星期五，賴明珠翻譯的《黑夜之後》剛出版，誠品書店和另一大連鎖書店金石堂的汀州路總店，配合書名於晚上十點到十二點舉行「摸黑新書首賣會」，邀請了身為村上迷的女演員到場讀劇，並抽獎贈送一百名讀者村上爵士 CD，而現場購書的讀者還可獲得免費現煮咖啡券，讓讀者親自體驗小說中女主角半夜在咖啡館讀書的感覺。而且預告這個活動的報導，刊登在中國時報系的《中時晚報》上，並特地選在 1 月 12 日刊登，以祝賀村上春樹迎接 56 歲生日[23]。

　　2006 年 3 月，台灣的藝文情報雜誌《野葡萄 YAPUTO》[24]推出村上春樹特集〈我恨村上春樹——神啊！為何我戒不掉他〉。總編輯謝函芳在序言中指出，「村上春樹的文字有一種疏離與寂寥的感覺，感傷的氛圍、哀愁的因子總是會瀰漫在每個村上迷的內心……與其說藉著此次特別企畫

---

[18]　〈帶你一起喝咖啡　邂逅村上春樹〉《工商時報》2003 年 3 月 14 日。（覆核時未能在「台灣新聞智慧網」找到這一篇）

[19]　賴明珠，《聽風的歌》54，賴譯為「鹹牛肉三明治」。

[20]　賴明珠，《發條鳥年代記》　46。

[21]　賴明珠，《舞·舞·舞》　175。

[22]　賴明珠，《尋羊冒險記》　296。

[23]　〈村上春樹力作《黑夜之後》21 日摸黑首賣　生日快樂　作品即起 8 折〉《中時晚報》2005 年 1 月 12 日。

[24]　現已停刊。

讓您增進對村上的了解，不如說是傳播一種村上的生活態度與閱讀的角
度。」[25]這個特集是以認真的態度呈現多種角度的村上文學閱讀方式，特
集名稱「我恨村上春樹」當然是一種反論。在特集的第一頁有這樣的文字：

> 沒讀過村上春樹也一定聽過他的名號，在日本、台灣、美國……這號
> 人物全面麻痺讀者，他是少數能獲得西方讀者青睞的東方作家，他
> 筆下無國界、時間限制的領域，用囈語創建了屬於村上春樹式的世
> 界，許多人因此慢性中毒，一再的「戒讀」失敗，野葡萄本月為讀者
> 挺身而出，向村上春樹疾喊嗆聲！／村上春樹——我們真的恨你，恨
> 你營造了一個美好的品味與姿態、恨我們看見了這一切卻未必能擁
> 有，恨自己像吸毒一樣，百戒無法成功，村上春樹，你要負責任[26]。

　　在這特集中，有四篇「村上達人」的訪問。其中第一位達人是十五年
前（1991）開始經營「挪威森林咖啡館」的老闆阿寬[27]（本名余永寬），
他靦腆地說，「其實自己不能算是村上迷，頂多是個讀過村上三分之一創
作的讀者而已」。阿寬是因為《挪威的森林》這部作品而開始迷上村上文
學，當時台灣的社會運動與小說中的學生運動不謀而合，所以他立刻就被
村上文學中的世界所吸引。他說，「閱讀村上十幾年，他的作品總是讓人
看見生命最純粹的美好」。而採訪者在這篇關於阿寬的報導中如是評論：
「享受著泡咖啡、聽爵士、提供客人『番茄起司三明治』的村上菜單，還
能對文學如數家珍，阿寬肯定是最力行村上風格的咖啡達人了！」

　　阿寬在台北市南區的公館地區經營兩家「挪威森林」咖啡館[28]，後來
也與人合資經營「海邊的卡夫卡」咖啡廳，這附近為台灣大學等名校雲集
之地。阿寬以村上春樹的書名為自己的咖啡館命名，「除了喜歡這兩部小
說，還因為這兩者豐富的意象與聯想」。確實這三家店氣氛都很沉靜，頗
受年輕情侶歡迎，店面一角也兼賣村上春樹的台灣譯本。反觀日本，在東
京大學或早稻田大學附近連一間「挪威的森林」咖啡喫茶店也沒有，似乎
可以觀察到台灣年輕人對村上春樹的深刻喜愛。

---

[25] 《野葡萄 YAPUTO》3（2006）：4。
[26] 《野葡萄 YAPUTO》3（2006）：14。
[27] 《野葡萄 YAPUTO》3（2006）：20。
[28] 現皆已歇業。

接著登場的達人是「打造村上氛圍的居所」[29]的房屋廣告公司董事長張裕能。他也曾經引用日本文學中的「奧之細道」、「夏目漱石」為建案命名,最近則以自己嗜讀的村上春樹為名,在台北市南港推出「力麒村上」的建案。而「這個建案在實體建築設計到宣傳廣告各部分,也都從村上春樹作品中的疏離感、放空心境、留白等元素打造,讓文學的想像具像化」。在這篇採訪稿中,張裕能認為,「村上春樹作品中營造的生活氛圍,不論是具像的迷戀美食、爵士樂、旅行,或無形顯露的悠閒姿態,早已成為新世代所嚮往的生活模式。再加上台灣受日本影響原本就很深,因此,喜歡文學的他才會把村上與商業結合⋯⋯客層中的確有不少人是因為村上的名號而前來詢問。」

在台灣,村上文學讓住宅產業活潑化這樣令人驚奇的事態似乎正在進行中。開啟「力麒村上」的網頁,首頁上就有這樣一段文字:「創作一本書籍,可能改變人心/造就一座建築,可能改變城市/以村上為名,創作無國界自由城邑」。網頁上介紹了村上獲得《群像》新人賞而崛起文壇,乃至於擔任美國普林斯頓大學客座研究員、講師的經歷,現在則是過著熱愛爵士樂、貓與馬拉松的生活。在這些文字之後,文案寫道:

> 「力麒村上」正如村上春樹,跨越國界,現代、自由、溫暖的性格,滿足都市人對「理想的家」渴求之缺口⋯⋯

《野葡萄》的採訪者在這篇報導最後做結:「一般人認為文學無用論,想靠文學賺錢更是不可能的事,但張裕能巧妙地把個人閱讀偏好延伸成事業上的創意點子。」

第三位受訪達人是一名「一頭栽進名字村上的森林」[30]的台灣年輕人。1979年出生的劉振南,就讀台灣大學地理系時在唐山書店打工而開始閱讀村上作品,後來便「覺得自己有了決定性的改變」。為了追究自己改變了什麼及尋求自己的人生方向,他輔修中文系課程,後來更到村上的母校早稻田大學留學,還住進了《挪威的森林》裡設定主角渡邊徹住宿的宿舍「和敬塾」。劉振南當時就讀早稻田國際教養系,志願是成為電影導演。

---

[29] 《野葡萄 YAPUTO》3(2006):21。
[30] 《野葡萄 YAPUTO》3(2006):22。

　　最後一位受訪者是「百分百的村上男孩」張翔一[31]，也是生於 1979 年，他是在就讀台北市立建國中學二年級時，因為公民課老師的推薦而接觸村上文學。在此之前，「在那個各自為王的建中校區」，張翔一渡過苦惱於心事沒人知的青春期，而閱讀村上就成了他最大的心靈慰藉。他當時最愛聽的音樂是小室哲哉（KOMURO Tetsuya, 1958-）、安室奈美惠（AMURO Namie, 1977-）、Globe 等東洋電子樂曲，而在聽過名為「村上春樹爵士群像」的爵士樂曲合輯後，從此變成了爵士樂迷。現在他已取得台大新聞研究所碩士學位，一有機會就到日本去，造訪東京有名的爵士喫茶店，感受當年村上經營爵士酒吧的心情。目前張翔一正在撰寫有關台灣爵士樂史的書籍。附帶一提，身為爵士樂迷的村上出版的 *Portrait in Jazz* 一書（和田誠（WADA Makoto, 1936-）合著，1997），台灣譯本書名即為《爵士群像》。

　　台灣的村上春樹文學在歷經二十餘年的接受歷史之後，已經扎根為精粹的消費文化。根據經濟成長趨緩法則來看，接受村上春樹文學似乎呈現台灣社會內省與經濟寬裕的樣貌。

3.《挪威的森林》與台灣的「後民主化運動法則」

　　雖然台灣和香港幾乎同時經歷經濟成長的趨緩衰退，但為什麼台灣的讀者比香港提早一步接受村上春樹呢？這或許是因為殖民地歷史背景，台灣人對於日本文化的潛在關注程度較為強烈之故。台灣因為這層「理解日本」的背景，誕生了全世界最早的村上春樹譯文，也比香港早一、兩年掀起村上熱潮，它也是台灣成為「順時針法則」之起點的原因。此外，若由政治背景來分析，也可以理解台灣讀者比香港較早接受村上的原因。

　　村上春樹崛起於日本文壇的同年（1979 年）十二月，台灣爆發了國民黨鎮壓民主運動的美麗島事件，此後便展開了延續到九〇年代後期的漫長政治紛擾時期。當時執政的國民黨在 1949 年國共內戰慘敗而逃到台灣的前後時期，進行了通貨改革和農地改革，掌握穩定經濟的契機。翌年六月，韓戰爆發後，國民黨政府接受了美國的大量援助，當時美國改變政策，決定阻止共產黨侵略台灣。國民黨並於六〇年代後半期大膽導入外資，並以越戰軍需為槓桿，促使台灣經濟高度成長。在這樣經濟發展穩固之時爆發

---

[31]　《野葡萄 YAPUTO》3（2006）：23。

了美麗島事件，台灣便迎向政治紛擾的時期。國民黨以白色恐怖的方式鎮壓民主訴求，但台灣民眾不屈不撓，舉行大規模示威抗議，並在地方選舉中投票給尚未合法的在野黨，因此迫使獨裁的國民黨讓步，於八六年通過在野黨組織的合法化。1987 年七月，政府解除施行了三十八年的戒嚴令，1988年，國民黨主席、繼任其父蔣介石（1887-1975）總統職位的蔣經國總統（1910-88）去世，於是依法由本省籍副總統李登輝（1923-）就任總統。在李登輝統治下，開始接二連三進行台灣人民全民投票的直接選舉，包括 1991年與九二年的國民大會代表、立法委員選舉，以及 1996 年的總統直選等。

　　美麗島事件的被告中也包含台灣人作家。因此，以美麗島事件為契機，台灣文學作家、研究者也懷抱著強烈的政治意識。在二二八事件以來的反共戒嚴令之下，台灣作家時而採用隱喻、時而採用露骨的方式敘述民族、國家認同等問題，開始對國民黨統治唱反調。根據台灣歷史學者蕭阿勤的論文，作家李喬（1934-）等人以葉石濤（1925-2008）等人撰述的台灣文學史論為基礎，將台灣文學定義為描寫「四百年來，與大自然搏鬥與相處的經驗、反封建、反迫害的經驗，以及反政治殖民、經濟殖民，和爭取民主自由的經驗」[32]。

　　學生們也在 1990 年三月樹立巨大的野百合花紀念碑，在中正紀念堂前絕食靜坐，要求更進一步民主化。有位社會人類學者在報上回憶在當時的政治氣氛中閱讀村上春樹的心情：

　　　　十四年前的此刻，我剛從中正紀念堂野百合廣場返回校園。帶著滿腦袋不成熟但熱血澎湃的左翼思想，以及若隱若現卻又自我壓抑對教條的質疑，在幾次校際會議中，我看到了凡政治皆有之的路線爭議，以及稍嫌醜陋的權力爭奪。那時我讀了村上春樹《挪威的森林》，裡頭有段描寫日本學運內部的日常腐敗。村上這麼眉批：「他們最大的敵人不是國家機器，而是缺乏想像力」。……回溯九〇年代中期，對於關心社會平等更勝國族打造的我來說，其實是民進黨在近十年中，最具「進步」可能性的時刻。當時一連串有關福利國

---

[32] 蕭阿勤，〈1980 年代以來台灣文化民族主義的發展——以「台灣（民族）文學」為主的分析〉《台灣社會學研究》3（1999）：27，李喬，〈台灣文學正解〉，《台灣文藝》6（1983）：7。

家的主張，展現了民進黨對這塊島嶼有無可能出現歐洲社會民主體
制般的精彩想像。

　　很可惜，媚俗的選舉主義迅速淹沒上述想像，取而代之是國族
認同的鬥爭，一種容易動員、不必費心想像的新路線。[33]

　　由《挪威的森林》引用的「他們最大的敵人不是國家機器，而是缺乏
想像力」，這一句話的出處，場景是在大學的希臘悲劇課程正上到一半時，
兩個戴著安全帽的學生闖入教室，進行了「立說堂皇」但缺乏說服力與信
賴感的演說；之後「我」與綠兩人走出教室，這句話就是當時「我」內心
獨白的內容[34]。

　　村上在 1979 年到八二年之間發表的《聽風的歌》、《1973 年的彈珠
玩具》、《尋羊冒險記》青春三部曲，都有描寫發生在十年前的學運的相
關記憶。1985 年以後，接觸到村上作品中譯本的台灣年輕讀者們，就是在
當時台灣民主運動的漩渦中閱讀村上春樹的作品。台灣譯本的《聽風的
歌》、《遇見 100% 的女孩》以及《挪威的森林》中附加的「編輯的話」，
有的指出村上作品帶著「一點點虛無，一點點無奈，一點點叛逆」[35]，有
的進一步提及作品背景中的日本具體狀況：「一九六〇年代末期，對大學
生而言是個相當動盪不安的時代，學生鬧學潮，罷課、衝突事件不斷發生，
校園中瀰漫著一片虛無氣息。[36]」而這應該是以台灣八〇年代的狀況為基
礎才特別提及的。因此我們可以理解，台灣讀者早期接受村上文學時，基
於台灣民主運動的體驗，是促使他們對日本六〇年代學運的失落感產生共
鳴的一大原因。

　　在日本，被村上文學吸引的，與其說是和作者同樣經歷學運的世代，
不如說是村上文學喚起了沒有直接經歷學運的年輕世代的共鳴。然而在台
灣，不但經歷民主運動的世代喜歡閱讀村上的作品，民主運動落幕之後的
新世代也一窩蜂地成為村上迷。時報出版社設立的「村上春樹的網路森林」
上，一篇發表於 2000 年一月的文章中如此寫道：

---

[33] 李明璁，〈超越對立的批判性想像〉，《中國時報》2004 年 4 月 13 日，A15。
[34] 賴明珠譯，《挪威的森林》，上，84。
[35] 〈（主）編按（語）〉，《新書月刊》8（1985）：54。
[36] 黃鈞浩主編，〈編者序　村上春樹時代來了〉，《挪威的森林》上卷卷頭，1989。

不可否認，那些在六〇年代日本發生的全共鬥學潮、披頭四旋風與我自己本身的歷史一點關係也沒有，但是他筆調中那種壓迫、虛無和破碎感一直在我生活中不斷出現。所以，某種在村上在年輕時發生的焦慮和懷疑，在今日我代的年輕人身上依舊存在。……是的，村上的文章就像一面鏡子，映照出青春期特有的姿態。年輕人在他的文字裡獲得被理解和情緒的舒發，錯過青春期的人在他的文字裡找到緬懷，村上將無法解釋、無力的命運，用他的筆寫成一種信仰[37]。

其實村上這樣的歷史觀感和年輕讀者的讀後感「陰錯陽差」地吻合，關於這一點，故鄉版《挪威的森林》譯者傅伯寧在書評中指出：

有趣的是「一九七三年」、「一九六九年」等詞依例淪為小巧的記號，那年代塵土飛揚的社會運動似乎直接解釋了小說人物的失落感……彷彿在多年後的今天，村上春樹的心仍留在過去，卻已無法接受過去小說家那套「從叛逆到挫折」的公式，改以寓言直指結局的情境，又陰錯陽差地符合了新生代不自覺受歷史推衍左右的內欲心態[38]。

在 1997 年四月發表的一篇文章〈生命從沉重到輕盈〉，則由外國文學的接受觀點，整理了八〇年代後半葉到九〇年代的台灣政治氣氛中意識形態的改變。作者蕭富元將 1987 年的解嚴，比喻為《聖經》中的潘朵拉盒子釋放各種桎梏的社會力量；而解嚴之初，馬奎斯（Gabriel García Márquez, 1927-）與昆德拉（Milan Kundera, 1929-）成為引領台灣集體理想主義的精神導師，《百年孤寂》、《生命中不能承受之輕》是面臨政治社會資源重新分配的混亂、懷抱社會改革理想的青年必讀的聖經。

馬奎斯、昆德拉都是現代主義最後一抹燦爛的火光；村上則擎舉後現代主義的火炬，走進強調拼湊、顛覆、消解的後現代社會。……台灣社會在解嚴十年，風風火火走過民主狂飆，從滿腔家國到虛無縹緲的個人生活。

---

[37]　朱立亞〈站在朦朧惑邊緣〉http://www.readingtimes.com.tw/authors/murakami/reviews/review028.htm。

[38]　胡拜年，〈強顏歡笑的性與愛：評村上春樹的《挪威的森林》〉，《聯合文學》5.6（1989）：200。

作者引用一些讀者、文化人的話語，說明「看馬奎斯、昆德拉，胸口會覺得悶，但看村上的書不會有壓力」；此外，村上小說的流行，顯示台灣社會已出現「自我」（self）。村上作品的氛圍雖然虛無，卻「虛無得很無力」。蕭富元指出，村上吸引標榜自我的讀者，「顯示台灣社會擺回自戀文化的趨向。這種自我的自覺，或許是對解嚴初，社會瀰漫的集體理想主義的『反叛』。[39]」

三、《挪威的森林》與香港的村上春樹現象

1.與台灣的村上春樹現象接軌

　　香港與台灣的高度經濟成長時期幾乎是重疊的，香港的村上春樹熱潮也和台灣一樣遵循「經濟成長趨緩法則」運作。不過，香港讀者接受村上比台灣稍晚了幾年，村上春樹在香港以《挪威的森林》一炮而紅，並沒有類似台灣譯者賴明珠翻譯台灣版三部作的默默耕耘的導入期。造成這種差異的原因，我認為是因為香港認同感的形成比台灣晚，而在較為短期之內轉變的香港獨特的政治、文化，對村上春樹的接受產生很大的影響。此外，六四天安門事件發生後，「後民主運動的法則」在香港運作的結果比台灣來得戲劇化，為香港的村上春樹現象賦予濃厚的思想性。

　　在中國、台灣與韓國，都是《挪威的森林》的影響力遠比《尋羊冒險記》大得多，相對於我稱為「森高羊低」的這項法則，在歐美的讀者接受型態則是「羊高森低」，與東亞讀者接受村上春樹完全相反。然而有趣的是，香港接受村上春樹的情形相當獨特，是混合了東亞、歐美接受現象的「森羊雙高」法則。電影界受到村上春樹的影響尤其深刻，這是香港特有的現象。

　　本節中我也將依據四大法則，來思考村上文學對香港文化界影響所及的廣度與深度問題。

　　香港在進入八〇年代後，相繼發生經濟成長趨緩、後民主運動的現象，此時由於台灣故鄉出版社《挪威的森林》的傳來，突然爆發了村上春樹現象。1989 年十二月，一篇介紹村上春樹的文章如此解讀《挪威的森林》：

---

[39] 蕭富元，〈生命從沉重到輕盈〉，《遠見雜誌》4（1997）：156。

（我本人以及）現年三、四十歲的人士，大多數會愛看這部小說，因為它雖非集中描寫六十年代校園的景象、學生的思想，但透過小說中的主角渡邊，與及他的兩名女友直子、綠的思緒片段，都令人不期然勾起六十年代的一股情懷。……直子令我想起《紅樓夢》的林黛玉。綠則令我想起同書的薛寶釵及晴雯。……《挪威的森林》之所以大受歡迎的其中一個原因，乃因為它是一部百分之一百的戀愛小說。……重申了以情為主、以慾為次的近乎柏拉圖式的愛情的高貴。……這本小說另一個成功因素，我認為可歸功於作者在書中頗為露骨的性愛對白和具體描寫。……不過我認為這本小說所形成的旋風，不外是一陣熱潮，熱潮過後，人們就會逐漸淡忘它[40]。

刊登這篇散文的《號外》雜誌，於 1997 年五月號也推出「尋春大冒險」專刊（模仿葉蕙所譯《尋羊的冒險》一書書名而來。台灣版譯為《尋羊冒險記》）。本文作者葉積奇在此後也繼續針對「村上現象」而發表自己的見解，而他在前述引文中提及《挪威的森林》只是一時熱潮的預言並未言中。

另一方面，1989 年五月，香港暢銷作家李碧華在報紙連載專欄中大力推薦《挪威的森林》：

終於用了三個晚上，把整整上中下三冊的《挪威的森林》看完。我看的是中譯本，譯筆台灣味頗重。不過一口氣看下去，平凡的青春戀愛小說，說來娓娓動聽，坦率而細緻。……其實它只是一個大學男生與兩個女子之間的愛慾歷程。……本書寫得很「白」，遣詞及對白都很大膽，談愛論性，鉅細不遺，但不覺猥褻。二十歲以下，當引之為知己；二十歲以上，看來會心微笑。作者村上春樹，能在書市中打出天下來，有他獨特的魅力[41]。

李碧華應是從小生長於香港，後來一直以香港、中國的古今歷史取材，著有《川島芳子——滿州國妖艷》（1990）等暢銷書，主題多為描寫

[40] 葉積奇，〈《挪威的森林》旋風〉，《號外》160（1989）：213。
[41] 李碧華，〈挪威的森林〉，《天安門舊魄新魂》，3 版（香港：天地圖書公司，1990）168。

主角認同感的動搖過程。其作品《胭脂扣》（1985）、《霸王別姬》（1985）
等多部作品都已改編為電影。

　　本文關於香港讀者接受村上春樹的資料，幾乎都是由我指導過的東京
大學旁聽生關詩珮（現為新加坡南洋理工大學助理教授）利用香港的大學
圖書館和資料庫（Wisenews）中蒐集而得。關詩珮曾在我主持的「東亞與
村上春樹」共同研究通訊中發表〈村上春樹與我——1989 年（我）的香港
文學界〉，其中指出她初高中就讀香港的天主教教會學校，當年的同學大
多喜歡英美文學，而看不起中國文學，閱讀日本作家作品的人更是少之又
少。不過身為文學少女的關詩珮，在當時很喜歡閱讀李碧華等作家的香港
現代小說，並受到李碧華專欄的影響而開始閱讀村上春樹。

> 她這篇在專欄內介紹村上春樹的文字，與她平時的辛辣深刻的文字
> 非常的不同，寫來非常平實，口氣也非常的冷靜，好像在轉述一項
> 通告似。……我也一口氣看完了，至於看了多少晚，實在已記不清
> 了。不過，實不相瞞，記得很清楚的卻是，當時的感覺，實在失望
> 頂透了！[42]

　　例如，雖說《挪威的森林》中有「鉅細不遺」的性愛描寫，但和《紅
樓夢》第六回中賈寶玉和侍女的初次性經驗，或和李碧華《潘金蓮之前世
今生》（1989）中有關革命與強暴的交錯描寫相形之下，關詩珮幾乎不覺
《挪威的森林》有何震撼。而且當時香港小說中呈現的「都會感覺」，是
指拜金主義或身份歧視，然而在《挪威的森林》中登場的爵士樂、美酒都
和關詩珮的生活無關。在此附帶一提，《潘金蓮之前世今生》是描寫一位
擁有《金瓶梅》女主角潘金蓮的前世記憶的孤女芭蕾舞者，於文革期間被
共產黨幹部強暴時，因為抵抗不從而被視為「淫婦」、「階級敵人」遭受
歧視；到了改革開放期，她和港人結婚前往香港，卻因為前世注定外遇的
命運，婚姻於是破滅。而關詩珮後來會成為村上春樹的忠實讀者，是因為
在大學求學時接觸到香港學術界對村上春樹的高度評價，同時亦因她本身
也逐漸成長之故。

---

[42] 關詩珮，〈村上春樹與我——1989 年（我）的香港文學界〉，《共同研究　東アジ
　　アと村上春樹／通信》3（2006）：3-4。

如前所述，台灣故鄉出版社的《挪威的森林》傳入香港之初，被評為寫得不錯的戀愛小說。不過不久後在北京爆發的「六四天安門事件」，則讓香港人對《挪威的森林》產生截然不同的詮釋。

2.香港認同感及北京「六四天安門事件」

1980 年代，香港和台灣一樣，都快速地確立了本土的認同感。鴉片戰爭以後的一個半世紀，英國在香港實行殖民地統治；1983 年末，英國接受中國方面的要求，同意於 1997 年七月一日將香港歸還中國。不過港人雖稱中國為「祖國」，但一般認為中國和英國同樣是「推行帝國主義政策」[43]的殖民地主義統治者。相對於此，香港這個東西文化交會之地，具有富裕都市的自由及世界主義的文化，這被視為香港的認同感。而在這段期間，李碧華的《胭脂扣》以三〇年代香港為舞台，描寫商賈之家少東與名妓戀愛乃至殉情的故事，以及在大陸受到迫害而逃至香港的人們的命運，對於形塑香港認同感產生很大的影響[44]。

1989 年四月，北京開始發起民主運動，港人期待在不久的將來即將成為香港新統治者的中國產生自我變革，因此把這次民主運動視為自己的事，展開全面支援。不過就在六月四日，北京的民主運動遭到解放軍戰車隊的鎮壓，上海及中國各地的民主運動也被鎮壓，於是爆發了「六四天安門」事件。

香港評論家岑朗天（1965-）認為，「『後八九』」標誌著的，是一種記憶的執著和對『失憶』和無奈的調侃／自嘲／他諷」[45]，是港人普遍的心態。自八〇年起十二年間，香港有三十八萬四千人移民至北美、澳洲等地，但「六四事件」發生後，僅只 1990 年一年間就有六萬兩千人移民[46]，

---

[43] 周蕾（Rey Chou），〈殖民者與殖民者之間——與九十年代香港後殖民自創〉（"Between Colonizers: Hong Kong's Postcolonial Self-Writing in the 1990s"），羅童譯，《今天》28（1995）：188。

[44] 藤井省三，〈小說如何讓人「記憶」香港〉，劉桂芳譯；藤井省三，〈李碧華小說中的個人意識問題〉，劉桂芳譯、《文學香港與李碧華》，陳國球（台北：麥田出版、2000）81-118。藤井省三〈香港——一五〇年の記憶と虛構〉，《現代中國文化探檢——四つの都市の物語》（東京：岩波新書，1999）。

[45] 岑朗天，〈第二章〉，《後九七與香港電影》，（香港：香港電影評論學會，2003）42。

[46] 藤井省三，〈香港——150 年の記憶と虛構〉。

可以想見港人挫折感之深。根據岑朗天的說法，當時為香港人提供療傷的
管道的，是村上春樹的文學。

> 一種普遍的、價值的失落，是當時大部份香港人容易感到的氛圍。
> 既有價值觀被一件突發的事件衝擊，幾近崩潰。不但是對中國國
> 情，未來、政治經濟的看法或感情，還是相隨而至的道德、人性問
> 題，都在短時間內一下子擺上臺。……人們在比戲劇更戲劇的現實
> 變化中，在短短三個多月之中經歷了一次大剝離。……在八九、九
> 零兩年間，不少人都感到活得不怎樣真實。大抵正是這種大剝離令
> 村上春樹和香港的「後八九」文化扣上了微妙的關係。村上春樹擅
> 長寫主角突然失落的故事。《挪威的森林》便是寫好友突然自殺死
> 了，主角生命中很多重要的元素彷彿伴隨著消逝遠去。……一種快
> 將喪失感覺的感覺……那是一種特殊的虛無，一種濃烈的無力感。
> 身不由主，眼看著自己心靈某一部分一塊一塊地剝落，消失。隨著
> 這些消逝，便是自己要變成不是自己了，變成另一個人，變成石頭，
> 變成非人。面對此，除了等，我們還可以做些甚麼[47]？

　　在台灣民主運動過程中，有些年輕人對政治感到幻滅，轉而對《挪威
的森林》產生共鳴。不過，基本上台灣的政治運動還是達成了台灣民主化
的重大改革。相對於此，「天安門事件」使中國民主化受挫，對於八年後
將要歸還中國的香港年輕人而言，他們所受的衝擊應該遠比台灣年輕人來
得大。香港年輕人對村上春樹的「喪失物語」產生深刻的共鳴。

　　於是香港在「順時針」、「經濟成長趨緩」與「後民主化運動」三法
則同時運作之下，村上熱潮急遽增溫。為因應此現象，博益出版社決定發
行香港本地《挪威的森林》的中文譯本，並請馬來西亞籍華人葉蕙擔任翻
譯。葉蕙在「東亞與村上春樹」共同研究通訊中，提及了自己翻譯村上春
樹的原委。

　　1982 年，葉蕙考入日本筑波大學地域研究所就讀，主修日本語學。當
時馬來西亞政府推行「向東學習」（Look East）政策，大量引進日本的科
學技術文化，馬來西亞民眾也開始對日本流行文化產生興趣，因此葉蕙為

---

[47] 岑朗天　47。

華人報刊撰寫有關日本音樂、電影、漫畫、時尚等等報導。如今回想起來，她認為那就像是村上春樹所謂「文化的鏟雪」工作。後來，因為她的先生調職而有機會居住在香港兩年，葉蕙於是成為博益出版社的特約譯者，正式從事日文中譯的工作。

> 1991 年初，香港博益出版社的出版人急急來電，要我「速速」把《挪威的森林》完成。因為據說「村上旋風」已從日本吹到台灣，所以出版社野心勃勃，要在香港製造新的「春樹狂瀾」。……同年五月，博益版《挪威的森林》面世，據說如預料中一樣掀起了閱讀風潮，很快就再版。出版社很開心，我也很欣慰，那些熬夜伏案的辛勞（譯書當時尚需照顧長女且身懷次女）總算有了回報[48]。

後來葉蕙繼續翻譯村上作品，甚至也譯了《舞舞舞吧》，並在香港以村上文學翻譯者而聞名。但由於後來台灣的時報出版社取得了村上作品的中文繁體字版權，儘管博益出版社仍擁有香港的出版權利，卻改採台灣譯者賴明珠的翻譯，因此葉蕙在香港翻譯村上的歷史也就告一段落。

3.「森高羊低」還是「羊高森低」

在東亞，村上春樹現象呈現了「森高羊低的法則」，而在歐美、俄羅斯則是「羊高森低的法則」。在香港，我們觀察到了「森羊雙高」的現象。這種雙高的現象，非常適合香港這個被稱為東西交會之地的城市。

關於香港博益出版社繼《挪威的森林》而推出《尋羊的冒險》的原委，譯者葉蕙的回憶如下:

> 可能在版權交涉方面有些阻礙，出版社並沒有馬上趁勝追擊，而是相隔一年才把《尋羊的冒險》交到我手裡。我不曉得為何省略了被稱作「三部曲」的前面兩部（即《聽風的歌》和《1973 年的彈珠玩具》）。[49]

---

[48] 葉蕙，〈村上春樹──一個永不褪色的記號〉，《共同研究　東アジアと村上春樹／通信》第三號，頁 4-5。
[49] 葉蕙，〈村上春樹──一個永不褪色的記號〉。

　　或許應該從當時版權接洽進展緩慢讓《尋羊的冒險》比《聽風的歌》、《1973 年的彈珠玩具》優先出版這件事，來猜測編輯部對《尋羊的冒險》的熱情吧。

　　其實《尋羊的冒險》在香港出版華語譯本之前，就已經引發了話題。例如 1991 年三月二十一日發行的《電影雙週刊》刊載了一篇文章，節錄如下：

> 我是在大年初一那天窩在床上讀完《冒險羊》的。不為什麼，只因為在臘月尾一日之內，兩名朋友分別煞有介事的跟我說，大丸地庫有村上先生作品的英文譯本出現，我就巴巴的去了。……讀完《冒險羊》，我的腦筋一時轉不過來，只是感到大大的震動。老鼠竟然死了。到那時候，我才知道我有多掛念老鼠[50]。

　　「大丸」是一九六〇年到九八年間，在銅鑼灣開設的日系百貨公司，現在香港的公車站牌也還延用「大丸」之站名。這篇文章的作者魏紹恩讀了台灣譯者賴明珠所譯的《聽風的歌》和《1973 年的彈珠玩具》，對主角「我」的好友「鼠」產生深刻共鳴之後，在日系百貨公司進了伯恩邦英譯本 *A Wild Sheep Chase* 時，被友人告知這個消息。

　　此外，在葉蕙的《尋羊的冒險》譯本出版兩個月前，評論家葉積奇在一次以村上為主題的座談會上指出：「村上的作品成功地反映出一些中產階級對現實的不滿，卻又對世間事有份無奈的感覺。……村上的作品令人產生一種感覺，在人的生命中，畢竟還有些東西可以信賴、可以捉摸得到。……（《尋羊》等作品）都與找尋某些東西有關。[51]」

　　如前所述，在八〇年代的香港，教會學校的女學生喜歡閱讀英美文學作品，不太留意中國文學及日本作家。而精通英語的文化文並未等待華語譯本出版，而與歐美讀者同時喜歡閱讀《尋羊的冒險》。香港人也懷著《尋羊的冒險》一書中對現實感到無力，卻仍對人生抱著希望的「中產階級感覺」，或許這也是歐美讀者對《尋羊的冒險》產生共鳴的原因之一。也許這就是九〇年代初期港人和歐美人士共通的「中產感覺」。

---

[50] 魏紹恩，〈等待驚喜：周星馳／村上春樹〉，《電影雙週刊》1991 年 3 月 21 日，18。

[51] 葉積奇，〈村上春樹跟你做個 friend〉，《號外》188（1992）：123-26。

4.《挪威的森林》與《重慶森林》

　　由村上作品改編的日本電影，也常在香港成為討論的話題。在《挪威的森林》發表前由山川直人（YAMAKAWA Naoto, 1962-）導演的《麵包店再襲擊》（1982）與《遇上 100%的女孩》（1983），二十年後在香港特別上映:「令人很想看到小說化成電影後是怎麼的一回事，導演更專程來港出席討論會。」[52]首先即表明了港人的期待感。而上映之後，港人的記憶是:「山川直人拍成了短片，多年後在香港放映仍是很受歡迎。[53]」二〇〇四年由市川隼（ICHIKAWA Jun, 1948-2008）導演執導，尾形一生（OGATA Issei, 1952-）、宮澤理惠（MIYAZAWA Rie, 1973-）主演的改編電影《東尼瀧谷》，也在二〇〇五年四月的香港電影節中上映，成為當時一大話題。

　　在台北，《東尼瀧谷》以宮澤理惠的人氣為後盾，2006 年三月起上映了相當長的時間。但是前面提到的山川直人執導的兩部電影，在台灣的報刊雜誌並沒有報導;中國也是如此。對於村上文學改編的電影也顯示高度興趣的，就是香港。不僅如此，港人早在 1991 年就夢想以香港演員來演出村上的作品。

> 　　想像一下這樣的組合:周星馳（1962-）主演一部村上春樹小說改編的電影。任何一部。比方說《麵包屋再襲擊》。……又比如《象的消失》……又或者在《家務事》之內大吃一驚的與妹妹討論手淫……而這些，無可否認，都是很周星馳的吧?……還有《下午最後一片草坪》。……我故意留著《聽風的歌》和《失落的彈珠玩具》不說的。相信我，由周星馳去演繹這兩個故事，它們不難就成為香港電影史的經典。……理想的配搭大概是張學友飾演老鼠，與周星馳合作緊密的吳孟達演酒保傑，而與男主角在蓄水池為發電盤舉行葬禮的雙胞胎就活脫脫是張曼玉了[54]。

　　周星馳的《少林足球》等片在日本的知名度也很高，而吳孟達就是在《少林足球》飾演老教練的老牌演員。張學友（1961-）則在《阿飛正傳》中飾演

---

[52]　〈小製作大來頭 ifva2002 短片及錄像節〉，《明報》2003 年 2 月 13 日，D03。
[53]　岑朗天　51。
[54]　魏紹恩　19。

張國榮（1956-2003）情同手足的好友，最近則在《如果愛》中飾演劇中劇之歌舞團團長。二十年前，張曼玉（1964-）還是新人，如果一人分飾兩角演出《1973 年的彈珠玩具》中與主角同居的雙胞胎，整個演員陣容可說是安排得當。而這篇文章的作者，就是前面提到在大年初一讀《尋羊冒險記》的魏紹恩，他在大丸購買《尋羊冒險記》的一段插曲，其實就是這篇文章的開場白。

香港電影界熱愛村上春樹，最後甚至借用村上春樹的世界來製作電影。關錦鵬（1957-）執導的《有時跳舞》（2000）取材自九〇年代後半期禽流感事件，描寫來自香港、中國、台灣、日本幾位語言各不相同的異鄉人，突然因為疫情爆發，被關在香港小島「蜉蝣島」上的故事。其中日本演員大澤隆夫（ŌSAWA Takao, 1968）飾演名叫春樹的日本作家，關錦鵬本身也「毫不諱言」：「這角色的旁白，感覺已經非常村上春樹，既然有些東西在感覺上擺脫不掉，倒不如直接承認好了。[55]」

不過香港影評人則給予這部電影否定的評價：「所以講日語、粵語和國語，更多是用不同口音的英語交談，觀眾很難聽明，亦懷疑片中人物能否明白對方說什麼。……不斷呢呢喃喃，大講村上春樹式文藝腔，是此片特色。[56]」

論及村上春樹對自己有所影響的導演，還有馬偉豪（1964-）。他因為喜歡村上的「無聊的糜爛感」，在拍攝自編自導、描寫初戀的《記得……香蕉成熟時 II》（1994）時曾表示「很受村上春樹影響」、這部電影「也寫了很多對生活種種細緻狂想」[57]。

此外，由台灣當紅的繪本作家幾米（廖福彬，1958-）的作品改編的電影《地下鐵》上映時，在香港曾有這樣的報導：

> 幾米，台灣繪本作家，人和作品肯定是今年最「潮」的一個文化現象。在馬偉豪眼中，它們帶點魔幻寫實的味道：「它特別在空間非常大，人人看了都有不同感覺，不同性格不同年紀會有不同看法；又有點像村上春樹，常提及寂寞、孤獨，有很多幻覺。」[58]

---

[55] 〈瘟疫蔓延時舞！舞！舞？！〉，《明報》2000 年 2 月 13 日，C07。

[56] 石琪〈《有時跳舞》不成熟〉，《明報》2000 年 2 月 13 日。（編案：覆核時未能在 wisenews 找到這一篇。）

[57] 〈馬偉豪談誠說愛 百分百男人心事〉，《香港經濟日報》2000 年 8 月 31 日，C05。

[58] 〈幾米王家衛當盲公竹 馬偉豪觸摸情感的色彩〉，《香港經濟日報》2003 年 12

　　九〇年代後期以來，王家衛（1958-，生於上海）也常被指出受到村上春樹的影響，儘管他本人對此不予置評。王家衛以《重慶森林》（1994）、《花樣年華》（2000）、《2046》（2004）等風格獨具的影像擄獲世界的眼光，在香港則被稱為「電影界的村上春樹」。

> 不記得哪個大笨蛋文化人說：王朔是大陸村上春樹，張大春是台北村上春樹，弘兼憲史是漫畫村上春樹，王家衛是電影村上春樹，香港新一輩小說家都在抄襲村上春樹。總之村上春樹的魅力對於有些人來說，較之芥川龍之介、三島由紀夫有過之而無不及。由某年某日開始，有所「村上春樹現象」、「村上春樹文化」、「村上春樹式」。……如果有天遇上這個100%的作家，也不知要不要遞上書本索取簽名？遞上中文版好嗎？日文版？英文版？哪一本？《舞吧舞吧舞吧》還是《動物兇猛》？誰最「村上春樹」？其實村上春樹和李小龍一樣難以模做[59]。

　　王朔（1958-）是天安門事件後在中國風行一時的流行作家，作品中描寫略帶自暴自棄、膚淺輕浮的感覺。他的中篇小說傑作《動物兇猛》，以一位在解放軍將校宿舍晃盪的開朗少年的眼光，描述北京從文化大革命（1966-76）時期到鄧小平（鄧先聖，1904-97）時代完成改革經歷巨變的喪失感。這部作品被導演姜文（姜小軍，1963-）改編為《陽光燦爛的日子》（1994）。

　　張大春（1957-）是台灣外省第二代作家，一九七七年即崛起文壇，時間上比村上春樹早了兩年。他的作品被評為具有魔幻寫實風格，以及帶有輕鬆的語言遊戲，尤其受到年輕讀者的喜愛。

　　前引那段張家衛的文章，正如其篇名〈王朔混村上春樹〉、書名《感情便利店》所顯示，雜亂的主題像是便利商店陳列的商品，因此缺乏邏輯性，但是它可以說直接傳遞了香港文化界的某種常識。此外，他也針對王家衛對數字的執著作了如下批評：

月 22 日，C02。
[59] 張家衛，〈王朔混村上春樹〉，《感情便利店》（香港：博益出版社，1996）58-60。

看王家衛的電影，很難不注意到他以數字表述的偏好，正因為如此，總有人把他和村上春樹聯想在一起。……要不要做一分鐘的朋友？能不能愛你一萬年？王家衛電影中的角色往往只有編號和呼叫器號碼，連名字都沒有。《旺角卡門》裡劉德華 Call 機號碼 88；《重慶森林》的金城武編號 223、Call 機號碼 368，1994 年 4 月 1 日和女朋友分手，5 月 1 日過 25 歲生日，吃了 30 個鳳梨罐頭，然後一個晚上看了兩部粵語片，吃了 4 份廚師沙拉；《墮落天使》中，李嘉欣的 Call 機是 3662，黎明是 9090，金城武的編號仍是 223，不過這回他不是警察，223 是他坐牢時的編號[60]。

王家衛的《2046》，相關批評從「『所有記憶都是潮濕的……』，電影開場劈頭出現的這句字幕便頗有村上春樹的影子，『記憶』成為這齣電影的主題。」[61]，到「《重慶森林》，抄襲村上春樹小說的『情調』和『腔調』，到底是不同媒體，還有點『新意』。……《2046》……簡單說，是他燒了一盤討好洋人的咕嚕肉，……就是殘羹膡菜湊合的『一品鍋』」[62]，不勝枚舉。

2006 年，日本學者四方田犬彥（YOMOTA Iruhiko, 1953- ）指出：

王家衛於 1994 年發表的《重慶森林》，……登場人物的台詞，句句都讓人覺得受到村上春樹《聽風的歌》等早期作品極深的影響。孤獨的年輕單身男子的獨白。對於便利商店商品的執著。對數字的執著。無法實現的戀愛。對於過去被遺忘的時光的追憶。原題《重慶森林》是香港九龍半島元老級的老舊大廈之名，現在這裡幾乎都是印度人的店面，與非洲人以廉價租金租用的住宿設施。這是一棟確實存在的大樓。尤其若將《重慶森林》直譯為日文，則為《重慶の森》，明顯是從《ノルウェイの森》（《挪威的森林》）而來的。……王家衛這部作品所提示的世界主義與懷舊氣氛，與村上春樹小說作品並列，成為亞洲後現代所產生的兩大常數[63]。

---

[60]〈王家衛的數字癖和戀物癖〉，《香港商報》2000 年 11 月 4 日。（編案：覆核時未能在 wisenews 找到這一篇。）
[61] 佛琳，〈娛樂以外的 2046〉，《大公報》2004 年 10 月 19 日，C08。
[62] 鍾偉民（1961- ），〈嬌情〉，《蘋果日報》2004 年 12 月 26 日，E12。
[63] 四方田犬彥（YOMOTA Iruhiko, 1953- ），〈村上春樹と映画〉（〈村上春樹與電影〉），

　　比較村上熱潮發生前後的王家衛電影，就很容易能觀察出村上春樹對王家衛的影響。村上熱潮發生前一年，王家衛執導的《旺角卡門》（1988），「帥哥小嘍囉、為義理與人情而犧牲的硬漢、暴力場面中大量血腥的盛大場面」已經模式化，流於「香港黑社會電影的老套印象」[64]。

　　相對於此，受到台灣、香港的村上熱潮洗禮之後拍攝的《阿飛正傳》（1990），正如香港評論者所說，描寫的是青年男女的三角關係喪失、探索孤獨等村上式的主題，藉著極端執著於數字及年代，來確立自己的世界，乃至於成為《2046》等作品群的前身。王家衛可以說是香港電影界，不，應說是世界電影界中最為名副其實的一位村上春樹之子。

　　香港人很憧憬台北的讀書環境：「談書，我們沒有一樣可以比得上台灣。小品多，作品少……，尤其羨慕通宵的台北『誠品』。[65]」的確，就村上文學的出版而言，香港放棄了葉蕙的翻譯，轉而接受台灣的賴明珠譯本。不過就電影方面來說，香港人接受了村上春樹，其影響既深且遠，進而大膽變貌，透過王家衛的作品向世界發出訊息。在接受村上春樹文學時，可以反映出「書籍是台北、電影是香港」這兩個都市的差異特性。

四、《挪威的森林》與中國的村上春樹現象

1.改革開放與村上春樹的譯介

　　中國最早出現的村上春樹介紹，應該是刊載於 1986 年二月出版的《日本文學》。這是長春市吉林人民出版社發行的雜誌，主要刊登近現代日本文學的中譯與中國學者的評論。在該期「宮澤賢治特集」之後，緊接著就刊載賴明珠翻譯的川本三郎評論〈都市的感受性〉及村上春樹的〈街的幻影〉等三篇短篇小說。如前所述，台灣的《新書月刊》刊登賴明珠選譯的村上小特集，結果在半年之後被中國的《日本文學》直接引用轉載。不過相對於《新書月刊》直接表達對村上春樹的深刻關注，《日本文學》的反

柴田元幸等編《世界は村上春樹をどう読むか》（《世界如何閱讀村上春樹》，東京：文藝春秋，2006）146-47。

[64] 野崎歡（NOZAKI Kan, 1959- ），《香港映画の街角》（東京：青土社，2005）139-40。
[65] 崔少明，〈回應與書展〉，《信報財經新聞》，2003 年 2 月 14 日。

應則顯出一絲猶豫，在村上小說末尾的「編者附記」簡介村上的經歷，然後說明村上文學的特色如下：

> 那初看起來荒誕不經的作品中摻雜著大量的風俗描寫，蘊含著深刻的哲理。他從高度發達的當代城市生活中感受到的卻是空虛和寂寞；他從足不出戶而知天下事的所謂信息化社會中，領悟到的卻是人性的貧乏，感情色彩的消退。他的作品揭示了現代資本主義國家城市生活中較為隱蔽的一個側面[66]。

　　1980 年以後，中國迎接鄧小平（1904-97）時代的來臨，改革開放政策始於「包產到戶」（1981），到人民公社解體（1985）時，農民已自農奴狀態解放，中國終於進入藉由外國資本、技術使都市工業活化階段。透過一九八四年一首次參加奧運（洛杉磯奧運）、八六年參加亞運（1986年漢城亞運）的訊息，中國一方面著手加入資本主義世界，另一方面仍持續推動「反對精神污染」運動（1983），並於八七年展開「反自由化」運動，結果迫使鄧小平的左右手胡耀邦辭去總書記一職。同年，台灣解除戒嚴令，南韓總統發表「民主化宣言」，則是與中國相互對照的民主進程。

　　另一方面，一九七七年十二月中國重新恢復全國統一高考（相當於台灣的大學聯考）；第二次的統一高考是在 1979 年七月該學年度末期舉行，全中國約有四百七十萬人應考，錄取人數為二十七萬五千人，大專院校等高等教育機關開始量產擔負改革開放政策重任的新青年知識層。然而此時年輕人已對共產黨不再信賴、忠誠，而對西方資本主義各國懷抱著憧憬。

　　在這樣的八〇年代中期，中國的日本文學研究者在介紹村上作品時，先是保留了「初看荒誕不經」的感想，然而也給予肯定的評語：村上文學其實蘊含「深刻哲理」，描寫在「現代資本主義國家城市生活中」的「空虛、寂寞」、「人性的貧乏、感情色彩的消退」。這樣的評價，表面上指出經濟改革是必要的，實則拒絕生了的病資本主會主義意識形態，可謂在為共產黨政策代言。

　　不過中國的村上讀者之中，應該有很多人非常響往在當時的中國是無法想像的「訊息化社會、都市生活」——年輕人獨居豪華公寓，或和情人

[66]　《日本文學》16（1986）：190。

同居，冰箱裡常放著罐裝啤酒，開著自用車到時髦的餐廳用餐、出外旅行。《日本文學》是介紹日本文學的專門期刊，發行量為十萬冊到十五萬冊，數量相當驚人[67]。它本來只為了批判當時中國尚未出現的「都市生活」的「人性貧乏」，應該沒想到會有那麼多的讀者閱讀這本雜誌吧。附帶一提，中國文藝雜誌的代表、上海發行的《收穫》，在八〇年代極盛期時發行數量為一百二十萬冊。

　　大約兩年之後，1988年十二月，中國社會科學院編輯出版的《世界文學》第六期（此雜誌前身為三〇年代魯迅在上海創刊的介紹外國文學專門雜誌《譯文》）刊登了水洛翻譯的〈窮伯母的故事〉（台灣譯為〈貧窮叔母的故事〉）、黃鳳英翻譯的〈大象失蹤〉（台灣譯為〈象的消失〉）。〈大象失蹤〉是「我」目擊了老象和飼養人員從關閉的鎮上動物園消失的故事。由譯者之一水洛撰寫的簡介指出，「作者在奇談異想般的故事框架中，為人們勾勒出當代日本青年的精神圖像。……對於日本戰後生的這一代來說，『貧困』僅僅是一個空泛的概念。[68]」

　　另一方面，上海譯文出版社發行的《外國文藝》同年同月的第六期，也刊載了〈象的失蹤〉。在八八年底，這篇不合邏輯的小說同時在北京、上海兩地介紹外國文藝的重要雜誌發表，或許只是偶然，但兩本雜誌同時刊載了譯文卻是饒富趣味的一點。在此前一年，《挪威的森林》在日本出版後掀起了村上現象，然而上海的譯者賈春明卻不提《挪威的森林》一書，而主要針對《世界末日與冷酷異境》解說：「小說揭示了人在現代社會這個龐大組織體系面前無能為力。」[69]在鄧小平時代前期的中國，以社會主義文藝政策的視點來看，作家必須揭露資本主義社會的不合邏輯，因此村上文學才能被翻譯介紹吧。

---

[67] 前註之《日本文學》第16期發行數量不明，但《日本文學》1988年4月第24期的版權頁上註明「本期印數100996冊」、1988年7月第25期則為「本期印數157090冊」。

[68] 《譯文》12（1988）：45。

[69] 《外國文藝》12（1988）：100。

2.正統文學的色情小說──《挪威的森林》

1988 年底，上海的雜誌介紹村上文學卻封殺《挪威的森林》，應該是因為以社會主義文藝政策的視點來看，無法判斷該給予這本「百分之百的戀愛小說」什麼評價才好。然而與中國對日文化工作關係密切的有力研究者保證了村上春樹的日本文學正統，《挪威的森林》成為第一本在中國登場的村上譯作。

被選為這第一本村上譯本的譯者林少華，回憶自己擔任譯者的來龍去脈：

> 村上春樹《挪威的森林》剛出版時，我正好在日本。因為我當時在做中國與日本古詩的比較，對翻譯並沒有興趣。回國以後，有人推薦我給漓江出版社，說我的文筆非常適合翻譯《挪威的森林》。我於是才開始認真地閱讀村上春樹的原著。讀了之後，覺得他的作品真的和我很投合。所以開始翻譯[70]。

1987 年十月，《挪威的森林》出版後一個月，林少華在日本大阪市立大學研究所開始為期一年的古典文學研修，應該可以目擊到日本村上現象爆發才對，然而他本人對於在中國尚未有所定論的村上文學，可能並沒有積極關注。

漓江出版社於 1980 年代創立於廣西省桂林，主要發行諾貝爾文學獎系列等外國文學的翻譯書籍[71]。村上春樹最早的中國譯本，並非由位於北京、上海的老牌出版社發行，而是由邊緣地區的新興出版社出版，這一點是饒富深意的。漓江出版社可能和台灣的故鄉出版社一樣，是在聽聞日本掀起村上熱潮的消息後，才計劃翻譯《挪威的森林》。後來漓江出版社就委託日本文學者李德純（1926-）為《挪威的森林》中國譯本作序，並推薦其譯者。

根據當時中國刊行的《翻譯家詞典》，李德純為遼寧省營口人，就讀於南滿州鐵路公司[72]設立的瀋陽小學、奉天公學堂，從小學一年級開始學習日文。一九四四年，他到日本一高（現東京大學教養學部）留學，後於

---

[70] 林少華，〈放談　村上春樹は中国でなぜ読まれるのか〉（暢談　村上春樹為何在中國被閱讀），《人民中國》10（2001）：33。譯註：《人民中國》為中國發行的日文刊物。
[71] 參照 http://book.sina.com.cn/nzt/p_lijiang/。
[72] 日俄戰爭到二次大戰結束為止，設立於中國東北的半官方日本企業，營業範圍甚廣，並不止於鐵路。

日本東北大學主修英國文學，1949 年中華人民共和國成立時，進入外交部負責日語翻譯與研究工作。一九五五年，郭沫若（1892-1978）擔任中國科學院代表團團長率領成員訪日時，李德純即負責口譯，頗為活躍。1964年，他進入相當於中國共產黨智庫的中國社會科學院之外國文學研究所，於八八年成為副研究員[73]。

　　李德純為《挪威的森林》所寫的〈譯本序〉是長達近七頁的評論，為中國最早的正式村上春樹評論。他在這篇〈物欲世界的異化〉中，以格調高雅的文字開場：

> 困惑與追求歷來體現在青年人身上。以村上春樹為主要代表的一批文學新銳，從城市生活這個獨特視角，探討當代日本青年心靈奧秘的「都市文學」，便是這種困惑與追求的產物[74]。

　　在這裡，「都市文學」一詞被加上註解，是根據《文學界》一九八一年十一月號刊登的川本三郎的〈「都市」中的作家群──以村上春樹和村上龍為中心〉一文。中國和台灣一樣，村上春樹論、日本「都市文學」論都是受到川本三郎的文藝批評所啟發，這一點饒富趣味。

　　李德純認為，日本從產業社會向消費社會過渡中必然產生「都市文學」崛起的現象，開山之作應是田中康夫（TANAKA Yasuo, 1956- ）的《明淨如水晶》（《なんとなく、クリスタル》，1980），而村上春樹則是「都市文學」的中流砥柱。李德純接著介紹《尋羊冒險記》中的人物都是無名無姓、慵懶孤獨、徬徨、缺乏自己的內心世界；他介紹《挪威的森林》是一名大學畢業生「遊戲於負重的心靈世界，通過男主角渡邊二十歲時不堪回首的愛情悲劇，以幽靜的筆觸抒對青春的感懷」，並引用日本雜誌將村上春樹視為「八〇年代的夏目漱石」的評論[75]。我們也可以從以下一段一窺李德純對村上春樹的好評：

---

[73] 中國翻譯家詞典編著部編，《中國翻譯家詞典》（北京：中國對外翻譯出版公司，1988）336，「李德純」一項。

[74] 李德純，〈譯本序　物欲世界的異化〉，《挪威的森林》，林少華譯（桂林：灕江出版社，1989 年 7 月第 1 版，1990 年 4 月 1 版第 2 次印刷）1。總編輯按：覆校時未能找到林譯李德純《挪威的森林》1990 年 4 月 1 版第 2 次印刷版，現以李德純初刊論文為據：李德純，〈物欲世界中的異化──日本「都市文學」剖析〉，《世界博覽》4（1989）：60。（按：《世界博覽》文字略有不同之處）

[75] 李德純，〈譯本序　物欲世界的異化〉　3。

現代科技帶來的令人目眩的豐富的物質生活，潛伏著沒有主體意識
和沒有責任心、逐漸喪失主體意識和自我，這種急遽得令人目不暇
接的變動，正在向他們提供不盡的啟示和源泉。可以認為，他們是
繼五〇年代嶄露文壇的安部公房、大江健三郎後的又一批現代派[76]。

　　接著，李德純說明，在「都市文學」現代派文學的創作手法與審美觀
念基礎上，從逐步的實驗走向極致創作的過程，並舉出戰前的川端康成為
例。在這裡，伴隨八〇年代資訊化社會而生的後現代文學這樣的視點是不
存在的。然而他並沒有停留在「揭露資本主義社會的不合邏輯」這類表面
的評論，而獨具創見將村上文學放進日本文學史中的現代派系譜中。我們
可以說，透過李德純的這篇〈譯本序〉，村上春樹文學開始在中國被認可
為正統的現代日本文學。

　　曾擔任外交官僚而後成為中國社會科學院研究員，從李德純的經歷來
看，這篇評論並非一介研究者的評論，而可謂是為中國共產黨代言的官方
評論。至少漓江出版社能因此不必擔心言論管制而出版《挪威的森林》，
一般讀者也得以安心地閱讀《挪威的森林》。而且李德純在文末表示，是
他自己推薦林少華擔任翻譯的[77]。

　　正因有了李德純的推薦，林少華才「開始認真地閱讀村上春樹」，開始
《挪威的森林》的翻譯工作吧。在漓江版《挪威的森林》的譯者後記中，林
少華於文末附上的日期是「1989 年四月十九日夜」，因此他應該是自前一年
的十月左右回國後，在廣州暨南大學文學院外語系一面教書，一面翻譯《挪
威的森林》，而且只花了半年時間即完成。根據漓江版《挪威的森林》的版
權頁所記，林少華的譯本比台灣故鄉版譯本晚了五個月出版，第一版的出
版日期為 1989 年七月，印行三萬本。但這是沒有標註版權資訊的盜版。

　　然而，與李德純評價的正統日本文學相反，不，或者應該說是正因為
獲得了正統評價，出版社幾乎將《挪威的森林》當做情色小說推銷。如前
所述，故鄉版加上了如〈第三章　黑暗中的裸體〉這個原作沒有的章節名，

---

[76] 李德純，〈譯本序　物欲世界的異化〉　5。
[77] 李德純　7。林少華也曾在記者採訪他時答道：「《挪威的森林》的翻譯是由於李德
　　純先生的推薦，他認為我的文筆適合翻譯《挪》。而《海邊的卡夫卡》的翻譯則有些
　　身不由己了。」（林少華，《村上春樹和他的作品》，銀川：寧夏人民出版社，2005，
　　142。）

漓江版也是加上了〈第六章　月夜裸女〉、〈第七章　同性戀之禍〉等怪異的標題。此外，故鄉版《挪威的森林》的封面上有兩位裸女，一位袒胸露乳、一位露背，漓江版也有一位可看到側臉的、側著身將和服寬解到腰部的半裸女性。漓江版如此充滿日本情調的煽情編輯手法，或許是學自台灣的故鄉版。

不過在漓江版出版前夕爆發的政治事件，則形成了閱讀《挪威的森林》的另一種方法——「後民主運動的法則」，它是有別於官方見解將之歸類為正統文學、出版業則將之視為情色小說這兩種評價的第三種閱讀方式。

3.「六四天安門事件」與第一次村上熱潮

1990 年六月出版的《遠方的鼓聲》，在台灣於 2000 年十月由時報出版社推出譯本，中國則在二〇〇五年上海譯文出版社出版的《天黑以後》（台灣譯為《黑夜之後》）封面摺口的「即將出版書目」中預告：《遠方的鼓》（台灣譯為《遠方的鼓聲》）即將出版，為村上叢書的第三十四本書籍。不過，不過，中國版的《遠方的鼓》好久一段時間都無法呈現在讀者眼前。因為在〈卡帕托斯（Karpathos）〉一章中，村上記載當他從《前鋒論壇報》上得知悲慘的「六四天安門事件」發生時的複雜心情：

> 這六月六日的報紙，卻可以說是一份被宿命性沉重報導所填滿的報紙。首先是，在北京人民解放軍射殺了推測約兩千名學生、市民。戰車輾過搭在天安門廣場的帳棚，女學生胸部被槍刺穿。報導上稱，各地可能引發內亂。……
>
> 北京的報導讓我越讀越洩氣。那是無可救藥的事。如果我二十歲，是學生，人在北京的話，或許我也會在那個現場。我試著想像那種狀況。並想像朝我射來的機關槍子彈。想像那射進我的肉體，粉碎我的骨頭的感觸。想像那穿過空氣發出咻的聲音。並想像緩慢降臨的黑暗。
>
> 但我不在那裡，我在羅德島。各種情況和形勢把我帶到這地方來。躺在海灘椅上，吃著櫻桃，曬著日光浴，讀著福婁拜小說的我在這裡。以某種既成事實[78]。

---

[78] 賴明珠譯，《遠方的鼓聲》（台北：時報文化出版，2000）335-36。

在日本作家之中，村上春樹是對這起北京的屠殺事件反應格外敏銳的一位。1989 年二月，三十三位中國的文化人發表公開信，要求釋放於第一次民主運動（1979）中被判入獄的民運人士魏京生（1950-），這是六四天安門事件的起因。這封公開信即成為導火線，引發各地要求民主化的聲浪再度高漲。四月，較能理解學生訴求的前總書記胡耀邦驟逝，爆發了第二次民主運動，發展為在北京有一百萬人參加的示威抗議。這是改革開放十年之後，擺脫了共產黨意識形態的後文革世代菁英分子階層發起的集體運動，目的在向共產黨提出擴大自我權利的訴求。共產黨認為這一運動將動搖獨裁體制，因此視之為敵，並於六月四日派遣戰車駛入北京市虐殺市民與學生。

村上春樹在遙遠的希臘羅德島想像「朝我射來的機關槍子彈……想像那射進我的肉體，粉碎我的骨頭的感觸」，哀悼中國民主挫敗的心境，台灣、香港讀者都能透過賴明珠譯本讀到。在中國，《遠方的鼓聲》則於二〇一一年十二月由上海譯文出版社發行，比村上原著晚了二十多年，也比台灣版賴明珠譯本晚了十一年。中國版《遠方的鼓聲》出版時間遠遠落後，應該是因為如前文所引，村上在書中描寫了對於天安門事件的複雜心境。而在這遲來的中國版中，「在北京人民解放軍射殺了推測約兩千名學生、市民。……如果我二十歲，是學生，人在北京的話，或許我也會在那個現場。」這一段則完全不留痕跡地被刪除了。

李德純的《挪威的森林》〈譯本序〉附記的日期為 1989 年四月二十六日，顯示它是在北京民主運動極盛期寫就的。他客觀地分析村上文學與現代日本「主體意識與自我的喪失」的關係，或許是因為目睹了北京學生具有過剩的「主體意識」之故。

由於六四天安門事件的爆發，使得讀者在閱讀隔月發行的漓江版《挪威的森林》時，態度由視之為正統的現代派小說或情色小說，大幅轉變成視之為民主運動受挫的政治性文脈。本文第三節〈香港的村上春樹〉中，我曾指出支持北京民運的香港人經過這起事件大受打擊，而村上春樹文學則提供了療傷的良藥。中國的學生、百姓有些人在北京的現場目擊了整個事件，有的則受到首都民主運動的鼓舞，在上海等其他各都市參與街頭運動。而在共產黨政權嚴格的報導管制下，他們很難得知悲劇事件的詳情。他們承受的打擊比香港人更為直接，而且在事件發生後，他們連談論「價值失落、自我崩潰、感覺喪失」的自由都被剝奪了。

　　二〇〇二年，六四天安門事件過後十三年，《名作欣賞》第三期刊登了上海魯迅紀念館館員喬麗華的散文〈青春是一部被禁的電影〉，內容描述了事件結束後閱讀村上文學的經驗。

> 我在二十歲的時候第一次讀到《挪威的森林》，……彷彿是平生第一次喝了一口冰冷的酒，烈而疼。那是八十年代末九十年代初，整個校園更像是一片大森林，與世隔絕又騷動不安。

　　這回憶非常簡潔，我認為她坦然訴說了當時學生們的絕望之情。事件之後十年左右，後鄧時代來臨:

> 時光已然是日文歌、日本漫畫、日劇大行其道的九十年代末，同一辦公室的兩個男孩子在午餐時大談著讀村上春樹和吉本芭娜娜的感受。我知道那片森林已不屬於我，已遙不可及，但我仍買了一冊再版的林少華譯的《挪威的森林》，我想重溫一種心境，但重讀的結果出乎我的意料，它已不再是我記憶中那本單純的青春小說，它變得沉重一如我的沉重。

　　在十年後，第一批村上讀者已閱讀到透過作家的寫作背景呈現的日本社會:

> （六〇年代的日本）基本上還不是特別富足的年代。相反發生了不少大事，如左翼運動，反對日美安保條約等等，也許可以武斷地概括成「激情未泯的年代」。作者把小說的背景放在這個時間區域裡，這對眼下日本社會中的成年人而言，勾起的是一種隱隱的對青春時代的懷念，這是不言而喻的。所以，把《挪威的森林》看成一部百分之百的青春小說，年輕人的告白，並不準確[79]。

　　而她重新再讀《挪威的森林》的心得是:這是日本人度過「激情未泯的年代」之後做出人生選擇的故事:

---

[79] 喬麗華，〈青春是一部被禁的電影——重讀《挪威的森林》〉，《名作欣賞》3（2002）: 47。

不管怎麼說，渡邊已完成了他做為男性的選擇：他讓直子死去，讓綠子（欲望的對象而不是主體）處於自己的渴念中。於是，從六七十年代過來的那一批日本人也終結或壓抑了他們年輕時代的困惑，以選擇美國式的、物的、欲望的目標而迎來了一個中年的時代。這便是我們閱讀《挪威的森林》時那份濃重的失落感的真實由來。……青春是被禁的電影，沒有人可以為自己重新放映一遍[80]。

正如渡邊在十八年後憶起與直子的別離，喬麗華也在十餘年後的後鄧時代漩渦中反芻閱讀「激情未泯的年代」之戀愛小說的體會。藉著回想鄧小平時代自己同世代的選擇，她深刻理解第一次閱讀《挪威的森林》時「那份濃重的失落感的真實由來」。

二〇〇四年，在香港某報的「上海通信」專欄上，刊登了一篇六四天安門事件發生後讀者閱讀《挪威的森林》的心得：

1989 年夏天，我客居廣州，心情極為沮喪之際，朋友寄了一本《挪威的森林》給我。此前我很少讀日本作家的小說，這是我第一次聽說村上春樹這個名字。但一讀之下，竟然非常喜歡，馬上推薦給上海的朋友，後來這本書就在朋友中廣為流傳[81]。

另一方面，漓江出版社在 1990 年四月再刷《挪威的森林》，印量為三萬五千冊，出版一年後累計印量增為六萬五千冊。此外林少華翻譯的《青春的舞步》（後改為《舞！舞！舞！》，台灣譯為《舞・舞・舞》）於 1991 年三月出版，《世界盡頭與冷酷仙境》（台灣譯為《世界末日與冷酷異境》）、《好風長吟》（後改為《聽風的歌》，台灣譯為《聽風的歌》）於 1992 年八月出版。《青春的舞步》為南京譯林出版社出版，其他兩冊則為漓江出版社出版，初版的印量為六千冊至一萬冊不等。而台灣版賴明珠翻譯的《聽風的歌》因為要補足頁數而附加了〈開往中國的慢船〉，林少華翻譯的《好風長吟》也附加了短篇〈家務事〉、〈象的失蹤〉、〈遇見百分之百的女孩〉，成為短篇小說集的形態。

---

[80]　喬麗華　48。
[81]　柳葉，〈村上春樹自述〉，香港《信報財經新聞》2004 年 9 月 9 日，30。

　　這時期除了林少華，還有其他譯者加入翻譯村上春樹的行列。1990年六月鍾宏傑與馬述禎合譯《挪威的森林：告別處女世界》，由哈爾濱北方文藝出版社發行，初版五萬冊。1991年一月張孔群翻譯的《舞吧，舞吧，舞吧》由天津百花文藝出版社發行，初版三千冊；同年六月，馮建新、洪虹合譯《跳！跳！跳！》由漓江出版社出版，初版印量為一萬八千五百冊。

　　八〇年代末期，以《日本文學》期刊每期印行十萬冊至十五萬冊來看，《挪威的森林》以後的一連串村上譯本並不能算是暢銷書。儘管如此，還是有好幾家出版社爭相翻譯同一本著作，這可說是小規模的第一次村上熱潮。我們可以說，鄧小平時代的三種閱讀態度，創造出中國第一次村上熱潮，亦即將村上文學視為正統的文學、情色小說、悲慘政治事件的療傷文學。中國的「後民主運動法則」的起因是民主的挫敗，但即使屬於同樣的法則，中國的狀況與香港因天安門事件而引發失去英國殖民時期自由的恐懼，以及台灣在完成民主化後嘗到疲憊與幻滅滋味，是大異其趣的。

　　就像這樣，「後民主運動」這項接受村上文學的法則，在中國發揮與台灣、香港不同的作用。十年之後，「經濟成長趨緩法則」開始發酵，中國終於爆發了真正的村上熱潮。

　　中國與眾不同的「後民主運動法則」，異於民運成功的台灣、維持英國殖民時期言論與學術自由遺產的香港，這是中國讀者接受村上文學的一種樣貌。

4.晚了十年的「經濟成長趨緩法則」與第二次村上熱潮

　　六四天安門事件以後，中國藝文界的保守派東山再起，致使莫言（1955-）等文革以後開始活躍的作家不得已被迫沉默。《人民文學》自1949年創刊以來，向來被視為中華人民共和國的中心、君臨藝文界的雜誌。八〇年代《人民文學》由劉心武（1942-）擔任總編輯，他企圖擺脫共產黨文藝政策宣傳機構的定位。不過，到了1990年三月，劉心武被批判為「偏離社會主義文學道路」於是被迫卸任，保守派大老劉白羽（1916-2000）被選為繼任者。1990年七、八月合併號的卷頭論文〈九〇年代的召喚〉中，大聲疾呼「堅持馬克斯主義、毛澤東思想、中國共產黨政策」，並要求在藝文作品中讚美中共獨裁體制。合併號新開設的「讀者之聲」專欄，六篇投書都是批評劉心武的編輯體制，而其中兩篇點名批判莫言（管謨業，1955-），於是莫言的作品等於被禁。

　　針對保守派的反動，中國的知識分子，尤其是住在首都北京的人們，發起「故意的空白」運動抵抗。所謂「故意的空白」，是指天安門事件後不讀、不看北京的報刊雜誌與電影，稿件不投給北京的報刊雜誌，轉而投稿至上海或廣州等管制較寬鬆的南方城市的報刊雜誌，可說是知識界的罷工。過去在反右鬥爭、文化大革命時代，知識分子因為懷著對共產黨的幻想與對共產黨獨裁權力的恐懼，因此幾乎只能束手無策任憑共產黨殘酷的鎮壓、肅清。不過，在經歷七〇年代末與八〇年代末這兩次民主運動後，現在他們沉默地抵抗，在靜默中團結合作。

　　終於，外國文學的翻譯也成為共產黨規範的對象。現代日本文學研究者于桂玲在一篇渡邊淳一（WATANABE Junichi, 1933-）的研究中指出，自一九八四年《日本文學》第二期介紹了陳喜儒翻譯的《光與影》以來，1986 年到 1997 年雖然出版了十七本渡邊淳一的中譯本，但 1993 年到九七年這四年間，卻連一本譯本也沒有。于桂玲指出，原因之一就是 1991 年 7 月 10 日中國新聞出版署發布「關於核定外國文學出版任務的通知」[82]。這項通知的主旨，在於維持社會主義的精神文明建設，因此必須限定擁有外國文學出版權的出版社，並禁止出版「內容庸俗、格調低下」的外國文學。

　　為了收拾六四天安門事件的殘局，鄧小平的接班人江澤民的政權成立，但外國文學翻譯法規的核定是以鄧小平針對事件的總括結論「和平演變（和平顛覆社會主義體制）」為基礎。日本政治學者天兒慧概述這時期的中國政治狀況如下：

> 1991 年一至二月發生的波斯灣戰爭中，美國展現其壓倒性高科技武器威力的軍事力量，同年八月因為政變失敗而一舉瓦解的蘇聯，眼前這些事實使得中國領導階層重新認識到美國的威脅。六四天安門事件後立刻就任中共總書記的江澤民於 1991 年四月力倡：「中國當務之急就是活化經濟，提昇整體國力。若無經濟力則國際地位不保。」政治方面仍確實收到箝制，但經濟開放的油門則再度催起[83]。

---

[82] 于桂玲，〈『失樂園』はどう讀まれるのか――中國における渡邊淳一文學の受容〉，《山形大學大學院社會文化システム研究科紀要》7（2010）：113。。

[83] 天兒慧（AMAKO Satoshi, 1947-），《中華人民共和國史》（東京：岩波書店，1999）157。

　　漓江出版社的《挪威的森林》在序文中刊載了李德純的正統文學論，同時還打出情色小說的行銷策略，但銷售並不順利。而在這樣反動的狀況下，1990 年四月十日《人民日報》刊登的〈域外文談　村上春樹和《挪威的森林》〉一文中，將李德純的村上評論與以前「揭露資本主義社會的不合邏輯」論調組織起來，大力支持村上文學，饒富趣味。

　　　　他的小說表現了日本年輕一代的情緒和感覺，具有強烈的現代意識。

　　　　《挪威的森林》是一部長篇純情小說，一曲生死性愛的「青春哀歌」。……小說文筆優美如詩，情節淒婉感人，哀怨感傷中流露著真摯而深沉的感情。小說從一些側面反映了日本當代資本主義社會的畸形現實和精神危機，在那個高科技時代裡的無情和冷漠，使青年知識分子感到生活空虛，精神孤獨、前途迷惘，產生一種世紀末的悲哀。社會危機泯滅了多年來人們心目中形成的理性、理想、信仰、道德和傳統的價值觀念，使人們產生了被歪曲被壓抑了的變態心理，作品在某方面宣揚了虛無主義、個人中心主義和性慾變態、性的感官渴求之類腐朽的資產階級思想，這是不足取的[84]。

　　附帶一提，本文作者黎華，與三個月後出版的《舞吧！舞吧！舞吧！》（張孔群譯）之責任編輯同名。《舞吧！舞吧！舞吧！》的封面是翩然起舞的男女的白描畫，遠比漓江版《挪威的森林》的封面來得有品味[85]。

　　不過，即使借用共產黨黨報版面來為村上春樹辯護，還是徒勞無功。1986 年以來幾乎從未停頓的村上作品譯介工作，自 1992 年到九六年四年間則一度中斷。

　　六四天安門事件對鄧小平體制及共產黨而言是最大的危機。但自 1992 年起，負責鎮壓六四天安門事件的鄧小平再度傾向改革開放路線（南巡講話）。經過同年十月中共第十四次黨大會、九三年三月的全國人民代表大會後，中國決定在政治、經濟、文化各方面都再加速改革、開放。尤其鄧

---

[84]　黎華，〈域外文談　村上春樹和《挪威的森林》〉，《人民日報》1990 年 4 月 10 日。（編案：覆核時未能找到原文。）
[85]　張孔群譯，《舞吧，舞吧，舞吧》（天津：百花文藝出版社，1991）。封面設計，王書明；責任編輯，黎華。

小平祭出經濟成長政策的最後王牌：上海再開發案，並率先於 1990 年四月決定將隔著黃浦江與舊上海租界區（浦西）相對的約三百五十平方公里（約為舊租界的十一倍）土地，建設成為一大產業地帶，此即「上海浦東新區」。眾所周知，此後上海急速發展突飛猛進，因而成為最早承接台灣、香港村上熱潮的中國都市，一步步邁向「順時針法則」的完成。

改革開放政策再加速後，中國國民生產毛額（GNP）成長率在 1992年立即創下百分之十四點二的記錄，到九五年為止都維持在百分之十，但九六年則跌破此一大關，變成百分之九點六，九七年跌為百分之八點八，九八年、九九年官方數字各為百分之七點八、七點一，開始顯露衰退的陰影。另一方面，全國每人國民生產毛額從 1978 年的人民幣三百七十九元增為九九年的六千五百四十六元。就上海與北京兩大城市而言，分別增加為人民幣三萬零八百零二元（約三七二一美元）、一萬九千八百零三元（約二三九二美元）[86]。上海方面已接近六〇年代末《挪威的森林》時代的日本經濟水準。

在這樣中國經濟成長的變化中，漓江出版社在 1996 年七月發行《挪威的森林》改版一萬五千冊。在該書〈新版後記〉中林少華寫道：「我才為交涉版權──為在我國正式加入世界版權公約之後這部書仍能光明正大地送到讀者手中而付出了可謂相當執拗的努力。」然而還是不見版權頁等標示版權的部分。在努力「取得版權」的新版出版之際，其封面變為高度抽象的白描畫：一名男子躺在沙發小睡，夢中出現兩位裸女；而諸如舊版第三章〈夜來風雨聲〉這樣的章節標題也全部刪掉了，可見漓江出版社想讓《挪威的森林》擺脫情色小說的用心，這應是把舵轉向順應「和平演變」警戒政策的營運方針。

漓江版後來約在一九九八年出版《挪威的森林》取得授權後[87]的第二版，封面設計改為微笑女性的臉部攝影與杜鵑花盛開的日式庭園的組合，

---

[86] 國家統計局編，《中國統計摘要 2000》（北京：中國統計出版社，2000）。

[87] 華語圈各出版社出版的村上作品譯本，除了香港博益出版社一開始就取得版權，早期在台灣、中國都是沒有經過合法授權的。台灣的時報出版社取得繁體中文版的版權後，自 1994 年 9 月出版《世界末日與冷酷異境》以來，目前持續出版合法授權的村上春樹作品系列，盜版已完全絕跡。在中國，1998 年 9 月漓江出版社取得《挪威的森林》版權，但因合約於 2001 年到期，後由上海譯文出版社取得簡體中文版版權，目前其村上作品譯本幾乎就要全數出齊。然而很遺憾的，在中國目前仍有盜版出現。

銷售量急速攀升。我手邊這本同版書的版權頁記載「1996 年七月第一版，2000 年九月第二版第十次印刷，部數十五萬六千～二十一萬六千冊」。這裡並無法確認第二版出版的年月，但是兩三年之間就再刷了十次，而且一刷甚至達到六萬冊，可見它已成為暢銷書。一九九八年，中國高度經濟成長稍微鈍化，另一方面上海、北京市民也開始謳歌相當於開發中國家的生活形態，中國的「村上春樹現象」於焉誕生。

5.二〇〇七年《挪威的森林》出版二十週年與第三次村上熱潮

正如台灣曾推出「力麒村上」的住宅建案，二〇〇五年，在中國古城南京郊區江寧區將軍大道三十三號，也矗立起高級華廈群「挪威森林」。六萬兩千平方米（約合 18,755 坪）的建地上，蓋了十七棟、總建築面積達十萬平方米的中層、高層華廈，共八百一十七戶。每戶面積為九十一平方米（約合 27.5 坪）到一百八十五平方米（約合 56 坪）不等，每一平方米（0.3025 坪）的價格為六千一百二十元人民幣。根據建商的網頁所載，這個華廈建案名為「挪威森林」，是因為鎖定七〇年代出生的購買層：

> 七十年代是斷裂的一代，傳統與現代分野，理想與現實衝撞：七十年代是很難被定性的一代，這個年代人的一切美感皆來自於矛盾性——藐視所謂的真理，卻對真理心存熱望；不願意遵守規則，又人人都有自己的規則；表面平和，內心熱；不相信一見鍾情，又寧肯做愛情的信徒，雖然有些輕微的憂傷，但整體保持著健康悅耳……青春與責任，迷惘與焦慮，甜蜜的憂傷與內斂的快樂[88]。

南京大學外語學院的高虹在其論文〈樓盤「洋名」現象的模因學分析——以南京樓盤「挪威森林」為例〉中指出：

> 從甲殼蟲樂隊到村上春樹，從經典情歌到時尚小說，「挪威森林」逐漸演變成一個強勢模因。異質性和新鮮感讓它得到關注；「同一化」的解讀又讓它在極短時間內完成了從陌生到崇尚的過渡。無論是爵士樂，還是義大利麵，城市新貴們紛紛仿效村上式生活，「挪威森林」成為一種符號，成為時尚生活的標誌；為了迎合這種心理，

---

[88]　2010 年 10 月 11 日查閱，http://newhouse.house365.com/list-499/。

城市中的新樓盤開始被命名為「挪威森林」，最早是在南京，後來
又在深圳、廣州、北京和瀋陽相繼出現。在古城南京，「挪威森林」
於二〇〇五年出現於江寧區翠屏山下。儘管在立項書和購房合約
上，小區的標準名稱都是「詩丹名苑」。可是，從樓書，到廣告，
再到小區標識，無一例外的使用了「挪威森林」。它既是國內第一
片「挪威森林」，也是南京市首家以年代歸屬感為推廣策略的樓盤，
把出生於上世紀七十年代的人作為推介重點。樓書中赫然寫到，「挪
威森林，是村上文字中的追問和憂傷……它天生靈性，懂得與氣質
相投的人彼此回應」[89]。

在「挪威森林」仍持續被符號化的中國，小說《挪威的森林》是如何
被閱讀的呢？以下即透過中國的 CNKI（中國期刊全文數據庫）分析《挪
威的森林》發行二十週年（1987-2007）在中國接受狀況。

中國的 CNKI 為蒐羅七千六百多種雜誌所刊一千七百五十萬篇文章的
全文檢索資料庫，規模堪稱世界之冠。收錄資料的年限雖然溯及 1994 年
為止，實際上仍有許多雜誌資料可追溯至 1979 年。若在此一資料庫中利
用「題名」、「關鍵詞」、「全文」三種檢索項目來查詢「村上春樹」與
「挪威的森林」，藉之統整這四分之一世紀以來每年度的接受狀況，所得
的村上春樹相關報導篇數統計表如下：

---

[89] 高虹，〈樓盤「洋名」現象的模因學分析──以南京樓盤「挪威森林」為例〉，《學
海》6（2009）：207。

	村上春樹題名	關鍵詞	全文	《挪威》題名	關鍵詞	全文
1987	0	0	4	0	0	1
1988	0	0	6	0	0	5
1989	0	2	9	0	0	2
1990	1	2	8	0	0	4
1991	0	0	2	0	0	4
1992	0	0	2	0	0	3
1993	0	0	6	0	0	6
1994	1	4	10	1	2	16
1995	0	1	7	1	0	7
1996	0	4	10	0	1	10
1997	2	15	15	1	1	13
1998	4	9	22	0	1	16
1999	3	9	28	0	3	15
2000	2	12	41	1	4	26
2001	13	46	99	3	13	74
2002	9	66	185	14	29	132
2003	14	76	240	7	33	160
2004	5	61	236	7	19	124
2005	15	50	219	9	6	136
2006	14	58	254	14	6	156
2007	16	96	340	20	7	185
2008	30	94	339	19	8	177
2009	31	105	322	18	12	159
2010	22	70	201	11	8	93
累計	182	770	2609	126	153	1536

（2010 年 10 月 7 日之調查結果）

　　如前所述，村上春樹最早被介紹到中國，是刊登於 1986 年二月發行的雜誌《日本文學》上的文章，其內容原封不動地轉載自半年前在台灣《新書月刊》上刊載的村上春樹特輯。不過，或許因為《日本文學》創刊於 1982 年，後於 1988 年停刊，CNKI 上並未收錄該刊資料，因此以 CNKI 檢索的村上春樹相關資料，皆為 1987 年以後刊載之文章。此外，《當代體育》這本運動雜誌上以〈挪威的森林 John Arne Riise〉為題，內文則介紹挪威

出身的足球選手里瑟（John Arne Riise）[90]，諸如此類的文章僅在標題的一部分或本文中某一句使用「挪威的森林」做為引子，與村上春樹文學並無直接相關，為數並不少。甚至自然科學方面的雜誌，也能查詢到內文確實是與挪威的森林相關的報導。考量此類特例的同時，分析前列圖表則可得到以下四點推論。

第一，「挪威的森林」與「村上春樹」的檢索項目，以題名、關鍵詞、全文三項來看，其比率分別為 69：100、20：100、59：100，「挪威的森林」所得比率數值相當高。由此可以推測中國村上熱潮的發生，主要是源自於對《挪威的森林》的高度關注。

第二，《挪威的森林》簡體中文譯本在中國大陸發行的日期為 1989 年七月，亦即在悲慘的六四天安門事件發生之後的一個月。出版公司雖然意圖以情色小說類型來促銷《挪威的森林》，但在民主運動中受挫的學生們則將《挪威的森林》當做療傷文學來閱讀，與出版公司之意圖相左，這可說是因為「後民主運動法則」運作之結果。而學生們對《挪威的森林》的共鳴並不能公然發表在雜誌等刊物上，也因此 1989 年在中國的第一次村上熱潮，和台灣相較之下以小規模告終。

第三，一九九八年，《挪威的森林》一書突然在上海暢銷，追上了一九八〇年代末的台灣與一九九〇年代初的香港的《森》熱潮，這波上海的「村上現象」蔓延到了北京，由此可見「逆時針法則」的成立。不過要到二〇〇一年，前述圖表中村上春樹題名欄篇數才升格為兩個數字，關鍵詞欄由 12 變成 46，全文欄則從 41 激增至 99。可見在雜誌媒體上，「村上現象」比讀書市場的村上熱潮還要晚三年。

第四，自二〇〇二年到二〇〇六年，各個檢索項目的數目都比較穩定，至二〇〇七年後則再呈現增加的傾向，主要原因在於雜誌媒體強調《挪威的森林》出版二十週年，同時《挪威的森林》的題名檢索項目也在同年達到二十這一大關，亦可推測這是繼第 1989 年的第一次熱潮、一九九八年的第二次熱潮後而產生的第三次熱潮。

---

[90] 參照兩人〈挪威的森林 John Arne Riise〉：「這不是披頭士的《挪威的森林》，也不是那本青春戀愛小說《挪威的森林》，而是一個永遠不知疲倦奔跑、腳法威力如同炮彈的戰士，他就是里瑟。」，《當代體育 Modern Sports》11（2010）：50。

　　根據前述村上春樹相關報導的統計圖表所示，自二〇〇七年起到目前為止未滿四年的期間，在中國，報導題名中出現《挪威的森林》者總計達六十八筆（以其為關鍵詞的報導為 35 筆，全文中觸及《挪威的森林》的報導為 614 筆）。根據日本國會圖書館的資料庫「雜誌記事索引」，同時期以「挪威的森林」為題名的報導有三十二筆（以「村上春樹」為題名的報導有 143 筆），僅只比較這樣的數值，就不難想像得到中國讀者對《挪威的森林》關注的深度和廣度吧。我參考下載 CNKI 相關報導時所附錄的「摘要」，閱讀了題名中含有《挪威的森林》的報導中約三分之一的論文、散文（22 筆）。其中一部份雖然採用論文的體裁，實則為重覆在中國已經多次論及的評論與感想（此一傾向在前述之拙作中已進行分析）。然而，大部分文章是新的評論嘗試，也有以中國獨特的、在日本也少見的視角寫就的《挪威的森林》論。以下即介紹三篇針對《挪威的森林》的性描寫為中心的討論。

　　發表於二〇〇七年四月的〈我讀《挪威的森林》〉，作者白燁可能就是中國政府的智庫——中國社會科學院的教授白燁（1952-）。這篇散文是只有二頁的短文，但除了介紹村上是「八〇年代的夏目漱石」，並且以「通過屈折悱惻的愛情故事，揭示現代社會給少男少女帶來的青春的迷惘」的視點，說明渡邊、直子與綠的三角關係；最後在結論中表示：「只要是認真去讀《挪威的森林》這本書，無論是文學專業工作者還是廣大文學愛好者，都能夠或多或少地從中得到與自己有益的東西。」刊載本文的刊物為《深交所》（Shenzhen Stock Exchange），我推測這是深圳證券交易所發行的雜誌。這顯示在中國，即使是證券交易員或投資者似乎也在關注村上春樹的作品。

　　即使如此，在這樣四平八穩的《挪威的森林》論中，文藝評論家兼文藝書籍編輯白燁特別指明：「至於書中有關渡邊同多人的性愛關係，也不能簡單地視之為『亂愛』。因為它不只是開放社會中少男少女青春萌動的結果，它還反映了一個更為深刻的意味。」這一點是耐人尋味的。不過白燁所謂「深刻的意味」，是指渡邊同時愛著直子和綠這兩人的「矛盾」，如果僅止於柏拉圖式戀愛的話，未必會是「同多人的性愛關係」。

　　其實在中國的大學紀要等刊物刊載的《挪威的森林》評論，很多都冷淡看待「亂愛」這一點。例如近四年來的這段期間，弋慧莉、徐立偉、孫

洋合著的〈掙脫與迷失──從《挪威的森林》看日本戰後二十年社會狀況及青年民眾心態〉一文中，在結尾部分指出：

> 最後不得不提到性愛了。二戰後六十、七十年代嬉皮士文化的傳入，對性愛觀念本來就十分大膽的日本也是不小的衝擊。……嬉皮士他們否定既有的社會制度、物質文明、性觀念等，尋求直接表達愛的方式的人際關係。……而日本的傳統性觀念，並沒有我們想像中那麼保守，性愛作為一種感官享樂，被傳統的大部分日本人所接受，據赤松啟介的研究，當時日本農村的男女到了十二、三歲，便在「前輩」指導下開葷性交，然後互換伴侶，甚至「殺全家」。日本農村的結婚只是形式，男女婚後仍然可以與其他人「夜這」[91]。「夜這」是正常的社交生活，沒有什麼好羞愧的。這就直接的衍生了《挪威的森林》中對性肆無忌憚的描寫，另一個角度日本人的性欲愉悅並非來自自身的享受而是來自弱者的痛苦，從中可以反映出日本人等級觀念對集體潛意識的影響，對等級制度的厭惡不是反映在對等級制度本身的反抗而是試圖將其施加給更為底層的個體、並在這種壓力轉換中獲得舒緩和愉悅；這就更加足以證實，文本中對於六十年代青年們之間的畸戀，非倫理性愛的敘述與展示[92]。

所謂「赤松啟介的研究」，可能是指《夜這的性愛論》（夜這いの性愛論）。生長於大阪近郊農村的赤松啟介（AKAMATSU Keisuke, 1909-2000），於該書中描寫自己小學畢業後到大阪市內做小學徒時，目擊到「夜這」的個人體驗。從這種個人經驗談來對應日本農村整體，是相當草率的推論。採用民俗學的研究成果來討論《挪威的森林》是可取的，但將六〇年代的嬉皮文化與赤松啟介的「夜這」體驗或「夜這」調查所述的習俗直接連繫起來，實在相當武斷。文中論及「日本人的性欲愉悅並非來自自身的享受而是來自弱者的痛苦」的見解，或許意指永澤源於慾望和處心積慮進行漁獵女性的行為，但詳細原委並不清楚。

---

[91] 即「夜這い（よばい）」，指以發生性關係為目的，夜半前往他人住處的行為。通常是男性前往女性住處。

[92] 弋慧莉、徐立偉、孫洋合著的〈掙脫與迷失──從《挪威的森林》看日本戰後二十年社會狀況及青年民眾心態〉，《遼寧行政學院學報》10.6（2008）：227。

　　針對《挪威的森林》的「亂愛」的討論，中國的評論區分為如白燁（1952-）白燁認為是「青春萌動」的肯定派，以及如弋慧莉等人主張「非倫理性愛」的否定派。那麼，年輕讀者是怎麼想的呢？一位高二學生鍾雨樺，在刊登於以高中生為對象的雜誌《閱讀與作文（高中版）》（2007年第 11 期）上的散文〈我們這樣近　我們這樣遠——讀《挪威的森林》〉中寫道：

> 直子、木月還有渡邊、永澤仍在陰暗的泥沼中孤獨地掙扎，背負著人生的十字架匍匐在苦難的生命中。心的絕望又有什麼可以醫治？只不過有人選擇離開，有人選擇堅強地留下。在那令人窒息的沉默空間裏，我給予他們的只有我的同情、喜歡和敬意[93]。

　　對於《挪威的森林》一書中出場的同世代年輕人產生深刻共鳴的鍾雨樺，雖然沒有直接提及有關性的描寫的部分，但對故意「亂愛」的永澤也進行了細膩的觀察與分析：

> 永澤是一個十分特別的人物，他可以春風得意地率領眾人長驅直進，而內心卻比其他人絕望得更加厲害，因為他對這個社會認得更清一些，對自己也看得更清一些，一旦他意識到這點，他便不再迷惘，轉而採取了一種遊戲人生的態度。他要在這個不正常的社會中發揮自己最大的才華。看看自己到底能爬到什麼位置，他或許比直子、木月更不正常，但他卻有本事將自己不正常的地方整理歸納，形成系統，然後有序地前進，因為他的意志極其的堅強，所以他比其他任何人都遊刃有餘[94]。

　　與前述的肯定與否定兩派評論相較之下，這位高中生似乎更能深刻理解《挪威的森林》中「亂愛」的意義。順道一提，這名高中生就讀的武義第一高中，位於距離上海西南方三百公里的浙江省武義縣，位於內陸盆地，是人口三十萬的農業縣。閱讀《挪威的森林》一書，現在不只是上海、北京這類大都市年輕人的特權，農村地區高中生也能享受閱讀它的樂趣。

---

[93] 鍾雨樺，〈我們這樣近　我們這樣遠——讀《挪威的森林》〉，《閱讀與作文（高中版）》11（2007）：34。

[94] 鍾雨樺　34。

　　二〇一〇年十月八日，挪威的諾貝爾和平獎委員會頒獎給因民主運動而入獄的民運人士劉曉波（1955-）。根據我熟識的中國記者表示，對此感到憤怒的南京「愛國青年」，發起了杯葛挪威製品的運動。為了呼應此一活動，一位市民焚燒了《挪威的森林》，不過被旁人阻止。這起焚書事件是因單純的誤解而導致呢，還是也意味著對高級華廈的反感呢，或者是抗議中日戰爭期間日本軍隊在南京進行大屠殺呢？詳細情形並不清楚。不過，一本名著被如此符號化，是令人遺憾的事。

（編者案：本文覆核時，得到于桂玲教授、李光貞教授、王海藍博士、徐子浩女士、王靜女士、麻文靜女士提供資料影像，謹在此致以萬分謝意！）

參考文獻目錄

CHAI

柴田元幸（SHIBATA, Motoyuki）等編.《世界は村上春樹をどう讀むか》
　　（《世界如何閱讀村上春樹》）。東京：文藝春秋，2006。

CHUAN

川本三郎（KAWAMOT, Saburō）.〈「都市」の中の作家たち──村上春
　　樹，村上龍をめぐって〉（「都市」中的作家們──以村上春樹與村
　　上龍為主）《文學界》35.11（1981）：156-68。
──〈一九八〇年のノー・ジェネレーション（文學は開かれる）〉（〈一
　　九八〇年的 No Generation〉），《すばる》2.6（1980）：222-29。

GUAN

關詩珮.〈村上春樹與我──1989 年（我）的香港文學界〉，《共同研究
　　東アジアと村上春樹／通信》3（2006）：3-4。

HUANG

黃浩鈞主編.《挪威的森林》，劉惠禎、黃琪玟合譯，上。台北：故鄉出版
　　公司，1989。
──.《挪威的森林》，傅伯寧、黃琪玟、黃翠娥、黃鈞浩合譯，中。台北：
　　故鄉出版公司，1989。
──.《挪威的森林》，黃鈞浩、黃翠娥合譯，下。台北：故鄉出版公司，
　　1989。

LAI

賴明珠譯.《失落的彈珠玩具》，村上春樹著。台北：時報文化出版，1992。
──.《聽風的歌》。台北：時報文化出版，1992。
──.《遠方的鼓聲》。台北：時報文化出版，2000。

LI

李明璁.〈超越對立的批判性想像〉，《中國時報》2004 年 4 月 13 日，A15。

李碧華.《天安門舊魄新魂》，3 版。香港：天地圖書公司，1990。

LU

魯賓（Rubin, Jay）.《聽見 100%的村上春樹》（*Haruki Murakami and the Music of Words*），周月英譯。台北：時報出版社，2004。

QING

清水良典（SHIMIZU, Yoshinori）.《村上春樹はくせになる》。東京：朝日新書，2006。

SHEN

岑朗天.《後九七與香港電影》。香港：香港電影評論學會，2003。

TENG

藤井省三.（FUJII, Shōjō）.《村上春樹心底的中國》，張明敏譯。台北：時報出版社，2008。

──.《20 世紀の中国文学》。東京：放送大學教育振興會，2005。

──.〈香港──一五〇年の記憶と虛構〉，《現代中国文化探検──四つの都市の物語》，東京：岩波新書，1999，114-71。

TIAN

天兒慧（AMAKO, Satoshi）.《中華人民共和國史》。東京：岩波書店，岩波新書，1999。

WEI

魏紹恩.〈等待驚喜：周星馳／村上春樹〉，《電影雙週刊》1991 年 3 月 21 日，18-19。

XU

許舜英.〈嗨，村上春樹！〉，《中國時報》1996 年 7 月 11 日，39。

YE

葉蕙.《尋羊的冒險》。香港：博益出版，1992。

——.〈村上春樹——一個永不褪色的記號〉，《共同研究　東アジアと村
　　上春樹／通信》3（2006）：4-5。

葉積奇.〈《挪威的森林》旋風〉，《號外》160（1989）：213。

野崎歡（NOZAKI, Kan）.《香港画の街角》。東京：青土社，2005。

YU

于桂玲.〈『失樂園』はどう讀まれるのか一一中國における渡邊淳一文學
　　の受容〉,《山形大学大學院社会文化システム研究科紀要》7（2010）：
　　111-19。

ZHANG

張家衛，《感情便利店》。香港：博益出版社，1996。

ZHONG

鍾偉民，〈矯情〉，《蘋果日報》2004 年 12 月 26 日，E12。

Norwegian Wood and the Murakami Phenomenon in Taiwan, Hong Kong and Mainland China

Shojo FUJII
Professor, Faculty of Letters, Tokyo University

Translated by
Mingmin CHANG
Assistant Professor, Department of Applied Foreign Languages
Chien Hsin University of Science and Technology

Murakami Haruki's literary work has been well-received by the Chinese community for over a quarter century. Through *Norwegian Wood*, he brought a great deal of attention to his work and influenced the thinking of young readers. This essay discusses the acceptance of his literary works in the Sinosphere and their growing popularity within Mainland China.

Keywords: Murakami Haruki, Chiau Sing Chi, Wong Kar-Wai, Ming Chu Lai, *Norwegian Wood*

《國際村上春樹研究》輯一（2013 年 12 月）101-45。

《挪威的森林》在台灣的翻譯與文化翻譯[*]

■張明敏

作者簡介：

張明敏（Mingmin CHANG），女，2009 年獲台灣輔仁大學比較文學博士學位，現為健行科技大學應用外語系助理教授。曾任日本東京大學文學部訪問學者。曾獲台北文學獎、香港青年文學獎翻譯文學獎、日本交流協會獎助。曾於 2008 年與譯者賴明珠、林少華、葉蕙去見村上春樹。著有《村上春樹文學在台灣的翻譯與文化》（台北：聯合文學出版社，2009）等。譯作包括《「1Q84」之後——村上春樹長訪談》（村上春樹著，與賴明珠合譯）、〈《漫長的告別》日文版譯者後記〉（村上春樹著）、《村上春樹心底的中國》（藤井省三著）（以上譯書皆為台北時報出版社出版）等。

內容摘要：

《挪威的森林》在日本創下史無前例的暢銷紀錄後，台灣於一九八九年二月搶先出版《挪威的森林》的中譯本。透過翻譯，日本作家村上春樹的作品才能被不懂日語的讀者們接受，然而與村上春樹相關的評論與討論則大多迴避翻譯這一重要議題不談。有鑑於此，本文以翻譯理論視角檢視《挪威的森林》在台灣的翻譯與誤譯現象，以及這一波波藉由翻譯而來的村上春樹熱潮如何被台灣社會文化、藝文界接受、產生影響。。

關鍵詞：村上春樹、台灣、翻譯、賴明珠、《挪威的森林》

---

[*] 本文根據拙著《村上春樹文學在台灣的翻譯與文化》（台北：聯合文學出版社，2009）第四章為主整理改寫。

　　在台灣，相信大部分的讀者都是閱讀由賴明珠（1947-）或其他譯者的譯本，那麼當讀者表示自己在閱讀村上春樹（MURAKAMI Haruki, 1949-）時，到底應說是在閱讀村上春樹，還是在閱讀村上春樹的翻譯者賴明珠（或其他譯者）呢？這個疑問，是導致筆者以「翻譯」切入探討村上春樹文學的原因。然而，「翻譯」不僅是語際的翻譯，還包括文化上的翻譯等議題。自一九九〇年代以來，村上春樹在台灣掀起一陣風潮，由於出版社仍持續不斷推出新的村上作品中譯本，村上春樹現象至今似乎仍未消褪。而大部分的台灣讀者其實是閱讀村上作品的中文譯本，村上翻譯文學在台灣同時涉及語言層面的翻譯與文化翻譯的問題，不但形成了村上迷群，有許多台灣作家也受到村上翻譯文學的影響。

　　透過翻譯，村上春樹才能被語言相異的讀者接受。到底是誰把村上春樹譯介到台灣？出版社又如何把他推銷給讀者？讀者的反應如何？專業讀者的反應如何？關於這些問題，勒菲弗爾（André Lefevere, 1945-96）「改寫／重寫」（rewriting）[1]的概念提供本文分析的依據。勒菲弗爾認為，改寫／重寫的行為包括翻譯、編寫文學史、編選文集、評論、編輯等，由於「高級」文學（high literature）逐漸只限於在教育學術領域由專業讀者（包括文學教師、學生、研究者）閱讀，愈來愈多非專業讀者不讀作者寫的文學作品，而閱讀改寫／重寫者的改寫作品，例如譯作、改編、情節摘要、報刊雜誌的書評等，因此改寫／重寫者也就創造了作者、作品、一段時期、一種文類，有時甚至是整個文學的形象。勒菲弗爾認為贊助人（patronage）也是操控文學系統的一大因素，包括出版商、宗教團體、政黨團體、報紙雜誌等出版系統。相對於改寫／重寫者這些專業人士重視詩學（poetics，又譯「文學觀」），贊助人通常注重文學的意識形態。而整個文學系統就在專業人士、贊助人、詩學、意識形態的共同作用下，才能達成翻譯的改寫／重寫功能[2]。勒菲弗爾認為，翻譯確實是「文化變容」；如果翻譯是一種文化變容，這現象可以從兩種角度來探討：翻譯可以告訴我們文化變容更廣的問題，不同文化之間的關係變得逐漸重要；而先前在文化變容上的

---

[1]　"Rewriting" 一詞，中譯有「改寫」、「重寫」、「再書寫」者，中文語意都無法完全表達 rewriting 之意涵。因此本文中一律以「改寫／重寫」譯之。

[2]　André Lefevere. *Translation, Rewriting and the Manipulation of Literary Fame*. (London: Routledge, 1992) 3-15.

企圖，則可以讓我們理解有關翻譯的種種。文學翻譯研究必須集中在文學以及文學的演進及詮釋，把它們視為文化變容更廣的領域[3]。

　　根據以上論述，本文以《挪威的森林》一書做為分析討論的主要樣本。首先，因為《挪威的森林》是在日本掀起村上春樹現象的暢銷書，進而引起世界各國讀書市場對村上春樹的注意。其次，就翻譯文學而言，台灣有三家出版社相繼推出《挪威的森林》，而且都曾再版（刷）或改版，是研究翻譯現象的極佳實例。此外，《挪威的森林》或許可說是最被誤讀的一部村上作品，不但書名與村上援用的「披頭四」（The Beatles）原曲"Norwegian Wood"不同，而在日本初版時以「百分之百戀愛小說」、台灣初版以「百分之百的性愛小說」的形象行銷，囿限了許多讀者的想像。《挪威的森林》在台灣出版已屆滿二十年的現在，我認為重新檢視它在台灣出版、被閱讀、演繹的過程，可以同時觀察到以《挪威的森林》為代表的村上春樹作品在台灣翻譯與文化翻譯的種種面貌及其代表的意義。同時，《挪威的森林》出版後掀起了村上春樹熱潮，證明讀者也可以參與文學系統的改寫／重寫過程。

一、誤譯與誤讀：從 Norwegian Wood 到《挪威的森林》

　　在村上春樹的暢銷長篇小說《挪威的森林》（原著初版首刷時間為 1987 年 9 月）中，三十七歲的男主角渡邊徹在搭乘飛機時聽見機艙播放披頭四（The Beatles）的〈挪威的森林〉一曲，而憶起十八年前自殺的女主角──亦即當時他的女友直子，以及直子的已逝男友 Kizuki 之間的一段往事。〈挪威的森林〉是女主角直子生前最喜歡的歌曲：

> 聽到這首歌有時候我會非常傷心。不知道為什麼，會覺得自己好像正在很深的森林裏迷了路似的。一個人孤伶伶的，好冷，而且好暗，沒有人來救我[4]。

---

[3] André Lefevere. *Translating Literature: Practice and Theory in a Comparative Literature Context.* (New York : Modern Language Association of America, 1992) 12.

[4] 村上春樹，《挪威的森林》，賴明珠譯，上冊（台北：時報出版社，2003）153。

　　當渡邊到精神療養院探望直子時，她曾如此對渡邊描述這首歌帶給她的感受。事實上，這是村上春樹在這部小說中想要傳達的重要意境，而直子生命最後一段期間所居住的「阿美寮」療養院，因為位於京都深山中重重的杉木林、雜木林之中，確實具有「森林」的意象。村上春樹曾表示，他為這本書命名時，原本刻意迴避直接使用披頭四的曲名，沒想到在徵詢妻子陽子的意見時，陽子說：《挪威的森林》不是很好嗎？有意思的是，在此之前她從沒聽過這首歌曲，村上也沒跟她提過自己曾把它列入考慮；對村上春樹而言，以《挪威的森林》為書名，純粹是取其象徵性的意義[5]。也就是說，這部小說其實與挪威這個國家無關，也與披頭四的歌詞內容沒有直接相關。哈佛大學教授魯賓（Jay Rubin）指出，〈挪威的森林〉其實是誤譯，但是村上春樹在選擇此曲為書名時，延用日本原已譯錯的曲名，將錯就錯，只有將它由〈ノルウェーの森〉改為〈ノルウェイの森〉，僅更改片假名的長音節部分，但〈挪威的森林〉的意義是不變的[6]。

　　〈挪威的森林〉到底錯在哪裡呢？披頭四的英文原曲名為 "Norwegian Wood (This Bird Had Flown)"，收錄於披頭四於一九六五年十月推出的 *Rubber Soul*（橡膠靈魂）專輯中。它的日文、中文歌名分別譯為〈ノルウェーの森〉、〈挪威的森林〉，並未包括副標題 "This Bird Had Flown"。根據 "The Beatles Anthology 2"（披頭四精選集 2）[7]的英文解說手冊，這首歌的詞曲是由約翰·藍儂（John Lennon, 1940-80）與保羅·麥卡尼（Paul McCartney, 1942- ）合寫，最早曲名原為 "This Bird Had Flown"，後來才改為 "Norwegian Wood (This Bird Had Flown)"。其中 "Norwegian wood" 一詞出現在歌詞中的第一段與最後一段：

---

[5]　村上春樹，〈「自作を語る」100 パーセント・リアリズムへの挑戦〉《村上春樹全作品 1979-1989》，卷 6（東京：講談社，1991）XII。根據哈佛大學魯賓教授（Jay Rubin）表示，村上春樹最初考慮的書名是音樂家德布西（Debussy）的鋼琴曲 *Gardens in the Rain*。參見 Jay Rubin,. *Haruki Murakami and the Music of Words*(London: Harvill P, 2002）149；魯賓（Jay Rubin）《聽見 100%的村上春樹》，周月英譯（台北：時報出版社，2004）153。

[6]　Rubin 149；魯賓　152-53。

[7]　本精選集於 1996 年由 Apple Corps Ltd.與 EMI Records Ltd.聯合編輯發行，日本版由 EMI ミュージック・ジャパン於 2007 年發行。其中有兩片 CD，共收錄 35 首披頭四的歌曲。此外，在日本版的這套精選集中，*Norwegian Wood* 已被直接音譯為〈ノーウェジアン・ウッド〉，後面再附註原日文曲名〈ノルウェーの森〉。

I once had a girl/ Or should I say she once had me/ She showed me her room/ Isn't it good, Norwegian wood

……

And when I awoke I was alone/ this bird had flown/ So I lit a fire/ Isn't it good, Norwegian wood[8]

根據日文版維基百科，約翰·藍儂曾在雜誌（《滾石》或《花花公子》）的訪談中表示，這首歌描寫他的一段感情出軌經驗，為了不讓當時的妻子辛西亞·鮑威爾從歌詞中看出端倪，於是寫得相當隱晦。在這裡，"Norwegian Wood" 應該是指「挪威木」，是一種廉價松木，當時英國有許多民眾使用它來裝潢房子[9]。中山大學退休教授余光中也曾在〈當我到六十四歲〉[10]一文中指出〈挪威的森林〉是不對的，這裡是指「挪威木料」[11]。總之，"Norwegian Wood" 當然本來也有「挪威的森林」之意，但是就這首歌曲的脈絡而言卻是不恰當的。

台灣的讀者已發現了〈挪威的森林〉的誤譯問題。在〈不曾存在的「挪威的森林」〉[12]一文中，資深新聞工作者朱錦華指出「這座森林根本沒有存在過，一切都是誤會一場。或者說，誤譯一場。」但是正如作者所說，若把「挪威的森林」還原為「挪威的木材」是非常煞風景的。因此雖然是誤譯，但「它也錯得很美麗」。不過，作者這番話的前提是：即使這是美麗的錯誤，譯者「應該在附注中讓讀者知道真正的原意」。

可是，知道 "Norwegian Wood" 的原意，對於理解這部小說是否真有幫助呢？事實上，村上春樹明確知道「ノルウェイの森」是誤譯，而且還知道 "Norwegian Wood" 本來可能是由 "Knowing she would" 的諧音而

8　以下為筆者所譯之中文歌詞：我曾擁有一個女孩／或者該說她曾擁有我／她領我到她房間／還不賴吧，挪威的木材……我醒來時只剩孤單一人／這女孩已離開／所以我點了一把火／還不賴吧，挪威的木材。其中 This bird had flown 直譯為「那鳥兒飛了」，則暗指那女孩已經離開。

9　除此之外，有人認為 "Norwegian Wood" 是暗指「大麻」，魯賓即認為如此。參考魯賓　153。

10　此篇名亦取自披頭四的歌名 "When I am Sixty-four"。

11　吳明益，〈那個花開極盛的時光〉，《中國時報·開卷周報》2006 年 12 月 9 日，E2。

12　朱錦華，〈不曾存在的「挪威的森林」〉，《民生報·藝文新舞台版》2006 年 5 月 1 日，A6。

來[13]。但是村上春樹有意誤讀，從 "Norwegian Wood" 中感受到這詞彙本身自然衍生的旨趣：沈靜、憂傷，且似乎有點 high[14]，因而創作出新的作品情境。至於原歌名是 "This Bird Had Flown"，或是 "Norwegian Wood" 本來是 "knowing she would" 的諧音，這些都已經不再重要。村上春樹延用日文歌曲曲名將披頭四的 "Norwegian Wood" 轉換為《ノルウェイの森》時，便完成了改寫／重寫與創造性的背叛。正如村上所言，《挪威的森林》曖昧不明的多義性為讀者帶來不可思議的奧妙深度，而「這深度才是這首曲子的生命」[15]。

台灣歌手伍佰（吳俊霖，1968-）也作了一首〈挪威的森林〉，部分歌詞如下：

> 那裏湖面總是澄清／那裏空氣充滿寧靜／雪白明月照在大地／藏著妳不願提起的回憶
> 妳說真心總是可以從頭／真愛總是可以長久／為何妳的眼神還有孤獨時的落寞／是否我只是妳一種寄託／填滿妳感情的缺口／心中那片森林何時能讓我停留

從這兩段歌詞可以感受到，伍佰的這首歌和村上春樹描寫的意境遙相呼應，但原本為有形的、外在的森林，在這首歌中變成無形的「心中那片森林」，是「藏著妳不願提起的回憶」的內在森林，也遠遠脫離了披頭四 "Norwegian Wood" 的原有語境。伍佰表示自己是村上迷，而〈挪威的森林〉一曲是他在完成了所有歌詞之後，才想要用什麼歌名；「因為我這些文字是看了那個書（《挪威的森林》）之後馬上寫的，最後一頁闔上去，啊！太感動了，寫好之後，……就叫〈挪威的森林〉好了。……因為 Beatles 也有一首歌叫〈挪威的森林〉，那我就玩這個遊戲好了。[16]」伍佰版本的〈挪威的森林〉是和村上春樹的對話，也是和 The Beatles 的對話，同時他

---

[13] 村上春樹，《そうだ、村上さんに聞いてみよう》（東京：朝日新聞社，2000）88-89。
[14] 村上春樹，〈「自作を語る」100 パーセント・リアリズムへの挑戦〉 XII。
[15] 〈看見挪威的樹沒看見森林〉《村上春樹雜文集》（台北：時報出版社，2012）頁105。
[16] 〈村上迷漫談村上春樹：伍佰 v.s 蔡康永〉《中國時報‧悅讀周報》2003 年 3 月 2 日。此為蔡康永主持之公視節目《週二不讀書》之內容節錄，播出日期為 2003 年 2 月 18 日。

也進行了改寫／重寫與再創作。如此，我們能說「挪威的森林」真的不曾存在嗎？雖然從披頭四的 "Norwegian Wood (This Bird Had Flown)" 到日文的〈ノルウェーの森〉、《ノルウェイの森》及中文的《挪威的森林》，確實經歷了一次又一次的誤譯過程，但是對於創作者而言，有如一首樂曲從主題發展出變奏，或許可說是無可厚非的美麗錯誤。

　　一九九七年六月時報出版社推出《挪威的森林》新譯本時，翻譯者賴明珠曾在《中國時報》上發表〈我，與村上春樹森林〉一文，在開場白中有這樣的句子，令人莞爾：

> 傳說，挪威的森林是一片大得會讓人迷路的森林。那種，人進得去卻出不來的巨大原始森林[17]。

　　事實上《挪威的森林》一書中，並未出現這樣的「傳說」，並沒有一座「巨大的原始森林」。翻譯者細讀過全書，應該最清楚才對，然而為何仍然寫下這樣的文字呢？筆者向譯者賴明珠本人求證這個問題，她表示，記憶中這一段文字並非出自她的手筆，很有可能是編輯添加進來的。若是如此，編輯無中生有地創造出一則傳說及一片「大得讓人迷路、巨大原始的森林」，顯示當時負責撰文的編輯並未詳讀全書，也未與作者賴明珠進行確認，對於一篇報導、評介的文章而言，實在是不應該發生的誤導。而編輯創造出來的這則「挪威的森林」傳說，因為是附在賴明珠這篇文章之中，所以可能有許多讀者誤認為這是賴明珠的文字而信以為真。後來，作家許榮哲還引用了這段文字，刊登在「最愛 100 小說」[18]票選後出版的書評集中：

---

[17] 賴明珠，〈我，與村上春樹森林〉，《中國時報・浮世繪》1997 年 6 月 25 日，26。
[18] 「最愛 100 小說大選」由誠品書店、聯合報系、公共電視共同主辦，為網路票選活動。第一階段票選從 2003 年 12 月 1 日至 2004 年 1 月 31 日截止，總計票選期間共收到選票 62,719 張，其中網路投票佔 56,524 張，紙本 6,195 張，在有效票 54,541 張之中，共有 4,533 種小說被提名。而第二階段則於 2004 年 3、4 月間進行，就第一階段選出的 4,533 種小說中的前 500 名再進行最後票選，選出「最愛 20 小說」，結果公布完全與第一階段前 20 名相同。參見「最愛 100 小說大選」網站：www.favorite100.com，或見〈台灣讀者最愛的 100 部小說〉《聯合報》2004/3/2，E7 版，但《聯合報》的資料並未提供名次。

> 究竟什麼是「挪威的森林」？眾所皆知，〈挪威的森林〉是 1960 年代搖滾樂團「披頭四」聞名全球的曲子。……傳說，挪威的森林是一片大得會讓人迷路的森林，那種進得去，卻出不來的巨大原始森林[19]。

　　既然為《挪威的森林》撰寫評介，許榮哲應該也閱讀了整本書才對，但他竟然還是相信這則「傳說」的存在，並且透過評介文字將它傳播給更多讀者。當村上春樹的《ノルウェイの森》被翻譯為英文，當〈ノルウェイの森〉被還原為披頭四的 "Norwegian Wood" 時，英文版的讀者是否因為對披頭四的歌曲比較熟悉，知道它並非指涉某片森林，因此對「森林」的意境是否會產生抵抗呢？本文一開始引用直子描述〈挪威的森林〉這首歌曲給她的感覺的文字，魯賓的譯文如下：

> That song can make me feel so sad. I don't know, I guess I imagine myself wandering in a deep wood. I'm all alone and it's cold and dark, and nobody comes to save me[20].

　　英文的讀者若曾聽過披頭四的這首歌曲，應該立刻會知道 "Norwegian Wood" 是指挪威的木材、木料，而可能不會聯想到那是一片森林。他們並不知道日文的曲名譯為〈挪威的森林〉，因此可能無法理解為什麼女主角直子會因為這首歌曲而 "imagine myself wandering in a deep wood"。而這讀者反應形成的過程，就是因層層的誤譯而起。"Norwegian Wood" 會在別的國家變成〈挪威的森林〉，經過了這一段被改寫／重寫的過程，正如埃斯卡皮所指出的，翻譯不僅延長了作品的生命，而且又賦了它第二次生命[21]，並被其他國家吸收成為文化的一部分，相信是披頭四當初創作這首實驗風格的曲子時始料未及的事吧。

---

[19] 許榮哲，〈最愛一百小說：《挪威的森林》〉，《最愛一百小說》（台北：聯經出版社，2004）22-23。
[20] Haruki Murakami, *Norwegian Wood,* trans. J. Rubin（NY: Vintage Books, 2000）109.
[21] 埃斯卡皮（Robert Escarpit, 1918- ）《文學社會學》（*Sociology of Literature*），葉淑燕譯（台北：遠流出版社，1990）137。

二、《挪威的森林》的台灣翻譯版本

　　村上春樹曾表示，翻譯是有「賞味期限」的，一方面是說外國文學作品應該盡可能與原著國家同一時期翻譯出版，另一方面是指舊版譯作使用的語言會隨語言變化而顯得陳舊，那麼便過了它的「賞味期限」，而這「賞味期限」約在五十年上下[22]。村上春樹的解釋非常簡單明瞭，某種程度上可以與韋努蒂（Lawrence Venuti）的想法呼應：「一個譯本只是臨時固定了作品的一種意義，而且，這種意義的固定（亦即翻譯）是在不同的文化假設和解釋選擇的基礎上形成的，並受到特定的社會形勢和不同的歷史時代的制約。[23]」就《挪威的森林》在台灣出版中譯本而言，其實距離村上春樹所謂的「賞味期限」還有一段距離，但是以時報版的《挪威的森林》為例，卻在短短六年之內就推出了同一位譯者的新譯本，修訂速度如此快速，是相當耐人尋味的現象。

　　村上春樹的《挪威的森林》於一九八七年九月在日本發行，一九八八年底登上日本年度暢銷排行榜第一名，當時銷售總數已達三百五十萬冊以上（上、下二冊合計）。在台灣發行的中文譯本方面，則由三家出版社先後發行：故鄉出版社、可筑書房、時報出版社。

　　台灣是兩岸三地村上春樹熱潮最早引爆的地區，是因為具有賴明珠自一九八五年八月起開始譯介村上春樹作品的背景，她在《挪威的森林》中譯本出版之前已兩度在《新書月刊》及《日本文摘》評介、翻譯村上的作品，並陸續翻譯出版其三本小說、一本散文集，村上春樹之於台灣的讀者並不完全陌生，也因此，《日本文摘》的關係企業故鄉出版界才會搶先在香港、大陸之前完成《挪威的森林》的翻譯[24]。不過，賴明珠當時考慮著是否要翻譯《挪威的森林》，因為她認為台灣社會可能無法接受如此開放的作品[25]；另一方面，賴明珠覺得《挪威的森林》與村上先前的作品實在

---

[22] 村上春樹、柴田元幸（SHIBATA Motoyuki, 1954- ），《翻訳夜話》（東京：文藝春秋，2000）85、93。

[23] 郭建中編，《當代美國翻譯理論》（武漢：湖北教育出版社，2000）190。

[24] 當時在台灣已有《失落的彈珠玩具》、《遇見 100%的女孩》、《聽風的歌》以及《夢中見》四部村上春樹中譯本。反觀大陸、香港的《挪威的森林》譯本，都是當地讀書市場的首部村上春樹作品，譯本初版一刷時間分別為 1989 年 6 月、1991 年。

[25] 賴明珠，〈我，與村上春樹森林〉，《中國時報‧浮世繪》1997 年 6 月 25 日，26。

大不相同，當時她最希望翻譯的其實是《尋羊冒險記》[26]。而在此時，故鄉出版社即搶先請五位譯者合譯[27]，於一九八九年二月出版了上、中、下三冊小開本隨身書，每冊售價九十五元。根據版權頁的資料顯示，一年之後（1990 年 3 月）故鄉這套《挪威的森林》即已三刷，顯示銷售成績不錯。不過根據筆者的調查，在一九八九、九〇年的「金石堂書店暢銷排行榜」上並未看到《挪威的森林》擠進排名，只有在《民生報》的「讀書周報」排行榜上偶爾會看到《挪威的森林》。一九九一年，故鄉出版社將小開本的《挪威的森林》改為一般開本全一冊的合訂本，售價兩百四十元，而內容完全沒有修訂。

在一九九四年著作權法「六一二大限」尚未落實之前[28]，台灣各家出版社都在翻譯速度上求快，而故鄉出版社搶得先機，以至於早期台灣讀者，乃至於香港、馬來西亞[29]的讀者所閱讀的《挪威的森林》幾乎都是故鄉出版社的版本。例如作家駱以軍（1967-）在短篇小說〈降生十二星座〉[30]中借用《挪威的森林》的關鍵人物「木漉、渡邊、直子」的三角關係發展一小段情節，可見當時駱以軍已讀過《挪威的森林》，而且可以確定是故鄉出版社的版本，因為只有故鄉版將原著中的「キズキ」（讀音為 Kizuki，直子的已逝男友）這個人物譯為「木漉」。此外，前述許榮哲之書評中也可以看到「木漉」這個名字，由此可知許榮哲也曾閱讀故鄉的版本。作家邱妙津（1969-95）在一九八九年五月二十五日的日記中亦提及《挪威的森林》，也是故鄉出版社的版本[31]。根據林挺生撰寫的畢業論文《村上春樹的世界》所述，故鄉出版社的編輯表示《挪威的森林》在出版三年間（1989

26　此外，根據賴明珠對筆者補充，當時並沒有出版社詢問她是否有翻譯此書的意願。此經賴明珠本人賜教。

27　故鄉版《挪威的森林》的五位譯者，分別是劉惠禎、黃琪玟、傅伯寧（1960-2008。在《挪威的森林》不同刷次、版次中有時改用筆名「胡拜年」）、黃鈞浩、黃翠娥。

28　根據著作權法第一百十二條（翻譯權保護前未經授權翻譯著作之重製限制），對於先前信賴法律規定而已翻譯完成，並在市面上銷售的翻譯本，著作權法為保障其信賴利益，規定自一九九二年六月十二日新法施行生效日起不得再印製；已印製完成的，兩年後不得再銷售，所以只能販售至一九九四年六月十二日為止。這就是所謂「六一二大限」。

29　馬來西亞方面的資訊由香港博益出版社的村上春樹譯者葉蕙小姐提供，在此致謝。

30　曾收錄於駱以軍《我們自夜闇的酒館離開》（皇冠，1993）、《降生十二星座》台北：印刻出版社，2005。原刊載於《皇冠》雜誌，1993 年 10 月號。

31　邱妙津，《邱妙津日記》，賴香吟（1969-）編，上（台北：印刻出版社，2007）19。

至 1992）大約銷售一萬五至兩萬冊左右，因為必須考慮裝訂不良、破損而造成的退書情況，所以出版社沒有給一個確實的數字[32]。但若以《挪威的森林》初版為上、中、下三冊出版的形態來看，這個銷售數字應該還不能說是非常暢銷，然而很多讀者就是從閱讀這本書而開始接觸村上春樹。

故鄉版《挪威的森林》推出新版約一年（一九九二年六月）後，可筑書房推出大陸譯本（漓江出版社）的繁體字版《挪威的森林》，譯者為林少華（1952－）[33]。可筑版於初版一刷之後，於一九九三年九月出版第四刷、一九九六年七月出版第七刷，四年之內再刷六次，銷售成績應該也相當不錯，或許是因為「六一二大限」後故鄉版譯本在書市消失，而時報出版社又沒有譯本，而使得讀者轉而購買可筑版譯本。

誠如藤井省三（FUJII Shōzō, 1952-）指出，故鄉的《挪威的森林》初版，封面設計原本為一名戴眼鏡男子的頭部特寫及兩名裸女側寫，改版後則變為彩色素描的淡雅風格；可筑的初版封面則為粉彩的童話風格，幾刷之後改為一對盛裝的西洋男女共處一室的照片。內文方面，故鄉版與可筑版都為每章加上了標題，例如故鄉版「第三章　黑暗中的裸體」、「第九章　色情電影的配音」；可筑版「第三章　夜來風雨聲」、「第四章　野天使」、「第六章　月夜裸女」等。可筑版還將原著第六章拆成兩章，加上了「第七章　同性戀之禍」。如前所述，可筑版所刊載之譯文原出版者為大陸漓江出版社，藤井省三指出，漓江版的封面本有將和服寬解到腰際的裸背女性，這樣的煽情編輯手法，可能是學自故鄉出版社，而且漓江版當初在大陸可能是被當作情色小說在行銷的[34]。劉惠禎在《日本文摘》寫的導讀，以及廖輝英（1948-）寫的評論文章，也都和「性與愛」相關。如前所述，根據當時《挪威的森林》也曾在租書店中出租來看，故鄉版《挪

---

[32] 該論文撰寫於 1992 年，當時作者為中興大學大四學生。林挺生的部落格名稱為「地中海手記」，〈村上春樹的世界〉一文可在下列網址中找到：http://clubmed17.blogspot.com/search?updated-min=2007-01-01T00%3A00%3A00-08%3A00&updated-max=2008-01-01T00%3A00%3A00-08%3A00&max-results=13。

[33] 根據可筑書房《挪威的森林》的版權頁，並未註明此譯本是否合法向大陸購得版權。而我手邊的版本是 1996 年 7 月出版的第七刷，顯示在「六一二大限」施行兩年後仍公開印行、販售。

[34] 藤井省三，《村上春樹のなかの中國》（東京：朝日新聞社，2007）152-53。中文譯本《村上春樹心底的中國》，張明敏譯（台北：時報出版社，2008）167-68。

威的森林》被視為言情小說的可能性是相當大的。至於故鄉版《挪威的森林》，一般而言是流暢的中文，本文最後將再進行更進一步的譯文比較。

另一方面，台灣的可筑書房使用漓江的版本，雖然封面設計改為童話風格，但內容則移植自大陸版本一字不改，只將簡體字變為繁體字，就連 The Beatles 也直接延用大陸用語「硬殼蟲樂隊」、奇異果則為「彌猴桃」、撞球為「桌球」等等。但到了一九九七年六月，由於時報出版社取得《挪威的森林》台灣區中文版權，推出新譯本，封面改由畫家陳璐茜（1963-）所繪一幅抽象的森林，原著中每章節沒有的副標題也一併刪除，一反過去使用與男女感情直接相關的提示。而此時其他版本的《挪威的森林》雖然陸續在書市絕跡，但它們已在台灣問世八年餘，累積了一定數量的讀者，因此對於收錄於時報出版社的「藍小說」系列的《挪威的森林》的出版，此時讀者的感受應與一九八九年故鄉版推出時大不相同了。

至於原本無意翻譯此書的賴明珠，為何又決定翻譯《挪威的森林》呢？正如第二章第三節所述，其實早在一九九三年即有讀者希望賴明珠翻譯《挪威的森林》。以下是賴明珠的說明：

> 我找出原書和各種版本來讀，既然已有多種版本了，再譯是否多此一舉？許多讀者已經讀過了，新版還有人要讀嗎？不同版本雖然大同小異，但在那小異之間，確實仍有一些微妙的不同，相當值得玩味。但正如每個讀者對村上的作品有不同的感受、不同的體會、不同的喜愛程度一樣，每個譯者首先也不過是這眾多讀者中的一個而已。何況不同的時候、不同的年齡讀起來又有不同的感受。或許成長本身就是一種「迷路」的過程。書中人物的「迷路」經驗，有沒有可能成為讀者迷路時的羅盤？而且我知道確實有一部分讀者希望能看到我的譯本。雖然我不一定能讓他們滿意，但這似乎是我必須做的一件事，否則好像對不起誰似的[35]。

而賴明珠翻譯的時報版第一版《挪威的森林》出版之後，登上了誠品書店一九九七年文學類排行榜第四名，連帶舊作《遇見 100%的女孩》也登上第五名。由於這是不分本土創作與翻譯文學的排行榜，這樣的成績算

---

[35] 賴明珠，〈我，與村上春樹森林〉　26。

是相當不錯。另一方面，在同年度金石堂暢銷排行榜中，《遇見 100%的女孩》擠進了第十名，但是仍不見《挪威的森林》上榜。然而，根據前文分析之一九九五年到一九九九年發生的村上春樹翻譯文學相關事件來看，為了配合時報版《挪威的森林》出版，出版社舉辦的相關活動確實將台灣的村上春樹文學推上一波高潮。根據賴明珠表示，《挪威的森林》時報版於二〇〇三年新版發行為止已銷售十一萬冊[36]。

　　值得注意的是，時報出版社於二〇〇三年十一月再推出《挪威的森林》第二版，將前述一九九七年的版本改為上、下兩冊，封面完全仿傚《挪威的森林》日文原著於十六年前（1987）推出時上、下冊分別為紅、綠單色的設計。這紅、綠單色設計原為村上春樹本人的構想。儘管在二〇〇三年，日文原著早已改為隨身攜帶的文庫本，面貌已和初版完全不同，但時報出版社卻選擇讓其第二版使用原著十餘年前的「復古」封面，發行時間也恰巧是適合紅、綠兩色的聖誕季節。模仿原著的裝禎，把源語國家的設計文化一併移植過來，顯然是文化翻譯的一種表現。事實上，若再進一步推想，紅、綠聖誕代表色是源自西方基督宗教文化，因此單從《挪威的森林》的封面就可看出多重的文化翻譯的結果。而我們也可以由此觀察，台灣的出版社自一九八九年出版《挪威的森林》以來，將單純的「聖誕節禮物」式的純愛包裝改為「性愛」包裝，然後是一九九七年的時報出版社藍小說書系的系列叢書抽象畫風包裝，再來又回到十六年前日本初版聖誕節氣氛百分百的戀愛小說式的包裝。這中間的變化過程，可以窺見各個出版社的行銷策略瞄準不同的讀者，相當耐人尋味。

　　此外，由於時報出版社《挪威的森林》於二〇〇三年年底改版，適逢誠品書店、聯合報系、公共電視合辦「最愛 100 小說大選」讀者網路投票活動，結果《挪威的森林》獲得第九名[37]，因此又炒熱話題，重登二〇〇

---

[36]　藤井省三，《村上春樹のなかの中国》　97。張明敏譯，《村上春樹心底的中國》109。

[37]　「最愛 100 排行榜」票選結果的前十名中，有四本是翻譯文學，包括《哈利波特》（第二名，2057 票）、《魔戒》（第四名，1996 票）、《小王子》（第八名，1014 票）與《挪威的森林》（1011 票）。村上春樹另外還有三本作品上榜：《海邊的卡夫卡》（32 名）、《世界末日與冷酷異境》（39 名）、《國境之南、太陽之西》（57 名）。詳見最愛 100 小說大選網站 http://www.favorite100.com。

四年誠品暢銷書榜文學類第三名[38]。以一本已有四種版本、問世已十四年
的書籍而言，能有這樣的成績可說相當不錯。時報出版社發行的《挪威的
森林》第二版，在書腰帶封面的那一面印製這一長串文字：

> 村上半自傳性愛情小說暢銷日本逾十五年從 Radio Head 到 SMAP／
> 從伍佰到五月天　每個世代最熱烈的心靈都讀挪威的森林／日本每
> 七個人就有一位讀過這本書　村上親選紅綠雙冊書封／台灣版與日
> 本同步收藏　譯者賴明珠親赴日本拜訪村上　內文全新修訂[39]

　　而翻到封底的書腰帶部分，則節譯自日本初版精裝《挪威的森林》書
腰帶上的原文：

> 　　村上春樹：「過去我從未寫過相同類型的小說，但這是我無論
> 如何都想寫一次的小說類型，這個類型就是戀愛小說，雖然是老舊
> 的名詞，但我想不到比這更好的說法。激烈、寂靜、哀傷　100%
> 的戀愛小說」
> 　　繼暢銷小說《海邊的卡夫卡》之後，時報新裝重推村上經典《挪
> 威的森林》[40]

　　由於《海邊的卡夫卡》在一年多即暢銷二十五萬冊[41]，因此「新裝重
推」《挪威的森林》應該是希望可以締造更好的銷售數字。在《挪威的森
林》改版不久前，剛接任時報出版社村上春樹叢書的「藍小說」系列主編
的葉美瑤，即於二○○一年九、十一月分批出版《聽風的歌》等九種村上
春樹長、短篇小說共十二冊，它們都被改為軟精裝小開本，封面也幾乎全
面改採日本原著之封面繪者佐佐木マキ所繪之圖，色彩柔和而繽紛，適合
隨身攜帶閱讀。推出這套「軟精裝」之前，葉美瑤即曾在媒體透露，有意
製作「地鐵版」村上書系開拓捷運族市場[42]。這套軟精裝除了改頭換面之

---

[38]　陳宛茜，〈誠品報告 2004 公布〉，《聯合報・文化版》2006 年 1 月 3 日，C6。
[39]　方冠婷，〈台湾における日本文学の受容：村上春樹を中心として〉，碩士論文，
　　　輔仁大學，2005，51。
[40]　方冠婷　51。
[41]　王蘭芬，〈葉美瑤　出版金手指〉，《民生報・@書》2004 年 9 月 19 日，A7。
[42]　蕭攀元，〈《人造衛星情人》、《地下鐵事件》英譯登陸美國　村上春樹現象　全球
　　　蔓延〉《聯合報・讀書人周報》2001 年 6 月 18 日，29。

外，《遇見 100%的女孩》等書也經過部分重新校譯，例如在舊版中的短篇小說〈蝸牛〉，校譯結果改為〈鷿鷉〉，以及將《發條鳥年代記》第一部副標題由「刺鳥人」改為「捕鳥人」，但是其他大部分都只是新瓶裝舊酒。如前所述，這套軟精裝叢書的銷售成績並不太理想。

　　而二〇〇三年《挪威的森林》的第二版雖非軟精裝系列，也有重新校譯，而且修訂之後明顯可看出翻譯文體風格迥異，譯文經過大幅改寫。由於翻譯文字相差太多，致使我原本猜測是其他編輯或譯者協力校訂，但經向賴明珠本人求證，並拜讀了賴明珠的修訂原稿，雖然偶爾可見另一譯者張致斌的字跡，但絕大部分還是經由賴明珠本人大幅改訂。張致斌主要為賴明珠找出了幾句漏譯的句子，並對外來語專有名詞及其他誤譯進行訂正，然而主要是由賴明珠大刀闊斧地修訂，茲舉以下數例：

> a1飛機著陸之後，禁菸的標幟燈消失，從天花板開始播出輕聲的BGM（背景音樂）。（舊版，頁7）
>
> a2飛機著陸之後，禁菸燈號熄滅，天花板的揚聲器開始輕聲播出背景音樂。（新版上冊，頁8）
>
> b1我為了不讓頭漲得快要裂開，而彎下身子用雙手掩蓋著臉，就那樣靜止不動。（舊版，頁7）
>
> b2因為頭脹欲裂，我彎下腰用雙手掩住臉，就那樣靜止不動。（新版上冊，頁8）
>
> c1在連續下了幾天輕柔的雨之間，夏天裡所堆積的灰塵已經被完全沖洗乾淨的山林表面，正閃耀著鮮明湛深的碧綠，十月的風到處搖曳著芒草的穗花，細長的雲緊緊貼在像要凝凍了似的藍色天頂。天好高，一直凝望著時，好像眼睛都會痛起來的地步。（舊版，頁8）
>
> c2在夏天裡積滿灰塵的山林表面已經被連日輕柔的雨沖洗乾淨，滿是蒼翠的碧綠，四下的芒花在十月的風中搖曳著，細長的雲緊貼著彷彿凝凍起來的藍色穹蒼。天好高，一直凝視著時好像連眼睛都會發疼。（新版上冊，頁9）

　　以上列舉的三組譯文，第一句都是引自舊版（1997年6月初版），第二句乃出自新版（2003年11月）。在此僅比較了最前面兩頁，就可以發

現譯文如此不同，可見賴明珠確實一字一句地重新校訂。例如 b1 的「我為了不讓頭漲得快要裂開」，在字面上「忠於原文」（僕は頭がはりさけてしまわないように……），明顯可看出遷就日文語順及用字；新版則由賴明珠本人改為「因為頭脹欲裂」，完全改頭換面了。就 c1 而言，舊版原譯也是按照日文語順，並把名詞前的一長串修飾形容詞先翻譯出來，例如「在連續下了幾天輕柔的雨之間，<u>夏天裡所堆積的灰塵已經被完全沖洗乾淨的山林表面</u>」，過長的修飾形容使人閱讀起來有些吃力；而且前一句「在連續下了幾天輕柔的雨之間」（何日かつづいたやわらかな雨に夏のあいだ……）的「之間」則為誤譯，其實與「雨」無關，而應是表示「夏天這段期間」。而經過校譯之後，則改為「在夏天裡積滿灰塵的山林表面已經被連日輕柔的雨沖洗乾淨」，文句簡潔卻又完全表達出原著語意。值得注意的是，新版的句子比舊版簡短了許多，語氣也較為肯定，整體而言較偏向於中文語感。

　　僅由這三組譯文對照，即可一窺時報《挪威的森林》兩個版本的翻譯者、校譯者以及主編採取翻譯策略變化的過程。時報第一版《挪威的森林》，譯文的日文翻譯腔調非常明顯，許多地方讀起來頗為吃力（「我像睡著又像沒睡之間……」，新版改為「在我似睡非睡之間……」），而新版《挪威的森林》在賴明珠本人校譯之下，文體與遣詞用字都比較「像中文」了。以色列學者圖里（Gideon Toury）表示，根據譯文來重組翻譯規範，特別有意思的是隔了一段時間之後由譯者本人甚至由其他人修改的譯本，如此可以檢閱譯者本人使用的翻譯規範的變化[43]。因此，時報版的《挪威的森林》在短短六年間進行修改，就是非常好的實例，尤其它幾乎都是賴明珠本人親自大幅修訂的。從以上三組譯文來看，可以觀察到賴明珠於一九九七年翻譯《挪威的森林》的「起始規範」原為亦步亦趨地跟著原著翻譯，但到了二〇〇三年時，她的語感已經大幅改觀，例如去掉許多贅字及語助詞（啊、吧、噢、嗒、著），並且較常使用中文的習語（「這種事你最好恭敬地接受不是很好嗎？」改為「你就恭敬不如從命好了。」）等。

---

[43] 圖里（Gideon Toury），〈文學翻譯規範的本質和功用〉（"The Nature and Role of Norms in Literary Translation"），翁均志譯，《西方翻譯理論精選》，陳德鴻（1954-）、張南峰編（香港：香港城市大學出版社，2000）135。

　　若再進一步與故鄉版的譯文比較，《挪威的森林》由一九八九年的流暢中文到一九九七年的翻譯腔到二〇〇三年的像中文，其實可以觀察到村上翻譯文學在台灣發展的階段。若根據以色列學者埃文－佐哈爾（Itmar Even-Zohar, 1939-）的觀點，「當翻譯文學佔據中心位置時，譯文會注重『充分性』，亦即盡量忠於原文的結構、內容；反之，則譯文的『充分性』往往不足，即為了遷就讀者，盡量採用他們熟悉的語言、結構甚至內容。」[44] 由此推論，在故鄉版推出時，翻譯文學仍未佔據台灣文化多元系統的中心位置，所以需要採用讀者熟悉的語言。而在一九九七年時報推出《挪威的森林》第一版時，賴明珠譯文的「充分性」十分明顯，以原文為依歸，因為當時正是台灣的村上春樹現象方興未艾之際，也就是村上春樹翻譯文學佔據翻譯文學多元系統中心位置時，讀者可以接受這樣的翻譯腔調。而二〇〇三年時報推出新版時，此時主編已經換成葉美瑤，由於村上春樹不斷有新作推出，《挪威的森林》已不再一枝獨秀，這時候的新版譯文就不再具有明顯的「充分性」，亦即此時賴明珠的譯文比較像中文了，除了可能因為賴明珠本人翻譯風格的改變，其中也隱藏著出版社希望挽回舊讀者或再發掘新讀者的可能性。

三、村上春樹文體與賴明珠文體

　　除了極少數的例外，絕大部分的台灣讀者都是閱讀村上春樹的中譯本，所以中譯本對他們而言就是原著的代替品。自從村上春樹翻譯文學在台灣推出以來，這個文學現象即為不爭的事實；而至今翻譯村上春樹作品至少一百一十餘冊／篇[45]的翻譯者賴明珠，被媒體及許多讀者視為村上春樹的「代言人」。然而，賴明珠只是「代言人」而已嗎？其實讀者已經發覺「究竟我看的是作者的作品，還是譯者的作品？」[46]此外，其他讀者也敏銳地發現：

---

[44] 埃文－佐哈爾（Itmar Even-Zohar），〈翻譯文學在文學多元系統中的位置〉（"The Postion of Translated Literature within the Literary Polysystem"），莊柔玉譯，陳德鴻、張南峰　116。

[45] 參照拙作《村上春樹文學在台灣的翻譯與文化》（台北：聯合文學出版社，2009），附錄一，321-26。

[46] 「村上春樹的網路森林」對話空間 4，1998/11/09，鄭陞如發言張貼。原網址為 http://www.readingtimes.com.tw/authors/murakami/chatroom/chat0004.htm。由於時報出版社

最近看了《電視人》[47]，忽然不曉得我在看誰的作品，這令我非常
吃驚。這令我有一個想法，如果我的第一本村上春樹不是賴明珠翻
的話，我會愛上村上春樹嗎？[48]

　　相對於評論者大多閱讀中文譯本進行文本分析卻迴避「翻譯」問題而
不談，敏感的讀者更早注意到所謂「受到村上春樹文體的影響」，其實更
應該說是「賴明珠（或其他譯者）翻譯文體的影響」才對。香港的評論者
「心情」指出，與其說賴明珠的譯文好，倒不如說是她「早著先機，率先
以她的譯筆確立了村上春樹在中文讀者心中的面貌」，而這種筆調一旦確
立了，就很難擺脫或修正[49]。然而，許多早期台灣乃至於香港的讀者閱讀
的第一部村上春樹作品是故鄉版的《挪威的森林》，它並不是賴明珠翻譯
的譯作，因此陳寧的「早著先機」之說仍需做部分修正。然而儘管早期許
多讀者閱讀的《挪威的森林》等書並非由賴明珠翻譯，但是賴明珠長期翻
譯村上春樹作品，具有可研究的一貫性。

　　關於「村上春樹文體」，文藝評論家盧郁佳指出：

　　村上春樹會流行，或許村上春樹的文體會產生，都是這個世界變年
　　輕以後的事。他的故事和文體有許多人的痕跡，但不論是形式或意
　　象上被他因襲的作家、導演，都不曾像他這麼受歡迎。在這點上他
　　確是位成功的百貨公司採購者。……（台灣村上流的）這些作品不
　　斷告知我們，大家究竟為何及如何喜歡村上春樹。這種社會調查般
　　的豐富資料，是其他受歡迎作家所無的。在這一點上，村上百貨公
　　司確是當代文藝社會學最好的觀察地點[50]。

　　這篇文章中也指出幾位「村上流」作者，其中商業上最成功的名主持
人蔡康永（1962-），「則從他（村上春樹）獲得日語的語氣、對身體的關

建置全新的「村上春樹網路森林」網站：www.readingtimes.com.tw/timeshtml/authors/
MURAKAMI/index-new.htm，原網站「村上春樹的網路森林」www.readingtimes.
com.tw/authors/murakami，現已關閉無法搜尋得到。

[47] 村上春樹的短篇小說集，譯者為張致斌（1966-），而不是賴明珠。

[48] 「村上春樹的網路森林」對話空間 34，2000/3/10，鄭重生發言張貼。

[49] 心情，〈縋譯的運氣〉（內容《海邊的卡夫卡》的譯筆），《香港經濟日報》，2003 年
7 月 22 日，C09。

[50] 盧郁佳，〈天真的藝術〉《聯合報‧讀書人周報》1996 年 7 月 15 日，41。

注，和自我反覆的規模化擴張方法。」有關於身體與自我的切入點，當然
也是後現代文學中重要的元素。若以蔡康永於一九九五年出版的暢銷書
《你睡不著我受不了》[51]的篇名來看，例如〈挖鼻孔要靠自己〉、〈人魚
公主變性手術〉、〈嘴巴也算性器官〉、〈不斷看到光屁股〉、〈請勿破
壞做愛現場〉等，被盧郁佳稱為「對身體的關注，和自我反覆的規模化擴
張方法」與村上春樹接近，而且有日語的語氣。但盧郁佳並未定義、指明
何謂「日語的語氣」，而對我來說，如果所謂日語的語氣是日語式的寫作
腔調，就《你睡不著我受不了》而言其實似乎無法明顯看到這樣的語氣，
有的頂多是類似村上春樹作品中的一些句子：「說起來，真是不好意思。
這本來就是一個很缺乏的世界，每一道菜端上桌，吃肉的就覺得肉很缺
乏，吃蔬菜的就覺得蔬菜很缺乏。真沒辦法，就是這個樣子。[52]」

　　然而這樣的句子要說是否有村上春樹的感覺，相信是因人而異的。也
許，蔡康永的文字中流露這樣的句子，就像作家柯裕棻所說，村上春樹的
作品對她而言，是「不算熱愛，但多年來始終持續看著的作品，完全成了
人生經驗的一部分，簡直像是自己的老朋友似的，隨時可以學他的口氣講
話。」[53]是一種自然而然且內化的結果。不過，閱讀村上春樹翻譯文學（中
譯本）的讀者們，不論他們讀到的「語氣」或「口氣」是什麼，都會因為
翻譯者採取的翻譯策略及其成果而有不同感受。以下引用〈螢火蟲〉與《挪
威的森林》兩位不同譯者的兩段譯文，以比較二者之間的差異：

　　　　高中畢業來到東京，我想做的，就是什麼都不要想太多。綠絨
　　面彈子枱、日產 N 三六○紅色跑車、教室座椅上的白花，全都從我
　　的腦海裡消失了。火葬場高聳煙囪冒出的煙霧、派出所筆錄室裡的
　　巨大文鎮，全都摒棄腦後。最初我忘得很好，忘得很乾淨。然而，
　　我的內心卻有一種殘留，隨著時光流逝，這空氣般的殘留隱然成
　　形，成為一種具體而單純的東西。如果我把它換成語言，是像這樣
　　的話：

---

[51]　蔡康永《你睡不著我受不了》（台北：皇冠出版社，1995）於 1995 年 7 月 30 日初
　　版首刷，至 1997 年 9 月止，共出版了 11 刷。台北，平安文化（皇冠出版社）出版。
[52]　蔡康永　136。
[53]　柯裕棻，〈孤寂，與瞬間的靈視〉，《誠品好讀》63（2006）：94。

死並不是生的相反，而是其中一部分[54]。

　　到了東京住進宿舍開始新生活時，我該做的事情只有一件。那就是努力不要去深入思考所有的事情，讓自己和所有的事情之間保持應有的距離——只有這樣而已。我決定把貼了綠色絨毯的撞球枱、紅色N360 和書桌上的白花，全部忘得一乾二淨。火葬場高高的煙囪冒出來的煙，放在警察局詢問室裡圓圓胖胖形狀的文鎮，這一切。剛開始時看來還算順利。然而不管我多麼努力想遺忘，我心中還是留下來某種模糊的空氣團似的東西。而且隨著時間的經過那團塊開始形成清晰而單純的形狀了。我可以把那形狀轉換成語言。那就是這個樣子。

　　死不是以生的對極，而是以其一部分存在著的[55]。

　　〈螢火蟲〉這篇短篇是《挪威的森林》第二章的雛型，村上春樹在《挪威的森林》中增加了一些修飾語，使篇幅稍微拉長了一些，但其內容架構沒有很大的改變，就連日文原文也都幾乎完全一樣。然而，若從以上兩段譯文來看，或許會讓人產生非常不同的感受。例如在李友中的〈螢火蟲〉譯文第一段第一句「高中畢業來到東京，我想做的，就是什麼都不要想太多。」賴明珠的同一句譯文則為「到了東京住進宿舍開始新生活時，我該做的事情只有一件。那就是努力不要去深入思考所有的事情，<u>讓自己和所有的事情之間保持應有的距離</u>——只有這樣而已。」若刪除畫上底線的這句在《挪威的森林》中添加的句子，還是可以明顯看出賴明珠的譯文長度是李友中（1957-）的兩倍，這並非賴明珠加譯，而是李友中減譯，把村上春樹原來的兩句合併為一句，並且將文末「——只有這樣而已」完全刪去。此外，李友中譯文中的「綠絨面彈子枱」、「巨大文鎮」和賴明珠的「貼了綠色絨毯的撞球枱」、「圓圓胖胖形狀的文鎮」，雖然指涉的是相同的東西，但因修辭的方法不同而會使讀者產生不一樣的感受，而這也就是「語氣」、「口氣」不同造成的結果。李友中曾表示他的譯文是「乾淨的譯文」，就是「讓作者以及其創造的人物和情境不受扭曲地出現在外國讀者眼前。所謂的扭曲當然包括讓日本人說中文，……我所謂譯者熟練使用本國文字

---

[54]　李友中（1957-）譯，《螢火蟲》（台北：時報出版社，1999）23。
[55]　賴明珠譯，《挪威的森林》（台北：時報出版社，1997）36。

就是要讓日本人像個日本人……[56]」然而，就上述兩段譯文來看，我個人認為賴明珠的譯文中迂迴的表達方式，反倒比較適合說是「不扭曲」地將人物和情境呈現在外國讀者眼前吧。相對於此，李友中的譯文太過乾淨，刪掉或移動太多原文，結果適得其反讓我覺得他「扭曲」了原作，「日本人」也不像日本人了。

　　於是，此時再回頭檢視蔡康永所書寫：「說起來，真是不好意思。這本來就是一個很缺乏的世界，每一道菜端上桌，吃肉的就覺得肉很缺乏，吃蔬菜的就覺得蔬菜很缺乏。真沒辦法，就是這個樣子。[57]」這樣有點囉嗦、碎碎念的語氣，倒真有些村上春樹的感覺。再進一步說，其實更是像賴明珠翻譯的村上春樹的感覺。至於蔡康永本人同不同意，則是另一回事了。

　　「日文翻譯調」或是「歐化」的翻譯文體，在中文世界裡明顯地變成了一種貶辭。不過，不可否認這類翻譯文體對文學系統帶來了很大的影響。張大春（1957-）曾形容一九八〇年代的台灣小說：

> 現在許多作家用的主要語言其實是非常都市化的，比方說大量的使
> 用後衛修飾的形容詞或者是歐化的句子，這樣的句子並不是中國的
> 或是傳統的，而其實可能是翻譯小說或電視劇，或者是大量在副刊
> 上出現的歐遊雜記之類的散文、座談會紀錄，這些的作品大量影響
> 到新起作家，使得我們無法全然去經營一些老式的語言或文法，這
> 種情況之下整個創作的風格會改變[58]。

　　不論如何，台灣作家使用中文寫作，就算真正模仿村上春樹或是受到村上春樹的影響，在語言層面上有「村上春樹的感覺」的話，但那應該說是賴明珠的文體才更恰當。而賴明珠的翻譯文體特色之一，就是她有許多句子依照日文的語順或是使用某些固定的用語。有位讀者指出：

> 賴小姐的文體（在此指《挪威的森林》而言），很接近日文原文的
> 語順，中日文對譯時，難免因為中文的句型排列彈性較大，而屈從

---

[56] 參照舊版「村上春樹的網路森林」對話空間 19，1999/4/20，李友中發言張貼。原網址為 http://www.readingtimes.com.tw/authors/murakami/chatroom/chat0019.htm。

[57] 蔡康永　136。

[58] 林紫慧，〈八〇年代台灣小說的發展——蔡源煌與張大春對談〉，《國文天地》4.5（1988）：34。

了日語的語順。不過這也牽涉到，以華文為母語的人在閱讀日文的時候，思路慣性被「日語化」的習慣[59]。

舉例而言，每當村上春樹寫道「……ながら、……」，賴明珠通常就會譯為「一面……一面」。以《聽風的歌》（1995）為例，可以讀到許多類似下列的句子：

> 我回到家，一面喝啤酒，一面一個人聽「California girls」。
> 我一面以啤酒和香煙踢醒快要在時光的沈澱裡睡著的意識，一面繼續寫著這文章。
> 我一面半迷糊地打著瞌睡一面望著黑暗的天花板[60]。

以上是節錄自二十多年前的早期譯作，但她這樣的習慣，到現在都仍然持續。以下在《關於跑步，我說的其實是……》裡這一段文字中，總共出現六個「一面」：

> 我發現跑步時很適合背誦演講稿。我一面幾乎無意識地踏著腳步，一面在腦子裡依順序把語言排出來。衡量文章的節奏，想定語言的聲響，這樣把精神放在某個別的地方一面跑時，就可以在不勉強的自然速度下，長時間繼續跑。只是在腦子裡一面說話時，會不自覺地露出表情，加上手勢，一面跑一面這樣做時，對面跑來的人會露出訝異的臉色[61]。

為了方便對照，以下節錄村上春樹的原文，並在「……ながら、……」出現之處標上底線：

> 走るのは、スピーチなんかを暗記する作業に向いているような気がする。ほとんど無意識に脚を<u>運びながら</u>、頭の中で順番に言葉

---

[59] 「村上春樹的網路森林」，對話空間 40，2000/4/18，美人魚發言張貼。原網址為 http://www.readingtimes.com.tw/authors/murakami/chatroom/chat0040.htm。

[60] 此三句皆引自村上春樹《聽風的歌》，賴明珠譯（台北：時報出版社，1995）79、122、154。

[61] 村上春樹，《關於跑步，我說的其實是……》，賴明珠譯（台北：時報出版社，2008）118。

を並べていく。文章のリズムを測り、言葉の響きを想定する。そうやって意識をどこか別のところに置きながら走っていると、無理のない自然なスピードで、長い時間ジョグが続けられる。ただ頭の中で話をしながら、つい表情をつけたり、ジェスチャーを交えたりしてしまうことがあって、走りながらこれをやっていると、向かいから走ってくる人に不思議な顔をされる[62]。

就「……ながら、……」來說，通常是用於兩著動作並列的接續詞，在中文裡還可譯為「邊……邊……」或「……著，……」等等不同排列。但在《聽風的歌》之中，甚至於最近的譯作之中，除了少數譯為「……，一面……」，賴明珠幾乎一律譯為「一面……一面……」。這或許是出於譯者本身的偏好，但譯本的讀者一路讀下來，可能會以為這是村上春樹的堅持，因此譯者一定要譯成這樣；然而，學過初級日文的讀者都應該可以猜到原文就是「……ながら、……」，事實上並非一定要譯成「一面……一面……」不可。雖然賴明珠認為這樣能忠於原文，但正是這個部分，凸顯出「忠實」的不可能，無論賴明珠願不願意，她都已經對原文進行再創造、再生產，並且形成了賴明珠的翻譯文體。此外，賴明珠對於「一面……一面……」還有另外的解釋：她認為這樣的用語讓她聯想到村上春樹作品中的許多二元世界，例如《世界末日與冷酷異境》般的對照的世界，這用語讓她想到「二重結構」之類的語彙[63]，也就是她選擇使用「一面……一面……」的一大原因。

賴明珠按照日文的語順的另一個例子，就是把名詞前的一長串修飾形容詞先譯，例如本論文第二章中提到《挪威的森林》的例句：「在連續下了幾天輕柔的雨之間，夏天裡所堆積的灰塵已經被完全沖洗乾淨的山林表面，正閃耀著鮮明湛深的碧綠，十月的風到處搖曳著芒草的穗花，細長的雲緊緊貼在像要凝凍了似的藍色天頂。」不過，這一段譯文在修訂時被她親自修改為「在夏天裡積滿灰塵的山林表面已經被連日輕柔的雨沖洗乾淨，滿是蒼翠的碧綠，四下的芒花在十月的風中搖曳著，細長的雲緊貼著

---

[62] 村上春樹，《走ることについて語るときに僕の語ること》（東京：文藝春秋，2007）139。

[63] 根據 2009/2/10 與賴明珠電話訪談的內容。

彷彿凝凍起來的藍色穹蒼。」[64]而其實，前一句的文體就是賴明珠早期的翻譯文體風格，也就是緊貼著原文翻譯，例如長串子句的形容詞「夏天裡所堆積的灰塵已經被完全沖洗乾淨的」用來修飾「山林表面」，這在日文是常見的用法。在與二〇〇三年的版本對照時，這一句變成了「在夏天裡積滿灰塵的山林表面已經被連日輕柔的雨沖洗乾淨」，僅僅將被修飾的「山林表面」移到句中，並將「被沖洗乾淨的」改為動詞型態，閱讀起來感覺語句比較有層次感了。當我們知道這是賴明珠自己修改的，正如韋努帝所言「一個譯本只是臨時固定了作品的一種意義」[65]，確實不虛。畢竟譯者也會不斷改變，其使用的翻譯規範也是一直隨著社會文化歷史的變動而變動。而我們也不能忽略讀者在閱讀賴明珠的不同譯本時，尤其是經她本人修訂過後的版本時，讀者因閱讀到的賴明珠翻譯文體有所不同而有不同感受的事實。

　　賴明珠的譯文還有一大特點，就是經常直接延用日文的漢字等。就延用日文漢字來說，例如《聽風的歌》中有一句「關於文章我大部分都是跟戴立克・哈德費爾學的。或許應該說全部。不幸的是哈德費爾自己在各方面來說，都是一個不毛的作家。」這裡的「不毛」，中文讀者應該會聯想到「不毛之地」，也就是植物無法生長的地方。在日文中，「不毛」是指沒有成就、沒有成果的情形，雖然與中文略為相通，但意義畢竟不盡相同，讀者讀了之後難免產生似懂非懂的感覺。類似的問題，更出現在《約束的場所》一書的書名中，引起讀者的批評：

　　　　「地下鐵事件 2」的中文書名為何譯為《約束的場所》？村上在書的
　　　　第一頁就有說明，是聖經中上帝賜給猶太人的「應許之地」的意思，
　　　　中文本直接把日文書名的平假名去掉、漢字留下來做書名，簡直粗
　　　　糙到令人不敢相信，完全不明白「約束的場所」該如何解釋……[66]

---

[64] 前為中文譯本《挪威的森林》1997 年 6 月版）8；後為改版後之中文譯本《挪威的森林》（上）2003 年 11 月）9。

[65] 郭建中　190。

[66] 「村上春樹的網路森林」，對話空間 49，小魚。原網址為 http://www.readingtimes.com.tw/authors/murakami/chatroom/chat0049.htm。

　　有關《約束的場所》書名演變的來龍去脈，賴明珠也曾在「村上春樹網路森林、對話空間 49」中撰文解釋，我已在第一章第三節中提及，在此不再贅述。《約束的場所》明顯是誤譯，但是不懂日文的讀者可能只感覺似懂非懂，最後還是無可奈何地接受了這個並非村上春樹原意的書名，然後自我演繹。

　　作家傅月庵（本名林皎宏，1960- ）曾寫道：

> 「文體就是一切」，村上這樣認為。那麼，他遇到賴明珠，究竟是一種幸還是不幸呢[67]？

傅月庵也以其他筆名「蠹魚頭」或「Just Do It」在「對話空間」中指出：

> 賴明珠的翻譯，不夠精準，這是大家公認的。《冷酷異境》譯得不好，The End of the World（日文為「世界の終わり」）自然是「世界盡頭」而不是「世界末日」。不過把「町」（machi）譯成「街道」、「街上」，卻不能說錯[68]。

　　根據賴明珠本人的說法，她是刻意將 The End of the World（日文為「世界の終わり」）譯為「世界末日」的，主要是由於六〇年代的英文歌曲就是「世界末日」之意，她認為一般人應該對此歌曲耳熟能詳，於是故意沿用[69]，這是賴明珠自己的詮釋。「世界末日」一詞是具有時間性的，然而根據村上春樹小說的內容來看，The End of the World 是較偏向空間性的，也因此傅月庵會有所質疑。此外，也有讀者批評賴譯的《發條鳥年代記》：

> 譯者百無禁忌用著：「也許是也不一定」（鵲賊，194）、「所得之訊息，只有她只有一個哥哥」（預言鳥，74）、「自己現在所感覺到的感覺是真正的感覺嗎？」（鵲賊，209）這類讓人驚艷的句子，使得村上原著中（理應存在）的流暢、清淡的憂鬱、微暈的步調幾乎蕩然無存。（王仲偉，1997：15）

---

[67] 傅月庵，《生涯一蠹魚》（台北：遠流出版，2002）214。
[68] 「村上春樹的網路森林」，對話空間 40，2000/4/12，Just Do It 發言張貼。原網址為 http://www.readingtimes.com.tw/authors/murakami/chatroom/chat0040.htm。
[69] 感謝賴明珠親自賜教，2009 年 9 月。

另一方面，也有的讀者提出綜合性、更為客觀的評論：

> 賴小姐翻譯時大多遵循日文語法結構，尤其在許多連日本人也似乎
> 搞不大清楚村上要說什麼的地方，保留了日語原來的句型結構，由
> 中文看起來似乎多了那麼一點哲學的況味。這是賴體的一大特色，
> 有時是優點（看來非常貼近村上君想創造的情境），有時卻成了致
> 命傷（不知所云粗糙的句子）。這些結構性的長句對讀者並不會造
> 成太大的障礙，因為文法是口語式（年輕化、具象化），但村上在
> 結構上及意象上的處理手法仍是屬於文學形式，因此讓人親近又覺
> 得很哲學很有感覺，在翻譯他的文章時必須兼顧到他的寫作特點
> （那長得要命的修飾）以及他的文學結構又要通順，的確是一件很
> 辛苦的事情[70]。

　　台灣的讀者讀到的村上春樹文體，其實主要是賴明珠的文體；台灣作
家學習到的村上春樹文體，其實主要是賴明珠的翻譯文體。賴明珠希望能
傳達村上春樹的歐美翻譯調，但是加上她獨特的中文語順，翻譯過來後常
常變成非常奇特的文字，結果變成一種面貌模糊的翻譯體，說它是日文翻
譯調也不盡然，只能說這是賴明珠的翻譯文體。而也有不少讀者支持這樣
的文字：

> 　　每當看到媒體上類似「村上春樹小說語法」的文章時，總會使
> 我感到很不自在。對我來說，所謂村上式的語法，倒不如說是譯者
> 賴（明珠）小姐式的語法。……我想與其說我是村上春樹的擁護者，
> 還不如說我是願意沈迷在賴小姐所創造出的另一種氛圍中吧[71]。
> 　　像芒果（作者）這樣日文不通，沒有辦法直接閱讀村上的讀
> 者，……從來沒有辦法去「比較」誰誰的翻譯，……只能很單純地，
> 問自己，「喜歡」或是「不喜歡」。……芒果跟周遭也同樣喜愛村上
> 作品的十來位朋友討論過這個問題，大家一致共同的「感覺」，恰

[70] 「村上春樹的網路森林」，對話空間 4，1998/10/23，Julia Chen 發言張貼。原網址為 http://www.readingtimes.com.tw/authors/murakami/chatroom/chat0004.htm。
[71] 「村上春樹的網路森林」，對話空間 4，1998/10/7，Chiou Yen-huei 發言張貼。原網址為 http://www.readingtimes.com.tw/authors/murakami/chatroom/chat0004.htm。

好都是「賴姐翻譯的村上比較有味道」，「其它人翻譯的村上比較不
感動人心」。……是因為各個譯者選擇的村上作品本來就大異其趣
嗎？是因為各個譯者在中文版裡潤飾了自己的文字嗎？真的不知
道原因，只知道閱讀的時候，會有「顯著地」「喜歡或不喜歡」兩
種感覺。甚至有時還不禁懷疑起，到底果仔這樣的村上迷喜歡的是
「賴姐文字味道」還是「村上文字的味道」[72]？

　　綜合以上意見，不論讀者欣不欣賞賴明珠的譯文或翻譯方式，在現今
著作權的限制下，一本著作在期限之內只能有一個版本。然而，如前所述，
賴明珠的翻譯文體也是有改變的，畢竟她已翻譯村上二十餘年，自己的文
體與語調也都隨著時間改變。此外，再如她現在的翻譯，已經不像以前一
樣那麼「死忠」了，她在翻譯中多少還是會加入個人的詮釋。在《關於跑
步，我說的其實是……》中，我將賴明珠的譯本和原文對照之下，發現她
的標點符號幾乎維持和原文一樣多，只是有時候語順會稍微更動而已。例
如序文的開頭第一句：

　　　　有一句金言說，真正的紳士，不提已分手的女人和已繳的稅
　　──這完全是一句令人臉紅的大謊言[73]。
　　　　真の紳士は、別れた女と、払った税金の話はしないという金
　　言がある──というのは真っ赤な嘘だ[74]。

　　在這裡，賴明珠把「……という金言がある」移到句首，讓整句變成
「有一句金言說……」，是按照中文的語順將日文語順前後調整，但不必
更動標點符號。雖然「金言」是直接引自日文漢字，也仍是賴明珠翻譯上
的習慣，讓人能感受到外來語的況味，但是整體而言，就《關於跑步，我
說的其實是……》一書來說，賴明珠的譯文要比以前「像中文」了。
　　賴明珠本身翻譯村上的文體，筆者覺得跟以前稍微有些變化，也就是
她的翻譯規範有所改變了。比較明顯的部分，筆者認為是她加入了一些自

---

[72] 「村上春樹的網路森林」，留言 3604，2004/7/2，03:53:33，芒果發言張貼。原網址
　　為 http://www.readingtimes.com.tw/authors/murakami/chatroom/3604.htm。
[73] 村上春樹，《關於跑步，我說的其實是……》　1。
[74] 村上春樹，《走ることについて語るときに僕の語ること》　1。

己的詮釋。就如前面的句子裡「一句令人臉紅的大謊言」，日文原是「……というのは真っ赤な嘘」，其實它是慣用語，表示「根本是句謊話」。筆者原以為這是賴明珠翻譯錯了，向她求證的結果，她明確表示知道「真っ赤な嘘」是慣用語，但是她想要強調「真っ赤」那「臉紅」的意思，所以刻意翻譯成這樣。此外，就此書序文標題來說也可以觀察到類似的情形。村上的原文是「選択事項（オプショナル）としての苦しみ」，中文或可直譯為「有所選擇的痛苦」，本身並沒有決定性的結果。但賴明珠譯為「自討苦吃的選擇」，表示這選擇已成定局，這已是經過譯者的詮釋與判斷後而翻譯的句子。賴明珠並不否認這一點。這就是筆者最近看到她最明顯的改變——她不再像早期那麼「死忠」於原文了。至於讀者如何看待這個改變，是值得後續探討的問題。

四、《挪威的森林》的文化翻譯

　　「文化翻譯」可以說是外國文化、異文化的移植至另一文化，並被該文化接受、演繹的過程與結果。文化翻譯的形式有很多，而當《挪威的森林》在日本熱賣、引發村上春樹現象不久後，這股村上春樹熱潮也延燒到台灣來，於是台灣出現「挪威森林咖啡館」、歌手伍佰也創作同名歌曲〈挪威的森林〉等，都是文化翻譯的呈現。順道一提，台灣知名流行樂團「五月天」亦曾使用村上春樹的《神的孩子都在跳舞》書名為專輯命名，因為「文章有一種『拯救與癒合的力量』很適合專輯的概念。[75]」村上春樹文學對台灣的音樂、建築、廣告、舞台劇等等方面的文化翻譯現象，已有許多相當詳細的報導、論文[76]，在此不再贅述。以下將特別針對《挪威的森林》一書引發的文化翻譯現象進行說明分析。本文第一節中已提及台灣歌手伍佰創作的歌曲〈挪威的森林〉，因此接下來的討論以「挪威森林咖啡館」的文化翻譯意義及其他文學上的文化翻譯現象為主。

---

[75] 朱立群，〈阿信一年讀一百本書〉，《民生報・星聞第一手》2006 年 3 月 1 日，C5。
[76] 可參考《野葡萄 YAPUTO》月刊（台北小知堂出版。現已停刊）2006 年 3 月號之村上春樹特輯：「我恨村上春樹——神啊！為什麼我戒不掉他」，以及藤井省三『村上春樹のなかの中国』第二章等。亦可參考張明敏《村上春樹文學在台灣的翻譯與文化》「附錄二」之村上春樹相關評論、報導資料。

　　《挪威的森林》能夠在台灣形成文化翻譯現象，當然先要有讀者的接受。本書中簡單將讀者區分為專業與非專業的讀者，即譯者、評論者、研究者等與一般的讀者。而因為讀者的不同，接受村上春樹後產生的文化翻譯現象也有不同層面的呈現。

　　首先，最重要的讀者就是翻譯者，因為翻譯者如何翻譯，採取何種翻譯策略，將決定及影響其他讀者的接受及演繹結果。舉例來說，《挪威的森林》中在車庫引廢氣自殺的「キズキ」這個人物，在台灣三家出版社的譯本中分別翻譯為「木漉」（故鄉）、「木月」（可筑）、「Kizuki」（時報）。將「キズキ」譯為木漉與木月，一般讀者應該可以立即辨認這是日文姓氏，但可能不會再進一步深思這樣的名字與日本常見姓氏佐藤、鈴木、渡邊比較起來有何特殊意義。而時報版將「キズキ」譯為「Kizuki」，根據譯者賴明珠表示，她一開始就決定使用羅馬拼音翻譯這個罕見的姓氏，後來又寫信徵詢村上春樹本人的意見：

> 我在信中請教過他關於《挪威的森林》男主角的朋友名字 Kizuki，因為原書沒用漢字而用片假名，如果譯成漢字他會喜歡用什麼？他說保留原來的譯法就好，不用改成漢字[77]。

　　於是，時報版《挪威的森林》中 Kizuki 這個譯名就確立了。藤井省三指出，村上春樹小說中出場的人物常用片假名標記，或許是希望營造一種異化作用，讓人覺得那人物是「做為小說主角而特別挑選出來的」，例如中譯本中的男主角一律譯為「渡邊」，但在原著中其實是用片假名「ワタナベ」標記的。而對藤井省三來說，「キズキ」本來就是很難找到對應漢字的名字，再加上它可以讓人聯想到「『發覺、注意』（気付く，日文讀音為 kizuku）內心的『傷』（きず，讀音為 kizu）或心靈創傷」的含意，可以感受到這個人物的獨特性。因此若以漢字將它直接譯為木漉或木月，或許「就封閉了對出場人物進行更深入解釋的可能性」，但賴明珠將它譯為「Kizuki」，「可以說周詳地顧慮到作者的微妙意圖」[78]。

---

[77] 賴明珠，〈到東京見村上春樹〉，《中國時報》2003 年 12 月 16 日，E7。

[78] 藤井省三，《村上春樹のなかの中國》　204-06。張明敏譯，《村上春樹心底的中國》　224-25。

　　這段分析相當具有啟發性，但是筆者必須指出，這是藤井教授假設村上春樹為男主角命名為「キズキ」的意圖；此外，「キズキ」具有的特殊意義，是熟悉片假名意涵的日本人或具有相同文化、象徵資本的其他讀者的角度與觀點來看的結果，而對於不具有日本方面的文化、象徵資產的讀者而言，片假名可能不過是個符號，置換成羅馬拼音後也只是聲音標記而已。具有一定日文程度的專業讀者，可能很容易對這樣的分析產生共鳴；然而一般非專業的讀者，當他們閱讀到，甚至在心中默唸「Kizuki」這名字時，恐怕只會立刻聯想到 Suzuki、Isuzu 乃至於 Toyota 等等羅馬字化的商標品牌（符徵），而沒有能力進行更深入的解釋（即體會其符旨、意涵）。有讀者表示，「我最先看劉惠禎、黃琪玟版，之後是葉蕙，再來是賴明珠，最後看英文版。我覺得賴明珠的稱呼有點彆扭，那些兄、姊、君等等，我猜是強調原文中的對長／前輩的敬語。用 Midori 和 Kizuki 是令人看得不舒服的做法。[79]」對某些不懂日文的人而言，Kizuki 只是個聲音符號，反而希望可以看到漢字譯文。不過，另一方面來看，以羅馬字標記的名字，確實會帶給華語圈（書寫漢字）的讀者一種異於已知日本人的不同印象；此外，由於涉及片假名的「音聲」特性，也就是它只代表聲音，因此以羅馬字標示時外國人也能直接讀出，或許會產生較為接近日語發音的感覺。

　　而以村上春樹為代表的當代文學中，常可見到片假名的大量使用。片假名原為單純的標音文字，過去只用於標註外來語，通常是指西方文字的譯音。但如今就連原為漢字的「日本」[80]，也經常被標註成片假名的「ニッポン」或「ニホン」（即「日本」的發音，Nippon 或 Nihon），甚至直接把英文的 Japan 音譯過來，變成「ジャパン」。甚至漢字的「文學」也常被標註為「ブンガク」（Bungaku）。正如日本文化研究學者岩渕功一指出，把「日本」以片假名標記，「說明日本已將西化用本土的形式吸納，

---

[79] 參見 http://blog.hoiking.org/2005-03-25-291/.htm。發言者 Stannum 香港讀者，因此自然也有讀過香港博益出版社的《挪威的森林》（葉蕙譯）。

[80] 日本首次製訂的正式律法「飛鳥淨御原令」，其中即明訂國號為「日本」，並於西元 702 年由遺唐史栗田真人（AWATA no Mahito，生卒不詳，?-719 年任遺唐使）向唐皇帝報告將國名由「倭」改為「日本」，並獲得皇帝認可，這是「日本」國誕生之年。參見「日本の歷史」制作委員会編《楽しい歷史教科書》東京：アーティストハウス，2005）18。而這裡指的唐皇帝，應是當時自立的「武周皇帝」（在位期間 690-705）武則天（武曌，624-705）。

而日本的走向世界亦已達到湧現出一個新的日本的程度。片假名的應用，也意味著他者凝視下的日本，以及它和只有日本人才熟悉的真正的日本的距離」，而這更表現了日本人對於自己的文化被西方世界接受所展現的自信[81]。

筆者相信村上春樹本人無意迎合這樣的趨勢，至少村上沒有在書中以片假名標註「日本」，他的大量使用片假名，或許是因為作品內容常描述外來商品、音樂，也可以說是適逢日本人慣於這樣書寫的潮流。在此，筆者更關心的議題是，當村上春樹的文本被譯介到台灣或其他使用華語的國家時，讀者透過翻譯文本或整個文化圈的出版機制操控，到底能體會多少日本人大量使用片假名、甚至把「日本」改為「ニッポン」的原委呢？我們是否能從中看出一個岩渕功一所謂的「新的日本」呢？或許對於大多數不具有日本社會背景的讀者來說，這樣的片假名變化應該是沒有很大的意義。但如果翻譯者能隨之轉換為羅馬字，甚至更大膽改採音譯，例如把Nippon、Nihon翻譯為「你碰」、「你紅」之類諧音，一定能對譯入國的讀者帶來不同的感受，而產生對日本的一個新的觀點。儘管這樣的新觀點和日本人的感受並不相同。

類似的片假名翻譯問題不勝枚舉，村上春樹的處女作中即開始出現的「井」的意象也是一例。在《挪威的森林》第一章中，渡邊回憶直子過去告訴他有關「井」的往事：「她（直子）跟我說到草原上井的事。我不知道那樣的井是不是真的存在。或許那只是存在她心中的印象或記號也不一定。[82]」後來，在《發條鳥年代記》中，「井」也是重要的場景。在日文中，井的漢字記為「井戶」，發音為「いど」（ido），與精神分析家弗洛依德（Sigmund Freud, 1856-1939）理論中的「id（本我，以片假名記為「イド」）」之日文發音「ido」相同。因此，具有精神分析基本知識的日本讀者，應該不難由「井戶」聯想到「id」，那麼井的意義就能更具體地顯現。但在中文裡，這是很難翻譯的部分，除非翻譯者加註說明，否則閱讀中譯本的讀者並不容易接收到這層意義。何況，村上春樹並沒有特別點出「井」

---

[81] 岩渕功一（IWABUCHI Kōichi, 1960-），〈共犯的異國情調——日本與它的他者〉，李梅侶等譯，《解殖與民族主義》，許寶強、羅永生編（北京：中央編譯出版社，2004）194-95。

[82] 村上春樹，《挪威的森林》，賴明珠譯，上（台北：時報出版社，2003）11。

等於「id」。在回答台灣讀者提及《挪威的森林》中描述的井是否實際存在的問題時，村上春樹表示：

> 那口井其實並不存在。因為那本小說終究是虛構的，並不是現實中真正發生的故事。在非現實的情節中，並不存在現實的井。而且那口井也不是什麼的比喻或象徵。井始終只是井而已[83]。

在《村上春樹去見河合隼雄》一書中，村上與日本臨床心理學家河合隼雄雖然多次提到井，也都沒有點明「井」等於「id」。但是，就算作者意圖並非如此，讀者還是有如此詮釋的自由。凡此種種，使得《挪威的森林》在被日本讀者閱讀時即已「翻譯‧改寫」了一次；而在台灣被讀者接受時，已經是雙重的（翻譯者與讀者本身的）「翻譯‧改寫」，理所當然就產生了各式各樣與日本不同的詮釋與演繹。

讀者的反應是絕對無法直接接觸的，它不像是心理學的「刺激－反應」有一個明確而立即的生理反應，文學上可以接觸的東西僅僅是讀者反應的敘述而已。但是由於村上春樹《挪威的森林》一書在台灣引起廣大的迴響，讀者們分別在各種媒體上發表許多絮語，對我而言，這些「反應的敘述」正是分析的好素材。在本書第三章中，我曾引用許多翻譯研究學者及文化研究學者的學說分析村上讀者乃至村上迷接受村上作品的可能原因，在本章則可嘗試利用接受反應學說來進行分析。而解構主義者卡勒（Jonathan Culler, 1944- ）的理論中，「歸化」與「認識你自己」這兩點，或許可以一窺這些讀者的接受原因。

首先，卡勒所謂的「歸化」（naturalization）之中文譯法和翻譯方法中的「歸化」（domestication）雖然同字，但意義並不相同。對卡勒而言，讀者的所謂吸收同化，所謂闡釋，實際上就是將本文納入由文化造成的結構形態之中。要實現這一點，一般就是以被某種文化視為自然的話語形式來談論它。「使一部本文歸化，就是讓它與某種話語或模式建立關係。[84]」還原、回歸，就是閱讀的歸化過程，使文學語言納入讀者的視野。

---

[83] 村上春樹，《これだけは、村上さんに言っておこう》（東京：朝日新聞社，2006）179。

[84] 金元浦（1951- ），《接受反應文論》（濟南：山東教育出版社，2001）302。

此外，關於「認識你自己」，卡勒指出：「促成閱讀自己的最好辦法，莫過於試圖說明可理解的與不理解的，有意義的與無意義的，有序的與混亂的感覺……文學對我們為自我這個理解手段和體系所設定的極限發起挑戰，會使我們同意關於自我的新的解釋。[85]」在這裡，文學發揮的功用不僅是對外在社會的詮釋，同時也是重新詮釋自己的方式。

前述卡勒的兩項論點，是讀者反應理論中較適合應用於解釋讀者接受譯本的論說。因為在台灣的許多讀者，正是透過閱讀村上春樹的文學作品，而反映出一種社會現象，並且重新認識自己。不過，如前所述，村上春樹畢竟是以日語寫作的日本作家，一旦一本著作被翻譯至其他語言，譯本的讀者的接受與反應即有許多相異之處。由於社會語言文化上的不同，由於個人的閱歷不同，原文讀者與譯文讀者的反應有時是大相逕庭的。在台灣，限於台灣讀者的語言能力，或是台灣讀者對於日本文壇的理解，讀者的反應與注意的重點一定是和日本讀者是大不相同的。換句話說，台灣的讀者（包括其他國家的譯本讀者）其實是「沒有能力的讀者」，頂多也是「能力有限的讀者」，甚至連翻譯村上春樹的譯者也是如此。當然，村上春樹的日本讀者也有不同的反應，但是翻譯文本的讀者更多了一層文化過濾及文化誤讀的因素。

就翻譯文本的讀者而言，在前幾章我已經多次提及，我的假設是：翻譯文本的讀者，通常是無可奈何地接受翻譯的作品，不知不覺地成為一個類似於精神分裂的讀者。也就是說，有些讀者雖然明知自己在讀譯本，卻要幻想自己在讀原文本；或者總是擔心譯文是不是把原文譯錯了、譯壞了，而在閱讀時疑神疑鬼。尤其如果是具有源語語言、文化資本的讀者，那麼在閱讀翻譯作品時，這問題可能還會更加嚴重。但在美籍華裔學者歐陽楨（Eugene C. Eoyang）的翻譯理論中，接受美學也佔了極重要的位置，他提出了「雙重讀者」的概念，則對這樣的讀者給予某種程度的肯定：

> 譯作變成了中樞的文本，它對原著進行清楚明確地或含蓄地評論和闡釋，結果被譯作的讀者評論和闡釋。可以閱讀原著和譯作的讀者，事實上成了雙重讀者（two readers）：原著的闡釋者和譯作的闡

---

[85] Jonathan. Culler, *Structuralist Poetics: Structuralism, Linguistics, and the Study of Literature*. (London: Routledge and Kegan Paul; Ithaca: Cornell UP, 1975)129-30.

釋者。然而，不像那些不懂原著的讀者，雙重讀者（dual-perspective reader）——能閱讀原著語言和譯作語言的讀者，不只以比較原著來闡釋譯作，他一定會將他先前對原著的闡釋考慮在內，這將可能非常不同於翻譯者的闡釋。因此，我們可能會認為由雙重讀者進行的譯作閱讀，會是一個特別有意思的互文的或同時並存的文本的案例。雙重讀者在閱讀譯作時有意識地或無意識地把一個特定的原著包括進來，即使他可能（儘管較不明顯）易受譯作影響，當他回頭閱讀原著時。[86]

從另一方面來看，歐陽楨所說的「雙重讀者」，不也像是大塚幸男所說，翻譯文本讀者的閱讀行為，也是「創造的背叛的背叛」嗎[87]？這一點，則具有正面的意義，因為畢竟讀者自己也產生了創造力，儘管譯本讀者還是要背負「背叛」之名。至於讓譯本讀者產生精神焦慮的來源是什麼？來自於掌握不到解釋的主動權嗎？或如日本語言文化學者外山滋比谷所說，是因為隔著一層「濾網」所過濾的結果嗎[88]？其實在這裡又回到本書一直強調的重點，如果我們將「翻譯文學」視為國家文學的特殊組成部分，把《挪威的森林》的各個中譯本都視為我們的文學，如此焦慮不但立刻減輕，而且能從不同角度閱讀翻譯文學了。

以上有關台灣讀者接受《挪威的森林》的反應以及對《挪威的森林》不同的詮釋，是較為內隱的，較不容易被發現。而相對於此，「挪威森林咖啡館」的存在，則是非常外顯的文化翻譯現象。

一九九二年起，「挪威森林咖啡館」的老闆余永寬陸續在台灣大學開了兩家「挪威森林」，後來再與人合夥開了「海邊的卡夫卡咖啡館」。二〇〇七年七月「挪威森林咖啡館」溫州街店關門歇業。余永寬提起當初會開這家人文風格的咖啡館，並以「挪威森林」為店名，「因為這是青春世代活動的地方，許多年輕人未來的回憶及故事將會從挪威的森林咖啡館開

---

[86] 筆者所譯。原文參照 E. C. Eoyang, *The Transparent Eye: Reflections on Translation, Chinese Literature, and Comparative Poetics*. (Hanolulu: Hawaii UP, 1993) 170.

[87] 大塚幸男（ŌTSUKA Yukio, 1909-92），《比較文學原論》（東京：白水社，1977）136。

[88] 外山滋比谷（（TOYAMA Shigehiko, 1923-），《近代読者論》（東京：みすず書房，1969）225。

始。[89]」二十歲以後，「村上的文學和我一起生活到現在」，村上春樹的
小說陪伴余永寬經歷解嚴、學運、綁票案頻傳、九二一大地震、政黨輪替、
政黨惡鬥等等社會不穩定現象，為他「療傷止痛」，因此他進而以村上介
紹的音樂、食物、歐美小說、電影，將村上春樹視為「精神生活的導師」。
正如〈生命從沈重到輕盈〉這篇分析報導中指出，解嚴初期，台灣集體理
想主義者的精神導師是馬奎斯（Gabriel José de la Concordia García Márquez,
1927- ）與昆德拉（Milan Kundera, 1929- ），但是村上春樹「吸引標榜自我
的讀者，……這種自我的自覺，或許是對解嚴初，社會瀰漫的集體理想主
義的『反叛』。[90]」日本評論家川本三郎曾就村上春樹的處女作問世的時代
背景說道：「說它為後現代主義，也許有點太直接了。但這部小說的出現，
正逢日本社會文化的轉換期，也就是戰後三十多年來支配著我們的思想和
思考方式的關鍵詞，比如社會、藝術、人等等漸漸失去意義的時期。[91]」
這種說法，也可以對應視為村上春樹能引發台灣讀者共鳴的一大原因。而
就「挪威森林咖啡館」所反映的文化翻譯現象來看，它正是對村上春樹產
生的共鳴與改寫過程，是個人信念的一種宣言。

　　像余永寬這樣的村上讀者大有人在，只是以不同方式呈現他們對村上
春樹的認同。曾以《旅行就是一種 Shopping》爆紅的作家黃威融，則特別
對村上春樹作品其中充斥酒、煙、食物等品名，而被評為「商品型錄」的
部分感到興趣。

> 不論是村上春樹還是世上隨便任何一個人的文字，只要在概念像是
> 「商品型錄」的東西，基本上都特別吸引著我。骨子裡，我是一個
> 非常熱衷 shopping 的人；而且是把 shopping 這樣一件事，當成日常
> 生活操作準則的實際行動者[92]。

---

[89] 余永寬，〈挪威森林咖啡館開始的一切〉，《印刻文學生活誌》47（2007）：160。
[90] 蕭富元，〈生命從沈重到輕盈——從馬奎斯、米蘭・昆德拉到村上春樹〉《遠見雜誌》4（1997）：159。本文為《遠見》雜誌「解嚴十年系列」特輯的一篇分析報導，作者採訪、整理許多文化界人士的意見而成。此處引文應是以醫師作家王浩威（1960- ）的意見分析而得。
[91] 川本三郎（KAWAMOTO Saburō, 1944- ）與村上的對談〈為了「故事」的冒險〉（〈「物語」のための冒險〉，《文學界》，1985 年 8 月號）55。
[92] 黃威融，《旅行就是一種 Shopping》台北：新新聞文化，1997）3。

此外，黃威融也把村上春樹的書籍本身視為蒐集的商品：

> 早期台灣讀者看村上的小說，普遍的經驗都是一本一本辛苦地找來
> 看的。當時，至少就有故鄉、時報、皇冠三家出版社有他的中文翻
> 譯作品，加上村上在台灣還不是那麼有名，去書店絕對不會在容易
> 看到的平台上找到，甚至不少人會買香港版來看。……我和我那群
> 從二十歲就開始看村上小說的朋友們篤信的是，一個人是不是真的
> 喜歡村上，絕對可以從他擁有《挪威的森林》的版本來判定。絕對
> 可以[93]。

黃威融（1968-）的「Shopping」系列書籍，是消費社會現象的一個很
好的實例，這系列作品本身就等於是一種商品型錄。作者蒐集村上春樹的
初版作品，據以顯示自己對村上春樹的喜好程度，可能一方面代表自己的
社會認同與連結，讓自己是村上迷的身份得以凸顯，更重要的應該是要傳
達「社會區隔」，表示自己內行、與眾不同，「物是自我的象徵……自我
的表達與體現」[94]。費斯克（John Fiske, 1939-）在《理解大眾文化》
（*Understanding Popular Culture*）中也指出，「布迪厄（Pierre Bourdieu,
1930-2002）認為，文化的功能在於區別不同的階級和階級群體，並將這些
區隔在美學或是趣味的普遍價值中加以定位，藉此偽裝這些區隔的社會性
質」[95]。而黃威融書中羅列的種種商品，是他在各地消費的紀錄與流逝體
驗的紀念，與他日常生活的實踐結合起來，是他的生活的表演。但由他的
文字中似乎只能讀到購得、擁有商品時的愉悅感，至於他擁有《挪威的森
林》的初版譯本，到底如何顯示他喜歡村上春樹的程度？他喜歡村上春樹
的什麼部分？這是在黃威融文中無法得知的。學者顏忠賢（1965-）曾嘲諷
這樣的村上迷「專注於回想起那段蒐集各形各色雜牌出版社村上作品來證
明自己是文藝青年的日子（擁有某些類似此兩書的村上孤本就像擁有某些

---

[93] 黃威融，《Shopping Young: Miss Right & Mr. Right 的戀愛觀紀實》台北：新新聞文
化，1997）47。

[94] 畢恆達（1959-），《物情物語》（台北：張老師文化，1996）8。

[95] 費斯克（John Fiske, 1939-）《理解大眾文化》（*Understanding Popular Culture*）北
京：中央編譯出版社，2001）147。

絕版絕世秘笈的自詡）」[96]。從顏忠賢的這段話中，其實不難發現他藉著嘲諷以示自己與諸如黃威融的讀者之間的區隔。正如前述韋努蒂所說，翻譯為外國文本創造了一群想像的共同體，而圍繞翻譯產生的任何共同體，在語言、特性或者社會地位中根本不是同質的；翻譯可以滿足不同領域的本土讀者的興趣，因此，接受的形式不可能完全用一個標準來衡量；在引述語言和文化差異的時候，翻譯實務能夠超越，同樣也能強化本土讀者之間界限和劃分讀者的等級制度[97]。而從顏忠賢的言論中，即可看出他與黃威融所代表的兩種讀者之間的界限和等級是如何被劃分的。

　　再以黃威融這類讀者為例，學者米勒（Daniel Miller）認為，消費的作用是一個翻譯的過程，將客體「從一個異化（可讓渡）的條件」翻譯成「非異化（不可讓渡）的條件」；換言之，是從一個疏離與價格價值的象徵，翻譯成一個具有特定不可分割之意涵的物品，消費的作用是「對異化環境中所製造的商品與服務，持續努力加以挪用，將之轉化成非異化的文化……此種文化消費所製造出的產品，擁有不可勝數的多元性，因為在購買或分配時，相同的貨品可以被不同的社會團體以無數的方式重新脈絡化」[98]。米勒認為，「自我異化創造了文化的世界，在消費中，幾乎完全就像在生產中一樣，主體透過這樣的自我異化，可以從一個重新挪用的過程，走向充分的對象化[99]，主體在自我疏離（otherness）的狀態中熟悉自

---

[96] 顏忠賢，《時髦讀書機器》（台北：布波族，2001）235-36。
[97] Lawrence. Venuti（1953- ），"Translation, Community," *Utopia*. In *Translation Studies Reader*, ed. Lawrence Venuti（London: Routledge, 2000）482.
[98] 史都瑞（John Storey, 1950- ）《文化消費與日常生活》（*Cultural Consumption and Everyday Life*），張君玫譯（台北：巨流出版社，2005）221。
[99] 關於「對象化」（objectification），米勒認為，消費的過程有可能相當於黑格爾辯證法所說的「揚昇」（sublation）；透過這樣的運動，社會重新挪用自身的外在形式。也就是說，吸納自身的文化，用以促進自身作為社會主體的發展。根據米勒的看法，對於黑格爾來說，主體的發展乃是透過對象化的過程，首先藉由預設的動作（act of positing），創造一個外在，然後藉由一個揚昇的動作（act of sublation），重新加以吸納。因此，對象化是一個雙重過程，先外化（externalization），繼之以內化（internalization）。黑格爾以對象化的概念來說明社會發展的過程，我們首先創造出一個外在的對象（外化：我們創造一個自身之外的客體），然後才逐漸認知到這個外在其實是我們自身的一部分（內化：成為我們社會認同感的一部分）（史都瑞　218）。

我。」[100]就台灣的村上讀者而言，他們在接受了村上的翻譯文學這種文化消費產品時，同時也熟悉自我、從而自我實踐，正如米勒所言，這個過程也是「翻譯」而來的。邵毓娟曾正面解讀村上春樹的《一九七三年的彈珠玩具》：

> 在「彈珠青年」身上我們看到那種以極度稀薄方式存在的「自我」，使他經驗到那些埋藏在商品符號之下的生命真相──那個被村上形容為「像古老的光一樣溫暖的感覺」……[101]

　　而在黃威融的作品中，我們可以看到他以「物」來表達、體現自我，至於他是否經驗到「商品符號之下的生命真相」，相關的陳述說明則似乎付諸缺如。儘管如此，黃威融的例子也代表許多讀者接受村上，是以類似這樣的文化翻譯形式呈現的。有一些嚴肅的評論者或許只看到村上讀者的這一面，進而輕視《挪威的森林》或者全部的村上迷。

　　村上春樹的翻譯文學不但是商品，正如藤井省三指出，在歷經二十餘年的接受歷史之後，台灣的村上春樹文學「已經紮根為精粹的消費文化」[102]。此外，村上春樹也出現在台灣許多廣告宣傳的文案，被用來推銷其他書籍或產品。例如李欣頻的《誠品副作用》中收集的五十五篇文案中，有三篇利用了村上春樹做文章，村上春樹和其他暢銷作者在這裡成為消費的符號，例如「拋開阿莫多瓦的高跟鞋到街上去。拋開村上春樹的彈珠遊戲到街上去。拋開徐四金的低音大提琴到街上去。拋開彼得梅爾的山居歲月到街上去。……[103]」又如作家黃寶蓮的《五十六種看世界的方法》（聯合文學，2007）一書封底，也打出村上春樹做宣傳：「村上春樹＼為何從各色內褲裡找到微小的幸福？」此外，約翰・厄文（John Irving, 1942-）的長篇小說《新罕布夏旅館》（*The Hotel New Hampshire*）出版時，書腰

---

[100] 史都瑞　218-19。

[101] 邵毓娟，〈跨國文化／商品現形記：從「村上春樹」與「哈日族」談商品戀物與主體救贖〉《中外文學》29.7（2000）：62。此處的「彈珠青年」為村上春樹《一九七三年的彈珠玩具》中的男主角。

[102] 藤井省三，《村上春樹のなかの中国》　99。張明敏譯，《村上春樹心底的中國》112。

[103] 李欣頻，《繼續字戀》（台北：新新聞出版社，1999）107。

的文案中註明村上春樹、張大春（1957-）合力推薦[104]。時報推出瑞蒙・錢德勒（Raymond Chandler, 1888-1959）的新版《漫長的告別》（*The Long Goodbye*）時，不但在書末附加了村上春樹將錢德勒的同一小說翻譯為日文時撰寫的譯者後記之譯文，並且在封面的書腰帶上也特地註明「獨家版本／收錄日版　村上春樹譯後記[105]」，其中「村上春樹」四個字竟然比錢德勒的名字還要顯眼一些。

　　不過利用村上春樹為其他作家的作品宣傳，或是他在書中提到的作者、他本人翻譯的英文作品，確實往往能吸引讀者進一步去閱讀。例如作家、學者紀大偉（1972-）在〈因為村上春樹，所以瑞蒙卡佛〉一文中寫道他開始接觸美國詩人、小說家瑞蒙・卡佛（Raymond Carver, 1938-88）的契機：

> 老實說，我正是因為不時發現卡佛之名和村上春樹牽連，才開始閱讀卡佛的小說。任何一位作家對另一位作家的執著眷戀，難免引起讀者好奇，甚至誘發加以比較的欲望。……結果，並不是村上春樹書迷的我，竟然因為村上之故而開始沉迷卡佛。[106]

　　紀大偉本身是西洋文學研究者，卻因村上春樹的影響進而鑽研這位並不十分聞名的美國作家。而值得注意的是，紀大偉也因閱讀卡佛的小說後，「在村上的聰慧笑語之外，我才能更敏銳聽見無聲的嘆息。[107]」這個例子顯示文學上的「文化翻譯」與互文特性，也呈現村上春樹文學在台灣文化翻譯的另一個樣貌。

　　在過去故鄉出版社的包裝下，《挪威的森林》成為一本做為商品的色情小說，長久以來，誠如根據作家謝金蓉引述「村上春樹的網路森林」的前版主周月英的說法，網站上讀者的討論大多仍是有關《挪威的森林》中女主角直子與綠的特質比較，因此「《聽見 100%的村上春樹》及時在台

---

[104] 郭強生（1964-），《在文學徬徨的年代》（台北：立緒出版社，2002）101。

[105] 此後記為筆者所譯。參照村上春樹〈準經典小說《漫長的告別》日文版譯者後記〉（張明敏譯）、《漫長的告別》，宋碧雲譯（台北：時報出版社，2008）359-91。

[106] 紀大偉（1972-），〈因為村上春樹，所以瑞蒙卡佛〉，《遇見100%的村上春樹》（台北：時報出版，1998）83。

[107] 紀大偉　88。

灣推出，替不少讀者彌補村上作品意義的斷層——從挪威森林現象造成後幾乎就萬劫不復的斷層。」[108]這樣的說法卻是值得商榷的。首先，在「村上春樹的網路森林」網站上發言的讀者只是村上春樹讀者的極小部分，能否做為足夠樣本而據此斷言就是個問題。其次，網站上的討論真的大多集中在《挪威的森林》嗎？根據我瀏覽「村上春樹的網路森林」的經驗，其實並非如此。另一方面，反過來說，難道閱讀《挪威的森林》就不能理解村上春樹嗎？許多日本學者其實早在《挪威的森林》出版後一年就指出《挪威的森林》代表的村上春樹寫作風格及主題改變，其實台灣讀者也有必要重新再審視《挪威的森林》。

　　此外，需要注意的是，正如《意義的輸出》一書指出，「我們發現觀眾的解碼活動也是千變萬化的，只不過是在文本所允許的限度內。如果職業批評家們與學者們甚至在他們之間也沒有讀出相同的故事的話，為什麼我們應該期望觀眾們去認出同一個故事或者被哪怕是專家們也不會贊同的單一寓意所影響呢？尤其是在我們所關注的這些觀眾中的許多人根本就不是分析家們所處文化中的成員，甚至也不是所謂的現代世界中的成員的情況下，這種期望的荒謬性就更加明顯了。」[109]讀者的詮釋和解讀是多樣的，尤其是翻譯文學的讀者的詮釋還要加上文化差異與文化翻譯的因素，誰都無法決定讀者應該解讀的方向。

---

[108] 謝金蓉，〈走出挪威森林的村上春樹〉，《新新聞周刊》904（2004）：105。

[109] 泰瑪‧利貝斯（Tamar Liebes）、埃利胡‧卡茨（Elihu Katz），《意義的輸出〈達拉斯〉的跨文化解讀》（The Export of Meaning: Cross-Cultural Readings of Dallas），劉自雄譯（北京：華夏出版社，2003）15。

參考文獻目錄

AI

埃斯卡皮（Escarpit, Robert）.《文學社會學》（*Sociology of Literature*），
　　葉淑燕譯。台北：遠流出版社，1990。

BI

畢恆達.《物情物語》。台北：張老師文化，1996。

CAI

蔡康永.《你睡不著我受不了》。台北：皇冠出版社，1995。

CHEN

陳宛茜.〈誠品報告 2004 公布〉，《聯合報・文化版》2006 年 1 月 3 日，
　　C6。

CUN

村上春樹.《挪威的森林》，賴明珠譯。台北：時報出版社，2003。
——.《走ることについて語るときに僕の語ること》。東京：文藝春秋，
　　2007。
——.《關於跑步，我說的其實是……》，賴明珠譯。台北：時報出版社，
　　2008。
——.《聽風的歌》，賴明珠譯。台北：時報出版社，1995。
——.《螢火蟲》，李友中譯。台北：時報出版社，1999。

DA

大塚幸男（ŌTSUKA, Yukio），《比較文学原論》。東京：白水社，1977。

FANG

方冠婷.〈台湾における日本文学の受容：村上春樹を中心として〉，碩士論文，輔仁大學，2005。

FEI

費斯克（Fiske, John）《理解大眾文化》（*Understanding Popular Culture*）。北京：中央編譯出版社，2001。

FU

傅月庵.《生涯一蠹魚》。台北：遠流出版，2002。

GUO

郭建中編.《當代美國翻譯理論》。武漢：湖北教育出版社，2000。
郭強生.《在文學徬徨的年代》。台北：立緒出版社，2002。

HUANG

黃威融.《旅行就是一種 Shopping》。台北：新新聞文化，1997。
──.《Shopping Young: Miss Right & Mr. Right 的戀愛觀紀實》。台北：新新聞文化，1997。

JIN

金元浦.《接受反應文論》。濟南：山東教育出版社，2001。

LAI

賴明珠，〈我，與村上春樹森林〉，《中國時報・浮世繪》1997 年 6 月 25 日，26。
──.〈到東京見村上春樹〉，《中國時報》2003 年 12 月 16 日，E7。

LI

李欣頻，《繼續字戀》。台北：新新聞出版社，1999。

LU

盧郁佳，〈天真的藝術〉，《聯合報・讀書人周報》1996 年 7 月 15 日，
　　41。

LUO

駱以軍.《我們自夜闇的酒館離開》。台北：皇冠，1993。
──.《降生十二星座》。台北：印刻出版社，2005。

QIU

邱妙津.《邱妙津日記》，賴香吟編，上。台北：印刻出版社，2007。

SHI

史都瑞（Storey, John）.《文化消費與日常生活》（*Cultural Consumption and
　　Everyday Life*），張君玫譯。台北：巨流出版社，2005。

TENG

藤井省三.《村上春樹のなかの中国》。東京：朝日新聞社，2007。
──.《村上春樹心底的中國》，張明敏譯。台北：時報出版社，2008。

WAI

外山滋比谷（TOYAMA, Shigehiko）.《近代読者論》。東京：みすず書房，
　　1969。

WANG

王蘭芬.〈葉美瑤　出版金手指〉，《民生報・@書》2004 年 9 月 19 日，
　　A7。

WU

吳明益.〈那個花開極盛的時光〉，《中國時報・開卷周報》2006 年 12 月
　　9 日，E2。

XIN

心情，〈繙譯的運氣〉，《香港經濟日報》，2003 年 7 月 22 日，C09。

YAN

顏忠賢.《時髦讀書機器》。台北：布波族，2001。

ZHU

朱錦華，〈不曾存在的「挪威的森林」〉，《民生報・藝文新舞台版》2006
　　年 5 月 1 日，A6。

Culler, Jonathan. *Structuralist Poetics: Structuralism, Linguistics, and the Study of Literature*. London: Routledge and Kegan Paul; Ithaca: Cornell UP, 1975.

Eoyang, E. C. *The Transparent Eye: Reflections on Translation, Chinese Literature, and Comparative Poetics*. Hanolulu: Hawaii UP, 1993.

Lefevere, André. *Translation, Rewriting and the Manipulation of Literary Fame*. London: Routledge, 1992.

---. *Translating Literature: Practice and Theory in a Comparative Literature Context*. New York : *Modern Language Association of America*, 1992.

Murakami, Haruki. *Norwegian Wood*, Trans. J. Rubin. NY: Vintage Books, 2000.

Venuti, Lawrence. "Translation, Community, Utopia." *In Translation Studies Reader*. Ed. Lawrence Venuti. London: Routledge, 2000.

The Translation of *Norwegian Wood* in Taiwan: An Examination via Literal and Cultural Perspectives

Mingmin CHANG
Assistant Professor, Department of Applied Foreign Languages
Chien Hsin University of Science and Technology

Abstract

Norwegian Wood has gained immense popularity for Haruki Murakami after its publication in 1987. As it became the record-breaking bestseller in Japan, its first foreign translation appeared in Chinese in Taiwan in 1989. It is through the translation that the works of Haruki Murakami can be recognized and appreciated by foreign readers. However, most critics have avoided the issue of the importance of the translation. Therefore, based on the theories of Translation Studies, this article attempts to address this important issue and to examine how *Norwegian Wood* is translated in Taiwan, not only on the literal ground but also on the cultural level.

Keywords: Murakami Haruki, Taiwan Translation, Lai Ming Chu, *Norwegian Wood*

《國際村上春樹研究》輯一（2013 年 12 月）146-67。

《挪威的森林》的經典意義

■尚一鷗

作者簡介：

　　尚一鷗（Iou SHANG），女，1978 生於長春市，2009 年獲日語語言文學博士學位，現為東北師範大學外國語學院副教授。著有《村上春樹小說藝術研究》（商務印書館 2013 出版），另有〈日本的村上春樹研究〉（《日本學刊》2008 年第 2 期）、〈美國情結與村上春樹的小說創作〉（《國外社會科學》2008 年第 4 期）、〈村上春樹的中國觀〉（《國外社會科學》2009 年第 3 期）和〈日本現代社會倫理的文學闡釋〉（《日本學刊》2010 年第 5 期）等學科級論文十餘篇。

內容摘要：

　　本文從創作方法、時代介質和女性形象三個方面入手，全面分析了村上春樹的代表作《挪威的森林》的小說精神和藝術革命的不同凡響之處。認為作品的主旨遠在戀愛之外；把 19 世紀現實主義小說敘述語言的真實性，同 20 世紀美國新小說語言風格的現代感有機結合，這是村上為《挪威的森林》的現實主義文體找到的新的出路。而形象譜系的塑造，在女性方面成就最為突出。

關鍵詞：村上春樹、《挪威的森林》傑・魯賓（Jay Rubin）

一、引言

　　1986 年末，村上春樹登上希臘的米克諾斯島，並在那裡的一間小酒館裡開始長篇小說《挪威的森林》的創作，直至完成了小說的前半部分。翌年春又取道義大利的羅馬，在那裡完成了作品的後半部分，兩部分加在一起費時不足半年。作品文字總量日文印刷符號計 36 萬。這部有史以來最為流行的日本小說，使作家名聲鵲起、家喻戶曉。作為村上小說的代表作，甚至超越了日本列島、以亞洲為主形成了文化傳播過程中罕見的「村上春樹現象」截止到 2009 年 7 月，《挪威的森林》在日本印刷數字累計 1 千萬冊[1]。而在人氣甚旺的中國，2004 年時即已高達 100 萬部。

二、創作方法的一次革命

　　「如果說，西歐資產階級文學是有了發達的現實主義，而後才出現了自然主義的話，那麼日本資產階級文學則是以自然主義為其確立的基礎，以現實主義為其補充的。明治維新後，日本雖然出現了坪內逍遙（TSUBOUCHI Shōyō, 1859-1935）、二葉亭四迷（FUTABATEI Shimei, 1864-1909）的現實主義，但是由於沒有他的充分的發展條件和機遇，而曇花一現般地成為過去。[2]」日本自然主義方法的淆雜是眾所周知的，其中的在歐洲影響頗大的現實主義方法，便一直是隱匿其間。

1.《挪威的森林》的寫作手法和小說類型

　　關於《挪威的森林》的寫作手法和小說類型，曾有過下述幾種不同的認定。「如果把它看作是一部『手記』，那麼作品留下的是我和直子的過去。這種記錄意味著對直子的安魂、對自我的撫慰和對綠的贈言。[3]」

---

[1]　平野芳信（HIRANO Yoshinobu, 1954），《村上春樹——人與文學》（東京：勉誠出版，2011）203。。

[2]　呂元明，《日本文學論釋：兼及中日比較文學》（長春：東北師範大學出版社，1992）206。

[3]　山根由美惠（YAMANE Yumie），《村上春樹「物語」の認識システム》（東京：

（一）戀愛小說

眾說紛紜之中，「戀愛小說」、「成長小說」和「現實主義小說」的
評價影響較大。而上述三種說法，其實無不與作家本人的告白相關：

> 「百分之百的戀愛小說」是我寫的一句廣告語，我應該因此對這部
> 作品說聲「對不起」。一言以蔽之，這不是一部激進小說、高雅小
> 說、理性小說、後現代主義小說，也不是一部實驗小說。這只是一
> 部一般意義上的現實主義小說，所以閱讀時不宜生出其它理解。廣
> 告語是絞盡腦汁才想出來的，批評界把它作為「戀愛小說」之於我
> 純係咎由自取。說句老實話，現在我也十分懊惱。無論如何《挪威
> 的森林》都不能說成是一部戀愛小說。戀愛小說的內涵，直到現在
> 我也不清楚。至今我讀過的那些小說一大半都是關於愛的，我並不
> 認為描寫愛與被愛、拋棄與被拋棄就是戀愛小說，而況《挪威的森
> 林》中也並沒有在這方面比別人多寫了什麼。由於沒有真正意義上
> 的戀愛描寫，這部作品是不能稱之為戀愛小說的。如果非要下個定
> 義，我倒覺得更加接近於成長小說[4]。

村上春樹這番話作為作品講解，寫在 1991 年《村上春樹全作品 1979——
1989》出版之際，其時《挪威的森林》已經問世有四五年的光景，並且為
作家帶來了超乎想像的榮譽和利益。一般說來，執著於小說藝術創造是作
家的天職，而解釋或說明作品卻完全是讀者和批評界的事情。村上基本上
是一個低調生活的人，所以對媒體關係和出頭露面之類，一向是敬而遠
之。然而，關於自己的小說卻從來不甘寂寞、甚至一句話都不肯少說，充
分反映了商品化時代日本文人的生存方式的某些特徵。

（二）成長小說

小說類型和藝術價值之間，往往呈現為十分複雜的關係，看來上述批
評的視角並未能觸及「戀愛小說」討論的本質。一部文學作品的藝術價值

若草書房，2007）133-34。
[4] 村上春樹，〈100 パーセント・リアリズムへの挑戰〉，《村上春樹全作品 1979
——1989》，卷 5（東京：講談社，1991）插頁。

的認定，卻並不是完全由題材來決定的。從根本上說，連「戀愛小說」的概念都不甚了了的村上，不過是在悔恨之餘強調《挪威的森林》的價值遠在戀愛之外罷了。包括他的「成長小說」的誘導，雖然意在表明自己所關注的是 20 世紀 70 年代日本社會與人的現實，但是作為文學批評術語還是多了一點隨意性。《挪威的森林》中的現實主義創作方法的存在方式，村上說了、又委實沒有說清楚，很有一點畫蛇添足的感覺。

　　無論是現代主義還是後現代主義文學，首先都可以視為一種時間概念。作為人類思想和文學精神的精華，它所帶來的歷史性理論內涵顯然是全新的。像村上春樹這樣的戰後出生的作家，是在西方 19 世紀現實主義文學思潮終結、現代主義文學理論登場的背景下開始文學活動的。或者說，村上壓根就不具備成為這次轉折大潮中的弄潮兒的條件。現代主義的價值觀和審美取向，成為他的主要文學營養和來源，是再正常不過的事情。而現實主義文學實踐對他來說，只能是一種陌生的存在，用來支撐自己的小說革命並不是件容易的事情。要而言之，《挪威的森林》的創作方法，是一種被村上改造過的現實主義。這種改造表面上立足於對後現代主義手法的揚棄，本質上卻是後現代主義土壤上滋生的產品。

　　這位十分勤勉的作家 8 年裡僅長篇小說就寫了 5 部，而且大都與現實主義創作方法並無干係。在《挪威的森林》中，作家何以在語言風格與描寫方法上去擁抱現實主義，並且依賴這種轉變實現了自己最高的文學成就，這顯然有理由成為村上小說研究無可規避的話題。

　　小說作法與實際體味，從來就不是一個純粹的理論問題。從這個意義上講，創作過程中所發生的、至少是作家主觀範疇的微妙動態，無疑是值得批評界去關注的：「關於這部小說的各類反響中，以故事情節居多；相比之下文體的樣態卻沒有成為話題，這讓我頗感意外。[5]」村上的這段表述，可以從一個側面提醒人們，《挪威的森林》的小說語言較之「青春三部曲」的其它文本，是有了很大變化的。

　　《聽風的歌》完成以後，村上曾反思過作品得失，其中當然包括了語言表現這一範疇。而且實際上的情況是，被廢棄的處女作的第一稿，便是用傳統意義上的現實主義文體完成的。有鑑於此，《挪威的森林》的文體，

---

[5]　村上春樹，〈100 パーセント・リアリズムへの挑戦〉。

不可能是《聽風的歌》的那一失敗過程的重演；回到最初的文體出發點上的村上，毫無疑問是在嘗試著進行某種更高級的重複。可見，無論是現實主義還是後現代主義的創作方法，之於村上都沒有成為絕對意義上的羈絆，原因概在於他是一個把使用與眾不同的語言，置於小說創作的最高境界的作家。

2.19 世紀現實主義和 20 世紀美國新小說的結合

把 19 世紀現實主義小說敘述語言的真實性，同 20 世紀美國新小說語言風格的現代感有機結合，這是村上為《挪威的森林》的現實主義文體找到的新的出路。這一見解的理論依據在於：「後現代主義文學的不確定性創作原則必然導致其創作方法的多元性。多元性也是後現代主義的基本特徵之一。後現代主義小說的這種多元性特徵主要體現在後現代主義與現代主義、現實主義和浪漫主義的融會貫通之中。[6]」據此找到實際上的作品依據，同樣是易如反掌的事情。

一向為人們所稱道的《挪威的森林》的開篇與結尾，便是這種努力的結果。波音 747 客機率先充斥畫面，披頭四的背景音樂仿佛自天外飄來，引發了主人公渡邊潮水般的回憶，作品自然地回到了遙遠的、1969 年的秋天，真實性由是成為直子與綠兩位女性的典型性的前提。作品結尾的經歷了這樣的磨難的人們，由於找不到自己的社會定位與生存價值而茫然失落，發出了「我現在在哪裡」的詰問，現實主義文學的力量感人至深。或許在一種藝術世界裡恪守真實，是現實主義文學表現方法的永恆價值所在。這與後現代主義文學、特別是村上慣用的在現實與想像兩個世界中完成小說的方式相左，所以村上委實是在作出一種方向性的改變。

如果需要考察六七十年代的日本大學生宿舍，這部作品毫無疑問可以成為一種權威的文字資料版本。作品對「阿美寮」的位置、占地、環境、包括建築材料和顏色等，都有如實而精細的描寫。那個時代學生生活的某些側面，如升國旗、奏國歌、做廣播體操，特別是大學的上課、打工、休閒這三大主體生活板塊的情形，也如照片、甚至是浮雕般栩栩如生。這些

---

[6]　曾豔兵（1957-），《西方後現代主義文學研究》（北京：中國社會科學出版社，2006）75-76。

細節的真實，顯然既是人物性格和命運的必要鋪墊，同時也以對歷史面貌的緬懷，把讀者帶入了那個已然逝去的年代。

在《挪威的森林》中，作家淡化了後現代小說語言的抽象意義、邏輯成分和晦澀化效果，有意減少了閱讀與理解的障礙，以使得往往處在不斷聯想狀態下的讀者從心理壓力中解脫出來，輕鬆地跟隨故事情節和作品節奏前行。這種後現代主義語境中發出的關於現實主義文本的獨到理解，使這部作品實現了一種全新的敘述方式。

（一）村上式的現實主義文體

直子死後，渡邊痛苦到了極點。然而作品在表現主人公的情感特徵時，既不取現代主義的模糊與神秘，又完全避開現實主義所禁忌的「直說」，文字上不露一絲痕跡，只是以四個看似與情感寄託並無關係的畫面一氣呵成，是村上式的現實主義文體的一個頗為經典的注腳：「那以後的3天時間裡，我見到電影院的門便進，從早到晚把大凡東京正在上映的影片看了一遍。然後收拾好外出的行囊，提出所有的銀行存款，在新宿隨便搭上一輛即時發出的特快列車。」

當然，文體作為要素並非小說本身，在力所不逮的作品結構等範疇，《挪威的森林》不可能回到嚴格意義上的現實主義文學的規範中。即如關於「阿美寮」的描寫，摒棄了「羊男」和「耳朵模特」式的超現實之徑，但還是無法從根本上抹去直子形象的某種虛化味道。作為世外桃源，無論如何也都難以消卻西方神秘主義文學作品的痕跡。這正如渡邊在離開「阿美寮」之前所感受的那般：「我總覺得自己似乎來到了引力略有差異的一顆行星之上。沒錯，這裡的確是另外的一個世界。我這樣想著，心裡不由生出悲戚。」然而，無論如何這一世界整體上是白描、而不是虛構出來的。這正是作品的一種不應忽視的變數。

還需說及的是，寫於 1983 年初的短篇小說《螢》，描寫了十幾年前20 歲前後的主人公在東京讀大學時的一段情感經歷。已經自殺了的高中時代的一位朋友的女友，與主人公偶然邂逅並頻繁約會，那以後主人公接到了一封來信，得知女友已經患病休學並住進了京都的一家療養院。室友給了一個裝有螢火蟲的小瓶，以撫慰主人公的悲傷。主人公在屋頂將螢火蟲放生，感受在黑暗中遊弋徘徊的那束光澤。顯而易見，《挪威的森林》的

出場人物和主要情節，都是從《螢》中脫胎、並且基本上是故事原型的一種拓展。所以，有評論指出：「我在讀《挪威的森林》上卷的前半部分時，強烈地感到似乎就是在讀短篇小說《螢》。[7]」

（二）人物大都是以符號來替代

在短篇中，人物大都是以符號來替代的。無論是「我」、女友、還是高中時代的友人，與「青春三部曲」的「我」、「鼠」和「傑」的命名方式大抵相通。可以認為，《1973 年的彈珠玩具》中的「直子」形象之前，村上小說中還沒有通常意義上的日本人名的出現。而在《挪威的森林》裡，渡邊、直子、綠、永澤和木月[8]稱謂的變異，在一個值得注意的細節上，使村上這部小說的創作，從後現代主義回歸到了現實主義表現方法的規範之中。從而表明為了尋求一種全新的現實主義文本，村上對後現代技巧的刻意收斂。

關於這一論斷，新近的資料依據是，出版了村上的多部頭長篇近作《1Q84》的新潮社，2010 年夏回顧作家 30 年創作歷程時，在同作家的對談中再一次問及了《挪威的森林》中的人名問題。村上答道：「《挪威的森林》是我刻意去寫的一部現實主義小說，所以只能給人物起名了。就像我剛才說過的那樣，如果沒有名字的話，三位主人公是無法同時對話的……給主人公命名，是故事講述技巧的一大進步，當時我並沒有意識到這一點。[9]」

螢火蟲進入小說世界，並非村上的首創。而且著實可以看作是日本傳統文學中，為許多作家所鍾愛的一種情感寄託方式。與川端康成（KAWABATA Yasunari, 1899-1972）、野阪昭如（NOSAKA Akiyuki, 1930- ）、宮本輝（MIYAMOTO Teru, 1947- ）、包括宮崎駿（MIYAZAKI Hayao, 1941- ）的物哀幽玄的美學理想略顯不同的是，村上的螢火蟲之戀，更多的在於享受一種真實細膩的描寫過程，就中和作品人物一起體味淡淡的、無聲的由自然所引發的傷感。

---

[7]　川村湊（KAWAMURA Minato, 1951- ），《〈ノルウェイの森〉で目覚めて》，《村上春樹をどう読むか》（東京：作品社，2006）186-87。

[8]　即 Kizuki。

[9]　《考える人》編集部，《特集：村上春樹ロングインタビュー》，《考える人》7（2010）22。

3.小結：村上小說譯者魯賓的村上論

美國學者傑・魯賓（Jay Rubin, 1941-）在自己的村上研究中，這樣談及過《挪威的森林》的經典理由。他認為文學巨匠大江健三郎（ŌE Kenzaburō, 1935-）成功地表現了性愛、死亡和暴力時，村上還是個默默無聞的年輕人。大江的成就，導致了村上的不敢輕易問津愛情題材的現實。而《挪威的森林》的出現，也因此成了村上證實自己的實力、甚至在文學影響方面超越大江的例證[10]。

村上小心地迴避了「私小說」的概念，而採用了「私人性質」的說法，不僅在於事實上大正以來真正給予他影響的日本作家幾乎沒有。更為重要的是，村上自創作伊始便是從否定傳統的日文文字模式出發的，無論如何私小說、包括其敘事方式在內的諸多技巧，都不應該被排除在這樣的立場之外：

> 《挪威的森林》本來是想寫成一部清爽可人的小說，計畫在 250 頁稿紙左右。可動筆後卻無法停下來，結果寫成了近千頁。作品完成以後，我的現實主義技巧已然窮盡，所以不會再去寫第二部這樣的長篇小說了[11]。

三、學潮時代的社會圖解

《聽風的歌》的時間設定為 1970 年夏，與《挪威的森林》的截止時間所差無幾。只是較之處女作，後者的時間跨度是六七十年代相銜接的兩年，而不再僅僅是 18 天而已。這樣看來，給人物活動以足夠的時間和空間，是《挪威的森林》經典化的基礎投入。1969 年是當代以學生運動為主體的「政治季節」的尾聲，1970 年以後日本則逐漸迎來了一個穩定的經濟發展時期。對一個社會而言，這是動亂與盛世的轉捩點；對幾個作為在讀大學生的男女主人公來說，也正是開掘他們的內心世界的、最為理想的所在。在這個意義上，《挪威的森林》的作品傾向顯然是《聽風的歌》的延續與深化。或者說，無論是就這部作品的思想還是藝術價

---

[10]　傑・魯賓（Jay Rubin, 1941-），《洗耳傾聽村上春樹的世界》（*Haruki Murakami and the Music of Words*），馮濤譯（南京：南京大學出版社，2012）133-34。

[11]　《考える人》　22。

值而言，都可以理解為作家對自己此前同一題材創作的「不完全性」的一種改變。

有評論認為：「作品是以 70 年代為舞臺的故事，但是它的登場人物卻完全是生活在 85 年以後的，唯此才會為許多讀者所接受。所以，這是一部名副其實的 80 年代後期、時代和社會所孕育出來的小說。[12]」又說：

> 渡邊的大學時代是 1969 年，日本大學入學率已經超過了 20%，可是這批學生卻不是最早的精英。費茲傑羅（Francis Scott Fitzgerald, 1896-1940）的《大亨小傳》（*Great Gatsby*）也好，福克納（William Faulkner, 1897-1962）的《八月之光》（*Light in August*）也好，渡邊讀的全部都是譯作。相反，同樣是受西洋文化的影響，明治時代的精英們並不是以日語為媒介、而是靠直接閱讀原文來接受的。不讀原著，從翻譯的作品中學習美國文化，自然會發生一些形變。渡邊所看到的並不是美國本身，而是戰後日本所神往的、仿造的美國[13]。

日本近代以降的國際化進程本身，同時也潛伏著種種民族的精神危機。到了戰後出生的一代長大成人之際，這種危機終於以學生運動和安保運動的形式爆發，也便不能不為作品主人公的命運留下某種特有的創痕。

1.消極地面對學潮的渡邊

一邊打工一邊讀大學，基本上是戰後日本大學生的普遍生存模式。渡邊打工的唱片店地點在新宿，晚上他可以從店面的視窗領略物欲橫流的都市景觀。沒有人能說清這紛紜雜陳的場面到底意味著什麼，社會文化的演進已成為一種不可思議的存在。

---

[12] 黑古一夫（KUROKO Kazuo, 1945- ），《村上春樹——「喪失」の物語から「転換」の物語へ》（東京：勉誠出版，2007）126。

[13] 半田淳子（HADA Atsuko, 1961），《村上春樹、夏目漱石と出会う——日本のモダン・ポストモダン》（東京：若草書房，2007）83-84。

宿舍院內也鬧了幾場糾紛。自成一派的一伙人把安全帽和鐵棍藏在宿舍裡，同管理主任豢養的體育會派系短兵相接，結果是兩人受傷，6人被逐出宿舍[14]。

不僅偌大的校園無法放下一張平靜的書桌，對於消極地面對學潮的渡邊這樣的大學生而言，退出宿舍也成了迫在眉睫的現實。渡邊在吉祥寺一帶租到的新居，在某種意義上正是動亂在逐漸逼迫大批學生出局，從而削弱甚或是部分放棄了學校教育的責任使然。內中寄託的春季裡有望與直子朝夕相守的夢幻儘管不乏感人之處，從根本上講卻是求知漸漸從主導地位偏離、從悠閒到躁動已成為大學生活本質的寫照。

綠的父母在被經濟發展腳步所遺棄的落後地區經營著書店，最後雙雙死於腦瘤。在中產階級意識尚未出現的六七十年代之交，綠的這樣的家庭背景同直子、渡邊不過伯仲之間。在他們的下面，是社會地位卑微的「敢死隊」。渡邊不時把他的言行作為笑柄講給大家、特別是直子，很難排除對這位室友出身的小視，因為這樣做並不違背日本人的行為規範。在他們的上面，是鶴立雞群、不可一世的永澤。「財富和家族的承繼與社會地位息息相關，這在日本社會尤為顯著。作為私立醫院院長的兒子，在東京大學法學部畢業後順利地進入外交部，永澤的經歷顯然是有代表性的。[15]」

《挪威的森林》在作品人物的個性化處理時，是從生活所提供的現實依據出發的。雖然大學生活把來自不同階層的年輕人聚到了一起，這些活生生的個體中卻分明蘊含了個人的、家庭的和社會文化的複雜因素。這種情形導致了日常生活、包括重大事件發生時，作品男女主人公的不同反應方式。作為親身經歷過那次學潮的作家，村上在如實地勾描人物的形象特徵時，不僅表現了準確的人物觀察，深厚的生活積累和深邃的社會思考；同樣重要的是，這一次他執意留下的是六七十年代之交的日本社會檔案和一群屬於那一時代的年輕人的喜怒哀樂。為了這一抉擇，他有意沒有駕輕就熟、過多地去炫耀後現代主義文學技巧。

---

[14] 林少華譯，《挪威的森林》，村上春樹著（上海：上海譯文出版社，2011）309。
[15] 半田淳子　87。

2.男女主人公放浪形骸

從夜不歸宿在新宿的 DUG 酒吧狂飲，到酒後在情人旅館裡嘗試交換女孩睡覺；從喜歡穿一身黑衣服的怪異，到「不希望別人理解自己」的偏執；作品的男女主人公放浪形骸，唯我獨尊，找不到一種力量把分崩離析的煩惱維繫在一起。直子說：「我的問題全部是精神方面的。[16]」綠說：「人生就是餅乾罐[17]」，喜歡的不喜歡的都得接受。渡邊說：「至少現在什麼都不需要思考。[18]」永澤說：「不公平的社會同時也是大有用武之地的社會。[19]」作品有多少人物，便會生成多少人生感觸；並把生存的種種無聊裝置在大學生活的模式裡。生活無情地扭曲了接受良好教育的一代人的思維方式與行為方式，不管你是來自哪一個社會階層，有著怎樣的成長背景，最終無不是在不健全的生存狀態中吞下餘味綿長的苦果。

死不是生的對立面。死本來就已經包含在「我」這一存在之中[20]。

儘管「無論怎樣的哲理，怎樣的真誠，怎樣的堅韌，怎樣的柔情，也無以排遣這種悲哀。[21]」，然而：

> 我們惟一能做到的，就是從這片悲哀中掙脫出來，並從中領悟某種哲理，而領悟到的任何哲理，在繼之而來的意外悲哀面前，又是那樣軟弱無力[22]。

這是作品借渡邊之口所表述的，作家對於死亡主題的探索和認識。除了死的極端之外，存活者的代價竟也是那樣的沉重。渡邊儘管偶有官能享樂的放浪，但畢竟算是意識和情趣還大抵過得去的一類青年。他在直子與綠之間尋求情愛，因此可以看作是渾渾噩噩的生存現實中的亮點。用玲子的話說：「這並非什麼罪過，不過是大千世界裡司空見慣的事情而已。[23]」

---

[16] 林少華譯　308。
[17] 林少華譯　323。
[18] 林少華譯　317。
[19] 林少華譯　317。
[20] 林少華譯　33。
[21] 林少華譯　351。
[22] 林少華譯　351。
[23] 林少華譯　346。

對這些年輕人的人生而言，這種片段往往最具回憶價值，甚至可以成為永遠不會忘卻的存在。這樣，村上避開了「全共鬥」題材習見的表現方式，如實地記敘了學潮背景下的、幾位大學生的日常生活。在全力將諸多的社會內容融入到愛情關係加以表現的同時，贏得了文本駕馭的獨特性、人物刻畫的深刻性以及戀愛小說的時代性。

《挪威的森林》先後在第 3、4、8 章中，數度談到了英國現代小說家約瑟夫・康拉德（Joseph Conrad, 1857-1924）。關於這位以《吉姆爺》（*Lord Jim*）和《黑暗之心》（*Heart of Darkness*）名垂青史的作家，村上本人並沒有明確談及過具體的影響問題，批評界迄今為止也未見到相關話題。不過在幾次提及康拉德時，作品曾借永澤之口表述了同巴爾扎克（Honoré de Balzac, 1799-1850）、但丁（Dante Alighieri, 1265-1321）和狄更斯（Charles Dickens, 1812-70）一樣，上述幾位「都不能說是有當代感的作家」的理念。永澤在談到讀書選擇時又講了下面的話：「如果讀的東西和別人雷同，那麼思考方式也只能和別人雷同。[24]」

3.有意識地賦予小說以音樂特質

這樣看來，村上對康拉德的關注，應該是這位作家的與眾不同之處。作為有意識地賦予小說以音樂特質，並較早進行創作嘗試與理論表述的作家，康拉德的關於小說追求雕塑的柔性、繪畫的色彩和音樂的神奇的宣導，不僅影響了其後的赫胥黎（Aldons Huxley, 1894-1963）、羅曼・羅蘭（Romain Rolland, 1866-1944），而且將整個西方現代文學帶入到了小說音樂化的軌道上。諳熟爵士、酷愛音樂，不僅是村上作為小說家的過人之處，同時也是現代與後現代主義文學的一個重要表現領域。從這個意義上說，康拉德是村上的前輩，而且完全有理由成為村上的知音，這種推論應該不是牽強附會。所幸的是，《挪威的森林》的文本，作為村上的音樂素養的一次全方位的展示，是可以為上述的邏輯提供原始依憑的。

直子在阿美寮療養期間，始終是在音樂的陪伴下度過的，這也是玲子作為曾經的鋼琴教師出現在作品的理由之一。比爾・伊文思（Bill Evans, 1929-80）的鋼琴曲曾伴著她在月光下入夢，巴哈（Johann Sebastian Bach,

---

[24] 林少華譯　41。

1685-1750）的組曲是她燭光裡品味葡萄美酒時的佐料。《蜜雪兒》
（*Michelle*）曾帶她在細雨霏霏、無邊無際的草原上倘佯。只有在傾聽《挪
威的森林》的時候，直子才會把 100 日元的硬幣投進玲子的招財貓儲蓄盒。

　　許多音樂作品中習見的主題變奏法，演繹為《挪威的森林》結構上的
藝術形態。先是作為主題在渡邊那裡以簡單的形式出現，繼之在直子身上
引申拓展，使內涵得以深化。最終又通過渡邊與玲子為直子舉行的音樂葬
禮，使得文學與音樂在一致性上完成了整合。文字與旋律的互動而產生的
想像特徵，借助直子的命運起伏和《挪威的森林》悲涼的主調，凝聚為一
種小說與音樂的和諧、形成了暢曉明快的節奏感和震撼力。

　　敘事文體中的語音，同音樂的聲響之間，原本便是一種天然的血緣關
係。詞語在本質上是音響與意義的複合體，索緒爾因此認為正是這種組合
構建了敘事文體。小說家可以依據情節的需要，急劇地轉換場景，調整人
物關係，把作品的情感表現推向高潮。《挪威的森林》結尾處出人意料的
大規模聲響介入，在這個意義上顯然是合情入理的。直子生前曾一再表
示，每每聽到這首曲子，總是悲哀不已。說不清為什麼，竟像是自己在茂
密的森林中迷了路一樣：「一個人孤單單的，裡面又冷，又黑，又沒一個
人來救我。所以，只要我不點，她是不會彈這支曲的。[25]」

　　就情感的訴求而言，「8 月底參加完直子淒涼的葬禮返回東京[26]」，
渡邊便沿著西日本海岸徒步旅行了一個月，排遣直子的死所帶來的悲哀。
所以，玲子也決心離開阿美寮回到現實生活中的時候，兩個最終並沒有被
這一傷害所擊倒的人，為離去的直子再次舉行了旨在「把那場悲涼的葬禮
乾乾淨淨地忘掉[27]」的音樂祭奠。

　　51 首經典曲目匯成了雄渾奔放、直衝天外的交響樂章。亨利‧曼奇尼
（Henry Mancini, 1924-94）的〈心上人〉（"Dear Heart and Other Songs about
Love"）輕盈舒展、披頭四（The Beatles）的《太陽從這裡升起》（"Here Comes
The Sun"）溫情脈脈，德布西（Achille-Claude Debussy, 1862-1918）的《月
光》（"Clair de Lune"）流暢委婉，巴卡拉克（Burt Bacharach, 1928-）的
《結婚之歌》（"Wedding Bell Blues"）幸福感人。第 50 首玲子彈了《挪

[25] 林少華譯　144。
[26] 林少華譯　348。
[27] 林少華譯　372。

威的森林》，音樂的主題變奏原本可以在這裡戛然而止的；在極盡作品主題的揭示的同時，為了緩解這一作品曲調的感傷，規避人物性格的矛盾性，巴哈賦格曲才有資格作為第 51 首來結尾。「村上春樹的小說風格，可以稱之為『聽覺文體、聽覺文學』，這樣來稱呼《挪威的森林》是再恰當不過了」[28]。

四、直子、綠與女性群像

　　《挪威的森林》精心刻畫了直子、綠、玲子和初美等幾位頗具個性的女性。女性形象的鮮活與柔美，是這部小說的藝術品位的重要標誌。也是贏得讀者、特別是女性讀者擁戴的理由之一。

　　作品問世以後，渴望嚴肅地探討愛情及生活的女性讀者，很快形成了被稱之為「挪威一族」的文化群體。作品中渡邊和綠約會的新宿的爵士樂酒吧 DUG，成為她們拿著《挪威的森林》、成群結隊聚會的場所。其中包括十幾歲的女孩和五、六十歲的女性。[29]「離開讀者的閱讀和再創造活動，或者說在讀者不賣賬的情況下，無論意識形態和詩學觀念如何強力推行，文學經典是無法成立和流行起來的。[30]」深諳此道的村上，作品問世5 年以後在美國的普林斯頓大學的一次講演中，仍被這樣的情形所感染，以至不由地慨然道：「較之那種需要複雜的闡釋和解讀的東西，我更樂於寫作可以如此這般真正地感動讀者的作品。[31]」

　　「對《挪威的森林》中所描寫的『戀愛』，無論是共鳴的聲音還是否定的意見，離開了男女之間的『關係性』這一本質，這部作品的評論是十分困難的。[32]」觸及日本批評界普遍關注的兩情關係的本質，便無法規避女權主義在日本的複雜話題。

[28] 小泉浩一郎（KOIZUMI Kōichirō, 1940-），《村上春樹のスタイル──〈ねじまき鳥クロニクル〉を中心に》，《国文学・解釈と教材の研究》3（1995）：29。

[29] ．魯賓　143。

[30] 童慶炳（1936-）、陶東風（1959-）主編，《文學經典的建構、解構和重構》（北京：北京大學出版社，2007）87。

[31] 魯賓　147。

[32] 島村輝（SHIMAMURA Teru, 1957-），〈ノルウェイの森〉，《村上春樹作品研究事典（增補版）》，村上春樹研究會編（東京：鼎書房，2007）160。

女權主義是要求廢除兩性差別、謀求女性解放的思潮的總稱，這一術語在日本的最早用例出現在 20 世紀 70 年代的女性雜誌上[33]。那正是日本迎來第二次女權主義大潮的時代。隨著第三產業的迅速擴大和高學歷化，大批女性走向社會，由「職業主婦」變成了「兼業主婦」。因此，除了否定關於家庭分工的傳統觀念以外，這次運動還對兩性差異和女性修行等概念進行了重新定義，張揚了女性對性行為的選擇權力。

1.女主人公之一的直子

作為女主人公之一的直子形象的首次出現，並不是在《挪威的森林》之中。《聽風的歌》的主人公「我」，曾和三個女孩有過交往。最後一位真正意義上的戀人，是在大學圖書館裡認識的法文專業的女孩，兩人學潮期間相處了 8 個月以後，女孩在校園外網球場旁邊的樹林中自殺身死。

繼處女作之後問世的《1973 年的彈珠玩具》中，這個女孩作為「我」的戀人再次出現，這時她才有了直子的名字。這是一個長期存活在作家腦海與寫作實踐中的女性形象。在經歷了不斷地思考、改變與昇華之後，作家才在《挪威的森林》中全面完成了對這一形象的最終刻畫。《聽風的歌》裡的 20 出頭的直子的性行為中，明顯地滲透著女權主義的文化影響。作為未婚的女大學生，把與男同學的性關係作為交往的題中應有之義，這樣的理念無疑是現代的、甚至是時尚的。

進入《挪威的森林》的世界以後，這一形象的最大變化，是以主體性的方式把與渡邊的關係，調整到情感體驗的單一模式之中。直子主動與渡邊的做愛只是在 20 歲生日那天有過一次，這也是她一生中唯一的一次真正意義上的性經歷。那以後，與渡邊的肉體關係之門被直子主動地、單方面地關閉了。

從處女作中的那個追求時尚、我行我素的女孩，演變成為包括對做愛的理解在內的、漸趨成熟的時代女性，這無疑是直子的一種人性的進化。整個情節的發展過程中，儘管渡邊仍然作為作品的男主人公出現，但是直子形象內涵的改變，無疑對渡邊、包括二者的關係形成了一種約束力量。直子不再是一種附屬性的存在，彼此平等成為渡邊必須面對的現實。

---

[33] 具有代表性的《女・エロス》雜誌作為日本女性解放運動的輿論陣地，於 1973 年 11 月創刊。創刊號定價為 600 日元，在當時價格不菲。初版印刷了 4400 冊，由於深受好評、後來又增印至 20000 冊。至 1982 年停刊時總計發行了 17 期。

　　從若即若離的相處,到直子住進療養院以後的天各一方,再到渡邊去阿美寮的兩次探望,直子自殺之前的情節,都是以這一女性形象塑造的需要為中心加以安排的。渡邊也正是在作品的這種規定性中遊弋,並逐步尋覓到自己的存活方式的。村上並不是靠性描寫來支撐自己的小說的作家,然而在性描寫為藝術表現所必需的時候,他又是並無露骨與否的顧忌的。

　　把握直子形象的最大難點,莫過於病態與非病態行為界限的模糊。或者說在這部現實主義小說裡,直子形象的塑造方法,集中體現了村上小說的後現代性。那口深不可測、仿佛裝進了世間所有黑暗的井,便以其特有的象徵意義,預示了直子命運的某種必然走向。作品所描寫的六七十年代之交,日本的社會生活現實中,並不存在直子入住的、可以自由活動的精神療養院。

　　「這部小說有內閉和戀愛兩條主線。我和直子的關係在內閉的主線上。作為對內閉世界的擺脫,便是我和綠展開的戀情。[34]」這種「內閉」說就批評文字的特點而言,在日本學術界並不鮮見。然而,把心理學的術語移用在形象辨析中,往往會出現相去甚遠的情形,因為直子的情感之門從未向渡邊關閉過。直子的「自閉」充其量可以作為人物的性格特徵來討論,把它視為「主線」不但偏離了作品的實際,而且意味著放棄了對直子形象蘊含的複雜性的開鑿,讓作家的藝術寄託與訴求處於一種尷尬的境地。

　　　村上春樹的這部戀愛小說,精神與肉體的合一並不是最終的歸宿,
　　　在這一點上和近代文學是有差異的[35]。

　　村上春樹在完成了這部作品的寫作之後,出於種種考慮否認自己在作品中寫了真正的愛情,以恪守《挪威的森林》並不是一部戀愛小說的立場,這是作為大師級作家不該出現的低級失誤。然而,作品一經產生,見仁見智無疑會成為必然,作家自身也好、批評界的聲音也罷,都不可能成為高居於作品之上的存在。

---

[34] 加藤典洋(KATŌ Norihiro, 1948-),《イエローページ・村上春樹》,19版(東京:荒地出版社,2005)116。
[35] 三枝和子(SAEGUSA Kazuko, 1929-),〈《ノルウェイの森》と〈たけくらべ〉〉,《村上春樹スタディーズ》,栗坪良樹(KURITSUBO Yoshiki, 1940-),卷3(東京:若草書房,1999)151。

2.綠的形象

綠形象是以村上春樹的妻子村上陽子為原型塑造的。村上本人曾坦率地認可了這一事實，原始的資料根據可以找到兩個：其一是出自作家與美國學者傑・魯賓的私人信件[36]。儘管綠的父親在大塚經營一家書店，是經營床上用品的陽子的父親的摹寫；綠是就讀於貴族女校的唯一的窮學生，也是取自陽子的經歷；然而，村上並未因此放棄賦予這一形象以其它特徵的努力，綠形象的藝術化仍然表現為一種虛構的本質。

無論是先來的直子還是遲到的綠，也都不大會、甚至是不應該在意這一點；至少自明治時代以來，日本的男人和女人們都會認同這樣的習俗。而且，除了島國文化的強制力量以外，西方、特別是美國的兩性關係的現代理念，成為渡邊形象特徵中的一種外力。從這個意義上講，綠肩負著豐富與完善渡邊的個性的使命，才作為低年級的學生出現在「戲劇史 II」的課堂上的。

這樣看來，關於愛的純潔性的理解與努力，不應視為與綠的形象特徵相關的因素。

> 如果先一個勁兒挑你喜歡的吃，那麼剩下的就全是不大喜歡的。每次遇到麻煩我就總這樣想：先把這個應付過去，往下就好辦了。人生就是餅乾罐[37]。

綠與貴族學校裡家境富庶的同學保持著明顯的距離；上大學以後對身邊湧動的「學潮」毫無興趣；對小街上鄰里的火災麻木不仁，在濃煙與烈焰的威脅中抽煙、喝酒、彈吉他，甚至唱著歌和渡邊有了第一次接吻。男女之情也好，生活方式也罷，她大抵上選擇的是一種自我中心的隨俗立場：「我所求的只是容許我任性，百分之百的任性。[38]」

並不富裕的家庭背景下，從小為生存而操勞的素質與能力，成為綠與同時代女性的重要區別。像剛剛迎著春光蹦跳到世界上來的一隻小動物，綠不僅生性樂天、充滿活力，而且性格堅強、簡潔潑辣。按照時尚的說法，

---

[36] 2001 年 11 月 27 日的信。魯賓　136。
[37] 林少華譯　323。
[38] 林少華譯　102。

是一個地道的「陽光女孩」。由於缺少家庭的溫暖與關愛,母親死的時候綠甚至沒有流過一滴眼淚。而父親臨終之前,她卻拉著渡邊去醫院精心照料、以盡孝道。在表現了性格中善良質樸的一面的同時,也把渡邊置於良知的螢屏上、隱現了獨到的智慧特徵。

與同樣家境平平、卻命運坎坷的直子相比,綠畢竟是幸運的。為這種宿命所決定的外向與張揚,同直子的內向與柔弱形成鮮明的對照。綠因言語的粗俗而失去了原來的男友,又以喝完酒買單時不肯踐行「AA 制」的大度,讓渡邊刮目相看。作為一個並不完善、甚至可以說較少淑女風範的知識女性,綠這一形象由真實而動人,因透明而久存,也因此成為渡邊一廂情願的愛情歸宿。

3.玲子

玲子 38 歲,在年齡上是《挪威的森林》年輕的女性群體中一個不合時宜的存在。也正是由於這個原因,決定了她的性格特徵的兩個主要方面:

第一,玲子的人生觀中,有迥然於直子與綠的正統性。這位原本是靠音樂安身立命的女性心地善良又命運多舛,被一個同性戀少女毀了家庭和事業。在面臨人生坎坷的時候,她為孩子和丈夫考慮毅然選擇了犧牲自己。又在阿美寮裡一住便是 7 年,把幫助別人恢復健康視為自己的存在價值,也因此不但與直子相遇,而且成為患難之交。她討厭新幹線和如同活棺材般的電車,直到 25 歲結婚時還是與男人從未有過性經歷的處女,這樣的生活方式與巨變中的社會現實格格不入。玲子其人為作品音樂化須臾不可缺少的人物,不是這般年齡不可能有對流行音樂的專業把握程度;從生活到藝術,真實性同樣成為這一人物的根基,捨此這一從戰後日本的歷史中一步步走來的女性的形象便會失真。

第二,「在『我』的潛意識中,直子與玲子是重疊為一體的,所以二者也是一種『分身』的關係,這在作品的結尾處看得很清楚。[39]」直子死後,玲子選擇了回歸社會去求得新生。以村上的才思,無論是在情節安排

---

[39] 酒井英行(SAKAI Hideyuki, 1949-),《「分身」たちの呼応》,《国文学解釈と鑑賞別冊・村上春樹テーマ・装置・キャラクター》1(2008):106。

還是細節處理的意義上，玲子的所為都不存在信手拈來的可能。玲子的肉體被渡邊視為直子的替代，並且在不斷反覆中疊印出死的現實。

可以作出的另外一種理解是，作品描寫的是 37 歲時渡邊對直子的回憶，如果直子一直活著，那麼經歷了 16 年的風雨之後，自然成為中年女性。這樣，同渡邊做愛時的玲子 38 歲，長渡邊半年的直子如果活著，於今也應該是 38 歲。現實與回憶之間可能出現的倒錯或恍惚，便可以取代超現實的分身說了。

初美是永澤的女友，雖然長相並不十分出色，卻有著直子與綠所不具備的、與男性交往的成熟與可人。應該說，這是一個對愛情心氣很高、又不乏手段的女性。最終卻水中望月，被永澤拋棄後隨便地嫁給了一個平庸男人，婚後兩年便割斷手腕上的動脈在痛苦中死去。所有的退讓都無改於作了外交官的永澤、在社會文化的土壤裡吮吸的自信與狂放，初美是學潮時代的日本社會現實中，男權主義仍處於強勢的一面鏡子。

五、結論

形象塑造之於經典文學、特別是《挪威的森林》這樣的題材，不啻是考察作家功力的一種終極標準。不僅渡邊可以經得住這樣的考驗和推敲；女主人公直子和綠的卓爾不群，尤為作家的形象譜系平添了文學史意義上的聲響和色彩。

2013 年 5 月 15 日於長春

參考文獻目錄

BAN

半田淳子（HADA, Atsuko）.《村上春樹、夏目漱石と出会う──日本の
　　モダン・ポストモダン》。東京：若草書房，2007。

CUN

村上春樹（MURAKAMI, Haruki）.〈100 パーセント・リアリズムへの挑戦〉，
　　《村上春樹全作品 1979-1989》，卷 5。東京：講談社，1991，插頁。

CHUAN

川村湊（KAWAMURA, Minato）.《村上春樹をどう読むか》。東京：作
　　品社，2006。

DAO

島村輝（SHIMAMURA, Teru）.〈ノルウェイの森〉，《村上春樹作品研
　　究事典（増補版）》，村上春樹研究會編。東京：鼎書房，2007，160。

HAI

黒古一夫（KUROKO, Kazuo）.《村上春樹──「喪失」の物語から「転
　　換」の物語へ》。東京：勉誠出版，2007。

JIA

加藤典洋（KATŌ, Norihiro）.《イエローページ・村上春樹》，19 版。東
　　京：荒地出版社，2005。

LIN

林少華譯.《挪威的森林》，村上春樹著。上海：上海譯文出版社，2011。

LU

魯賓，傑（Rubin, Jay）.《洗耳傾聽村上春樹的世界》（*Haruki Murakami and the Music of Words*），馮濤譯。南京：南京大學出版社，2012）。

LÜ

呂元明.《日本文學論釋：兼及中日比較文學》。長春：東北師範大學出版社，1992。

PING

平野芳信（HIRANO, Yoshinobu）.《村上春樹──人與文學》。東京：勉誠出版，2011。

SAN

三枝和子（SAEGUSA, Kazuko）.〈《ノルウェイの森》と《たけくらべ》〉，《村上春樹スタディーズ》，栗坪良樹（KURITSUBO Yoshiki），卷 3（東京：若草書房，1999，145-158。

SHAN

山根由美恵（YAMANE, Yumie）.《村上春樹「物語」の認識システム》。東京：若草書房，2007。

TONG

童慶炳、陶東風主編.《文學經典的建構、解構和重構》。北京：北京大學出版社，2007。

XIAO

小泉浩一郎（KOIZUMI, Kōichirō）.《村上春樹のスタイル─〈ねじまき鳥クロニクル〉を中心に》，《国文学・解釈と教材の研究》3（1995）：27-31。

ZENG

曾豔兵.《西方後現代主義文學研究》。北京：中國社會科學出版社，2006。

Classical Theme of *Norwegian Wood*

Yiou SHANG
Associate Professor, The School of Foreign Languages,
Northeast Normal University

Abstract

Haruki Murakami's *Norwegian Wood* contains many elements that are worthy of study, such as the creative process, the zeitgeist, and the portrayal of females. Through a combination of 19th and 20th century themes, the novel excelled at illustrating the cultural characteristics of the female gender.

Keywords: MURAKAMI Haruki, *Norwegian Wood,* Jay Rubin, KATŌ Norihiro, SHIMAMURA Teru

《國際村上春樹研究》輯一（2013 年 12 月）168-95。

村上春樹小說的元話語分析
——以《挪威的森林》和《1Q84》為例

■王星

作者簡介：

　　王星（Xing WANG），女，2003 年獲山東師範大學文學碩士學位，現為青島理工大學外國語學院講師，北京外國語大學日本學研究中心博士班。近年來發表的論文主要有〈三四郎主體性的缺失——兼與〈哥兒〉比較〉〔《名作欣賞》5（2010）〕、〈由《細雪》看日本近代家庭的變遷〉〔《名作欣賞》7（2011）〕、〈《邊城》與《古都》的文化美學比較〉〔《山花》10（2010）〕等。

內容摘要：

　　元話語被稱作是「話語的話語」，是指向語篇、作者、讀者的自我反射語言資源，元話語研究主要探討語篇生產者和語篇之間、語篇生產者和使用者之間的關係。村上春樹的小說《挪威的森林》和《1Q84》分別採用了第一人稱和第三人稱敘事，人稱的不同使敘事元話語在兩篇小說中的語言表現形式呈現很大差別。通過對比分析兩部小說在人稱、情態、時間關係等元話語表達形式的特點，探討村上春樹如何運用元話語手段展開和評述故事情節。

關鍵字：元話語、敘事文本、村上春樹、《挪威的森林》、《1Q84》

一、引言

　　「經各種附著在語言周邊的附屬物洗掉，然後將洗淨的東西拋出去[1]」，村上春樹（MURAKAMI Haruki, 1949- ）曾經這樣談論自己作品的語言特點。村上在創作的同時也翻譯了大量的英文作品，他主張用最容易被翻譯的語言來創作，甚至一度嘗試用英語寫作。村上的作品中很少使用複雜關係的複句，句子之間的層次簡潔明瞭，善於用簡單的排比句來表現複雜的人類內心世界。文學評論家們關注村上春樹文學的創作思想、寫作風格等，對村上春樹及其文學的研究也多集中在文本解讀、創作思想解析、對其作品的社會現象透視等方面。一部作品的語言都是經過作者精心設計組織起來的，其表面含義與作者賦予其中的深層含義需要通過讀者的閱讀來實現。從這一點看，文學作品與其內涵之間的二元關係與語言學中語言表層意義與深層意義的二元關係有著異曲同工之妙，因此對文學文本的解讀實際上也是對文本語言的解讀。文本語言包括小說中人物的對話和作者的敘述語言，本文稱前者為「話語」，稱後者為「元話語」。小說文本的「元話語」研究是通過語言學視角考察作者如何運用語言去推動和評論故事情節。

　　本文選擇《挪威的森林》和《1Q84》作為考察對象，主要原因有：首先，兩部作品的發表時間雖然相距 12 年，但是二者都體現了村上春樹碎片式的敘事方法，都採用了雙線式結構。前者用第一人稱展開一個自傳式的故事，隱含了〈現在的「我」──過去的「我」〉〈綠──直子〉的雙線結構；後者則用第三人稱展開情節，單章和雙章分別敘述了兩個平行展開的故事。其次，這兩部作品中〈存在──不存在〉〈真實──非真實〉的二元對立又不是絕對的，《挪威的森林》中「死は生の対極としてではなく、その一部として存在している」與《1Q84》中的「みかけにだまされないように、現実というのはつねにひとつきりです」形成了對應關係，都體現了村上春樹對現代社會現實的看法，即假說中存在現實，現實中存

---

[1]　楊炳菁（1972- ）的譯文，見《後現代語境中的村上春樹》（北京：中央編譯出版社，2009）87；原文見川本三郎（KAWAMOTO Saburō, 1944- ）與村上的對談〈為了「故事」的冒險〉（〈「物語」のための冒険〉），《文學界》8（1985）：55。。

在假說[2]。這兩部作品的魅力還體現在敘事語言中，本文將重點考察村上春樹的元話語表現形式，探討其在兩部作品中的不同表達特徵和功能。

二、小說文本中的元話語

　　敘事學理論認為敘事文本有故事（tale）就必然有講故事的人（teller）和講故事行為（telling），每個敘事都有個敘述者，不論是明顯的還是隱含的[3]。「它處理的是言語行為與主語的關係，這裡的主語不僅指完成或承受行為的人，也指（同一個或另一個）轉述該行為的人，有可能還指所有（即使是被動地）參與這個敘述活動的人——也就是說，這時研究的是誰在向我們說故事的問題」[4]。在熱奈特看來，「誰說」才是真正的敘述問題。Michael A. K. Halliday 提出人們在說話或寫作時，會根據情況的不同而採用不同的語言，並提出語域理論，試圖揭示支配情景因素決定語言特色變化的普遍規律[5]。敘事語篇的語域三變數可以概括為：語場——講述故事；語旨——作者和讀者（作者為講述者，讀者為虛擬聽眾）；語式——虛擬的面對面交流。語域的這三個變數決定了敘事小說的元話語選擇，小說的話語選擇有通過具體的詞彙、語法結構等語言形式來實現。敘事語言與語言學的元話語有相似之處，正如 Hyland＆Tse 所指出的那樣，元話語主要研究語篇生產者和語篇之間、語篇生產者和使用者之間的關係，元話語可以定義為「指向語篇、作者、讀者（想像中的）的自我反射語言資源」[6]。元話語的主要功能可以概括為組織語篇、引導

---

[2]　風丸良彦（KAZAMARU Yoshihiko），《「グリーンピース」から「青豆」へ：『1Q84』後に読む『ノルウェイの森』》，《盛岡大学紀要》30（2013）：50-45。

[3]　Jonathan Culler,"Fabula and Sjuzhet in the Analysis of Narrative: Some American Discussions, " *Poetics Today* 3 (1980)：27.

[4]　熱拉爾・熱奈特（Gérard Genette, 1930- ），《叙事話語・新叙事話語》（"Narrative Discourse/Narrative Discourse Revisited"），王文融譯（北京：中國社會科學出版社，1990）147。

[5]　Michael A.K. Halliday, *Language as Social Semiotic: The Social Interpretation of Language and Meaning*（北京：外語教學與研究出版社，2001）32。

[6]　Ken Hyland and Polly Tse, "Metadiscourse in Academic Writing: A Reappraisal," *Applied Linguistics* 2 (2004)：156.

讀者與作者產生共鳴、幫助讀者理解語篇的深層含義等，是一種近似於主觀評價的非客觀性描述的話語。

有關小說的敘事語言與語言學篇章語言的相通之處，封宗信認為敘事小說文本中兩種不同層次的語言命題，第一級為物件語言命題，主要敘述虛構世界裡已經發生或正在發生的可能事件；第二級為元語言命題，展現虛構人物的話語行為並描述其發生的過程，對敘述與評論的「語碼」本身進行描述、解釋，前者是敘述話語，屬於「故事」層面；後者是敘述話語的話語，突出作者的評論與敘述。敘事小說中元話語的主要功能體現在說話者用明確的語言學手段來表達對敘述事件的相對客觀的「評論」[7]。

本文贊同封宗信的觀點，認為雖然概念的內涵與外延不同，文學的敘事語言與語言學的元話語在本質上有相通之處。如果把小說文本看作是作者與讀者之間的話語交流，那麼對小說文本敘事語言的分析實際上就是對語篇的元話語進行分析，因此，本文將小說中表現敘述者語言的語言稱為「元話語」。

三、《挪威的森林》和《1Q84》的元話語分析

元話語的範疇包括模糊語、連接語和各種評論語篇的語言形式，元話語區別了文本中「人物話語」和「敘事者話語」兩種敘事聲音。對小說文本的元話語分析有助於我們理解小說的敘事特徵，同時也有助於我們分析敘事的語篇特徵。元話語能讓我們瞭解作者的立場、態度和思想，因此可以說對小說文本元話語的分析實際上是討論作家如何通過元話語介入文本討論的過程，也是考察作者如何利用語言手段把自己的態度、情感等主觀認識融入到作品中去影響讀者，達到與讀者交流的目的。

圖蘭把篇章中核心敘事參數概括為：人稱、時態、高頻關鍵字、敘事段落的首句、人物思想、預設性直接引語、否定命題、情態等方面[8]。其中，人稱、時態、情態、否定命題等屬於句子層面，高頻關鍵字、敘事段落、預設性直接引語屬於篇章結構層面；人物思想則屬於文本解讀層面。因

---

[7]　封宗信，〈小說中的元語言手段：敘述與評述〉，《外語教學》2（2007）：7-11。
[8]　邁克爾・圖蘭（Michael Toolan），〈短篇小說的敘事進程：語料庫文體學方法初探〉（"Narrative Progression in the Short Story: First Steps in a Corpus Stylistic Approach"），楊曉霖譯，《敘事（中國版）》2（2010）：51-52。

此，我們將考察範圍設定在語法層面的人稱、時態和情態，探討村上春樹的小說《挪威的森林》和《1Q84》在元話語表現形式上的特點。由於句法範疇的否定可以分為命題否定和情態否定，與人稱、時態和情態都有交叉現象，對元話語中的否定研究我們將另文探討。

1.元話語中的人稱轉換

敘事篇章中經常會提及後景和前景這兩個概念[9]，屈承熹認為後景與前景不是一成不變的，某些機制可以推動後景向前成為前景：「前後景涉及的是事件或情景之間的聯繫，由小句表示。⋯⋯小句間的結合應是後景向前景推進的過程。這個無標記序列我們稱之為 BFP 原則（Background-to-Foreground Progression）。小句也可以通過從屬結構（如各種關係小句結構、名詞化結構、動詞形式、連詞等等）明確地標記為後景，這樣，其他的事件或者情景就更加明顯地凸現為前景」[10]。語法標記是區別前、後景的主要手段，如人稱、時體標記、從屬結構等。村上春樹在《挪威的森林》中用第一人稱敘述，在《1Q84》中則用第三人稱，這也就意味著敘述者視角不同。在《1Q84》中，將後景事件推到前景事件的重要手段就是人稱的轉變。

> （1）青豆はしばらくのあいだ大きく顔を歪めていた。感情を正当に表現するために、顔の各部の筋肉を伸ばせるところまで伸ばした。彼女はひとしきり顔を歪めてから、努力して各部の筋肉を緩め、もとあった普通の顔に戻した。⋯⋯どうしてそんな重大な、日本全体を揺るがせるような事件を私は見逃したのだろう。⋯⋯

> 1Q84 年？？私はこの新しい世界をそのように呼ぶことにしよう、青豆はそう決めた。

> Q は question mark の Q だ。疑問を背負ったもの。

> 彼女は歩きながら一人で肯いた。

---

[9] 語言學的不同範疇中對「前景」和「後景」的概念定義各不相同，語篇中的前景結構通常表示事件或故事進程的，後景結構通常表示枝節內容。

[10] 屈承熹（1930-），《漢語篇章語法》（*A Discourse Grammar of Mandarin Chinese*），潘文國譯（北京：北京語言大學出版社， 2006）171。

好もうが好むまいが、私は今この「1Q84 年」に身を置いている。私の知っていた 1984 年はもうどこにも存在しない。（《1Q84》：1257）[11]

譯文：「青豆久久地扭著臉。為了正當地表現情感，她將面部各處的肌肉儘量拉伸。……把臉扭了一陣子，她再努力舒緩各處的肌肉，恢復原來普通的臉龐。……這裡面肯定有什麼理由，不如說必須有理由才對。為什麼這樣震撼整個日本的重大事件，我居然會漏掉呢？」（南海版《1Q84 Book 1》[12]）

1Q84 年——我就這麼來稱呼這個新世界吧。青豆決定。……Q 是 question mark 的 Q。背負著疑問的東西。

她邊走邊獨自點頭。……不管喜歡還是不喜歡，目前我已經置身於這「1Q84 年」。我熟悉的那個 1984 年已經無影無蹤，今年是 1Q84 年。（南海《1Q84 Book 1》[13]）

例（1）中出現了「青豆（主人公的名字）」「私（我）」「彼女（她）」等人稱代詞，這些人稱代詞實際上都是指「青豆」一人。日語中第三人稱的自稱「私（我）」通常只能出現在直接引語或者由「と」等引導的間接引語句中，如「私はこの新しい世界をそのように呼ぶことにしよう、青豆はそう決めた」中，「そう」引導了一個間接引語句，「私」就是指「青豆」本人。但是「好もうが好むまいが、私は今この「1Q84 年」に身を置いている。私の知っていた 1984 年はもうどこにも存在しない」中，「私」到底指誰，我們通過上文很容易得出判斷，這裡的「私」就是指「青豆」。那麼，為什麼作者不繼續用「青豆」而一定要用第一人稱呢？敘事學認為人稱的跳躍變動表達了作者敘述視角的不停變化，可以凸現語篇的前景。《1Q84》中的第三人稱「青豆」「彼女」「一人」之後的動詞時態為過去

---

[11] 我們對日本新潮社 2009 年版《1Q84》進行文本化處理，處理工具為 Maruo Editor，《1Q84》的引文和例句均出自於此，數字表示行數。《挪威的森林》的引文和例句選自北京日本學研究中心開發的《中日對譯平行語料庫》，語料庫中版本說明如下：日文《ノルウェイの森》，村上春樹著（東京：講談社，1987）；中文《挪威的森林》，林少華譯（桂林：灕江出版社，1989）。

[12] 施小煒譯，《1Q84 Book 1　4 月-6 月》（海口：南海出版公司，2010）131。

[13] 施小煒譯，《1Q84 Book 1　4 月-6 月》　138。

時，過去時用來提示情節發展的主線，為小說的「後景」。此時，敘述者
站在一個遠離人物的客觀立場，置身於情節發展之外，用第三雙眼睛關注
事態的發展；當用第一人稱時，動詞的形態為將來時或意志型，在整個用
過去時控制主線的故事中顯現出來，可以看作是小說的「前景」。這時敘
述者與小說人物同處於一個世界，與小說人物融為一體，思其所思，言其
所想，視線也與人物保持一致。這樣的人稱交替在《1Q84》中頻繁出現，
村上春樹試圖通過人稱的轉變，降低本來處於小說後景的情節權重，使主
人公的思想凸現出來，讓讀者更加關注前景化的人物內在情感表達。

　　在《挪威的森林》中，作者由於採用第一人稱敘述，不存在類似例（1）
的人稱轉換。但是《挪威的森林》中的「我」有著雙重身份，作為敘事者
的 37 歲的「我」和故事發展中的 18 年前的「我」。如例（2）中，一共
出現了六個「僕（男性自稱，我）」，其中哪些是敘事者元話語的「我」，
哪些是小說情節展開中的「我」，可以借助於動詞的時態來判斷。由於小
說整體上採用倒敘的手法展開情節，因此主線即故事背景為過去時「－タ」，
那麼後續動詞為過去時的（d），則可以判斷為快 20 歲的「我」；後續動
詞為現在時「－ル」的（a）（b）（c）（e）（f）為敘事的 37 歲的「我」。

　　（2）でも今では僕（a）[14]の脳裏に最初に浮かぶのはその草
　原の風景だ。草の匂い、かすかな冷やかさを含んだ風、山の稜線、
　犬の鳴く声、そんなものがまず最初に浮かびあがってくる。とて
　もくっきりと。それらはあまりにもくっきりとしているので、手
　をのばせばひとつひとつ指でなぞりそうな気がするくらいだ。し
　かしその風景の中には人の姿は見えない。誰もいない。直子もい
　ないし、僕（b）もいない。我々はいったいどにに消えてしまっ
　たんだろう、と僕（c）は思う。どうしてこんなことが起りうる
　んだろう、と。あれほど大事そうに見えたものは、彼女やそのと
　きの僕（d）や僕の世界は、みんなどこに行ってしまったんだろ
　う、と。そう、僕（e）には直子の顔を今すぐ思いだすことさえ
　できないのだ。僕（f）が手にしているのは人影のない背景だけな
　のだ。（《挪威的森林》：23）

---

[14] 例句（2）中（a）等序號為筆者所加的。

　　譯文：「然而，此時此刻我腦海中首先浮現出來的，卻仍是那
片草地的風光：草的芬芳，風的微寒，山的曲線，犬的吠聲……接
踵闖入腦海，而且那般清晰，清晰得仿佛可以用手指描摹下來。但
那風景中卻空無人影。誰都沒有。直子沒有。我也沒有。我們到底
消失在什麼地方了呢？為什麼會發生那樣的事情呢？看上去那般
可貴的東西，她和當時的我以及我的世界，都遁往何處去了呢？
哦，對了，就連直子的臉，一時間竟也無從想起。我所把握的，不
過是空不見人的背景而已。」（上海譯文《挪威的森林》[15]）

　　敘事學認為，第一人稱敘事與第三人稱敘事的區別在於敘述者與虛構
的故事世界之間的距離不同。但是，第一人稱敘事中由於敘述的我和故事
的我交織在一起，有時很難借助情節來判斷。例（2）的最后一句話「僕（f）」
が手にしているのは人影のない背景だけなのだ」中的「我」，（譯文：
我所把握的，不過是空不見人的背景而已[16]）中的「我」，究竟是哪一個？
我們認為，借助某些語法現象，可以確認文本中不同身份的「我」。日語
中「のだ」的主要語義是「闡釋，說明情況」，通常用來表示說話人「對
已知事件」的確認。如果其語法形式為「人影のない背景だけだったのだ」
或「人影のない背景だけなのだった」，那麼主語就會是「20 歲的我」。

　　記敘文本中，前景部分主要敘述事件或故事發展的主線，地位顯著；
後景部分則多為描述性文字，起輔助作用[17]。村上春樹在一段話中連續使
用 20 歲的「我」展開故事，用 37 歲的「我」評論故事。講述故事的「我」
本來應當隱藏在情節背後做後景，但是當敘事的「我」出現時，就推動評
論成為前景，吸引讀者注意這種錯位。

　　由以上分析可以看出，由於採用了第一人稱敘述，《挪威的森林》的
元話語的前後景界限可以通過時體標記來實現，呈現出〈後景——過去時〉
〈前景——現在時〉的傾向。第三人稱敘述的《1Q84》中則由明顯的人稱

---

[15] 林少華譯，《挪威的森林》（上海：上海譯文出版社，2011）5。
[16] 林少華譯　5。
[17] Givón 和 Hopper &Thompson 等都對此進行過分析。參 T. Givón, *On Understanding Grammar*. New York: Academic P, 1979; Paul J. Hopper and Sandra A. Thompson, "Transitivity in Grammar and Discourse." *Language* 56 (1980) : 251-99.

代詞標識實現前後景的轉換，呈現出〈第三人稱──後景〉〈第一人稱──前景〉的關係。

2.元話語中的情態

　　情態可看作是說話人對某一事物或狀態的認知態度，以 Palmer 為代表的語言學家認為，句子可以看作由命題和情態兩部分組成，並根據不同的標準將情態進行意義上的下位分類。由於情態的某些形式之間意義非常接近，僅憑句子內部的這種二分結構，我們並無法很好地解釋為什麼要用這種情態形式而不是其他的形式。因此，李戰子提出情態是語篇的人際功能[18]的中心概念，各種情態表達手段可以在語篇中形成數量或品質上的突出。我們選取日語中可以表示推測和確認功能的部分情態助動詞為物件進行量的考察，檢索工具為 "Maruo Editor"，統計結果如下：

3.表 1　情態使用情況

		出現次數	使用率
ようだ	《1Q84》	170	0.081%
	《挪威的森林》	29	0.016%
らしい	《1Q84》	58	0.028%
	《挪威的森林》	3	0.002%
だろう	《1Q84》	230	0.110%
	《挪威的森林》	18	0.010%
はずだ	《1Q84》	139	0.066%
	《挪威的森林》	2	0.001%
のだ	《1Q84》	456	0.218%
	《挪威的森林》	215	0.116%
わけだ	《1Q84》	98	0.047%
	《挪威的森林》	31	0.017%

（《1Q84》book1 總字數：209650《挪威的森林》總字數：185462）

---

[18]　李戰子，〈情態──從句子到語篇的推廣〉，《外語學刊》4（2000）：8。根據李
　　　戰子的解釋，這裡的人際功能指篇章作者和篇章意圖中的讀者的互動關係，即說話
　　　人用語言表達自己的態度，並影響聽者的態度和行為。

　　由表 1 可以看出，兩部小說的元話語中，《1Q84》的情態標識使用率皆高於《挪威的森林》。一般來說，小說的作者都希望能夠站在一個客觀的立場展開評價，儘量借助人物的語言表達自己的認識和態度。由於日語中第三人稱主語必須通過一定的語法手段才與表示意志、推測、感覺等表示主觀語義的詞搭配，因此《1Q84》中，作者不停地在敘述者和小說人物之間變換視角，向讀者提示自己對不同情境的主觀態度。表現在語法上，主要有以下三種形式：〈I〉間接引用；〈II〉敘事者話語；〈III〉轉換人稱。

　　　（3）この男はたしかに崩壊の途上にある<u>ようだ</u>（a）、と青
　　豆は思った。憔悴の影のようなものはほとんど見受けられなかっ
　　た。その肉体はどこまでも頑丈に作られ、激しい痛みに耐える訓
　　練がなされている<u>らしい</u>（b）。それでも青豆には、彼の肉体が滅
　　びに向かっていることが感じとれた。この男は病んでいるのだ。
　　それがどのような病であるのかはわからない。しかし<u>私</u>がここで
　　あえて手を下さずとも、この男は激しい苦痛に苛まれながら、緩
　　慢な速度で肉体を破壊され、やがては避けがたく死を迎えること
　　<u>だろう</u>（c）。（《1Q84》：4973）
　　　譯文：「這人也許的確處於崩潰的邊緣，青豆想。幾乎看不到
　　憔悴的影子，他的肉體結實健壯，好像受過忍耐劇烈疼痛的訓練。
　　但青豆感覺到，他的肉體正在走向滅亡。這人病了，但不知道那是
　　怎樣一種病。不過，即使我不在這裡下手，這個男人恐怕也會被慘
　　烈的痛苦折磨，身體一點點地遭到破壞，不久便難以避免地迎來此
　　亡。」（南海《1Q84 Book 2》[19]）

　　這是《1Q84》中青豆想實施暗殺之後的一段描寫，其中包含了三個情態助動詞「ようだ」「らしい」「だろう」，三者的語義都可以表示「說話人根據某種理由對某一客觀事實作出推測」[20]。那麼這三種情態標識的發出者是誰，或者說三句話中的推測是由誰發出的？作者分別用上述〈I〉〈II〉〈III〉三種不同的語法手段表示出來。

---

[19] 施小煒譯，《1Q84 Book 2　7月-9月》　139。
[20] 「ようだ」「らしい」「だろう」都可以表示說話者對某一事實的推測，但是側重點各不相同。具體用法請參考日本語記述語法研究会（2004）「モダリティ」

4.間接引用標記：

日語中「と思った」、「と考えた」、「と言った」等可以看作間接引用的標記，其主語通常用「は」提示。（3-a）中，推測助動詞「ようだ」之後後續「と青豆は思った」，就可以表示「この男はたしかに崩壊の途上にあるようだ」是小說人物青豆的推測。這種語法標記手段最直接，也最容易判斷。

5.元話語轉述：

一般說來，日語中的情態助動詞只能表示說話者的情感或者態度等的表露，因此情態的主體通常不會出現在句子中，是隱藏的。如（3-b）中，助動詞「らしい」之前沒有明顯的情態發出者的標記（如（3-a）中的「と青豆は思った」等），也就相當於默認「らしい」的發出者為說話者，即小說文本的敘事者。但是「その肉体はどこまでも頑丈に作られ、激しい痛みに耐える訓練がなされている」並不是敘事者作出的推測性描述。例（3）有一條暗藏的語篇連貫線索〈男──肉體──死〉，前句中「青豆は思った」和后句「青豆には」同樣提示這些是青豆的感覺，作者是在借敘述者之口轉述青豆的推測。

6.轉換人稱：

敘事者把自己與小說中的人物融為一體，站在人物的立場敘述時，可以借用第一人稱「私」表明自己推測、判斷等主觀想法。2.1 中我們討論過人稱的變化可以推動後轉換為前景，例（3-c）中的「私（我）＝青豆」成立，那麼表面看起來是「我」的推測，實際上是借敘述者之口肯定了青豆的推測「この男は激しい苦痛に苛まれながら、緩慢な速度で肉体を破壊され、やがては避けがたく死を迎えること」。

《挪威的森林》中則很少採取類似的語法手段，如例（4）和例（5）中的「ようだ」「だろう」的發出者都是「僕」，我們需要判斷究竟是「十八年前的我」還是「現在的我」。例（4）中的「ようだった」為過去時，也就是說「彼女がいくつかのポイントに触しないように気をつけながら話していることにある」是過去的我所作出的推測內容。「だろう」在日

語中沒有過去時態和否定等形式，只能表示說話人說話時的推測。例（5）中的「だろう」可以解釋為「現在的我」對過去事件「『車輪の下』なんてまず読みかえさなかった」的推測。

（4）直子の話し方の不自然さは彼女がいくつかのポイントに触しないように気をつけながら話していることにあるようだった。もちろんキズキのこともそのポイントのひとつだったが、彼女が避けているのはそれだけではないように僕には感じられた。（《挪威的森林》：332）

譯文：「直子說話的不自然之處，在於她有意避免接觸幾個地方。當然木月[21]是其中一個，但我感到她回避的似乎不止於此，有好幾點她都不願意涉及，只是就無關緊要的細節不厭其煩地喋喋不休。由於直子是第一次說得如此專注入迷，我便聽任她儘管往下說。」（上海譯文《挪威的森林》51）

（5）僕はビールを飲みながら、台所のテーブルに向って『車輪の下』を読みつづけた。最初に『車輪の下』を読んだのは中学校に入った年だった。そしてそれから八年後に、僕は女の子の家の台所で真夜中に死んだ父親の着ていたサイズの小さいパジャマを着て同じ本を読んでいるわけだ。なんだか不思議なものだなと僕は思った。もしこういう状況に置かれなかったら、僕は『車輪の下』なんてまず読みかえさなかっただろう。（《挪威的森林》：2141）

譯文：「我邊喝啤酒，邊對著廚房餐桌看《在輪下》。最初看這本書，還是剛上初中那年。就是說，時過八年，我又在一個少女家的廚房裡，半夜穿著她亡父穿過的尺寸不夠大的睡衣讀同一本書。我總覺得有些鬼使神差，若非處在這種情況下，我恐怕一輩子都不至於重讀什麼《在輪下》。」（上海譯文《挪威的森林》[22]）

情態助動詞「はずだ」和「わけだ」表示「說話人對某一事實進行的理所當然的推斷」，其主要區別在於前者可以表示未然事實或已然事實的

---

[21] 即 Kizuki
[22] 林少華譯　301。

判斷，後者只能表示已然事實的判斷，兩者的語義都蘊含有因果關系，通常只表示說話人自己的判斷。可以說，小說元話語中出現的由「はずだ」和「わけだ」引導的推論內容大多數不需要採取語法手段，就可以得知結論是由敘事者發出的。

（6）大塚環が死んだ前後のことを、青豆は今でもよく思い出す。そしてもう彼女と会って話をすることができないのだと思うと、身体を引き裂かれたような気持ちになる。環は青豆が生まれて初めてつくった親友だった。どんなことでも隠さずに打ち明けあうことができた。環の前にはそんな友だちは青豆には一人もいなかったし、彼女のあとにも一人も出てこなかった。ほかに代わりはない。もし彼女と出会わなかったら、青豆の人生は今よりも更に惨めな、更に薄暗いものになっていたはずだ。（《1Q84》：1853）

譯文：「大塚環死去前後的情形，青豆至今還常常回想。一想到再也不能和她相見、交談，就覺得身體仿佛被撕裂了一般。環是青豆生來結交的第一個摯友，無論什麼事都能推心置腹地互相傾訴。在認識環之前，青豆從不曾擁有這樣的朋友，在她之後也不再有過。無可替代。如果沒有遇到她，青豆的人生肯定會比現在更加悲慘、更加晦暗。」（南海版《1Q84 Book 1》[23]）

（7）そして、たぶんそのことはもっと前にわかっていたはずなのだ。僕はただその結論を長いあいだ回避しつづけていただけなのだ。（《挪威的森林》：2430）

譯文：「這點恐怕更早些時候就已了然於心，只不過自己長期回避不敢做出結論而已。」（上海譯文《挪威的森林》[24]）

例（6）是描述青豆對學生時代的摯友大塚環的回憶，「はずだ」前的「もし彼女と出会わなかったら、青豆の人生は今よりも更に惨めな、更に薄暗いものになっていた」只能是敘事者根據青豆的回憶作出的推斷，

23　施小煒譯，《1Q84 Book 1　4 月-6 月》204。
24　林少華譯　343-44。

因為是沒有發生的未然事件，因此，也無法用於與自己相關事件的推斷。所以，這也可以解釋第一人稱小說《挪威的森林》中「はずだ」的用法極少的原因。《挪威的森林》是第一人稱敘述，而且是主人公「我」的回憶，對已經發生事實的記敘。因此，只有當出現對某種事實的發生原因不明確，需要再次推測時才有可能使用，如例（7）。

由於情態可以反映出說話人對客觀世界的真實看法和態度立場，因此情態的使用分佈可以間接觀察到作者融入作品的程度。《挪威的森林》中，〈作者－敘述者－人物〉融為一體，對情態助動詞的使用更為直接和自然。而《1Q84》中涉及情態助動詞的部分則需要作者採用一定的語法手段，使第三人稱敘述同樣有自由的話語空間來表現主人公的內心世界。

7.時間特徵

敘事文本元話語的時間與現實會話的時間之最大的區別就在於對「時間基準」的認定。現實會話的基準時間就是「現在」，談話之前的事件就是過去，之後的事件就是未來。而小說的基準時間則是矛盾的，正如雅柯布森（Roman Jakobson，1896-1982）所指出的，口頭語言具有純粹的時間特性，而書面語言則是把時間和空間聯繫在一起，因此，書面語言在時間的共存性和相繼性之間存在許多矛盾衝突[25]。羅鋼總結了柏格森的心理時間說，認為一般人理解的時間，是用空間概念來認識時間，把時間看作各個時刻依次延伸的、表現寬度的數量概念，心理時間則是各個時刻相互滲透的、表示品質的概念，在這種觀念支持下，小說家將過去、現在、未來隨意顛倒，穿插、交融[26]。因此，敘事小說中經常會看到時態交織在一起。工藤真由美（KUDŌ Mayumi，1949-）從語言學的角度出發，把日語小說的文本時間分為文本的時間和對話文的時間兩種，其中文本時間又可以分為提示外部事件的〈敘事〉時間和直接體現小說人物的〈內心獨白〉時間[27]。

---

[25] 羅曼・雅柯布森（Roman Jakobson），〈語言學中的元語言問題〉（"Metalanguage as a Linguistic Problem"），《雅柯布森文集》，姚小平主編，錢軍、王力譯（北京：商務印書館，2012）57-71。

[26] 羅鋼（1954-），《敘事學導論》（昆明：雲南人民出版社，1994）145。

[27] 工藤真由美（KUDŌ Mayumi, 1949-），《アスペクト・テンス体系とテクスト──

在這裡我們參考語言學上的 SRE 理論[28]，討論村上春樹在《1Q84》和
《挪威的森林》中，怎樣將錯綜複雜的時間關係用語言表達出來，即 SER
與語言形式、小說情節展開之間存在什麼關係。我們首先把文本時間分為
以下三種：人物話語時間 S（speech time）；被陳述的事件發生時間 E（event
time）；敘述時間為參考時間 R（reference time）。

（8）タクシーのラジオは、FM 放送のクラシック音楽番組を
流していた。曲はヤナーチェックの『シンフォニエッタ』。渋滞
に巻き込まれたタクシーの中で聴くのにうってつけの音楽とは
言えないはずだ。運転手もとくに熱心にその音楽に耳を澄ませて
いるようには見えなかった。中年の運転手は、まるで舳先に立っ
て不吉な潮目を読む老練な漁師のように、前方に途切れなく並ん
だ車の列を、ただ口を閉ざして見つめていた。青豆は後部席のシ
ートに深くもたれ、軽く目をつむって音楽を聴いていた。

ヤナーチェックは一九二六年にその小振りなシンフォニー
を作曲した。冒頭のテーマはそもそも、あるスポーツ大会のため
のファンファーレとして作られたものだ。青豆は一九二六年のチ
ェコ・スロバキアを想像した。(1Q84：1)

譯文：「出租車的收音機裡播放著調頻台的古典音樂。曲口是
雅納切克的《小交響曲》。坐在捲入交通擁堵的出租車裡聽似乎不
太合適。司機好像也沒有熱心欣賞。那中年司機緊閉著嘴，彷彿老
練的漁夫立在船頭看看不祥的海潮交匯，只是凝望著前方排成長龍
的車陣。青豆深深地靠在後座上，輕合雙眼，聆聽音樂。……雅納
切克在一九二六年創作了這支小型交響樂，開篇的主題本是為某次

現代日本語の時間の表現》（東京：ひつじ書房，1995）169。
[28] Reichenbach 認為：假設發話時間為 S（speech time）的時間，事件發生時間為 E（event time），說話者認定事件的發生時間為 R（reference Time），來分析英語中時和體的關係。如 "I have seen John" 這個句子中，「我說話的時間在看見 John 之後發生，表示為 E-S，我說這個句子的時間和我意識到我看到 John 的時間是一致的，表示為 "S=R"，由此，"I have seen John" 的時間關係為 E-S=R（-的左項在右項之前發生，=的左右項同時發生）。H. Reichenbach,. *Elements of Symbolic Logic.* New York: Free P, 1947.

運動會譜寫的開場鼓號曲。青豆想像著一九二六年的捷克斯洛伐克……（南海《1Q84 Book 1》[29]）

（9）僕は三十七歳で、そのときボーイング 747 のシートに<u>座っていた</u>。その巨大な飛行機はぶ厚い雨雲をくぐり抜けて降下し、ハンブルク空港に着陸しようとしているところだった。十一月の冷ややかな雨が大地を暗く染め、雨合羽を着た整備工たちや、のっぺりとした空港ビルの上に立った旗や、ＢＭＷの広告板やそんな何もかもをフランドル派の陰うつな絵の背景のように<u>見せていた</u>。やれやれ、またドイツか、と僕は<u>思った</u>。飛行機が着地を完了すると禁煙のサインが消え、天井のスピーカから小さな音でＢＧＭが<u>流しはじめた</u>。（《挪威的森林》：1）

譯文：「三十七歲的我坐在波音 747 客機上。龐大的機體穿過厚重的雨雲，俯身向漢堡機場降落。十一月砭人肌膚的冷雨，將大地塗得一片陰沉，使得身披雨衣的地勤工、候機室上呆然垂向地面的旗，以及 BMW 廣告板等一切的一切，看上去竟同佛蘭德派抑鬱畫的背景一般。罷了罷了，又是德國，我想。飛機一著陸，禁煙顯示牌倏然消失。天花板揚聲器中低聲流出背景音樂。」（上海譯文《挪威的森林》[30]）

例（8）和例（9）分別為《1Q84》和《挪威的森林》開頭部分。例（8）中，小說第一段話中三個「ていた」——「流していた」、「見つめていた」、「聴いていた」將讀者捲入到小說事件之中。因為日語中的「ていた」可以表示〈完成／持續〉，指過去某一時間點上，某種狀態的完成或持續，其時間基準為過去的某一點。對於敘述者來說，故事已經發生了，因此對於敘述者的「現在」來說，過去某一時刻點上的持續只能用「ていた」來表示。例（9）也是用兩個「ていた」把基準時定位於敘述者「過去」，把讀者引入到故事當中。村上春樹在兩部小說的開頭部分都巧妙地用「ていた」將自己的時間基準置於到小說內部，形成〈E-S=R〉的時間

[29] 施小煒譯，《1Q84 Book 1　4月-6月》1。
[30] 林少華譯　3。

關係，來提示敘述時間與故事時間，在「敘述者－故事人物－讀者」之間
建立起與現實時間不同的統一的「虛擬」時間。

　　此外，例（8）和例（9）還頻繁使用過去時的「た」，例（8）中的
「見えなかった」「作曲した」、「想像した」，例（9）中的「思った」
和「流しはじめた」。「た」在日語中表示過去時態，其語法意義上的時
間參考點為「說話的現在」。但是村上小說中的「た」也可以分為敘述者
的過去和事件的過去兩種。敘述者的過去隨情節展開而流動，將〈內部〉
時間關係前景化，即提示了故事時間的客觀流動性例（8）、（9）中的「た」
都屬於這一種。表示事件的過去的「た」通常出現在記敘故事人物的陳述、
內心獨白等情景，如下例（10）中的「説明した」、「育った」。

　　　　（10）小松はまた、天吾がどのような人間なのかを知りたが
った。どういう育ち方をして、今はどんなことをしているのか。
天吾は説明できるところは、できるだけ正直に説明した。千葉県
市川市で生まれて育った。母親は天吾が生まれてほどなく、病を
得て死んだ。少なくとも父親はそのように言っている。兄弟はい
ない。父親はそのあと再婚することもなく、男手ひとつで天吾を
育てた。父親は NHK の集金人をしていたが、今はアルツハイマ
一病になって、房総半島の南端にある療養所に入っている。天吾
は筑波大学の「第一学群自然学類数学主専攻」という奇妙な名前
のついた学科を卒業し、代々木にある予備校の数学講師をしなが
ら小説を書いている。……高円寺の小さなアパートに一人で暮ら
している。（《1Q84》：237）

　　　　譯文：「小松還想了解天吾是什麼樣的人，家教如何，現在從
事什麼工作。天吾能回答的儘量都據實回答。生長於千葉縣市川
市。母親在天吾出生不久後便病逝了。至少父親是這麼說的。沒有
兄弟姐妹。父親後來沒有再婚，獨自將天吾帶大。父親從前擔任
NHK 的視聽費收款員，現在身患阿爾茨海默症，住在房總半島南
端的一家療養院裡。天吾畢業於筑波大學一個名字十分奇妙，叫作
「第一學群主修自然學類數學」的學科，一面在代代木的某補習學

校當數學教師，一面寫小說。……獨自住在高圓寺一所小公寓裡。」
（南海《1Q84 Book 1》[31]）

　　例（10）中第一句話的「知りたがった」，為敘述者時間的過去，提供了情節發展的時間參考。斜線部分的「育った」、「死んだ」等為故事人物時間的過去，對情節的展開不提供時間上的推動意義，但是對理解人物的經歷、內心世界形成的原因等提供了相應的事件線索。

　　　（11）実際に目にしたわけではない井戸の姿が、僕の頭の中では分離することのできない一部として風景の中にしっかりと焼きつけられ<u>ている</u>のだ。……大地にぽっかりと開いた直径一ーートルばかりの暗い穴を草が巧妙に覆い<u>隠している</u>。……縁石は風雨にさらさして奇妙な白濁色に変色し、ところどころでひび割して<u>崩れおちている</u>。小さな緑色のトカゲがそんな石のすきまにするするともぐりこむのが見える。……僕に唯一わかるのはそれがとにかくおそろしく深いということだけだ。見当もつかないくらい深いのだ。そして穴の中には暗黒が世の中のあらゆる種類の暗黒を煮つめたような濃密な暗黒が<u>つまっている</u>。（《挪威的森林》：31）
　　　譯文：「雖然未曾實際目睹，但井的模樣卻作為無法從腦海中分離的一部分，同那風景渾融一體了。……地面上豁然閃出的直径約一米的黑洞洞的井口，給青草不動聲色地遮掩住了。……石砌的井圈，經過多年風吹雨淋，呈現出難以形容的渾濁白色，而且裂縫縱橫，一副搖搖欲墜的樣子。綠色的小蜥蜴「吱溜溜」鑽進那石縫裡。……我惟一知道的就是這井非常之深，深得不知有多深。裡面充塞著濃密的黑，黑得如同把世間所有種類的黑一古腦兒煮在了裡邊。（上海譯文《挪威的森林》　7）

　　例（10）中的「言っている」、「暮らしている」等表示「現在/持續」，「ている」的基準時間也應該是天吾的說話時間，為人物的「現在」。例（11）是《挪威的森林》中對「井」的描寫，文學評論家認為「井」是村

---

[31] 施小煒譯，《1Q84 Book 1　4 月-6 月》　24。

上春樹最常用於無底無涯的內心世界之象徵[32]，那麼在這裡「ている」描述的「我」對井的印象，已經超越了時態的限制。既是 18 年前的「我」也是 31 歲的「我」，也代表著寫作時村上內心的「我」。因此，工藤把小說文本中的「ている」概括為〈作品中人物的知覺體驗＝內在視點〉[33]。也可以說，當作者置身於小說中的人物時，時態多用現在進行時，當作者以一個旁觀的角度去描述整個事件時，事態多用過去時、完成態。

　　日語中的動詞的基本形「－する」通常用來表示反覆發生的事件或者對未來的預期，因此在以過去時為敘述主線的小說元話語中出現得較少。元話語中出現的「－する」多為表示情感、評價、態度、心理狀態等動詞，如例（12）中的「聞こえる」「鳴り響く」「知る」等。在例（12）中，「聞こえる」「鳴り響く」「知る」等可以看作為人物內心的直接表現，這時的敘述者把自己置身於人物時間中，更加強調人物內心的悸動。換成過去時的例（12）中，這時的敘述者只是客觀地描述人物當時的感受，對讀者的衝擊力也會弱化。因此「－する」不能作為故事情節發展的主線，但是直接用來表示人物內心的獨白會加深讀者的印象，使本來處於後景的解釋性話語提升到前景話語。

　　　　（12）心臓の鼓動が<u>聞こえる</u>。その鼓動にあわせて、ヤナー
　　チェックの『シンフォニエッタ』、冒頭のファンファーレが彼女
　　の頭の中で<u>鳴り響く</u>。柔らかい風がボヘミアの緑の草原を音もな
　　く吹き渡っていく。彼女は自分が二つに分裂していることを<u>知る</u>。
　　（《1Q84》：360）
　　　　譯文：「能聽見心臟的鼓動。和著那鼓動，雅納切克的《小交
　　響曲》開篇的鼓號曲在她的腦中轟鳴。柔曼的風無聲無息地拂過波
　　西米亞綠色的草原。她知道自己分裂成了兩半。」（南海《1Q84
　　Book1》[34]）

---

[32] 傑・魯賓（Jay Rubin, 1941-），《洗耳傾聽村上春樹的世界》（*Haruki Murakami and the Music of Words*），馮濤譯（南京：南京大學出版社，2012）140。
[33] 工藤真由美（KUDO MAYUMI），《アスペクト・テンス體系とテクスト——現代日本語の時間の表現》（東京：ひつじ書房，1995）198-99。
[34] 施小煒譯，《1Q84 Book 1　4 月-6 月》45。

由以上分析我們可以看出，《挪威的森林》和《1Q84》雖然採取的敘述者視角不同，但是〈作者－敘述者－人物〉在〈客觀時間－虛構時間〉上的分佈基本相同，大致可以有以下幾種情況：

8.表2　時間形式與功能

語法形式	基準時間	功能	模式
た	故事外部，敘述者時間	提示推動情節發展	E-R*
	故事內部，人物時間	人物陳述或內心獨白	E-S
ている	故事外部，敘述者時間	解釋、描述	E=S=R
	故事內部，人物時間	人物陳述或內心獨白	E=S
ていた	故事外部，人物時間	解釋	E-S=R
する	故事外部，敘述者時間	解釋、描述	R-E
	故事外部，人物獨白	內心獨白	S=R

（*「－」表示左項事件在右項事件之前發生，「＝」表示左右項事件同時發生）

在敘事元話語中人稱與時間的呼應與作者的敘事視角有著密切的關係，村上春樹在《1Q84》中選擇用第三人稱視角既有對早期創作第一人稱的拓展，又有一脈相承之處。在敘事中突出故事時間的客觀流動性，正是對「逝者如斯夫」的悵惘和感慨，時態的凸顯讓我們更加關注村上對「記憶的碎片」的重視[35]。

四、結語

元話語是作者組織語篇、表達對讀者的態度的顯性語言手段，可以表達作者的態度、評價、判斷等。元話語的語法表現手段主要包括人稱、情態、時間關係等，它們把故事的各種資訊組成一個可理解的連貫整體，是文本的有機成分。本文通過考察村上春樹兩部小說《挪威的森林》和《1Q84》的元話語形式與功能，認為村上選擇不同的敘事者視角不是隨機的，而是出於敘事的需要。《挪威的森林》中，第一人稱敘事使作者把自己、敘事者和小說人物形成一個整體，對故事事件、人物等的評述能夠自然流露，

[35] 此處觀點來自匿名評審專家的修改意見，筆者在此表示衷心感謝。

因此較少採用語言手法表現自己的情感或評述。因此，在《挪威的森林》中，對情態助動詞的使用更為直接和自然。日語的情態助動詞通常只能表達說話人對客觀世界的評價、推測、態度等主觀性情感，因此在《1Q84》中涉及情態助動詞的部分需要作者採用一定的語法手段。在第三人稱敘事的《1Q84》中，儘管為了表達需要，敘述者與小說人物之間也會進行身份融合，變成故事中的「我」，但卻是置身於故事之外的，也使得敘述顯得更加客觀。元話語時間關係與小說故事內部的時間關係相當於現實時間與虛構時間的二元對立，從元話語時間與故事內部時間的距離來看，《挪威的森林》是即時的，而《1Q84》敘事則是事後的。從即時敘事到事後敘事的變化，也可以看作是村上春樹在敘事方式上的轉變，對這一轉變的研究也可以讓我們更加理解村上文學的多元價值。本文嘗試導入元話語來研究小說文本的敘事特徵，但是尚未論及村上春樹小說中元話語與話語在表達方式上的區別以及如何通過元話語解讀村上文學等問題，這些將留作今後的研究另文探討。

參考文獻目錄

CUN

村上春樹（MURAKAMI Haruki）.《挪威的森林》，林少華譯。上海：上海譯文出版社，2011。

——.《1Q84 BOOK 1　4月-6月》。東京：日本新潮社，2009。

——.《1Q84 BOOK 2　7月-9月》。東京：日本新潮社，2009。

——.《1Q84 BOOK 3　10月-12月》。東京：日本新潮社，2009。

——.《1Q84 BOOK 1　4月-6月》，施小煒譯。海口：南海出版公司，2010。

——.《1Q84 BOOK 2　7月-9月》，施小煒譯。海口：南海出版公司，2010。

——.《1Q84 BOOK 3　10月-12月》，施小煒譯。海口：南海出版公司，2010。

FENG

風丸良彦（KAZAMARU，Yoshihiko）.〈「グリーンピース」から「青豆」へ：《1Q84》後に読む《ノルウェイの森》〉，《盛岡大学紀要》30（2013）：50-45。

封宗信.〈語言學的元語言及其研究現狀〉，《外語教學與研究》6（2005）：403-408。

——.〈小說中的元語言手段：敘述與評述〉，《外語教學》2（2007）：7-11。

GONG

工藤真由美（KUDO, Mayumi）.《アスペクト・テンス体系とテクスト—現代日本語の時間の表現》。東京：ひつじ書房，1995。

LI

李戰子.〈情態——從句子到語篇的推廣〉，《外語學刊》4（2000）：7-12, 91。

LIU

劉紹信，《當代小說敘事學》。哈爾濱：黑龍江教育出版社，2002。

LU

魯賓，傑（Rubin, Jay）.《洗耳傾聽村上春樹的世界》（*Haruki Murakami and the Music of Words*），馮濤譯。南京：南京大學出版社，2012。

QU

屈承熹.《漢語篇章語法》。北京：北京語言大學出版社，2006。

RI

日本語記述文法研究会編.《現代日本語文法 4 モダリティ》。東京：くろしお出版，2004。

TU

圖蘭，邁克爾（Toolan, Michael），〈短篇小說的敘事進程：語料庫文體學方法初探〉（"Narrative Progression in the Short Story: First Steps in a Corpus Stylistic Approach"），楊曉霖譯。《敘事（中國版）》2（2010）：45-60。

XIAO

蕭莉.《小說敘述語言變異研究》。北京：中國社會科學出版社，2011。

YA

雅柯布森，羅曼（Jakobson, Roman）.〈語言學中的元語言問題〉（"Metalanguage as a Linguistic Problem"），《雅柯布森文集》，錢軍選編、譯注。北京：商務印書館，2012，57-71。

YANG

楊炳菁，《後現代語境中的村上春樹》。北京：中央編譯出版社，2009。

Culler, Jonathan. "Fabula and Sjuzhet in the Analysis of Narrative: Some American Discussions." *Poetics Today* 3 (1980): 27-37.

Givón, T. *On Understanding Grammar*. New York: Academic P, 1979.

Halliday, Michael A.K. *Language as Social Semiotic: The Social Interpretation of Language and Meaning*. 北京：外語教學與研究出版社，2001.

Hopper, Paul J. and Sandra A.Thompson. "Transitivity in Grammar and Discourse." *Language* 56（1980）: 251-99.

Hyland, Ken. *Metadiscourse*. 北京：外語教學與研究出版社，2008.

--- and Polly Tse. "Metadiscourse in Academic Writing: A Reappraisal." *Applied Linguistics* 2 (2004): 156-77.

Reichenbach, H. *Elements of Symbolic Logic.* New York: Free P, 1947.

The Analysis of Metadiscourse in Murakami's Novels: Taking *Norwegian wood* and *1Q84* as Examples

Xing WANG

Lecturer, Department of Japanese, School of Foreign Languages,
Qingdao Technological University

Abstract

Metadiscourse, metaphorically regarded as the "discourse of discourse," refers to language sources of self-reflection orienting to texts, writers and readers. It shows interactions among text producers, receivers and texts. Though Murakami's *Norwegian wood* and *1Q84* are narrated with first and third narratives, they differ in language styles because of their use of different narrative metadisourse. By exploring differences in person, modality and time relation, the paper attempts to find how Murakami develops and evaluates the two stories with metadiscourse.

Keywords: metadiscourse, narration text, Murakami Haruki, *Norwegian Wood, 1Q84*

評審意見選登之一

1). 採用語言學理論研究村上文學，是一種較新的切入視點，值得學界參看。
2). 問題點：語言還需要稍加斟酌。
3). 問題點：完全是語言學的寫作體例。
4). 論文使用語言學論文的寫作體例，不知是否合適？因為這究竟還是一篇文學論文。希望按照《國際村上春樹研究》的體例酌情修改註釋寫法，尤其請注意文中的夾註寫法。
5). 採用的村上文本都是「文本化處理後」的電子版？不知是否合適？此外，文本所在位置標注方法，如 P3 最後一行：（1Q84：1257），如此標注亦與一般的文學論文體例不同，請思考。
6). 有些文本的中譯文參照了北京日本學研究中心的語料庫，但如 P4 倒數第 4 行，並非「背影」，而是「背景」。請注意使用好譯本，並請注意譯本的準確度。
7). 文字還需進一步斟酌，如最後一頁倒數第 3 行、第 5 行接連使用 2 個「但是」，似不太合適。

評審意見選登之二

1). 該論文嘗試用元話語理論來研究村上文學，開拓了村上研究的一個新領域，非常可喜。
2). 論文具備較完備的論文形格與寫作規範。
3). 引用的資料較為豐富，也表現出了較強的分析能力。
4). 註釋有不完備之處，比如，楊炳菁（2009：87）的著作名等未出現在參考文獻中。
5). 引文中屬於轉引的部分偏多，應注意佔有第一手資料。
6). 論文中關於日語語言學的部分論述有值得商榷的地方，請作者參考審閱者在原稿上的紅色批註意見，做出自己的判斷或修正。
7). 論文從人稱、情態、時態等幾個方面探討了村上兩部作品中元話語的語言形式和功能，但還不夠深入，結尾稍顯匆忙。

評審意見選登之三

1). 對村上文學闡釋雖多，但從文本語言這一層面論述的並不多，因此本文在一定意義上豐富了村上文學研究。

2). 本文理論性較強，並能與文本很好結合。統計學的運用也強化了論文的科學性。

3). 本文深入文本元話語，分析較為精準，但在語言辨析之後，對村上文學語言特色的深入品讀略顯不足。例如《1Q84》雖然使用第三人稱，但正如本文論者發現的，作家通過種種語法手段將之歸於人物的視角，這既有對早期創作第一人稱的拓展，又有一脈相承之處。（8）（9）兩個例證中「た」的運用，恰如論者指出的突出了「故事時間的客觀流動性」，如果深入文本，我們還可進一步發現，這「客觀流動性」的強調，正是對「逝者如斯夫」的悵惘和感慨，正是這一時態的凸顯讓我們更加關注村上對「記憶的碎片」的重視。

4). 由於文中涉及很多語言學方面的概念，對於一般讀者來講有一定難度，相關概念還可加以注釋，如「前景」和「後景」概念。

5). 《挪威的森林》中「我」的年齡出現了與文本不一致的地方。

6). 論文第 2 部分，小說文本中的「元話語」的內涵、功能的梳理還可再明晰些。

評審意見選登之四

1). 全文運用語言學的「元話語」理論對村上文本進行了切實周密的分析，具有啟發性。

2). 論文格式較嚴謹，資料統計為全文分析提供了有力的支援。

3). 如果能更清楚地說明語言學的「元話語」理論與文學中的敘事學研究究竟具有怎樣的關係和區別，可能更便於讀者理解作者為什麼會採用「元話語」的角度進行解讀，全文所得出的結論會更有說服力。

4). 村上的前期小說多採用第一人稱敘述，後期的《海邊的卡夫卡》《1Q84》等開始採用第三人稱敘述。此篇論文似乎應該更清楚地說明為什麼會單單選擇《挪威的森林》《1Q84》這兩部作品、這兩部作品和其餘的

第一人稱敘述作品以及其餘的第三人稱敘述作品有什麼區別聯繫。如果僅僅因為日研中心《中日對譯語料庫》中恰好有關於這兩篇的統計資料的話，全文結論所具有的的說服力會打折扣。

5). 第 8 頁的結論部分：「《挪威的森林》中，作者把自己經歷揉進了小說中，仿佛就生活在這個藝術世界中（中略）而用第三人稱敘述的《1Q84》中儘管為了表達需要，作者與小說人物之間也會進行身份融合，但卻是置身於這個虛構的藝術世界之外的」，這樣的表述欠妥。作者似乎沒有搞明白作者與敘述者兩個概念的聯繫與區別。

6). 個人建議對結論部分作出適當修改，運用語言學理論解讀文學作品，究竟作者的最終目的是落實在語言學理論上還是文學文本分析上，此點不甚清晰。應該給讀者更明確與更有條理的結論。

《國際村上春樹研究》輯一（2013 年 12 月）196-217。

《挪威的森林》中「阿美寮」之解讀
——作為否定之否定的烏托邦共同體

■王靜

作者簡介：

王靜（Jing WANG），女，2011 年獲山東師範大學日語語言文學碩士，現於名古屋大學文學研究科日本文化學專業攻讀博士學位。近年來發表的論文主要有〈人物語言的翻譯與人物形象的再現——以《挪威的森林》的漢譯本為分析樣本〉〔《安徽文學》7（2010）〕、〈《我在美麗的日本》的美學試論〉〔《文學界》2（2011）〕、〈《參加葬禮的名人》與川端康成的中間性〉〔《文學教育》4（2011）〕。

內容摘要：

《挪威的森林》中的「阿美寮」多被解讀為「他界」、「死的世界」。本文打破定說，在考察 70 年代前後共同體熱潮的思想背景和社會文化背景的基礎上，分析了「阿美寮」的名稱、地理位置、內部信念體系等各方面的特徵，探討了「阿美寮」與 70 年代前後烏托邦共同體思想與實踐的密切關係。作為烏托邦共同體，「阿美寮」代表了對現存世界的抵抗與否定，起到映照現存世界種種弊端的鏡像作用。同時，其獨特的否定之否定的辯證性敘事模式揭示了其中的壓抑性與危險性，從而使其獨立於 70 年代前後共同體的歷史潮流之外。

關鍵字：共同體、烏托邦、《挪威的森林》、「阿美寮」

一、引言

眾所周知，《挪威的森林》以短篇小說〈螢〉為基礎擴展而來。兩者之間最大的變化，除了綠、永澤、玲子等小說人物的加入之外，是關於「阿美寮」這一空間的構想。改稿之初作者就考慮到了「『我』去京都的療養所拜訪直子這樣的情節」，可以說關於「阿美寮」的描述「成了初期構想的中軸」[1]。由於「阿美寮」的出現，主人公渡邊和直子的關係得以延續，活動空間由東京延伸到京都的深山之中。直子一時的康復和最終沒有逃脫的死亡；渡邊身在此處心在彼處的心理糾葛等情節的展開都與「阿美寮」和東京這兩個不同空間的張力關係密不可分。不可否認「阿美寮」賦予文本以新的動力，是該小說的核心之一。

關於「阿美寮」，到目前為止的研究多將其解讀為「死的世界」、「山中他界」。比如，田中勵儀（TANAKA Reigi, 1952-）將「阿美寮」的地理位置與京都的實際情況作一對照，指出渡邊去「阿美寮」途中接近目的地時的休息之處「視野遼闊的山路最高點」[2]與京都的花背嶺近似，進而由「在平安時代，基於彌勒信仰，作為北方的淨土之地而廣為人知……有很多經塚被發現」推出「阿美寮」是「山中他界」，並將「阿美寮」的名稱與「阿彌陀佛」[3]聯繫起來。將「阿美寮」作為「他界」、「死的世界」，此外的世界作為「此界」、「生的世界」的象徵性解釋散見於《挪威的森林》的相關研究之中，構成了「生與死」的二元對立結構，並影響到對直子、綠、渡邊等小說人物的解讀。但是不得不指出這一抽象性的把握忽略了對「阿美寮」的內部體系及其現實意義的分析。文本中用了相當大的篇幅來描述「阿美寮」的方方面面，涉及到其中的世界觀、價值觀、談話方式、運動方式等，綿密地建構了一個和外部世界完全不同的系統。「阿美

---

[1]　田中勵儀（TANAKA Reigi, 1952-），〈《ノルウェイの森》──現実界と他界との間で〉，《国文学──解釈と教材の研究》40.4（1995）：78。

[2]　村上春樹（MURAKAMI Haruki），《挪威的森林》，賴明珠譯，上（台北：時報出版社，1997）131。本文中《挪威的森林》的中文引文均參考賴明珠譯本，有所改動的地方在注中加以說明。

[3]　田中勵儀　79。

寮」所包含的豐富的內容需要進一步的解讀。「阿美寮」的理想與社會背景是什麼；「阿美寮」與外部世界的根本區別在哪裏；「阿美寮」有什麼現實性意義？本文以烏托邦和共同體為關鍵詞，打破生死二元對立的定論，進而為《挪威的森林》中的「阿美寮」作一詮釋。

二、基於烏托邦共同體思想的想像力

不可否認，「阿美寮」是與以東京為代表的外部世界所不同的另一世界，但是其存在並不是憑空的虛構，「阿美寮」從其名稱到內部結構都與 70 年代前後反抗文化中的共同體思想有著密不可分的關係。關於「阿美寮」，玲子介紹道：

> 這裏的生活本身就是療養啊，規律的生活、運動、和外界隔離、安靜、新鮮的空氣。我們有田地，幾乎過著自給自足的生活，既沒有電視，也沒有收音機。是像現在流行的共同體（Commune）那樣的地方。不過要進來這裏還蠻花錢的，這點和共同體（Commune）不同[4]。

玲子所述「現在流行的共同體」即 69 年流行的共同體。在論述「阿美寮」這一文本中的共同體之前，有必要先考察 70 年代前後現實的共同體產生的思想背景與社會文化背景。

70 年代前後日本的共同體論發生了轉向。戰後日本的共同體論以否定為主，共同體指「原始共同體以及以此為出發點的村落共同體等在土地的共有這一物質基礎之上成立的前近代性社會關係」[5]，在追求近代化的過程中，共同體成為必須克服的對象。內山節（UCHIYAMA Takashi, 1950-）從三個方面總結了對共同體的否定論。社會主義思想出於其對歷史發展文脈（共同體社會到市民社會再到社會主義社會）的把握而否定共同體；自由主義思想為了在日本建立歐美式的市民社會而主張共同體否定論；追求

---

[4]　賴明珠，上　137。「コミューン」（Commune）一詞賴明珠譯本中譯為了公社，基於如下所論日本的 Commune 受到美國反文化運動中共同體思想的影響，本文使用「共同體」這一譯語。

[5]　鈴木広（SUZUKI Hiroshi, 1931-）），《都市化の研究――社会移動とコミュニティ》（東京：恒星社厚生閣，1986）136。

近代國家形成的體制也持有共同體反對論[6]。這樣的共同體否定論在 70 年代前後轉變為肯定論。對共同體的再定位，首先受到西方社會共同體思想和共同體運動的影響。正如北原淳（KITAHARA Atsushi, 1941- ）所指出：

> 西歐近代化以後所產生的共同體論，為了批判利己主義、競爭主義，功利主義的近代社會，向過去的村落社會尋找近代社會所失去的連帶、協同的契機，理想化美化了「共同體」[7]。

「理想化了的共同體」的實踐在 60 年代歐美的反文化運動中得以實踐。作為對抗文化的共同體的構建規模空前，至 1971 年僅美國共同體約達到 3000 處[8]。

這一共同體的實踐在世界範圍內產生影響並波及日本。另一方面共同體論的變化根源於日本社會所面臨的社會弊病。1960 年代後半期在經濟高度成長中，日本的企業逐漸確立了終身雇傭制，社會整體物質豐富，由於安定雇用、消費生活成為都市人的生活模式。在資本主義得到充分發展的同時，日本社會暴露出城市的擁擠嘈雜、農村的過疏化、嚴重的環境汙染等社會問題，同時在拜金主義、能力主義主導下的社會競爭中不斷產生價值失衡、自我異化等精神危機。基於對現實社會的不滿，共同體的實踐在遠離城市的地方展開。

美國的共同體研究者羅莎貝斯‧莫斯‧坎特（Rosabeth Moss Kanter, 1943- ）的《參加與共同體》（*Commitment and Community*, 1972）全面論述了共同體的特徵，日本的共同體研究者村田充八（MURATA Michiya, 1951- ）把坎特所述要點整理如下：

> 在共同體中「私有」被否定，所有的東西公平分配，強調（1）「兄弟姐妹」（brotherhood）式的關係。有獨自的信念體系和儀式性實踐，作為被壓抑者的集團，夢想在其內部建設新的社會，追求理想烏托邦的色彩濃重。因此，共同體常被視作烏托邦。

---

[6] 内山節（UCHIYAMA Takashi, 1950- ），《共同体の基礎理論　自然と人間の基礎から》（東京：農山漁村文化協会，2010）18。

[7] 北原淳（KITAHARA Atsushi, 1941 ），《共同体の思想——村落開発理論の比較社会学》（京都：世界思想社，1996）6。

[8] 越智道雄（OCHI Michio, 1936- ），《アメリカ「60 年代」への旅》（東京：朝日新聞社，1988）78。

此外共同體以成為超越了社會性的以及人際間的不調和、糾葛、緊張感的（2）「完美的人」（human perfectibility）為目標。這樣的共同體集團，一方面相對於混亂沒有一致性的現實社會具有封閉性的特點，一方面重視共同體自身的（3）「秩序（order）、控制（control）、意義（meaning）、目標（purpose）」。在共同體當中，有的團體為了實現這些理想試圖社會性地改革現實世界而採取激進的行動。其次，共同體追求（4）身心一致（unity of body and mind），經常嘗試健康食品、民間療法的開發相關的（5）「生活實驗（experimentation）」。其成員強烈意識到自身是共同體的所屬，對於外部集團強調自身的（6）「集團的獨特性」（the community's uniqueness）[9]。

這六點總結了共同體的特點。共同體思想是批判都市物質文化、競爭主義的手段，共同體變身為對於未來的探求，對自然與人、人與人的新的關係的摸索，追求的是與外部社會所不同的價值觀。《挪威的森林》中的「阿美寮」以 69 年為背景，其名稱由主人公渡邊推想道「大概是從法語的 ami（朋友）取的吧」[10]。來源於法語的這一設定與如上所述 70 年代前後日本社會對歐美共同體思想的受容想呼應。玲子對「阿美寮」的介紹進一步體現了「阿美寮」與共同體思想的相似。

> 這裏最大的好處，是大家互相幫助，因為大家都知道自己是不完全的，所以都互相幫助……所以在這裏我們大家都是平等的。不論患者或是工作人員，還有妳也是。因為妳在這裏的期間，也是我們的一份子，我幫助妳，妳也幫助我[11]。

如玲子所述，不僅患者，所有進入這個空間的人需要遵循的原則是「互相幫助」。可以說友愛是「阿美寮」的精神基礎，這正是如上坎特所述（1）「兄弟姐妹」（brotherhood）式的關係。此外，「阿美寮」也符合坎特所

---

[9] 村田充八（MURATA Michiya, 1951-），《コミューンと宗教——一燈園・生駒・講——》（京都：行路社，1999）51。

[10] 賴明珠，上，127。

[11] 賴明珠，上 138。

歸納的共同體的其它方面的特徵。相對於外部世界「阿美寮」儘管沒有圍牆，可以自由進入，但如玲子所述「雖然要從這裏出去，完全是本人的自由，但一旦出去以後，就不能再回來了。就像把橋燒掉一樣。不能出去兩、三天，到街上去，又再回來這裏」[12]。「阿美寮」有看不到的規則，不可以隨便進出。具有封閉性的特點的同時，在其內部實踐的是規律的生活。內部成員選擇課程參加農務勞動或集體治療，注重維持內部的（3）「秩序（order）」。而對農務勞動的投入、對毫無隱瞞的坦白的重視，可以說是對（4）身心一致（unity of body and mind）的追求。「生活本身就是療養」[13]，以素食為主的飲食、無競爭意識的運動正是一種（5）「生活實驗（experimentation）」。直子給渡邊的信中關於「阿美寮」介紹到「這是和外部世界完全不同的地方」[14]，在「阿美寮」生活的人無不對該（6）「集團的獨特性」（the community's uniqueness）有明確的認識。

　　如上坎特所總結的共同體的六個特徵中，「阿美寮」符合其中1、3、4、5、6五條特徵。關於第2條，「阿美寮」雖然不以「完美的人」（human perfectibility）為目標，在標榜每個人的不完全的基礎上追求超越「人際間的不調和、糾葛、緊張感」的人與人的關係這一點上兩者仍然是共通的。

　　同時，「阿美寮」的地理位置、友愛的理念與70年代前後在日本現實存在的共同體有多處吻合。從地理位置上來說，位處京都的「阿美寮」在該時期日本共同體的分布範圍之內。熟知共同體並投身於共同體「山岸會」的學者新島淳良（NIIJIMA Atsuyoshi, 1928-2002）指出「日本的共同體（Utopia Commune）基本上都在關西」[15]，作為實例列舉了「大本教」、「天理教」等民眾宗教共同體和「近江學院」、「一麥寮」等福祉設施共同體。此外，「阿美寮」追求的互助友愛的理想與日本的共同體不謀而合。實踐共產主義共同體的「山岸會」追求「年糕」一樣沒有矛盾對立的一體社會、基於宗教信仰的福祉設施「紫陽花邑」追求紫陽花一樣以共同性為

---

[12] 賴明珠，上　143。
[13] 賴明珠，上　137。
[14] 賴明珠，上　125。
[15] 新島淳良（NIIJIMA Atsuyoshi, 1928-2002），《ヤマギシズム幸福学學園——ユートピアをめざすコミューン》，（東京：本鄉出版社，1977）251。

基礎的共存方式[16]，無論哪種共同體，這其中都包含著對於沒有矛盾、諧
和的新型人際關係的嚮往。由此看來，「阿美寮」並非與時代毫無關聯的
象徵性的「他界」，也不僅是單純的精神療養設施。構建「阿美寮」這一
系統的想像力建立在 70 年代前後的共同體思想之上，「阿美寮」以友愛
互助為理念，結構封閉，依靠嚴整的內部秩序，追求公平無競爭、身心一
致的新型生活方式。

三、作為烏托邦的鏡像作用

如坎特所述，共同體「夢想在其內部建設新的社會」，有著追求理想
烏托邦的色彩，「因此，共同體常被視作烏托邦」[17]。日本 70 年代前後的
共同體被稱作「烏托邦共同體」的原因也在於此。「阿美寮」對「大家都
知道自己是不完全的，所以都互相幫助」[18]這一現實社會中尚不存在的理想
生活的追求正是其烏托邦精神的體現。在這裏「不會讓別人痛苦，也不會因
別人而受苦」[19]。關於烏托邦的共同之處，詹姆遜（Fredric Jameson ,1934- ）
指出「它們都必須以某種方式面對封閉的或的結構。因此這些烏托邦空間
無論其範圍如何都是整體性的，它們象徵著一個改變了的世界，這樣它們
就必須在烏托邦和非烏托邦之間假定界限」[20]。作為烏托邦的「阿美寮」
也符合該特徵，儘管其範圍不大，內部人員只有 90 人左右，但是「阿美
寮」內部自成體系，有獨特的存在觀、自然觀與宇宙觀，與外部世界之間
有明確的界限。關於文本中「阿美寮」和外部世界這兩個體系間的「界限」，
直子給渡邊的信中有如下明確描述：

> 這是和外部世界完全不同的地方。在外面的世界裏許多人是並未意
> 識到自己的歪斜而過著日子的。但在我們這個小小的世界裏，歪斜

---

[16] 真木悠介（MAKI Yūsuke, 1937-），《定本真木悠介著作集 I——気流の鳴る音》
（東京：岩波書店，2012）15。

[17] 村田充八　51。

[18] 賴明珠，上　138。

[19] 賴明珠，上　125。

[20] 弗雷德里克·詹姆遜（Fredric Jameson, 1934-），〈烏托邦作為方法或未來的用途〉（"Utopia as Method, or the Uses of the Future"），王逢振譯，《馬克思主義與現實》5（2007）：7。

正是前提條件。我們就像印第安人頭上插著代表自己部族的羽毛一樣，身上穿著歪斜。而且為了避免彼此互相傷害而過著平靜的生活[21]。

由此可見對於人的本質的認識是「阿美寮」和外部世界的根本性界限。如直子所述「阿美寮」是以承認自身的不完全性，不對自身的缺陷加以合理化為前提的世界。而外部世界除了直子所說的「許多人是並未意識到自己的歪斜而過著日子」之外，許多人還追求對不完全性的合理化。渡邊對直子和玲子描述自己身處的外部世界時提到永澤「是把自己內在的不正常全部系統化理論化了」的人，而「這種人在世間是被尊敬的」[22]。對人的本質，即存在觀的認識構成兩個體系之間的界限，這一不同進而導致體系內部的各種差異。基於「歪斜」、即不完全性的存在觀影響到「阿美寮」從局部到整體的全部形態，形成了其獨特的體系。首先，如玲子所述，「因為大家都知道自己是不完全的，所以都互相幫助」，進而「大家都是平等的」[23]對不完全性的認識，帶來對友愛關係的渴望和對平等主義的追求。平等主義體現於「阿美寮」的空間布置之中，「每一棟建築物形式都完全一樣，漆成同樣的顏色」，「每棟建築物前面都種了草本的花」[24]。平等主義之下，「既沒有必要說服對方，也沒有必要引人注意」[25]，因此作為公共空間的食堂是安靜的，「沒有一個人放聲大笑、驚叫、或舉起手來喊誰。每個人都以同樣音量的聲音安靜地說著話」[26]。平等主義甚至貫徹到了運動遊戲之中，祛除了運動遊戲的競技性。渡邊看到打排球的兩個男人「與其說在玩球類遊戲，不如說是對球的彈性有興趣正在研究著似的」[27]。如果說現實社會中競技運動是對完美性的追求、對自我的張揚，「阿美寮」由於否定完全性，其運動遊戲則從對自我的關心轉移到對於物的關心。對於物的關心又投射到「阿美寮」的自然觀中，如直子所述「這裏的人對星星都非常清楚」，「這裏的人對鳥、花和昆蟲等等也非常清楚」[28]。

---

[21] 賴明珠，上　125。
[22] 賴明珠，上　155。
[23] 賴明珠，上　138。
[24] 賴明珠，上　143。
[25] 賴明珠，上　150。
[26] 賴明珠，上　148-49。
[27] 賴明珠，上　142。
[28] 賴明珠，上　124。

　　對個人財產的否定構成平等互助性的根本前提，統一化的住房生活設施和統一安排的課程是其內部秩序的保證，對外界的隔絕又構成了其獨立性的保障，再加上如上所述自成體系的存在觀、世界觀與自然觀，「阿美寮」內既沒有對地位的需求，對資源的爭奪，也沒有權利關係和競爭關係下的衝突糾葛、敵對排擠。「阿美寮」的成員在沒有彼此傷害、沒有競爭的平和環境之中，享受著農務勞動、體育運動等各種課程安排。

　　就像 70 年代關於共同體的思想與實踐是一種對現實社會的批判一樣，「阿美寮」這一烏托邦構想代表了對現存世界的抵抗與否定，起到映照外部社會種種弊端的鏡像作用。與「阿美寮」相對，以 60 年代末的東京為代表的外部世界以克服不完全性為其存在觀。在這一觀念之下，「不做自己想做的事，而做應該做的事就是紳士」[29]。個人服從的不是真正的自我，而是所謂的「應該」的控制，永澤正代表了以能力主義、成果主義為主流的社會文化。玲子從 4 歲開始彈琴，但在 30 多歲之前，「沒有一次是為自己而彈的。都是為了通過考試、或因為是課題曲、或為了讓別人佩服，光為了這些而繼續彈」[30]。永澤則明言「自己能做的事情就發揮百分之百的力氣。想要的東西就拿，不想要的東西就不拿。這樣活下去。如果不行的話，到時候再考慮。所謂不公平的社會反過來想的話也是能夠發揮能力的社會」[31]。在追求個人的完全性的外部社會的體系中，憑借才能和努力來獲得他人的讚美尊敬，取得社會地位，進而以能力高低判斷自己和他人的價值，因此「世間本來就是不公平的」[32]，能力主義和競爭主義構成現代社會的兩面性。

　　在這樣的體系中，隨處可見人與人之間的衝突糾葛，有強者就有「突擊隊」那樣被揶揄、孤立的弱者。而使玲子再次進入精神病院的有虛言症的女孩，可以說是能力主義極惡的代表，「為了讓別人佩服可以用盡所有手段一直在精打細算」[33]，「只為了想試一試自己的能力，就毫無意義地去操縱別人的情緒」[34]。同時，這樣的體系造成人與人的真實自我的疏離。

---

[29]　賴明珠，上　82。
[30]　賴明珠，上　168。
[31]　賴明珠，下　81。
[32]　賴明珠，下　81。
[33]　賴明珠，上　172。
[34]　賴明珠，下　12。

僅僅由於小指突然不能動彈，玲子便無法把握自身存在的意義，從社會的正常軌道上跌落；能力主義中的強者永澤與幸福、愛無緣，儘管「領著人家樂天地往前衝，那顆心卻在陰郁的泥沼底下孤獨地翻滾」[35]。在個人的異化與疏離中，為了減輕內心痛苦的掙扎，遺忘被奴役的困境，又不乏永澤那樣的縱欲主義者。在「阿美寮」的鏡像作用下，從「阿美寮」再次回到外部現實社會的渡邊感到「好像來到一個引力有些不同的行星上似的」[36]。透過從「阿美寮」回到東京後渡邊的視角，作者將焦點聚焦於新宿的成人玩具店、嬉皮士、酒吧女、醉漢、流氓等種種混亂景象，最大化地體現了60年代末日本社會的混亂。正如馬克斯・韋伯（Max Weber, 1864-1920）指出的那樣，這種社會發展的最終階段即是「專家沒有靈魂，縱欲者沒有心肝；這個廢物幻想著它自己達到了前所未有的文明程度」[37]。

　　卡爾・曼海姆（Karl Mannheim, 1893-1947）指出「一種思想狀況如果與它所處的現實狀況不一致，則這種思想狀況就是烏托邦」，而且「我們稱之為烏托邦的，只能是那樣一些超越現實的取向」[38]。「阿美寮」對友愛公平的理想的追求體現的正是作者一種超越現實的烏托邦心態，這一烏托邦構想發自作者對混亂醜陋不公的社會的洞見，是對社會責任的承擔。也正因為如此儘管文本中對學生運動的空洞、虛偽有強烈的批判，另一方面對他們改變社會改變現狀的願望產生共鳴：

> 他們喊出『大學解體』的口號。好啊，要搞解體就去搞吧！我想。解體之後拆得七零八落，用腳踐踏得粉碎吧！我一點都不在乎。那樣的話我也可以清爽一點，以後的事自己總可以處理。如果需要幫忙我還可以支援。就放手去搞吧。[39]

---

[35] 賴明珠，上　49。

[36] 賴明珠，下　28。

[37] 馬克斯・韋伯（Max Weber, 1864-1920），《新教倫理與資本主義精神》（*The Protestant Ethic and the Spirit of Capitalism*），于曉等譯（北京：三聯書店，1992）143。

[38] 卡爾・曼海姆（Karl Mannheim, 1893-1947），《意識形態和烏托邦》（*Ideology and Utopia: An Introduction to the Sociology of Knowledge*），黎明、李書崇譯（上海：上海三聯書店，2011）192。

[39] 賴明珠，上　61-62。

　　如果說學生運動中的暴力革命是一種訴諸於外部行動的改革，「阿美寮」這一烏托邦共同體的構建與想象則是對於人的內心構造之變化的尋求，是一種非暴力革命的演繹方式。

四、作為否定之否定的烏托邦

　　烏托邦的構想是對現實社會中不合理因素的批判與揭露，但烏托邦往往並不是完美無缺的。詹姆遜深刻地洞察到烏托邦的兩面價值性（ambivalence），「某個烏托邦越主張和現存秩序的徹底性差異，它將變得越來越無法實現，最差的情況下甚至無法想象」[40]。「阿美寮」也包含著這樣的「兩面價值性」，在尋求和外部體系之間差異的同時，其內部包含了理想的不可實現性。

　　「阿美寮」雖然擺脫了現實社會的巨大焦慮，但是其友愛互助的樂章之中交織著不協調的音符。如上一節所述，「阿美寮」的存在觀建立在人的不完全性之上，進而追求平等友愛相互扶持的行動規範。但是正如劉易斯‧科塞（Lewis Coser, 1913-2003）在《社會衝突的功能》（*The Functions of Social Conflict*）中所指出的那樣，「僅僅沒有衝突行為不能作為壓抑和敵對情感不存在的標志」[41]，「阿美寮」表面的安靜和平之下隱蔽著的「壓抑與敵對情感」被安排在文本的細節之中。在「阿美寮」的成員照料的鳥舍裏，鸚鵡每天早上都會叫「混蛋」、「謝謝」、「神經病」[42]，鸚鵡喊出的歧視語無疑是從「阿美寮」的成員那裏學來，暴露的正是在日常的「阿美寮」中無法表達的「壓抑與敵對情感」。對於鸚鵡的叫聲，直子與玲子無法忍受，直子說道「真想把牠給冷凍起來」，「每天早上聽到那叫聲真

---

[40] フレドリック‧ジェイムソン（Fredric Jameson），《未来の考古学 I ユートピアという名の欲望》（*Archaeologies of the Future: The Desire Called Utopia and Other Science Fictions*），秦邦生譯（東京：作品社，2011）13。Fredric Jameson, *Archaeologies of the Future: The Desire Called Utopia and Other Science Fictions* (London & New York:Verso, 2005) XV.

[41] 劉易斯‧科塞（Lewis Coser），《社會衝突的功能》（*The Functions of Social Conflict*），孫立平等譯（北京：華夏出版社，1989）69。

[42] 賴明珠，下　27。

的快變瘋了」[43]，玲子則模仿貓叫聲使其安靜，兩者都拒絕接受鸚鵡代為表達的負面情感。從直子和玲子的反應中可以看出「阿美寮」的操縱力與壓制力已滲透到各個成員心中。友愛互助的旗幟之下，衝突沒有被消除僅僅是被集體壓抑隱瞞。在渡邊到「阿美寮」之後的第二天及離開前的早上，鸚鵡學舌兩次被提及，可見作者對這一安排的獨具匠心。

　　衝突的不在不僅「不能作為壓抑和敵對情感不存在的標志」，同時也是關係淡薄的表現。「阿美寮」基於自身的不完全性的平等同時意味著沒有自我主張，沒有對他者的好奇與干涉，進而不可避免地造成人與人之間沒有爭吵矛盾也沒有親密關係的近距離疏離。通過渡邊的視角作為共同空間的食堂裏呈現出了「阿美寮」人際關係的平面性、無機性：

> 每個人都以一定的音量說著話。既不高聲談話，也不壓低噪音。沒有一個人放聲大笑、驚叫、或舉起手來喊誰。每個都以同樣音量的聲音安靜地說著話。他們分成幾群吃著。一群大約三個人多則五個人。有一個人說什麼時其他人就側耳傾聽，並嗯嗯地點頭，那個人說完後別的人就針對那個說些什麼。雖然我不知道他們在談什麼，但他們的會話令我想起午間所看到奇怪的打網球遊戲[44]。

　　儘管這裏沒有詳細描述其中的談話內容，但從在食堂談論「在無重力狀態下胃液的分泌會怎麼樣」[45]的醫生的話中可窺其大概。像網球遊戲的關心不在於彰顯自我，而在於網球一樣，「阿美寮」談話的重點在於傳遞信息，其中缺失了與他者之間基於身份、地位的社會性交流，也缺失了源自對完全性的追求的自我表達。所以外來者渡邊感到「那食堂的氣氛類似特殊機械工具的樣品展覽會場」，「在那裏面安靜吃著飯時，竟不可思議地懷念起人們的吵雜聲來。懷念起人們的笑聲，無意義的喊叫聲，和誇張的動作表現。雖然過去我對那樣的吵雜已經覺得很厭煩了，但在這樣奇怪的地方安靜地吃著魚時，心情總不能平靜下來」[46]。

---

[43] 賴明珠，下　27。
[44] 賴明珠，上　148-49。
[45] 賴明珠，上　149。
[46] 賴明珠，上　150。

　　基於不完全性的存在觀還影響到對時間的把握方式。在對完全性的追逐中，東京的時間是趨向未來的。對未來的追求、對完全性的渴望推動該體系內的人物不斷向前。永澤是典型的為未來而角逐生存的人物，為了外務省考試習得了英語、德語、法語、意大利語，並正在學習西班牙語。未來賦予現在以意義，驅趕著其中每個人的腳步。與此相對，「阿美寮」這一體系內的時間是趨向於過去的。不追求完全性、沒有競爭的環境之中，只有運動、農務等課程安排，也就是說人為設定的作息時間保證了每個成員的時間流動。一旦不在「阿美寮」的課程管理之內，「阿美寮」內剩下的便只有過去。外來者渡邊在直子和玲子的房間內，被「意外來訪的記憶洪水」襲擊，「一直以來不太會想起來的往事和情景竟然一一浮上腦海」[47]。其原因可以解釋為「阿美寮」內時間的過去趨向。此外，「阿美寮」的冬天之所以難熬也與「阿美寮」的時間性不無關聯。冬天沒有農場的勞作等活動，課程安排的減少無法保證現在的時間的運轉，可以想像由此在這一封閉空間內產生的強大的回憶的召喚力。從這個意義上來說，到了 12 月初直子病情加重是必然的，渡邊讓生活在「阿美寮」的直子忘記過去的期望也是不可能實現的。

　　綜上所述，在強調不完全性的「阿美寮」內有平和沒有互溶，其友愛的表象之下是無意識的躁動和障礙。此外沒有對完全性的追求即意味著沒有未來指向，「阿美寮」的時間只能依靠人為的課程設定向前流動。這些要素構成了「阿美寮」這一烏托邦共同體的陰影與危險。在小說開篇之處，芒花搖曳、靜謐平和的草原隱藏著黑暗深井，意味著平和之中隱含著死亡，可以說正是「阿美寮」自身的隱喻。「阿美寮」這一烏托邦共同體的構想之中交織著反烏托邦的因素。寄托於「阿美寮」的烏托邦構想否定、批判了現實，同時該構想中又包含了對烏托邦的否定，在這個意義上「阿美寮」是作為否定之否定的烏托邦。這一辯證性烏托邦的構想與村上春樹的創作動機是相互呼應的：

　　　　我從一開始就想寫狀況這個東西。而且想寫在狀況之中人是如
　　　　何行動的。思想、印象、主張等等並沒有在先。首先對狀況這個東

---

[47] 賴明珠，上　145。

西感興趣。正如剛才所說的那樣，這種狀況由雙重的時間性和空間性所規定。

　　對於我來說，所謂小說是非常有效的假說。非常精密、真實的模擬實驗。在這裏確實能有效地呈現各種各樣的情況，同時也連續呈現出來。[48]

「阿美寮」正是由異於東京的時間性和空間性所規定的「狀況」的構想。這一構想以異於外部世界的存在觀為出發點，進而細密地展開了結構、場景、細節等安排，呈現了其中人與人的關係、人與物的關係，最終得以驗證了以平等友愛為理想的「阿美寮」的兩面性價值。類似的辯證性烏托邦的「模擬實驗」在村上春樹的其他作品中也可以看到。發表於《挪威的森林》之前的《世界盡頭與冷酷仙境》（台譯：《世界末日與冷酷異境》（1985）中構想了不存在競爭、不存在相互傷害、作為理想的終極狀態的「世界盡頭」和計算士和符號士等組織欺瞞爭鬥，「夜鬼」橫行的「冷酷仙境」。但是，同時通過主人公的影子之口否定了「世界盡頭」這一烏托邦理想：「沒有紛爭，沒有憎惡，沒有欲望，也就是說沒有與其相反的東西。那就是歡樂、至福和愛情」[49]。雖然由於篇章有限不能展開論述《世界盡頭與冷酷仙境》中「冷酷仙境」與《挪威的森林》中「阿美寮」的對比，但是不可否認兩者所表達的對烏托邦的辯證性的把握方式是相通的。這一辯證性的思維方式也體現於村上春樹的其他作品之中。在創作《1Q84》之後村上春樹接受讀賣新聞採訪時說道「假設中有現實，現實中有假設；體制中有反體制，反體制中有體制，我想把這種現代社會的系統全體東西寫到小說中去」[50]。這一創作意圖中的辯證內涵與《挪威的森林》、《世界盡頭與冷酷仙境》是一脈相承的，「冷酷仙境」與「阿美寮」正是體制中的反體制，同時這一反體制中又包含了體制。

[48]　柴田元幸（SHIBATA Motoyuki, 1954-），〈山羊さんの郵便みたいに迷路化した世界の中で——小説の可能性〉，《ユリイカ》臨時創刊号 21.8（1989）：29-30。

[49]　村上春樹，《世界の終りとハードボイルド・ワンダーランド》，下，35 版（東京：新潮社，2001）219-20。

[50]　（『1Q84』への 30 年（上）村上春樹氏インタビュー〉，《讀賣新聞》2009 年 6 月 19 日，13。

　　作為否定之否定的烏托邦共同體，「阿美寮」的構想具有雙重的價值和意義。首先，烏托邦想像意味著追求一種超越現實的理想，無論在何種歷史條件下，以何種表現形式，這樣的精神和欲望始終是不可或缺的。正像曼海姆所警告的，「烏托邦已被摒棄時，人便可能喪失其塑造歷史的意志，從而也會失去其理解歷史的能力」。[51]作為烏托邦，「阿美寮」的意義不在於其理想是否實現，而在於面對現實社會各種困境所提供的超越性、想像性的解決方案。詹姆遜指出：

> 正如我在《未來考古學》裏試圖論證的，看似平靜的形象本身也是強烈的斷裂，它動搖了那種認為未來與我們現在相同的陳腐觀念，干預並中斷了習慣性的對制度的複製以及對意識形態的贊同，從而打開了一條裂縫，不論這個裂縫多麼小，開始可能像頭髮絲那麼細小，但通過這個裂縫，另一種未來、另一種制度的時間性的圖像卻可能出現[52]。

　　無疑「阿美寮」對於人類不完全性的強調，對互助友愛的生存方式的想像有效地「動搖了那種認為未來與我們現在相同的陳腐觀念，干預並中斷了習慣性的對制度的複製以及對意識形態的贊同」，是對現存社會能力主義、個人主義至上的主流意識的顛覆。另一方面「阿美寮」的意義更在於作為否定之否定的烏托邦的辯證描述。在對烏托邦理想的追求中很容易產生烏托邦主義的狂熱，走向專制主義、極權主義的極端。打著「解救」全人類的旗號，以東京地鐵沙林毒氣事件等一系犯罪活動為世所知的「奧姆真理教」正是企圖抹除烏托邦與現實之間距離的典型的惡烏托邦。《挪威的森林》中「阿美寮」與外部社會的距離、「阿美寮」內部所存在的理想與現實情況的矛盾都顯示著村上春樹作為烏托邦敘事者所持有的清醒頭腦。

---

[51] 曼海姆　51。
[52] 詹姆遜，〈烏托邦〉　6。

五、結語

　　1960 年代後半期是日本政治的季節也是理想逐漸破滅的季節，60 年代安保鬥爭的失敗帶來對民主主義的失望，而學生運動的破產也宣告了對共產主義革命的疑問。70 年代前後對歐美共同體思想的受容、對共同體的再定位和共同體實踐的展開可以說是在信仰喪失之中對未來的摸索。《挪威的森林》的「阿美寮」不是「他界」、「死的世界」，從其出自法語 ami（朋友）的名稱、與日本烏托邦共同體相吻合的地理位置、到其內部友愛互助的信念體系都顯示著「阿美寮」的構想來源於這一背景之中的烏托邦共同體。「阿美寮」基於對個人不完全性的認識，追求友愛公平、毫無競爭的生存方式。這一自成體系的烏托邦構想代表了對基於完全性的追求而呈現出能力主義、競爭主義的現存世界的抵抗與否定，起到映照現存世界種種弊端的鏡像作用，因此作為現存世界的他者「阿美寮」是懸浮於現存世界之外的獨立空間。另一方面，「阿美寮」並非單純地構想理想社會的形態，村上春樹通過「模擬實驗」的創作方式形成了其獨特的否定之否定的辯證敘事模式，既刻畫了「阿美寮」內部無競爭、無傷害的平和景象，也揭示出了作為被規範的空間其中所隱含的壓制性以及趨向於過去的時間所蘊含的危險性，從而使這一烏托邦構想獨立於 70 年代共同體的歷史潮流之外。由此，「阿美寮」的構想既獨立於現實世界之外也獨立於歷史時間之外，提供了超越現實與理想的辯證性視角。

參考文獻目錄

BEI

北原淳（KITAHARA, Atsushi）.《共同体の思想──村落開発理論の比較社会学》。京都：世界思社，1996。

CHAI

柴田元幸（SHIBATA, Motoyuki）.〈山羊さんの郵便みたいに迷路化した世界の中で──小説の可能性〉，《ユリイカ》臨時創刊号 21.8（1989）：8-37。

CUN

村上春樹（MURAKAMI, Haruki）.《挪威的森林》，賴明珠譯。台北：時報出版社，1997。

──.《世界の終りとハードボイルド・ワンダーランド》，下，35 版。東京：新潮社，2001。

──.〈『1Q84』への 30 年（上）村上春樹氏インタビュー〉，《讀賣新聞》2009 年 6 月 19 日，13。

CUN

村田充八（MURATA, Michiya）.《コミューンと宗教──一燈園・生駒・講》。滋賀：行路社，1999。

MAN

曼海姆，卡爾（Mannheim, Karl）.《意識形態和烏托邦》（*Ideology and Utopia: An Introduction to the Sociology of Knowledge*），黎明、李書崇譯。上海：上海三聯書店，2011。

LING

鈴木広（SUZUKI, Hiroshi）.《都市化の研究——社会移動とコミュニティ》。東京：恒星社厚生閣，1986。

LIU

科塞，劉易斯（Coser, Lewis）.《社會衝突的功能》（*The Functions of Social Conflict*），孫立平等譯。北京：華夏出版社，1989。

NEI

内山節（UCHIYAMA, Takashi）.《共同体の基礎理論　自然と人間の基層から》。東京：農山漁村文化協会，2010。

TIAN

田中励儀（TANAKA, Reigi）.〈《ノルウェイの森》——現実界と他界との間で〉，《国文学——解釈と教材の研究》40.4（1995）：78-81。

WEI

韋伯，馬克斯（Weber, Max）.《新教倫理與資本主義精神》（*The Protestant Ethic and the Spirit of Capitalism*），於曉等譯。北京：三聯書店，1992。

XIN

新島淳良（NIIJIMA, Atsuyoshi）.《ヤマギシズム幸福学園——ユートピアをめざすコミューン》。東京：本郷出版社，1977。

YUE

越智道雄（OCHI, Michio）.《アメリカ「60年代」への旅》。大阪：朝日新聞社，1988。

ZHAN

詹姆遜，弗雷德里克（Jameson, Fredric）.〈烏托邦作為方法或未來的用途〉
　　（"Utopia as Method, or the Uses of the Future"），王逢振譯，《馬克
　　思主義與現實》5（2007）：4-16。

ZHEN

真木悠介（MAKI, Yūsuke）.《定本真木悠介著作集 I──気流の鳴る音》。
　　東京：岩波書店，2012。

The Interpretation of Ami Dormitory in *Norwegian Wood*: as a Double Negation of a Utopian Community

Jing WANG

Ph. D. Candidate, Division of Japanese Culture,
Graduate School of Letters, Nagoya University

Abstract

"Ami Lao" in *Norwegian Wood* is mostly interpreted as the "intermediate state" and "Yomi-no-kuni". Shattering this fixated interpretation, this essay will analyze the name, geographical position and internal belief of Ami Dormitory and examine the germane relationship between Ami Dormitory and the utopian thought and practice based on the ideological and socio-cultural background in the 1970s. As a utopian Community, Ami Dormitory represents the resistance and denial of the existing world, reflecting a mirror image of different drawbacks in the world. Meanwhile, its unique dialectical narrative mode of double negation reveals the repression and hazardousness, making it independent of the historical trend of the Community in the 1970s.

Key words: Community, Utopia, *Norwegian Wood*, "Ami Lao"

評審意見選刊之一

1). 論文無論從論題的選擇、論證方法的運用還是論述的分析能力來看，都是一篇不錯的論文。尤其是論文的構成，說理清楚，步步深入，結論合理而有深度。

2). 從論題看，關於阿美寮為「烏托邦」、「理想鄉」的論述曾見於酒井英行與堀口真利子的對談（見二者著：《村上春樹〈ノルウェイの森〉の研究》，衝積舍，2011）等觀點。論者能夠在此基礎上，引用相關理論，結合日本政治、歷史狀況，拓展並進一步深入論述，其專研精神、治學態度很難得，分析能力也很強。

3). 如果論者能夠對上述第 2 點中提到的論者論點加以引用或者與「學生寮」等對比並進一步展開論述，也許會更好。

4). 與行文的嚴密、扎實、厚重相比，總結部分略顯單薄，沒有將行文中的重點很好地體現出來，建議一個論點分成一個自然段來論述。

評審意見選刊之二

1). 該文打破關於《挪威的森林》中「阿美寮」乃是「他界」的定說，探討了「阿美寮」與 1970 年代前後烏托邦共同體思想與實踐的密切關係，富有新意。

2). 該論文借助西方的共同體理論來分析「阿美寮」，具有較強的理論適用性。

3). 具備較完備的論文形格，習作規範，立論清楚，論述較為充分。

評審意見選刊之三

1). 從「阿美寮」這一意象出發，引用了關於共同體的理論，分析了「阿美寮」作為共同體的社會學存在意義。論點新穎，材料引用豐富恰當，是一篇完成度較高的論文。

2). 可以看出作者理論知識較為豐富，分析有理有據，同時對村上春樹的文學整體狀況也有較好的把握。

3). 第 4 小節「作為否定之否定的烏托邦」與題目關係緊密，本來應該是全篇的點睛之筆，但是結構比較混亂，從「阿美寮」隱含的壓抑與敵對情緒、寫到時間的過去趨向，再寫到「阿美寮」與村上春樹其它作品中的「共同體」的關係，每一部分論證都不夠充分，各個內容之間也沒有清晰的聯繫，雜亂地安排在一個小節之內，閱讀困難。另外，這一小節的最後「阿美寮」的雙重意義和價值一部分表達也不是很清晰。

4). 不知是否由於地域方言的關係，作者語言表達不順暢，「的、地、得」的用法出現多處基本錯誤，已在文中用紅色字元標出（請查閱附件）。

5). 調整第 4 小節的內容和結構，建議重寫。

6). 結語部分的最後一句「由此，既獨立於……理性的觀察者」似乎與「作為否定之否定」的主題不符，建議修改。

評審意見選刊之四

1). 從題目上看這是一篇文學評論，可是內容偏重於對烏托邦解釋與闡述，這樣淡化了論文的文學批評感，強化了社會學批評感，應該屬於一篇社會學批評的論文。

2). 論文否定了既有文學評論對阿美寮的認識，但是否定的理由沒有充分交代。

3). 論文大部分引用了賴明珠老師的譯本，但是處理的不是十分規範。

4). 進一步深化否認傳統文學批評的理由。

《國際村上春樹研究》輯一（2013 年 12 月）218-36。

《挪威的森林》與敘事治療
——以直子的故事為中心

■王海藍　黎活仁

作者簡介：

　　王海藍（Hailan WANG），女，日本筑波大學學術博士，復旦大學比較文學博士後研究員，山東省日本學研究中心兼職研究員。在日本留學期間，碩博士階段的研究課題「村上春樹在中國」備受關注，從 2006 年起已被《朝日新聞》、《日經新聞》、NHK 廣播電臺等主要媒體採訪報導多次。已出版學術專著《村上春樹と中國》（2012），學術論文主要有〈中國における村上春樹の受容〉、〈中國における「村上春樹熱」とは何であったのか：2008 年・3000 人の中國人學生への調查から〉、〈「電影中毒者」村上春樹的電影觀〉、〈論村上春樹的戰爭觀〉等。

　　黎活仁（Wood Yan LAI），男，1950 年生於香港，廣東番禺人。現為香港大學饒宗頤學術館名譽研究員。

内容摘要：

　　敘事治療（Narrative Therapy）是麥克・懷特（Michael White, 1948-2008）創立的方法，鼓勵當事人重寫自己的故事，發現問題，解決問題，並致力建構未來的人生。本文主要研究村上春樹(Haruki Murakami)的《挪威的森林》（*Norwegian Wood*）中直子（Naoko）的故事，並結合森林治療（Forest Therapy）和音樂（Music Therapy）治療作一分析。

關鍵詞：村上春樹、《挪威的森林》、敘事治療、森林治療、音樂治療

一、引言

在《挪威的森林》中，小林綠、直子和玲子先後講了她們的經歷，這些個人經歷可以用敘述治療、森林治療和音樂治療進行分析。本文只集中於直子故事的作一討論。

二、直子的故事

木月[1]與直子曾是青梅竹馬的戀人，跟直子姐姐自殺時一樣，木月也是十七歲，也是沒有遺書毫無徵兆。直子在療養院的室友玲子認為直子的病應該更早一些接受治療。木月死時已開始發病，這點她家裡人該看得出來[2]。

1.直子的印度故事

直子是在臨死前在阿美寮分兩次講了她的故事。什克洛夫斯基（Victor Shklovsky, 1893-1984）把這情況類比為《五卷書》（*The Panchatantra*）特有的敘述方式，說：印度人「在經受極大痛苦」，快要死的時候，「竟然心平氣和地講述或聆聽各種寓言故事」[3]。

木股知史（KIMATA Satoshi, 1951-）和加藤典洋（KATŌ Norihiro, 1948-）都給直子的故事加以表列[4]，參考稱便，以下再作一整理：

---

[1]　即 Kizuki

[2]　賴明珠譯，《挪威的森林》，村上春樹著，上（台北：時報文化，2003）139。

[3]　什克洛夫斯基（Victor Shklovsky, 1893-1984），〈情節編構手法與一般風格手法的聯繫〉（ "The Relationship between Devices of Plot Construction and General Devices of Style"），《散文理論》（*The Theory of Prose*），劉宗次譯（南昌：百花洲文藝出版社，1994）58-59。

[4]　木股知史（KIMATA Satoshi, 1951-），〈手記としての『ノルウェイの森』〉，《村上春樹》，木股知史編。東京：若草書房，1998，170-71；加藤典洋（KATŌ Norihiro, 1948-），《村上春樹　イエローページ作品別（1979-1996）》（東京：荒地出版社，1996）120-21。

年	月	直子	小林綠	永澤
1967	5	戀人木月（Kizuki）[5]自殺，原因不明。		
1968	春	渡邊在東京上大學		
	5	在中央線火車上與直子重逢，開始每逢周六電話聯絡，翌日相偕在東京街上漫步。		
1969	4	因直子生日往訪的渡邊，在雲雨情之後，覺得直子仍是處子，查問究竟，直子只是哭個不停，沒有回答。之後失去聯絡。		
	7	渡邊曾寫過信到直子舊家。渡邊後來收到直子的信，說京都山中療養。		
	9	9 月底，直子以快郵促渡邊往訪	渡邊在下課後認識同學小林綠，星期天曾到小林家一行。	
	10	渡邊在阿美寮住了兩晚，認識直子的看護人玲子。	到醫院採望小林父，病人不久就去世了。	
		渡邊寫信給直子	渡邊在小林家留宿一宵	渡邊與永澤到酒吧漁色
	11	直子回信，提及小林也許喜歡渡邊渡邊 20 歲生日收到直子寄贈的毛衣。		
	12	渡邊二度訪阿美寮，留宿兩晚		
1970	2	渡邊每星期給直子寫一封信。	小林因渡邊搬了家不通知，不肯恢復聯繫。	
	4	31 日，玲子來信說直子情況危急。		
	5	直子託玲子回信。		
	6	玲子回信，肯定渡邊喜歡了小林。		
	8	25 日，直子自殺。		

---

[5]　賴譯依原文，以日文姓台的假名，拼音作 Kizuki，林少華（林少華譯，《挪威的森林》，村上春樹著，上海：上海譯文出版社，2011）譯作「木月」。

2.直子與木月之間的謎

　　小說就像一個謎，在渡邊第一次到京都探病時，直子講了她無法與 Kizuki 燕好的器官功能性問題，無法成為人家的妻子的困擾：

> 　　「完全不會濕潤。」直子小聲說。「放不開，完全。所以非常痛。乾乾的，好痛。用各種方式試過噢，我們。可是怎麼做都不行。用什麼去濡濕也還會痛。所以我一直用手或嘴幫 Kizuki！……
>
> 　　「我，那個二十歲生日的黃昏，自從和你見面開始就一直濡濕著。而且一直想讓你抱。想讓你擁抱，脫掉衣服，接觸身體，進入裏面。會想那樣的事情還是第一次噢。為什麼？為什麼會發生那種事呢？因為我，其實是真的愛 Kizuki 的。[6]」

3.手淫、口交：危險的補充（dangerous supplement）

　　德里達（Jacques Derrida, 1930-2004）自盧騷（Jean-Jacques Rousseau，1712-78）的自傳找到「危險的補充」（dangerous supplement）的說法[7]，盧騷認為「書寫」是「語音」的補充，一如手淫是性的補充，補充是必要的，但存在危險，寫作給他帶來聲譽，同樣也因為政治思想造成困擾[8]。直子認為她跟木月無法正常男女事，對不起男友，男友的死，未必因她而起，但不能交媾引致的遺憾，卻無法釋懷。

4.家族連續出現的自殺

　　家族中有過自殺的病歷，會引起兄弟姊妹內部連鎖反應，形成多發性家庭自殺；門林格爾（Carl Augustus Menninger, 1893–1990）在《人對抗自己：自殺心理研究》（*Man Against Himself*）一書中指出：

---

[6]　賴明珠譯，《挪威的森林》，村上春樹，上冊（台北：時報文化，2003）157。林少華譯，《挪威的森林》，村上春樹著（上海：上海譯文出版社，2011）167，沒譯出這一部分。

[7]　德里達（Jacques Derrida, 1930-2004），〈……危險的增補……〉（"…Dangerous Supplement…"），趙興國譯，《文學行動》，趙興國等譯（北京：中國社會科學出版社，1998）42。

[8]　楊大春（1965-），《德里達》（台北：生智，1995）144。

一旦家庭的某一成員死亡或自殺，家族的其他成員在無意識中渴望
他死的願望即出其不意地得到滿足，由此而導致突然發生的強烈的
罪孽感，……足以使「被告」以死亡來懲罰自己[9]。

作者村上春樹給直子設置「自殺」的結局，可以說基本上是合乎精神
病學的原理。從小說中看出，直子生於有自殺病史的家族。直子的父親弟
弟，即直子的叔叔，人很聰明，但他從十七歲到二十一歲把自己關在家裡
四年，結果突然某一天跳進路軌給電車軋死了。比直子年長六歲的什麼都
拿第一[10]的姐姐，也是聰明過人，凡事都能自己一手處理，從不求人，但
她往往兩三個月就一次發呆，一連兩三天，過後如常無異[11]。直子的姐姐
的這種情形，好像持續了四年，父母儘管找過醫生，但看她能做到自我調
整，就沒再管，然而她在十七歲那年十一月的一個雨天，在閨房中上吊自
縊。所以，父親在直子的姐姐死後，認為可能是家族性的問題[12]。直子之
所以把她的多發性家族自殺狀況告訴給渡邊，是意識到家族自殺病歷的影
響下，心理有著嚴重的創傷。

5.直子自殺之謎

河合隼雄（KAWAI Hayao, 1928 -2007）用佛教「空」的觀念解釋日
本人的「自我」，「日本人自我形成是自殺問題的焦點」，自我尚未分
化時，共同享用著「空」的世界，「在日本，只有當你覺得你的存在是
和其他人聯繫在一起時，你才能活下去。[13]」以下《挪威的森林》裡子
直子對渡邊說的兩段，正說明她賴以生存下去的，正是僅有的與渡邊的
關係：

---

[9] 門林格爾（Carl Augustus Menninger, 1893-1990），《人對抗自己：自殺心理研究》
（*Man Against Himself*），馮川（1947-）譯，2 版（貴陽：貴州人民出版社，2004）
56。
[10] 賴明珠譯，《挪威的森林》，上 198。
[11] 賴明珠譯，《挪威的森林》，上 199。
[12] 賴明珠譯，《挪威的森林》，上 200。
[13] 河合隼雄（KAWAI Hayao, 1928 -2007），《佛教與心理治療藝術》（*Buddhism and
the Art of Psychotherapy*），鄭福明、王求是譯（台北：心靈工坊文化事業股份有限
公司，2004）134-35。

「你對我們來說是重要的存在喲。你就像是我們跟外界世界聯繫的環結一樣，……。」

「雖然 Kizuki 已經死掉不在了，但你是我和外面世界聯繫的唯一環結，現在還是。而且正如 Kizuki；喜歡你一樣，我也喜歡你。[14]」

直子後來選擇自殺，是因為渡邊在二度訪問後，給她的信中，提及小林綠父女的事，憑女性的敏感，直子在回信中說「我讀著這封信時覺得她（小林）好像很喜歡你[15]」，問題就出現在這封信，直子「殺死自我」是因為認為渡邊「突然改變這種聯繫」[16]。

星期天早晨，我寫信給直子。我在信中提到綠的父親的事。說我和同班女同學去探她父親的病，並吃了剩下的小黃瓜。於是他也想吃便喀啦喀啦地吃了。但結果在那五天後的早晨他就死了[17]。

其實這一封信中，渡邊還有一般對直子說的綿綿情話，但他的那顆心，早就飛向綠：

覺得好像妳就在我身旁，縮著身體沉沉地睡著似的。並想道如果那是真的話該有多美好啊。……雖然不能跟妳見面很難過，但我想如果沒有妳的話，我在東京的生活一定已經變得更糟糕了。正因為早晨在床上能夠想到妳，所以我才會想，嘿，必須上發條好好活下去喲。正如妳在那邊好好努力一樣，我也必須在這邊好好過下去才行[18]。

直子不久之後，出現幻聽幻覺，移送專科病院，稍後好一點之後，玲子在信提醒渡邊，他與綠如何如何，是個人自由，但「這件事情（指渡邊因綠而意亂情迷之事）請不要告訴直子」[19]——這也是旁證。

---

[14] 賴明珠，《挪威的森林》，上　178。
[15] 賴明珠，《挪威的森林》，下　127
[16] 河合隼雄　135。
[17] 賴明珠，《挪威的森林》，下　72。
[18] 賴明珠，《挪威的森林》，下　73。
[19] 賴明珠，《挪威的森林》，下　171

三、關於敘事治療

關於敘事治療的書，在中國大陸[20]、台灣[21]、香港[22]和日本[23]，都出了不少。敘事治療是麥克・懷特（Michael White, 1948-2008）首創，敘事治療邀請當事人與治療師把故事建構，治療師鼓勵當事人如何克服困難，以解決問題，創造出結局，重寫生命篇章，揭開新的一頁[24]。

1.集體會診

敘事治療，有治療師和與接受治療有關的親屬朋友組成的「迴響團隊」（reflecting team）[25]集體會診，在阿美寮，直子有主治醫師（見直子第二封寫給渡邊的信[26]）進行集體會診（見玲子的信[27]）。「迴響團隊」用於家

---

[20] 馬一波、鍾華，〈敘事心理治療〉，《敘事心理學》（上海：上海教育出版社，2006）147-203。

[21] 參 Martin Payne，《敘事治療入門》（*Narrative Therapy: An Introduction for Counsellors*），陳增穎譯（臺北：心理出版社股份有限公司，2008）；亨利・克羅斯著（Henry T. Close），《故事與心理治療》（*Metaphor in Psychotherapy: Clinical Applications of Stories and Allegories*），劉小菁譯，9 版（台北：張老師文化事業股份有限公司，2006）；麥克・懷特（Michael White, 1948-2008），《敘事治療的工作地圖》（*Maps of Narrative Practice*），黃孟嬌譯（台北：張老師文化事業股份有限公司，2008）；麥克・懷特，《敘事治療的實踐：與麥克持續對話》（*Narrative Practice: Continuing the Coversations*），丁凡譯（台北：張老師文化事業股份有限公司，2012）；艾莉絲・摩根（Alice Morgan, 1965-），《從故事到療癒：敘事治療入門》（*What is Narrative Therapy?*），陳阿月譯（台北：心靈工坊文化事業股份有限公司，2008）；麥克・懷特、艾莉絲・摩根，《說故事的魔力：兒童與敘事治療》（*Narrative Therapy with Children and their Families*），李淑珺譯（台北：心靈工坊文化事業股份有限公司，2008）。吉兒・佛瑞德門（Jill Freedman）、金恩・康姆斯（Gene Combs），《敘事治療：解構並重寫生命的故事》（*Narrative Therapy:The Social Construction of Preferred Realities*），易之新譯，19 版（台北：張老師文化事業股份有限公司，2012）。

[22] 列小慧，《敘事從家庭開始：敘事治療的尋索歷程》，2 版（香港：突破出版社，2012）。。

[23] 浅野智彦（ASANO Tomohiko, 1964-），《自己への物語論的接近：家族療法から社会学へ》（東京：勁草書房，2001）；森岡正芳（MORIOKA Masayoshi, 1954-），《物語としての面接：ミメーシスと自己の変容》（東京：新曜社，2002）。

[24] 馬一波、鍾華，〈敘事心理治療〉，《敘事心理學》（上海：上海教育出版社，2006）147-203。

[25] 佛瑞德門　250；馬一波　175-80。

[26] 賴明珠譯，《挪威的森林》，上　124。

[27] 賴明珠譯，《挪威的森林》，下　141。

庭治療，治療師和「迴響團隊」成員輪流在單面鏡後觀察，單面鏡不見於阿美寮，至於陪伴直子，作直子輔導員的玲子和渡邊，都屬於「迴響團隊」。渡邊因為是直子的戀人，對她有婚姻的承諾，這種情況是懷特所說的「伴侶治療」（"Couples Therapy: Entering Couples into an Adventure"）[28]。

2.外化對話（Externalizing Conversations）

敘述治療有「外化對話」（Externalizing Conversations）的方法，即把講故事者的問題，歸結為社會問題，或外在的因素，不是患者本身的問題，譬如直子生殖器官功能應該沒有問題，只是有時不能正常地交媾，原因不明，於是充當「迴響團隊」的渡邊，就設法把問題外化，說慢慢可以克服：

> 「為什麼我不會濡濕呢？」直子小聲說。「我會那樣真的只有那一次。四月的那個二十歲生日而已。被你擁抱的那一夜而已。為什麼其他時候都不行呢？」
>
> 「因為那是精神上的事，只要時間過去就會順利的。妳不用急呀。」
>
> 「我的問題全部都是精神上的噢。」直子說。「如果我一生都不濡濕，一生都無法做愛，你還能一直愛我嗎？你能忍受一直一直都只有手指和嘴唇嗎？或者性的問題就跟別的女人睡覺解決呢？」
>
> 「我本質上是個樂天的人。」我（渡邊）說[29]。

玲子在直子死前，也做了「外化」的工作：

> （玲子：）「當然我也好好向她說明過，這種情形是年輕女孩子經常會有的，隨著年齡增加幾乎都會自然好起來。而且已經有一次順利過，根本不用擔心哪。我剛結婚的時候也有很多不順利的地方，也很辛苦。[30]」

直子擅長的「危險的補充」沒有能讓她把問題「外化」。因為如下面所說，她感覺到渡邊靠不住，移情別戀，以致採取放棄的態度。

---

[28] 懷特，《敘事治療的實踐》　185-92。
[29] 賴明珠譯，《挪威的森林》，下　133。
[30] 賴明珠譯，《挪威的森林》，下　190。

3.儀式與慶祝

渡邊第一次往訪直子有過這樣的事，直子和玲子兩位新沐回來，時月華如注，玲子一揮五弦，為賦格曲，於是出珍藏紅酒，違規地慶祝，小說至此，像是故事敘事者的一個走向健康開始的轉捩點，一件值得慶祝的大事[31]，於是有祝酒的儀式。誰知直子說到木月之死，泣不成聲，血色地氈翻酒污。在敘事治療而言，直子終於道出另外需要「外化」的問題所在，她與木月青梅竹馬，木月突然離去，「我變得不知道該怎麼跟人接觸交往才好。不知道所謂愛一個人是怎麼回事。[32]」

4.為該問題命名

敘事治療鼓勵患者「為該問題命名」（to name the problem）「所謂愛一個人是怎麼回事」——就是問題的命名，看似負面，當中有著對生命的渴望和追求[33]。「不知道所謂愛一個人是怎麼回事」應該把它命名，好像父母為子女取名一樣，顯示有駕馭問題的能力，命名為一個擬人化的名稱，例如「苦命」的母親，「苦命」可以擬人化，提示是否要跟「苦命」一起過活。《挪威的森林》沒有這種步驟。

5.寫信

懷特說寫信有助於重新建構故事，「價值等同於四點五次好的治療」[34]，信件能夠幫助接受治療的人沉思，「還能使我們更徹底地參與共同撰寫的過程」，「思想自己使用的言詞」和提問的問題，而且可能「出現未曾有過的想法」[35]。直子寫過多次信給渡邊：說她把渡邊的信讀完又讀；陪伴在她身旁的迴響團隊成員玲子，跟她一起研究渡邊的信：

> 有時在那樣寂寞難過的夜晚，我會重讀你的信。……渡邊君所寫來有關你周圍世界所發生的事卻能讓我非常放鬆。真不可思議。

---

[31] 摩根，《從故事到療癒：敘事治療入門》 141；馬一波 168-73。
[32] 賴明珠，《挪威的森林》，上 158。
[33] 列小慧 36-37。
[34] 佛瑞德門 298；馬一波 173-75。
[35] 佛瑞德門 298-99。

為什麼呢？所以我會重讀好幾次，玲子姊也同樣會重讀好幾次。然後兩個人會針對那內容互相討論。……我們把你每週一封的來信當作少數的娛樂之一———在這裡，信是一種娛樂———期待著。

雖然我也盡量記掛著找到空閒時間就要寫信的，但每次每次面對信紙時我的心情都會變得很沉重。這封信也是我絞盡心力所寫的。……我想對渡邊君說的話和想傳達給你的事其實很多。只是我無法把它順利化為文章。所以寫信對我來說是很困難的事[36]。

渡邊寫了很多信給直子，直子無法動筆之時，又跟玲子通信，討論直子的事。

我每星期都給直子寫信，也收到直子幾封來信。不是很長的信[37]。

星期天早晨，我和平常一樣面對書桌給直子寫信；「我比以前更常想起妳[38]」

星期天到了就洗衣服，給直子寫長信[39]。

搬家的三天後我給直子寫信。寫新居的樣子[40]。

每週給直子寫一封信[41]。

決定給直子寫信。我寫道春天來了新學期又開始了。不能和妳見面非常寂寞，就算在任何情形下都想跟妳見面，想跟妳說話。但不管怎麼樣，我都決心堅強起來。因為我覺得除此之外別無其他路可走[42]。

那樣的時候，我便給直子寫信。在給直子的信中，我只寫美好的事情、舒服的事情或美麗的東西。寫有關草的香氣、舒適的春風、月光、看過的電影、喜歡的歌、感人的書，這類事情。我試著重讀這樣的信時，自己也得到安慰。並想到自己是活在多麼美好的世界裏。我寫了好多封這樣的信。直子和玲子姊則都沒有來信[43]。

---

[36]　賴明珠，《挪威的森林》，下　126-27。
[37]　賴明珠，《挪威的森林》，下　126-27。
[38]　賴明珠，《挪威的森林》，下 101，103。
[39]　賴明珠，《挪威的森林》，下　130。
[40]　賴明珠，《挪威的森林》，下　136。
[41]　賴明珠，《挪威的森林》，下　139。
[42]　賴明珠，《挪威的森林》，下　151。
[43]　賴明珠，《挪威的森林》，下　153。

　　渡邊每星期寫信給直子，表示對她的想念，希望和她戀情得到發展，
是合乎敘事治療的原則的。

四、森林療法與音樂療法

　　梅原猛（UMEHARA Takeshi, 1925- ）在《森林思想》一書，對日本森林
文化有很詳細的分析。日本農業開始的比較晚，對樹林砍伐，沒有大規模進
行，因此目前面積百分之六十七仍然為森林覆蓋[44]，神社內的林木，是不可以
去掉的[45]，而且伊勢神宮的祭祀儀式，基上是樹木和柱子的崇拜[46]，柱子和橋
是神靈往來的通道[47]，日本古代人每砍一株樹，都以感恩的心情祈禱一番，感
謝把身體提供給人類[48]，對樹木的崇拜，也是神道對生命的崇拜。佛教說「一
切眾生皆有佛性」，是說山木草木都有佛性，無生命的東西也可以成佛，何
況有生命的呢[49]！如今日本百分之六十五森木覆蓋率之中，百分之五十四是天
然的森林，即三分之一的國土，為天然森林，實在是因為上述幾種因素造成[50]。

　　阿美寮的入口，是巨大無比的杉樹林，「杉林簡直像原生林般高高聳
立，遮住了陽光，昏暗的陰影覆蓋了萬物。」「沿著河谷在那杉林中前進
相當長一段時間，就要開始懷疑全世界是不是將被杉林永遠覆蓋時，森林
終於結束。[51]」足見是「森林浴」的好地方。

1.森林療法

　　在小說中，阿美寮是地處京都深山裡的一家療養院。玲子已清楚說過
不是醫院，也有執業醫師每天作一小時會診，提供可以自我治療的環境，
但不相當於正規醫學上的治療[52]。

---

[44] 梅原猛（UMEHARA Takeshi, 1925-），《森林思想：日本文化的原點》（「森の思
　　　想」が人類を救う），卡立強，李力譯（北京：中國國際廣播出版社，1993）141。
[45] 梅原猛　21。
[46] 梅原猛　22。
[47] 梅原猛　33。
[48] 梅原猛　35。
[49] 梅原猛　103。
[50] 梅原猛　141。
[51] 賴明珠，《挪威的森林》，上　130。
[52] 賴明珠，《挪威的森林》，上　136。

2.集體勞動

上原巖（UEHARA Iwao, 1964-）《療癒之森：進入森林療法的世界》所說，森林療法是透過在林木中漫步，感受風聲、雨聲、天籟、松濤、潺潺的流水和樹梢的溫暖陽光，以達到心曠神怡的境界、又從事植林的活動，得到體力勞動，恢復健康[53]。森林療法可以分以下各重點：1）.森林浴；即在森林休憩；2）.復健 3）.心理調適；4）.保育[54]。後來直子的病友玲子介紹說：阿美寮生活有規律，作適當的運動，空氣新鮮。有自己的田地，生活自給自足[55]。直子、玲子和渡邊，散步一次就三小時[56]，散步是「森林浴」的主要運動。

3.提升人際間溝能力

主人公渡邊第一次從直子的信裡看到「阿美寮」這個名稱的時候，他推想那名稱可能來自法語的 ami（朋友）[57]。森林治療是透過集體勞動，增進相互的溝通能力。例如兩人一起搬運，是很好的建立互助的方法[58]，也可以把多餘的能量消除，直子玲子是女性，也許就做一些輕便的工作。除了運動之外，就是種菜[59]。

> 這裡最大的好處，是大家互相幫助。因為大家都知道自己是不完全的，所以都互相幫助[60]。

4.記憶中建構的、為讀者而設的森林

法國哲學家巴什拉（Gaston Bachelard, 1884-1962）《夢想的詩學》（*The Poetics of Reverie: Childhood, Language, and the Cosmos*）說在回憶的世界，世界不斷擴大，出現遼闊的景象，如延綿不斷的山脈：

---

[53] 上原巖（UEHARA Iwao, 1964-），《療癒之森：進入森林療法的世界》（《回復の森──人・地域・森林を回復させる森林保健活動──》），姚巧梅譯（台北：張老師文化化，2013）
[54] 上原巖　32。
[55] 賴明珠，《挪威的森林》，下　137。
[56] 賴明珠，《挪威的森林》，上　187。
[57] 賴明珠，《挪威的森林》，上　127。
[58] 上原巖　105。
[59] 賴明珠，《挪威的森林》，上　125。
[60] 賴明珠譯，《挪威的森林》，上　138。

面對世界的宏偉進入沉思時，……我們被帶回到某些古遠的夢
想……在群山峻嶺的環抱中，我們立即回到遙遠的過去[61]。

換言之，在對過去的回憶，可以出現一個廣漠的森林，在《挪威的森
林》發端，渡邊說他記不起是否有過這樣的風景，即包括杉樹林和草原在
內的畫面[62]，草原上的井，敘述者說也是憑空想像，無中生有的[63]，不過小
說中一邊又當作真有其事地描寫。

5.音樂治療

村上春樹小說以《舞、舞、舞》提及音樂名稱最多，其次是《挪威的
森林》[64]。直子在阿美寮聽玲子彈奏《挪威的森林》，說：「有時候我會
非常傷心。不知道為什麼，會覺得自己好像正在很深的森林裏迷了路似
的。[65]」換言之，這一曲也用以呼應森林浴的主題。

阿美寮是在但丁（Alighieri Dante, 1265-1321）《神曲》（*Divine Comedy*）
的地獄的邊緣[66]，因此玲子是靈界的鬼或神，至於擅長音樂的性格，又類
似樋口和彥（HIGUCHI Kazuhiko, 1927-2013）《「永遠の少年」元型／女
神の元型》所說的月亮女神系統的靈界女性，女神都會音樂，女性的月經
周期，跟月相周期一致，周期演變成節奏，由節奏而派生為音律[67]。樋口
氏無疑是從伊利亞德（Mircea Eliade, 1907-86）有關月相、月事、女性、

---

[61] 巴什拉（Gaston Bachelard, 1884-1962），《夢想的詩學》（*The Poetics of Reverie: Childhood, Language, and the Cosmos*），劉自強譯（北京：三聯書店，1996）127。

[62] 賴明珠，《挪威的森林》，上　9。

[63] 賴明珠，《挪威的森林》，上　11。

[64] 太田鈴子（OOTA Reiko），〈村上春樹作品における音楽——『風の歌を聴け』から『ダンス・ダンス・ダンス』まで〉，《學苑》865（2012）：30。余永寬，〈村上春樹的音樂世界〉，《PAR 表演藝術雜誌》180（2007）：98-99。小西慶太（KONISHI Keita），《村上春樹的音樂圖鑑》（（《村上春樹の音楽図鑑》）），陳迪中、黃文貞譯（台北：知書房，1996）。

[65] 賴明珠，《挪威的森林》，上　153。

[66] 德永直彰（TOKUNAGA Tadaaki），〈《ノルウェイの森》におけるキリスト教的表象——辺土ををめぐって〉，《村上春樹スタディーズ：2000-2004》，今井清人（IMAI Kiyoto, 1961-）編（東京：若草書房，2005）62-88。

[67] 樋口和彥（HIGUCHI Kazuhiko, 1927-2013）《「永遠の少年」元型／女神の元型》（東京：山王出版，1986）51-52。

農耕、水的宗教學，作了他對女神之於音樂的詮釋[68]。直子精神出了問題之時，玲子就抱著她，讓她冷靜下來：

> 「讓玲子姊抱我。」直子說。「把玲子姊叫醒，鑽到她床上，讓她抱緊我。然後哭。她會撫摸我的身體。直到我全身裏裏外外溫暖起來為止。這是不是很奇怪？[69]」
>
> 她（直子）沉默了一會兒，終於突然身體抽動開始哭起來。……像要窒息般激烈地哭。玲子……手放在直子肩膀上時，直子便像嬰兒般把頭埋進她的胸懷裏[70]。

「擁抱階段」（holding phase）是孩子發展中必經的階段[71]，使孩子得到充分的關愛，治療師必須「創造出一個擁抱的環境」[72]，音樂就有著「母性潮流」（maternal flow）「帶領孩子穿越渾沌，並傳達持續生存的意願[73]」。

五、結語

《挪威的森林》與懷特的敘事治療的理論暗合，此書在日本賣出一千萬冊，中國國內也達百萬，顯示很多讀者，在閱讀過程中得到一定的治療。

---

[68]　米爾恰・伊利亞德（Mircea Eliade, 1907-86），《神聖的存在：比較宗教的範型》（*Patterns in Comparative Religion*），晏可佳、姚蓓琴譯（桂林：廣西師範大學出版社，2008）148-177

[69]　賴明珠，《挪威的森林》，上　195。

[70]　賴明珠，《挪威的森林》，上　158。

[71]　Stephen K. Levine & Ellen G. Levine 主編，《表達性藝術治療概論》（*Foundations of Expressive Arts Therapy: Theoretical and Clinical Perspective*），蘇湘婷、陳雅麗、林開誠譯（台北：心理出版社，2007）228。

[72]　Levine & Levine 229。

[73]　Levine & Levine 230。

參考文獻目錄

BA

巴什拉（Bachelard, Gaston）.《夢想的詩學》（*The Poetics of Reverie: Childhood, Language, and the Cosmos*），劉自強譯。北京：三聯書店，1996。

DE

德里達（Derrida, Jacques）.〈……危險的增補……〉（"…Dangerous Supplement…"），趙興國譯，《文學行動》，趙興國等譯。北京：中國社會科學出版社，1998，42-71。

德永直彰（TOKUNAGA, Tadaaki）.〈《ノルウェイの森》におけるキリスト教的表象──辺土ををめぐって〉，《村上春樹スタディーズ：2000-2004》，今井清人（IMAI Kiyoto）編。東京：若草書房，2005，62-88。

FO

佛瑞德門，吉兒（Freedman, Jill）、金恩・康姆斯（Gene Combs）.《敘事治療：解構並重寫生命的故事》（*Narrative Therapy：The Social Construction of Preferred Realities*），易之新譯，19 版。台北：張老師文化事業股份有限公司，2012。

HE

河合隼雄（KAWAI, Hayao）.《佛教與心理治療藝術》（*Buddhism and the Art of Psychotherapy*），鄭福明、王求是譯。台北：心靈工坊文化事業股份有限公司，2004。

HUAI

懷特，麥克（White, Michael）.《敘事治療的工作地圖》（*Maps of Narrative Practice*），黃孟嬌譯。台北：張老師文化事業股份有限公司，2008。

──.《敘事治療的實踐：與麥克持續對話》（*Narrative Practice：Continuing the Coversations*），丁凡譯。台北：張老師文化，2012。

──、艾莉絲・摩根（Alice Morgan）.《說故事的魔力：兒童與敘事治療》（*Narrative Therapy with Children and Their Families*），李淑珺譯。台北：心靈工坊文化事業股份有限公司，2008。

JIA

加藤典洋（KATŌ, Norihiro）.《村上春樹　イエローページ作品別（1979-1996）》。東京：荒地出版社，1996。

KE

克羅斯，亨利（Close, Henry T.）.《故事與心理治療》（*Metaphor in Psychotherapy: Clinical Applications of Stories and Allegories*），劉小菁譯，9版。台北：張老師文化事業股份有限公司，2006。

LAI

賴明珠譯.《挪威的森林》（《ノルウェイの森》），村上春樹，上、下冊。台北：時報文化，2003。

LIE

列小慧.《敘事從家庭開始：敘事治療的尋索歷程》，2版。香港：突破出版社，2012。

LIN

林少華譯.《挪威的森林》（《ノルウェイの森》），村上春樹著。上海：上海譯文出版社，2011。

MA

馬一波、鍾華.〈敘事心理治療〉，《敘事心理學》。上海：上海教育出版社，2006。

MEI

梅原猛（UMEHARA, Takeshi）.《森林思想：日本文化的原點》（「森の思想」
　　が人類を救う），卡立強，李力譯。北京：中國國際廣播出版社，1993。

MEN

門林格爾（Menninger, Carl Augustus）.《人對抗自己：自殺心理研究》（*Man
　　Against Himself*），馮川譯，2 版。貴陽：貴州人民出版社，2004。

MU

木股知史（KIMATA, Satoshi）.〈手記としての『ノルウェイの森』〉，
　　《村上春樹》，木股知史編。東京：若草書房，1998，169-83。

QIAN

浅野智彦（ASANO, Tomohiko）.《自己への物語論的接近：家族療法か
　　ら社会学へ》。東京：勁草書房，2001。

SEN

森岡正芳（MORIOKA, Masayoshi）.《物語としての面接：ミメーシスと
　　自己の変容》。東京：新曜社，2002。

SHANG

上原巖（UEHARA, Iwao）.《療癒之森：進入森林療法的世界》（《回復
　　の森－人・地域・森林を回復させる森林保健活動－》），姚巧梅譯。
　　台北：張老師文化化，2013

SHI

什克洛夫斯基（Shklovsky, Victor）.〈情節編構手法與一般風格手法的聯繫〉
　　（"The Relationship between Devices of Plot Construction and General
　　Devices of Style"），《散文理論》（*The Theory of Prose*），劉宗次譯。
　　南昌：百花洲文藝出版社，1994，24-64。

TAI

太田鈴子.〈村上春樹作品における音楽──『風の歌を聴け』から『ダンス・ダンス・ダンス』まで〉，《學苑》865（2012）：27-42。

XIAO

小西慶太（KONISHI, Keita）.《村上春樹的音樂圖鑑》（《村上春樹の音楽図鑑》），陳迪中、黃文貞譯。台北：知書房，1996。

YANG

楊大春.《德里達》。台北：生智，1995。

YU

余永寬.〈村上春樹的音樂世界〉，《PAR 表演藝術雜誌》180（2007）：98-99。

樋口和彦（HIGUCHI, Kazuhiko）.《「永遠の少年」元型／女神の元型》。東京：山王出版，1986。

Derrida, Jacques. *Of Grammatology.* Trans. Gayatri Chakravorty Spivak. Baltimore: Johns Hopkins UP, 1976。

Levine, Stephen K. & Ellen G. Levine 主編，《表達性藝術治療概論》（*Foundations of Expressive Arts Therapy: Theoretical and Clinical Perspective*），蘇湘婷、陳雅麗、林開誠譯。台北：心理出版社股份有限公司，2007。

Payne, Martin.《敘事治療入門》（*Narrative Therapy: An Introduction for Counsellors*），陳增穎譯。台北：心理出版社股份有限公司，2008。

Norwegian Wood and Narrative Therapy: Based on the Story of Naoko

Hailan WANG
Postdoctoral Scholar, Department of Chinese, Fudan University

Wood Yan LAI
Professor, Hua Xia College,
Honorary Research Fellow, Jao Tsung-I Petite Ecole,
The University of Hong Kong

Abstract

Narrative Therapy was created by Michael White (1948-2008). By means of the Narrative Therapy, the person is encouraged to rewrite his story, discover problems, and solve them accordingly, as well as to make an effort to build his future life. This essay is dedicated to examine the story of Naoko in *Norwegian Wood* authored by Haruki Murakami, and to analyze the joint effect of the Forest Therapy and Music Therapy on Naoko's story.

Keywords: Haruki Murakami, *Norwegian Wood,* Forest Therapy, Music Therapy, Narrative Therapy

《國際村上春樹研究》輯一（2013 年 12 月）237-52。

《挪威的森林》中的永遠的少年

■李光貞　黎活仁

作者簡介：

　　李光貞（Guangzhen LI），女，文學博士。現為山東師範大學外國語學院日語系教授，山東省日本學研究中心主任。中國日語教學研究會常務理事。2008-2009 年日本東京大學訪問學者。擅長日本近現代文學、日本文化與文學等方面的研究，專著《夏目漱石小說研究》（2007），獲 2013 年山東省第 27 次社會科學優秀成果三等獎。《多元視野下的日本學研究》（2010），獲 2011 年度山東高等學校優秀科研成果獎人文社會科學類三等獎。主持中國省部級課題多項，發表論文多篇。

　　黎活仁（Wood Yan LAI），男，1950 年生於香港，廣東番禺人。京都大學修士，香港大學哲學博士。現任為香港大學饒宗頤學術館名譽研究員。著有《盧卡契對中國文學的影響》（1996）、《林語堂、瘂弦和簡嫃筆下的男性和女性》（1998）等。

內容摘要：

　　《挪威的森林》中有一對戀人（木月和直子）先後自殺而死，小說中還有少男少女（直子的姐姐和直子的叔叔），也是自殺告終。這種情況，適用容格心理學的「永遠的少年」理論以為分析。容格心理學家弗朗茲（Marie-Louise von Franz）針對《小王子》一書，寫了詳細的分析，奠定這個理論的基礎。「永遠的少年」原型是奧維德（Ovid）所說的古希臘艾流西斯（Eleusis）秘密儀式的少年之神——伊阿科司（Iacchus）。艾流西斯是穀物神，是宙斯（Zeus）和穀物神墨特爾（Demeter）的兒子。穀物的特點是冬天回到偉大母親即大地的懷抱裡，到春天再度生長，重複著死亡和再生的周期。據伊利亞德（Mireca Eliade）說現代社會的永遠的少年現象，是因為沒有「成人儀式」，孩子不能脫離母親，加上河合隼雄所說：

日本近代的富裕，孩子得到母親太好的照顧，而誘發少年面對成長的困難。本文以容格（C. G. Jung，1875-1961）心理學對《小王子》的分析，對《挪威的森林》的永遠的少年、母親情結、母子關係等作一分析。以幾句簡單的話總結：永遠的少年是所謂美少年，成長到少年就死了；無論以做什麼事都不成功；永遠的少年「上升」即追求理想過於急速，不擅長與現實關係作一聯繫，也不會忍耐，當與現實聯繫消失之時，就急速下滑，死亡是其中一個可能。

關鍵詞：永遠的少年、容格、村上春樹、《挪威的森林》、成人式

一、引言

《挪威的森林》中木月和直子一對戀人先後自殺，跟直子姐姐自殺時一樣，木月也是十七歲，直子和她的父親弟弟，即直子的叔叔，自殺時才二十一歲。少年的死，適用容格（C. G. Jung, 1875-1961）心理學對「永遠的少年」的分析。

二、關於永遠的少年

河合隼雄（KAWAI Hyao，1928-2007）《如影隨形：影子現象學》[1]第一章對「永遠的少年」，有頗為詳細的說明，「永遠的少年」長得很美，在少年時期就死了，無論做什麼事，都不成功，永遠的少年力爭上游，追求理想，但有點過急，未有致力與現實聯繫，很快急速掉下來，死亡是其中一個結局；這時「永遠的少年」會抱怨不被理解，或自己沒有必要迎合，一切都是社會的錯，認為自己絕對合理；也許「永遠的少年」有一天又忽然化身為救世主，為大眾所驚嘆，但地位愈高，要承擔父母、社會和國家的責任，就支持不住，又再度下滑，結果又是面對死亡[2]。

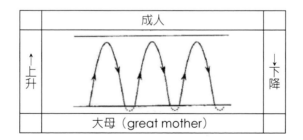

永遠的少年行為模式[3]

---

[1] 河合隼雄，《如影隨形：影子現象學》（《影の現象學》），羅珮甄譯（台北：揚智文化事業股份有限公司，2000）50-57。

[2] 河合隼雄，《如影隨形》　51-52。

[3] 河合隼雄，《日本人的傳說與心靈》（《神話と日本人の心》），范作申譯（北京：三聯書店，2007）。

1.為什麼「永遠的少年」會上升然後下降，面對死亡？

　　「永遠的少年」的原型是穀物神，有著植物的春生、夏長、秋收、冬藏（變種種子、死亡），到春天又從種子再生的生死周期。「永遠的少年」的原型是奧維德（Ovid，43 BC-AD 17/18）所指古希臘艾流西斯（Eleusis）秘密儀式的少年之神——伊阿科司（Iacchus）。艾流西斯是穀物神，是宙斯（Zeus）和穀物神墨特爾（Demeter）的兒子[4]。

2.「永遠的少年」與母親有什麼關係？

　　關於母子的關係，河合隼雄論舉過北歐神話中巴爾德爾（Balder）死亡的故事為例以說明。但凡母親都希望保護自己的兒子，巴爾德爾的母親佛利克（Frigg）和眾神約定好，不讓任何事物危害巴爾德爾。因為巴爾德爾有保護傘，眾神以巴爾德爾為盾，把所有東西擲向他以為遊戲。這時邪惡的神羅基（Loki）開始嫉妒，向佛利克套出「檞寄生」可以使巴爾德爾致命。羅基便馬上去取來了檞寄生，叫奧丁的盲目的兒子胡斯爾拿著檞寄生丟過去，巴爾德爾便這樣死了。「檞寄生」象徵母親佛利克和巴爾德爾之間的緊密程度，檞寄生本是寄生於大樹上，木樹是它的生命根源，檞寄生相當於巴爾德爾，把它自樹上摘下來，即等於死亡。容格稱這種母子緊密度為「永遠的近親相姦的狀態」[5]。

3.地球為什麼是女性，是個母親？

　　人類無意識世界，是一個學術上叫做大母（Great Mother）的女性在主導，我們目前的生活，是一個男權社會，但思維的主宰，卻是一位女性，十八世紀的民俗學家巴霍芬（Johann Jakob Bachofen, 1815-87）留意到母系社會的問題，埃利希·諾伊曼（Erich Neumann, 1905-60）《大母神：原型分析》（*Great Mother: An Analysis of the Archetype*）[6]沿著這一方向，從心理學奠定母權的觀念，大地山川，常比訂為女體各個部分（譬如峰相當於胸部），此書已有中譯；稍後伊利亞德（Mircea Eliade, 1907-86）又從月

---

[4] 　河合隼雄，《如影隨形》　50。
[5] 　河合隼雄，《如影隨形》　52-54。
[6] 　埃利希·諾伊曼（Erich Neumann, 1905-60），《大母神：原型分析》（*Great Mother: An Analysis of the Archetype*），李以洪譯（北京：東方出版社，1998）。

相、大地、農耕、水建構一個神話解釋體系,「地母」[7]的觀念,應該是伊利亞德的主要貢獻之一。

4.為什麼要上升?

植物要成長,就從泥土表面向上伸展,人類也要脫離童年、脫離母親成長,河合說:當孩子成長之後,仍把責任推給母親,而且愈來愈厲害之時,就是「永遠的少年」的作用,每個人內心都有這種原型。對「永遠的少年」的療法,是不能阻止他們的上升,因為這會使他死亡,唯一是跟著他們去飛,飛向天空,慢慢地控制他們,要有耐心,如逐點放除氣球中的氣一般,在地上仰望的人只會看熱鬧地對氣球上的少年報以掌聲,或表輕蔑[8]。

5.為什麼少年無法成長?

河合隼雄引依利亞德的話[9],說古代原始社會,少年經過成年禮或稱通過儀禮,然後社會承認其人已成年,通過儀禮有時十分殘酷,讓少年懂得脫離父親母親的照顧;現代社會已沒有成年禮,孩子無法擺脫母親的照顧,結果不能自立。

埃利希·諾伊曼在《意識起起源史》(*The Origins and History of Consciousness*)說明西方人的自立過程,是殺父殺母的過程[10],河合隼雄說「日本人從未達到『殺死母親』這樣的象徵階段」[11]。

---

[7] 米爾恰·伊利亞德(Mircea Eliade, 1907-86),《神聖的存在:比較宗教的範型》(*Patterns in Comparative Religion*),晏可佳、姚蓓琴譯(桂林:廣西師範大學出版社,2008)230-53;久米博(KEME Hiroshi, 1932 -)譯,《豐饒と再生》,《エリアーデ著作集》,エリアーデ著,卷2(東京:せりか書房,1981)134-74。

[8] 河合隼雄,《如影隨形》 54。

[9] 河合隼雄,〈母性社會日本與「永遠の少年」たち〉,〈母性社會日本與與「永遠の少年」們〉,《母性社會日本の病理》(東京:中央公論新社,25;伊利亞德(Mircea Eliade)於成年禮或稱通過儀禮的理論見:*Mysteries and Spiritual Regeneration, Myths, Dreams and Mysteries: The Encounter Between Contemporary Faiths and Archaic Realities*(New York Harper & Row, 1960)190-228;岡三郎(OKA Saburō, 1929-)譯,〈秘儀と精神の再生〉,《神話と夢想と秘儀》(*Mysteries and Spiritual Regeneration, Myths, Dreams and Mysteries: The Encounter Between Contemporary Faiths and Archaic Realities*),伊利亞德著(東京:新榮堂,1985)243-88。

[10] Erich Neumann (1905-60), *The Origins and History of Cnsciousness*, trans. R. F. C.

6.「永遠的少年」研究有什麼代表作？

　　弗朗茲（Marie-Louise von Franz, 1915-98）針對聖艾修伯里（Antoine de Saint Exupéry，1900-44）《小王子》（*The Little Prince*）一書，寫了一本叫做《永遠的少年》（*The Problem of the Puer Aeternus*）[12]的書。《小王子》的梗概如下：空軍機師航機故障，降落在沙漠，遇到小王子，小王子來自一個小至只有一個房間大小的星球。因為與玫瑰花吵架，小王子離開他的星球，途經幾個很小的星球，碰到一個國王、愛虛榮的人、酒鬼、商人、地球學家，最後來到地球。在地球遇到狐狸和蛇，最後被蛇咬了下，中毒而死。樋口和彥（HIGUCHI Kazuhiko, 1927-2013）[13]和鈴木龍（SUZUKI Ryū, 1943- ）[14]綜合了日本的研究，作了很好的論述，極具參考價值。

　　永遠的少年以兒童的形象出現，容格曾寫過有關兒童神的論述——〈兒童原型心理學〉（"The Psychology of the Child Archetype"）[15]。有些神話人物，像彼得潘（Peter Pan）是以兒童形象出現的。

　　永遠的少年渡邊，自阿美寮訪直子回到東京，像去了一個「引力有些不同的行星上」[16]，這句話與《小王子》有互文。

　　Hull.(New York : Princeton UP, 1970)152-91.；林道義（HAYASHI Michiyoshi, 1937）譯，《意識の起源史》，E・ノイマンの著，上，2 版（東京：紀伊國屋書店，1985）223-74。

[11] 河合隼雄（KAWAI Hayao, 1928 -2007），《佛教與心理治療藝術》（*Buddhism and the Art of Psychotherapy*），鄭福明、王求是譯（台北：心靈工坊文化事業股份有限公司，2004）43。河合隼雄，〈物語の心理療法〉，《物語と人間の科学》（東京：岩波書店，1993）30

[12] Marie-Louise von Franz, *The Problem of the Puer Aeternus*, 3rd (Toronto: Inner City Books, 2000).

[13] 樋口和彥（HIGUCHI Kazuhiko, 1927-2013），《「永遠の少年」元型／女神の元型》。東京：山王出版，1986。

[14] 鈴木龍（SUZUKI Ryū, 1943-）.《「永遠の少年」はどう生きるか　中年期の危機を超えて》（京都：人文書院，1999）。

[15] 榮格，〈兒童原型心理學〉（"The Psychology of the Child Archetype"），《原型與集體無意識》（*The Archetypes and the Collective Unconscious*），《榮格文集》，卷 5（北京：國際文化出版公司，2011）121-61。

[16] 賴明珠譯，《挪威的森林》，村上春樹著，下（台北：時報文化，2003）28。

三、主人公渡邊徹與成年禮

　　《挪威的森林》的最重要人物是渡邊徹，「過去曾經想過但願永遠留在十七或十八歲」，但為了直子，決定要「要長大成人」[17]。

1.大學紛爭與成年禮

　　渡邊是有機會接觸「殺父殺母」的自立過程的，首先是村上春樹小說多次提及的大學紛爭[18]。大學紛爭指 1968 年夏至 1969 年初，由東京大學學生發起，蔓延日本全國的學生運動。大學紛爭是追求民主自由的「宏大敘事」，利科（Paul Ricoeur, 1913-2005）所說，在敘事中聯想起宏偉的歷史中的「宏偉時間」（Monumental time）[19]。

　　土居健郎（DOI Takeo, 1920-2009）《依賴心理結構》[20]第 5 章談到村上小說多次出現的大學紛爭，土居把大學生攻擊大學當局，作為成人式來理解，即殺父殺母的假想對象：

> （日本的童話）桃太郎雖然與雙親關係很好，但是他不能與雙親同化。……進入青年期之後，他下定決心去討伐「鬼」，這樣他就製造了一個矛盾，是從雙親那裡得不到的。通過對「鬼」的討伐使他成長為大人，征服「鬼」等於他的成長儀式[21]。

　　《依賴心理結構》是比小說還要暢銷的學術名著，他的觀點自然不能輕視[22]，可是「永遠的少年」渡邊完全對「大學紛爭」「成人式」極感討厭。

---

[17]　賴明珠，下　144。
[18]　深海遙（TOYODA Motoyuki）.《村上春樹と小阪修平の 1968 年》，東京：新泉社，2009。（村上有本小說提及大學紛爭，即學生運動，這本書是講述當年的歷史）
[19]　利科（Paul Ricoeur, 1913-2005），《虛構敘事中時間的塑形：時間與敘事》（*Time and Narrative*），王文融譯（北京：生活・讀書・新知三聯書店，2003）181。
[20]　土居健郎（DOI Takeo, 1920-2009），《依賴心理結構》（《「甘え」の構造》），王煒等譯（濟南：濟南出版社，1991）
[21]　土居健郎　159；鈴木龍　20。
[22]　石澤靖治（ISHIZAWA Yasuharu, 1957 - ），《日本人論・日本論の系譜》（東京：丸善株式會社，1997）27-34。

2.宿舍的升旗禮

在《挪威的森林》中渡邊的室友「突擊隊」是聞升旗禮起舞的怪物；對貓頭鷹性格的渡邊，不勝其擾。「突擊隊」開著收音機做早操，因為設備不是可用電池的型號，因此也不可能到室外去鍛鍊；渡邊雖力言不便，但「突擊隊」照做如儀：

> 宿舍的一天從莊嚴的升旗典禮開始。當然也播放國歌。就像體育新聞和進行曲分不開一樣，升旗和國歌也切不開。升旗台在中庭正中央，從任何一棟宿舍的窗戶都看得見。
>
> 升旗是東棟（我所住的宿舍）舍監的任務。一個目光銳利六十歲左右的高個子男人。……他的身旁跟著一個身分像是升旗助手的學生。這學生的底細誰也不清楚。……人組每天早晨六點在宿舍中庭將「日之丸」國旗升起。
>
> 我住進宿舍之初，由於好奇而經常特地在六點起床觀望這愛國儀式。清晨六點，幾乎和收音機的正點報時同時，這兩個人便出現在中庭。[23]

大家都當作笑柄的「突擊隊」行為，其實幫了渡邊的大忙，因為據《意識起源史》，日落可以理解為回歸地母，日出自然是再生的象徵，於是隨著日出日落活動的神聖甲蟲，在埃及被奉為神，因為甲蟲的形像類似上升的太陽[24]。河合隼雄說東方人不能殺母，故用日出日落以為喻[25]。結論是：「突擊隊」因著升旗禮做早操，讓渡邊培養蛻變為神聖甲蟲。

阿美寮記憶中的地獄邊緣[26]，渡邊曾二度往訪，表示他如日落，下降到地獄兩次，不停地上升下降，是永遠的少年的特徵。

---

[23] 賴明珠譯，《挪威的森林》，上　21-22。

[24] 林道義　327; Neumann 236。

[25] 河合隼雄，《容格心理學入門》（《ユング心理学入門》），17 版（東京：培風館，1983）283，285

[26] 德永直彰（TOKUNAGA Tadaaki），〈《ノルウェイの森》におけるキリスト教的表象——辺土ををめぐって〉，《村上春樹スタディーズ：2000-2004》，今井清人（IMAI Kiyoto, 1961-）編（東京：若草書房，2005）64-65。

升旗禮，是「講述一次（或用一次講述）發生過 n 次的事講述 n 次發生過 n 次的事」，而突擊隊做早操的笑談，是「講述 n 次發生過 n 次的事」。以上用熱奈特（Gérard Genette, 1930- ）《敘事話語》（*Narrative Discourse*）有關「頻率」的理論加以解釋，頻率有四種類型：1.講述一次發生過一次的事；2.講述 n 次發生過 n 次的事；3.講述 n 次發生過一次的事；4.講述一次（或用一次講述）發生過 n 次的事[27]。為什麼要這樣做，因為小說要想辦法拉長。

四、垂直與水平方向的運動

巴赫金（M. M. Bakhtin, 1895-1975）於《拉伯雷研究》（*Rabelais and His World*）中指出，文藝復興以前，只有垂直線上下的想像[28]；時間因為是水平方向的，故評價不高[29]，但丁（Dante Alighieri, 1265-1321）《神曲》（*Divina Commedia*）只懂得「向上」和「向下」，而不懂得向前[30]。草原是水平方向的，《挪威的森林》的空間，卻像但丁，是垂直的。因為阿美寮是在地獄邊緣[31]。

在《聽風的歌》，我們看到星際航行的想像，即垂直上升到火星去，然後下降到火星的井底[32]。

1.《挪威的森林》與記憶中的草原

《挪威的森林》發端，渡邊說他忽然想起阿美寮的草原，又馬上說，這草原出現於記憶，他當時並未注意有草原上的風景。為什麼渡邊的記憶，沒有出現他後來所說的杉樹林，而說草原呢？鈴木龍說：「永遠的少

[27] 熱奈特，《敘事話語‧新敘事話語》（*Narrative Discourse, Narrative Discourse Revisited*），王文融譯（北京：國社會科學出版社，1990）73-106。

[28] 巴赫金，《拉伯雷研究》（*Rabelais and His World*），《巴赫金全集》，李兆林、夏忠憲等譯，錢中文主編，卷 6（石家莊：河北教育出版社，1998）466。

[29] 巴赫金　467

[30] 巴赫金　467

[31] 德永直彰　64-65

[32] 賴明珠譯，《聽風的歌》，村上春樹著，（台北：時報出版社，1995）123。

年」需要更大的自由，於是他就需要很大的空間，像《阿拉伯的勞倫斯》
（*Lawrence of Arabia*）的主人公，還擁有一個沙漠[33]。

還有記憶中草原上的井，敘述者已說明，本來無一物，完全是虛構的。
記憶的目的，是如帕特莎・渥厄（Patricia Waugh），《後設小說：自我意識
小說的理論與實踐》（*Metafiction: The Theory and Practice of Self-conscious
Fiction*）一書所說：用「詞語」虛構世界，在『「虛構」與「現實」之間遊
移不定』[34]。村上春樹《村上春樹全作品 1979-1989》插頁就說過他要反寫
實[35]。

2.唐璜情結

心理學上說，戀母情結得不到滿足，就會不停地在不同的女性身上尋
找母親的形象，唐璜（Don Juan）就是這種虛構人物[36]。渡邊和永澤，都
有唐璜情結，如鈴木龍說，「永遠的少年」不願意成家立室，因為需要自
由[37]。不願成家的渡邊，對於患上嚴重神經病的直子，忽然提出要承擔她
日後生活，與她為婚。這就是說，「永遠的少年」渡邊，要當救世主，可
是，中途又劈腿，愛上了綠。從渡邊希望獲得大草原，可見，他還覺得自
由比一切都重要。

永澤專到酒吧找一夜情，至於渡邊，又較永澤為特別，他喜歡人家的
女友，直子和綠原先都有男友，至於永澤的女友初美，他也喜歡。村上春
樹這種寫法，到了〈嘔吐 1979〉[38]最為極端，主人公專門偷人家的太太和
女朋友，比方在友人洗澡時，在外面跟人家的女友交歡。適用吉拉爾（René
Girard, 1923- ）和塞奇威克（E. K. Svedgwick, 1905-2009）所說的持敵對狀

---

[33] 鈴木龍　92。

[34] 帕特莎・渥厄（Patricia Waugh），《後設小說：自我意識小說的理論與實踐》（*Metafiction : The Theory and Practice of Self-conscious Fiction*），錢競、劉雁濱譯（台北：駱駝出版社，1995）125。

[35] 村上春樹，〈100 パーセント・リアリズムへの挑戦〉，《村上春樹全作品 1979——1989》，卷 5（東京：講談社，1991）插頁。

[36] 容格，〈母親原型的心理學面向〉（"Psychological Aspects of the Mother Archetype"），《榮格文集》，卷 5（北京：國際文化出版公司，2011）70。

[37] 鈴木龍　92。

[38] 賴明珠譯，《迴轉木馬的終端》（《回転木馬のデッド・ヒート》），村上春樹著（台北：時報文化，1999）91-109。

態的三角關係理論以為詮釋：譬如甲（男）、乙（男）、丙（女）三人，乙丙相戀，甲是因為乙愛丙，而產生對丙的欲望[39]。

五、結論

　　渡邊得以成長，完全是「突擊隊」無心插柳，在關鍵時刻，給他提供「神聖甲蟲成人式」。至於「敵對三角關係」的戀母情結，可能仍需要完善，因為可能是「四角戀」（加上初美）或「五角戀」（加上玲子），於是渡邊的唐璜情結，又變得比想像複雜得多。

---

[39] 塞奇威克(E. K. Sedgwick)，《男人之間：英國文學與男性同性社會性欲望》(*Between Men: English Literature and Male Homosocial Desire*)（上海：上海三聯書店，2011）27。

參考文獻目錄

BA

巴赫金（Bakhtin, M. M.）.《拉伯雷研究》（*Rabelais and His World*），《巴赫金全集》，李兆林、夏忠憲等譯，錢中文主編，卷 6。石家莊：河北教育出版社，1998。

DE

德永直彰（TOKUNAGA, Tadaaki）.〈《ノルウェイの森》におけるキリスト教的表象——辺土ををめぐって〉，《村上春樹スタディーズ：2000-2004》，今井清人（IMAI Kiyoto）編。東京：若草書房，2005。

FA

法蘭茲（von Franz, Marie-Louise）.〈永恆少年問題的宗教背景〉（"The Religious Background of the Puer Aeternus Problem"），《榮格心理治療》（*Psychotherapy*），易之新譯。台北：心靈工坊文化，2011。

GANG

岡三郎（OKA Saburō）譯.《神話と夢想と秘儀》（*Myths, Dreams and Mysteries：The Encounter Between Contemporary.*），エリアーデ（Mircea Eliade）著。東京：新榮堂，1985。

HE

河合隼雄（KAWAI, Hayao）.〈母性社會日本與「永遠の少年」たち〉，《母性社會日本の病理》。東京：中央公論新社，8-34。

——.《如影隨形：影子現象學》（《影の現象學》），羅珮甄譯。台北：揚智文化事業股份有限公司，2000。

——.《日本人的傳說與心靈》（《神話と日本人の心》），范作申譯。北京：三聯書店，2007。

──.《佛教與心理治療藝術》（*Buddhism and the Art of Psychotherapy*），鄭福明、王求是譯。台北：心靈工坊文化事業股份有限公司，2004。

──.《物語と人間の科学》。東京：岩波書店，1993。

──.《容格心理學入門》（《ユング心理学入門》），17 版。東京：培風館，1983。

JIU

久米博（KEME, Hiroshi）譯.《エリアーデ著作集》，エリアーデ著，卷 2。東京：せりか書房，1981。

LAI

賴明珠譯.《挪威的森林》，村上春樹著，下。台北：時報文化，2003。

──.《聽風的歌》，村上春樹著。台北：時報出版社，1995。

──.《迴轉木馬的終端》（《回転木馬のデッド・ヒート》），村上春樹著。台北：時報文化，1999。

LI

利科（Ricoeur, Paul）.《虛構敘事中時間的塑形：時間與敘事》（*Time and Narrative*），王文融。北京：生活・讀書・新知三聯書店，2003。

LIN

林道義（HAYASHI, Michiyoshi）譯.《意識の起源史》（*The Origins and History of Consciousness*），E・ノイマンの著，上，2 版。東京：紀伊國屋書店，1985。

LING

鈴木龍（SUZUKI, Ryū）.《「永遠の少年」はどう生きるか　中年期の危機を超えて》。京都：人文書院，1999。

RE

熱奈特（Genette, Gérard），《敘事話語‧新敘事話語》（*Narrative Discourse, Narrative Discourse Revisited*），王文融譯。北京：國社會科學出版社，1990。

RUO

諾伊曼，埃利希（Neumann, Erich）.《大母神：原型分析》（*Great Mother: An Analysis of the Archetype*），李以洪譯。北京：東方出版社，1998。

RONG

榮格（Jung, C. G.）.〈兒童原型心理學〉（"The Psychology of the Child Archetype"），《原型與集體無意識》（*The Archetypes and the Collective Unconscious*），《榮格文集》，卷 5（北京：國際文化出版公司，2011）121-61。

——.〈母親原型的心理學面向〉（"Psychological Aspects of the Mother Archetype"），《榮格文集》，卷 5，63-88。

SHENG

深海遙（TOYODA, Motoyuki）.《村上春樹と小阪修平の 1968 年》。東京：新泉社，2009。

SHI

石澤靖治（ISHIZAWA, Yasuharu），《日本人論‧日本論の系譜》。東京：丸善株式會社，1997。

TOU

透納，維多（Turner, Victor）.〈過渡儀式與社群〉（"The Ritual Progress"），楊麗中譯，《文化與社會：當代論辯》（*Culture and Society：Contemporary Debates*），主編杰夫瑞‧C‧亞歷山大（Jeffrey C. Alexander）、史蒂

芬・謝德門（Steven Seidman）、吳潛誠編。臺北：立緒文化事業有限公司，1997），176-85。

TU

土居健郎（DOI, Takeo）.《依賴心理結構》（《「甘え」の構造》），王煒等譯。濟南：濟南出版社，1991。

WO

渥厄，帕特莎（Waugh, Patricia）.《後設小說：自我意識小說的理論與實踐》（*Metafiction: The Theory and Practice of Self-conscious Fiction*），錢競、劉雁濱譯。台北：駱駝出版社，1995。

YI

伊利亞德，米爾恰（Mircea Eliade）.《神聖的存在：比較宗教的範型）（*Patterns in Comparative Religion*），晏可佳、姚蓓琴譯（桂林：廣西師範大學出版社，2008）230-53。

SAI

塞奇威克（Sedgwick, E. K.）.《男人之間：英國文學與男性同性社會性欲望》（*Between Men: English Literature and Male Homosocial Desire*）。上海：上海三聯書店，2011。

樋口和彦（HIGUCHI, Kazuhiko）.《「永遠の少年」元型／女神の元型》。東京：山王出版，1986。

Eliade, Mircea. "Mysteries and Spiritual Regeneration." *Myths, Dreams and Mysteries: The Encounter Between Contemporary Faiths and Archaic Realities*. New York Harper & Row, 1960, 190-228

von Franz, Marie-Louise. *The Problem of the Puer Aeternus*. 3rd .Toronto: Inner City Books, 2000.

Neumann, Erich. *The Origins and History of Consciousness.* Trans. R. F. C. Hull. New York : Princeton UP, 1970.

Puer Aeternus in *Norwegian Wood*

Guangzhen LI
Professor, College of Foreign Languages, Shandong Normal University

Wood Yan LAI
Professor, Hua Xia College,
Honorary Research Fellow, Jao Tsung-I Petite Ecole,
The University of Hong Kong

In *Norwegian Wood,* a pair of young man and woman lovers committed suicide one after another. Such a situation can be appropriately analyzed by applying the theory of Jungian psychology on Puer Aeternus. In the light of Antoine de Saint Exupery's book, *The Little Prince*, Marie-Louise von Franz wrote a book entitled *The Problem of the Puer Aeternus*. The book becamed the most important basic analytical theory. Besides, some Japanese scholars, for example, Hyao Kawai, contributed supplementary remarks. They are helpful in the explanation of the image sculpturing of Tooru Watanabe, the major character in *Norwegian Wood.*

《國際村上春樹研究》輯一（2013 年 12 月）253-77。

《聖經》式的重複：
村上春樹《挪威的森林》研究

■黎活仁

作者簡介：

黎活仁（Wood Yan LAI），男，1950 年生於香港，廣東番禺人。現為香港大學饒宗頤學術館名譽研究員。

內容摘要：

本文整合西蒙・巴埃弗拉特（Shimeon Bar-Efrat）《聖經的敘事藝術》（*Narrative Art in the Bible*）、利蘭・萊肯（Leland Ryken）《聖經文學導論》（*A Literary Introduction to the Bible*）和羅伯特・阿爾特（Robert Alter）《聖經敘事的藝術》（*Art of Biblical Narrative*）三本書有關《聖經》的詩句和語意重複的模式，對村上春樹的《挪威的森林》作一系統研究。

關鍵詞：西蒙・巴埃弗拉特（Shimeon Bar-Efrat）、利蘭・萊肯（Leland Ryken）、羅伯特・阿爾特（Robert Alter）、村上春樹、《挪威的森林》

一、引言

　　本文整合西蒙・巴埃弗拉特（Shimeon Bar-Efrat）《聖經的敘事藝術》（*Narrative Art in the Bible*）[1]、利蘭・萊肯（Leland Ryken）《聖經文學導論》（*A Literary Introduction to the Bible*）[2]和羅伯特，阿爾特（Robert Alter）《聖經敘事的藝術》（*Art of Biblical Narrative*）[3]有關《聖經》[4]的詩句和語意重複的模式，對村上春樹（MURAKAMI Haruki, 1949-）的《挪威的森林》[5]作一系統研究。以下的例子，集中於渡邊跟直子的對話，一般的書寫也有重複的，但沒有那麼密集，兩人對話，很多時是就直子的精神病問題有感而發的，也就是「疾病書寫」，「疾病書寫」因蘇珊・桑塔格（Susan Sontag, 1933-2004）《疾病的隱喻》（*Illness as Metaphor and AIDS and its Metaphors*）而流行起來。

二、平行結構（Parallelism）

　　萊肯《聖經文學導論》[6]對平行結構的重複，作了分類整理，平行結構即「用不同的詞語重複表達相同的事物」。平行結構有一個很好的同義詞，即「思想對偶」（thought couplet），或者（假如同時出現三個從句）稱為「思想三聯」（thought triple）[7]。聖經中有四種主要的平行結構形式。

---

[1] 西蒙・巴埃弗拉特（Shimeon Bar-Efrat），《聖經的敘事藝術》（*Narrative Art in the Bible*），李瑾譯（上海：華東師範大學出版社，2006）。

[2] 利蘭・萊肯（Leland Ryken）《聖經文學導論》（*A Literary Introduction to the Bible*），黃宗英譯（北京：北京大學出版社，2007）172-78。。

[3] 羅伯特，阿爾特（Robert Alter）《聖經敘事的藝術》（*Art of Biblical Narrative*），章智源譯（北京：商務印書館，2010）。

[4] 《聖經》（《新舊約全書》〔和合本（神版）〕），（香港：香港聖經公會，1999）。

[5] 賴明珠譯，《挪威的森林》，村上春樹著，上（台北：時報文化，2003）。

[6] 萊肯　172-78。

[7] 萊肯　173。

1.同義平行結構（synonymous parallelism）

同義平行結構（synonymous parallelism）指以相同的語法形式或句法結構在連續的詩行中重複表達意思相同的內容：「萬軍之耶和華與我們同在，雅各的神是我們的避難所。（〈詩篇〉46：7[8]）、「神上升，有喊聲相送；耶和華上升，有角聲相送」（〈詩篇〉47：5[9]）。《挪威的森林》有如下的用例：

> 嘿，肩膀放輕鬆一點。就因為妳太緊張了，才會那麼在乎地看事情，只要肩膀放鬆身體就會變輕啊。（賴明珠譯，《挪威的森林》15[10]）

渡邊去阿美療探病，要直子放鬆一點，直子說一放鬆，整個人就跨了。土居健郎（DOI Takeo, 1920-2009）有關《聖經》與「依賴心理」的分類，得到妻子的安慰，也是其中一種被愛，被愛傳統一點可譯作「撒驕」[11]。土居健郎《依賴心理結構》（原名《甘ぇの構造》，1971）[12]是日本非小說類的極暢銷書。

渡邊與直子有過一次肉體關係，男對女也有愛意，不因她的精神病而嫌棄，羅伯特‧J‧斯騰伯格（R. J. Sternbery）認為親密、激情、決定／承諾夠組合成不同類型的愛情[13]。愛情的第一個成分是「親密」（intimacy），它包括熱情、理解、互相支持等；第二個成分是「激情」（passion），常常是對性的欲望；第三個成分是「承諾」（commitment），致力於維繫一份感情。渡邊於直子，具備三種要件，無意始亂終棄，願意付出代價。

---

[8]　《聖經》　691。

[9]　《聖經》　691。

[10]　賴明珠譯，《挪威的森林》　15。

[11]　土居健郎，《聖書「甘ぇの構造」》（《〈聖經〉與依賴心理》），（東京：PHP 新書，1997）23。

[12]　土居健郎，《依賴心理結構》，王煒等譯（濟南：濟南出版社，1991）。.

[13]　羅伯特‧J‧斯騰伯格（R. J. Sternberg），〈愛情的二重理論〉（"A Duplex Theory of Love"），《愛情心理學》（The New Psychology of Love），斯騰伯格（R. J. Sternberg）編著，李朝旭譯（北京：世界圖書出版公司，2010）196-98。

2.對偶平行結構（antithetic parallelism）

在對偶平行結構（antithetic parallelism）中，第二行是用對稱的方式表達前一行的意思。有時前一行以肯定的語氣表達一個意思，而後一行卻用否定的語氣表達同樣的意思：「我兒，要謹守你父親的誡命，不可離棄你母親的法則。」（〈箴言〉6：20[14]）。常見的情況是，第二行用簡單的方式重述前一行的內容：「所盼望的遲延未得，令人心憂，所願意的臨到，卻是生命樹。」（〈箴言〉13：12-13[15]）、「義人引導他的鄰舍，惡人的道，叫人失迷。」（〈箴言〉12：26-27[16]）[17]。上面的例句，與下一句，形成對偶平行結構，下一句以否定的意氣道出：

> 只要肩膀放鬆身體就會變輕，這種事我也知道啊。跟我說這些一點用也沒有啊。噯，我告訴你，如果我現在把肩膀的力量放鬆，整個人就會散掉噢。（賴明珠譯，《挪威的森林》[18]）

> 直子說。「死掉的人一直都是死著的，可是我們以後卻不得不活下去。」（賴明珠譯，《挪威的森林》[19]）

《挪威的森林》是弗洛姆（Erich Fromm, 1900-80）所說的戀屍癖（necrophilia）文學[20]，戀屍癖文學多寫疾病、死亡、殯葬儀式[21]，也是這本書最大的特徵，喜歡洞穴也是戀屍癖特徵之一[22]，而村上又特別喜歡「井」[23]。

---

[14] 《聖經》　773。
[15] 《聖經》　778。
[16] 《聖經》　778。
[17] 萊肯　172-78。
[18] 賴明珠譯，《挪威的森林》，上　14-15。
[19] 賴明珠譯，《挪威的森林》，上　156。
[20] 弗洛姆（Erich Fromm, 1900-80），《人心》（*The Heart of Man. Its Genius for Good and Evil*），孫月才、張燕譯（北京：商務印書館，1989）25-50。
[21] 藤崎央嗣（FUJISAKI Ōji, 1982-），〈葬送小説としての村上春樹〉，《村上春樹と一九九〇年代》，宇佐美毅（USAMI Takeshi, 1958-）、千田洋幸（CHIDA Hiroyuki, 1962-）編（東京：おうふう，2012）238-52。弗洛姆　27。
[22] 弗洛姆　27。
[23] 小林正明（KOBAYASHI Masaaki, 1950-），〈井戸からイドへ〉，《村上春樹　塔と海の彼方に》（東京：森話社，1998）21-25。

3.層進平行結構（climactic parallelism）

在層進平行結構（climactic parallelism）中，第二行先是重述第一行的部分內容，然後再增添新的內容：「民中的萬族阿，你們要將所有的榮耀能力歸給耶和華，都歸給耶和華。」（〈詩篇〉96：7[24]）、「耶和華呵，大水揚起，大水發聲，波浪澎湃。」（〈詩篇〉93：3[25]）、「耶和華阿，你的右手施展能力，顯出榮耀；耶和華阿，你的右手摔碎仇敵，大發威嚴。」（〈出埃及記〉15：6-7[26]）[27]。《挪威的森林》的例句如下：

> 這裡最大的好處，是大家互相幫助。因為大家都知道自己是不完全的，所以都互相幫助。（賴明珠譯，《挪威的森林》[28]）
> 首先第一要想幫助對方。並且想自己也必須讓別人幫助。第二要坦白。不要說謊，不要想掩飾事情，不要打馬虎眼想把不妙的事情隱瞞掉。（賴明珠譯，《挪威的森林》[29]）
> 這些影像逐一累積起來之後，她的臉忽然很自然地就浮了上來。首先是側面浮上來。這也許因為我和直子總是並肩走著的關係吧。（賴明珠譯，《挪威的森林》[30]）

村上喜歡側面描寫，因為他對「耳」這種器官特別有興趣[31]。「耳」在狂歡化文學，屬於排洩系統，故也是排洩書寫之一。

---

[24] 《聖經》　729。
[25] 《聖經》　727。
[26] 《聖經》　87。
[27] 萊肯　172-78。
[28] 賴明珠譯，《挪威的森林》，上　138。
[29] 賴明珠譯，《挪威的森林》，上　138。
[30] 賴明珠譯，《挪威的森林》，上　10。
[31] 川村湊（KAWAMURA Minato, 1951-）.〈耳の修辭學〉,《村上春樹をどう讀むか》（東京：作品社，2006）191-221；日高昭二（HIDAKA Shōji, 1945-）,〈感応／官能のオブジェ──《羊をめぐる冒険》の「耳の女」〉,《村上春樹スタディーズ》,栗坪良樹（KURITSUBO Yoshiki, 1940-）、柘植光彥（TSUGE Teruhiko, 1938-）編,卷1（東京：若草書房，1999）142-50。

4.綜合平行結構（synthetic parallelism）

綜合平行結構又叫擴大平行結構（growing parallelism），是指第二行把第一行要表達的思想完成或者擴大，但不像層進平行結構中重複前一行的部分內容：「在我的敵人面前，你為我擺設筵席，你用油膏了我的頭，使我的福杯滿溢。」（〈詩篇〉23：5[32]）；「父親怎樣憐恤他的兒女，耶和華也怎樣憐恤敬畏他的人。」（〈詩篇〉103：13[33]）。《挪威的森林》的例句如下：

> 同時也努力不要變嚴肅。因為我稍微感覺到變嚴肅不一定和接近事實是同義的。但不管怎麼想，死都是一件深刻嚴肅的事實。（賴明珠譯，《挪威的森林》[34]）

5.思想單位的偶句（thought couplet）

是由兩行詩／文組成一個思想單元（thought couplet）。不同部分除了相互平衡之外，又構成一種節奏。就好像腳步，一步接一步[35]：

> 「我是個普通人哪。生在普通家庭，普通地成長，容貌普通，成績普通，想著普通的事。」我說。……
> 「確實是。」我承認。「不過我並不是有意這樣認定，而是從內心這樣想的。自己是個普通人。妳（筆者案：指直子）能在我身上找到什麼不普通的東西嗎？」（賴明珠譯，《挪威的森林》[36]）

羅蘭巴特（Roland Barthes，1915-80）的《戀人絮語》（*Lover's Discourse*）「一個男子若要傾訴對遠方情人的思念便會顯示出某種女子氣：這個處於等待和痛苦中的男子奇蹟般地女性化了。[37]」

---

[32] 《聖經》　673。
[33] 《聖經》　733。
[34] 賴明珠譯，《挪威的森林》，上　39。
[35] 萊肯　174-75。
[36] 賴明珠譯，《挪威的森林》，上　155。
[37] 羅蘭巴特（Roland Barthes，1915-80），《戀人絮語》（*Lover's Discourse*），汪耀進、武佩榮譯（台北：商周出版，2010）35。

本居宣長（MOTOORI Norinaga, 1730-1801）說：《源氏物語》裡面「知物哀」的好人，「性情都像女童」，顯得脆弱、幼稚、無助、無可奈何，沒有男性的堅強[38]。綿綿情話的渡邊，正是如此。

6.不對稱因素

平行結構可以用對稱或不對稱的方式呈現。《詩篇》51 篇說：「因為我知道我的過犯，我的罪常在我面前。／／我向你犯罪，惟獨得罪了你，在你眼前行了這惡。」（〈詩篇〉51：3-4[39]）。「過犯」在第一行是用賓語，第二行的「罪」卻用主語；另外，第一人稱主格與賓格的 "I" 與 "me"，在這兩行中也是前後出現。但在第三、四行中，「我」沒有重複使用[40]。《挪威的森林》以下的例句中，「死」作為擬人化的主語，在下一例變成賓語，「硬推」的例，則你、我互換：

> 死總有一天會把我們確實捕捉住。但相反地說，直到死將我們捕捉的那一天來臨之前，我們不會被死所捕捉。（賴明珠譯，《挪威的森林》[41]）
>
> 「還沒瞭解妳到把什麼硬推給妳的程度啊。」
>
> 「那麼，如果更瞭解我的話，你也會把各種東西硬推給我嗎？就跟別人一樣？」……「因為我對會硬推給別人，或被別人硬推是小有權威的。你不是那種類型的人，所以我跟你在一起的時候可以很安心唷。你知道嗎？世上有很多人喜歡把東西硬推給別人或被別人硬推喲。」（賴明珠譯，《挪威的森林》[42]）

---

[38] 本居宣長（MOTOORI Norinaga, 1730-1801），《日本物哀》，王向遠譯（長春：吉林出版集團有限責任公司，2010）66, 164-65, 106-07。

[39] 《聖經》694。

[40] 萊肯174。

[41] 賴明珠譯，《挪威的森林》，上38。

[42] 賴明珠譯，《挪威的森林》，下36-37。

三、複製、首語重複、句末重複

巴埃弗拉特《聖經的敘事藝術》此書論《聖經》的重複，見第五章，〈文體〉1 段之 C 節[43]，詞語（或詞根）的重複乃是《聖經》敘事中經常出現的文體特徵。根據其在文中的位置和所發揮的功能，有好多種重複。

1.複製（Duplication）

同一詞連續出現兩次或以上，用以「表達強烈的情感」，例如：「耶和華的使者從天上呼叫他說：亞伯拉罕！亞伯拉罕！」（〈創世記〉22：11-12[44]）；「求你把這紅湯（red, red stuff）給我喝。」（〈創世記〉25：30[45]）；「我兒押沙龍阿！我兒，我兒押沙龍呵！我恨不得替你死，押沙龍呵！我兒！我兒！」（〈撒母耳記下〉18：33[46]）；「他對父親說：『我的頭阿！我的頭阿！』」（〈列王紀下〉4：19[47]）。

一個詞也可以隔開來重複使用，例如："Answer me, O Lord, answer me."（「耶和華阿，求你應允我，應允我！」）（〈列王紀上〉18：37[48]）[49]。

> 這裡的冬天，又長又難過噢。到處都只能看到雪、雪、雪，（賴明珠譯，《挪威的森林》[50]）

本居宣長說：「情有不堪的時候」，「用通常的詞語，故意將聲音拉長而使詞語有文采」，「可悲呀，可悲呀」仍不夠，乃高呼：「『嗚呼哀哉！可悲可哀！』如此拉長聲調，可將情感宣洩出來。[51]」中文連說三個「雪」字，可能比較少，但日文的雪（yuki），連說三次──yuki, yuki, yuki，卻是很自然的。

---

[43] 巴埃弗拉特　238-45。
[44] 《聖經》　23。
[45] 《聖經》　29。
[46] 《聖經》　404。
[47] 《聖經》　462。
[48] 《聖經》　447。
[49] 巴埃弗拉特　238。
[50] 賴明珠譯，《挪威的森林》，上　144。
[51] 本居宣長　164-65。

2.首語重複（anaphora）

例如：　"Unitl I come and take you away to a land like your own land, a land of grain and wine, a land of bread and vineyards, a land of live trees and honey." （「等我來領你們到一個地方與你們本地一樣，就是有五穀和新酒之地，有糧食和葡萄園之地，有橄欖樹和蜂蜜之地。」〈列王紀下〉18：32[52]）[53]首先是突擊隊有口吃的問題，故第一個字常常重複：

> 「你，你是主修什麼的？」
>
> 「不，不是的。是讀戲曲。」
>
> 「我，我的情況，是喜歡地、地、地圖，因此在學習製作地、地、地、地圖噢。（賴明珠譯，《挪威的森林》[54]）
>
> 他問我：「那、那個，渡邊君，你跟女、女孩子啊，平常都，說些什麼話呢？」（賴明珠譯《挪威的森林[55]）
>
> 「可是，在宿、宿舍裡不能喝酒，是規、規定啊。」（賴明珠譯，《挪威的森林》[56]）

據阿德勒（Alfred Adler, 1870-1937）「自卑情結」（inferiority complex）的說法，自卑不是壞事，人總有不同程度的自卑，反而可以促使爭取更大的成就。阿德勒認為如果一種器官較弱，其他的器官會變強壯，產生互補的作用[57]，突擊隊口吃，於是每天勤練早操。直子生殖功能出了問題，但她擅長運動——「小時候一到星期天就去登山」[58]，腰腿超好，是為互補的另一種方式。阿德勒又舉口吃為例，如果致力改善，會成為演說家[59]。

---

[52]　《聖經》　485。

[53]　巴埃弗拉特　239。

[54]　賴明珠譯，《挪威的森林》，上　25-26。

[55]　賴明珠譯，《挪威的森林》，上　43。

[56]　賴明珠譯，《挪威的森林》，上　62。

[57]　河合隼雄（KAWAI Hayao, 1928 -2007），《コンプレックス》（《心理學的情結》），16 版（東京：岩波書店，1983）56-57。

[58]　賴明珠譯，《挪威的森林》，上　32。

[59]　杜舒爾，茨著杜（Schultz, Duane P.），《現代心理學史》（History of Modern Psychology），楊立能譯（北京：人民教育出版社，1981）。368-69。.

3.句末重複（epiphora）

句末重複的例，如：「願你平安，願你家平安，願你一切所有的都平安。」（〈撒母耳記上〉25：6[60]）[61]《挪威的森林》有如下的用例：

> 生在這邊，死在另外一邊。我在這一邊，不在那一邊。（賴明珠譯，《挪威的森林》，上 38[62]）

四、關鍵字、再現、層套

關鍵字、再現和層套，有時重疊地使用，形成同時並存的現象。

1.關鍵字（key words）

一個詞的重複，有三個方面值得注意：1）.詞語重複頻率；2）.詞語在一篇或系列中的重複頻率；3）.所重複詞語的距離。在該隱和亞伯的故事裡（〈創世記〉4：1-16[63]），《聖經》中並不少見 "brother"（弟兄）一詞共出現了 7 次，密度相當的高。

關鍵字有時略加變化的情況出現，意義也隨之而有了變化。《出埃及記》第 32 章 1 至 14 小節就是這種情況，其中 "people"（百姓）一詞就以 "this people（這百姓）、"your people"（你的百姓）"his people"（他的百姓）等形式重複出現。在《約伯記》的前兩章裡，動詞 bárék 便以相反的兩個意思（bless「祝福」和 curse「咒罵」）出現了 6 次。

重複的有時長至一個短語或句子，構成母題。有時是逐字重複、有時作些許改動，對要描寫的情景之間的差異、和意氣的加強調，都有一定意義：例如：「於是二人同行。」（〈創世記〉22：7、9，23）、「我就／便軟弱像別人一樣。」（〈士師記〉16：8、12、17，319-20）、「那時以

---

[60] 《聖經》 369。
[61] 巴埃弗拉特 239。
[62] 賴明珠譯，《挪威的森林》，上 38。
[63] 《聖經》 4。

色列中沒有王。」（〈士師記〉17：6，321；18：1，322；19：1，323；21：25，328）[64]。以下舉的例，「話」字有多重意思：

> 我打電話給綠，說我無論如何都想跟妳說話（A）。有好多話要說（B）。好多不能不說的話（C）。（賴明珠譯，《挪威的森林》[65]）

「話」字在 A，是談談的意思；B 有要緊的事情要告訴您的意思，C 似是可包括渡邊與綠的感情的事作一告白：下面一句即道心聲：「全世界除了妳之外我已經什麼都不要了。我想跟妳見面談話。一切的一都想跟妳兩個人從頭開始。」（賴明珠譯，《挪威的森林》[66]）

2.鸚鵡學舌式的重複

在阿美寮，直子講述過鸚鵡學舌的事，說讓她感到討厭：

> 我用手指撥撥鐵絲網時，鸚鵡便啪噠啪噠地拍著翅膀叫道：「混蛋」「謝謝」「神經病」。「那傢伙！真想把牠給冷凍起來。」直子憂鬱地說。「每天早上聽到那叫聲真的快變瘋了。」（賴明珠譯，《挪威的森林》[67]）

鸚鵡相當於希臘水仙女友「回聲女神」（Echo），只會學舌，自戀情結是據水仙的神話建構，其人不愛「回聲女神」，只愛水中的自己的倒影，結果溺死。自戀是因為愛不能對象化，直子最後也是放棄愛她的渡邊尋死。

3.再現（Resumption）

幾個用語在連同其他詞句重複出現，產生連續一致表達方式。在押沙龍的故事裡，在他被允許從基述返回耶路撒冷以後，我們讀到：「王說：『使他回自己家裡去，不要見我的面。』押沙龍就回自己家裡去，沒有見王的面。」（〈撒母耳記下〉14：24[68]）。隨後的幾個小節描述起了押沙

---

[64] 巴埃弗拉特　239。
[65] 賴明珠譯，《挪威的森林》，上　203
[66] 賴明珠譯，《挪威的森林》，上　203
[67] 賴明珠譯，《挪威的森林》，下　26
[68] 《聖經》　396。

龍的俊美來，從而打斷了故事敘述：敘事人在第 11 章 28 小節又重新拾起了故事線索，於是我們讀到：「押沙龍住在耶路撒冷足有二年，沒有見王的面。[69]」（〈撒母耳記下〉15：28，397）以下用突擊隊為例加以說明。

突擊隊以丑角出現於第 2 章，退學之後，已淡出情節之中，但渡邊、直子兩位相見無言，藉提及突擊隊趣事，逗得佳人一笑，故其人常出現於渡邊的回憶之中。

突擊隊有如下的趣事：1). 口吃[70]；2). 有過度的潔癖，負責打掃室內環境；室友渡邊的儀容，如發出臭味，頭髮和鼻毛太長、就加以提醒[71]；3). 發現有昆蟲，就噴殺蟲水[72]；4). 不給張貼裸女照[73]；5). 洗臉的時間很長，懷疑是否把牙齒逐顆拿出來洗[74]；6). 早上八時，室友渡邊仍蒙頭大睡，突擊隊卻不顧別人，在室內開收音機做體操[75]；7). 突擊隊不會跟異性搭訕：會打聽「那、那個，渡邊君，你跟女、女孩子啊，平常都，說些什麼話呢？」[76]，於是成為笑柄；8). 突擊隊討厭人家喝酒，「抱怨說臭得看不下書」[77]。突擊隊成為沖淡寂寞，打開話匣子的題材；

> 我一提起突擊隊和他的收音機體操的事，直子就咯咯笑了起來。雖然我並沒有打算當笑話說，但結果我也笑了。終於看到她的笑臉——只在短短的一瞬間便消失了——但真的是好久沒看見了。（賴明珠譯，《挪威的森林》[78]）

> 每次一提到這些有關突擊隊的事，直子都會笑。因為她很少笑，因此我就常常提到他，……雖然如此「突擊隊笑話」在宿舍裡已經是不可或缺的話題之一了，事到如今我想收斂都收斂不了。而

---

[69] 巴埃弗拉特　243-44。
[70] 賴明珠譯，《挪威的森林》，上　25。
[71] 賴明珠譯，《挪威的森林》，上　24。
[72] 賴明珠譯，《挪威的森林》，上　24。
[73] 賴明珠譯，《挪威的森林》，上　24。
[74] 賴明珠譯，《挪威的森林》，上　26。
[75] 賴明珠譯，《挪威的森林》，上　26。
[76] 賴明珠譯，《挪威的森林》，上　43。
[77] 賴明珠譯，《挪威的森林》，上　62。
[78] 賴明珠譯，《挪威的森林》，上　28。

且能看到直子的笑臉對我來說自然也是可喜的事。因此我便繼續提供有關突擊隊的笑話。（賴明珠譯，《挪威的森林》[79]）

　　直子一聽到這個話題就高興。「我好想跟這個人見面噢。只要一次就好。」「不行。妳一定會忍不住笑出來。」我說。「你想我真的會忍不住笑出來嗎？」「可以跟妳打賭。我每天跟他在一起，有時候還是會忍不住覺得好笑呢。」（賴明珠譯，《挪威的森林》[80]）

突擊隊成為渡邊與綠搭訕的話題；

因為她想聽我住宿舍的事，於是我照例提到升降國旗和突擊隊的收音機體操的話題。綠也為突擊隊的事而大笑。突擊隊似乎能讓全世界的人心情愉快。綠覺得很有意思，所以說無論如何一定要去一次那宿舍看看。（賴明珠譯，《挪威的森林》[81]）

突擊隊再往下成為玲子的話題；

玲子姊泡了咖啡，我們三個人便喝了起來。我跟直子談起突擊隊忽然消失的事。而且最後一次見面那天他送我螢火蟲的事。真遺憾，他居然不在了，我還想聽更多更多他的事呢，直子好像非常遺憾地說。因為玲子姊想知道突擊隊的事，於是我又再談他。當然她也笑了。只要一提到突擊隊，世界總是和平而充滿歡笑。（賴明珠譯，《挪威的森林》[82]）

4.套層（Envelope）

　　段落開頭和結尾用語相同或幾乎相同。「這種框架主要是為了突出重點。」：「耶和華對你說什麼，你不要向我隱瞞，你若將神對你所說的隱瞞一句，願他重重地降罰與你。」（〈撒母耳記上〉3：17-18[83]）；「王不可得罪王的僕人大衛，……，現在為何無故要殺大衛，流無辜人

---

[79]　賴明珠譯，《挪威的森林》，上　44。
[80]　賴明珠譯，《挪威的森林》，上　57。
[81]　賴明珠譯，《挪威的森林》，上　92。
[82]　賴明珠譯，《挪威的森林》，上　148
[83]　《聖經》339。

的血，自己取罪呢？」（〈撒母耳記上〉19：4-6[84]）；「你們打仗為什麼挨近城牆呢？……你們為什麼挨近域牆呢？」（〈撒母耳記下〉11：20、21[85]）；「但在平原與他們打仗，我們必定得勝，……，我們在平原與他們打仗，必定得勝。」（〈列王紀上〉20：24-25[86]）[87]。《挪威的森林》有如下的用例：

> 「羅曼史？」我吃驚地說。「嘿，我覺得妳果然是有什麼誤解噢。背著睡袋滿臉鬍子到處走的人，到底要在什麼地方、如何能夠發生羅曼史呢？」（賴明珠譯，《挪威的森林》[88]）

五、詹姆士「地毯上的圖案」：隱形主題的重複

羅伯特·阿爾特（Robert Alter）《聖經敘事的藝術》（*Art of Biblical Narrative*）引用詹姆士「地毯上的圖案」的原理，說明參孫就與一個隱形的主題「火」聯繫在一起，例如：（1）.力大無窮的參孫，只需要稍為用力，捆綁他的繩子就像火燒的麻一樣脫落（〈士師記〉16：9[89]）；（2）.當參孫被岳父阻攔，不能見妻子時，他採取報復，像古代中國的火牛陣，他用火把捆在一些狐狸的尾巴上，衝進非利士人的田間（〈士師記〉15：1-5[90]）；（3）.非利士人為了復仇，縱火把參孫新妻和岳父燒死（〈士師記〉15：6[91]）；（4）.參孫被捕，帶到大殿中，場景中雖沒有火，但參孫類似火的化身，釋放最後的能量，將殿上所有的人、物件和他自己徹底毀滅（〈士師記〉16：29-30）[92]。

---

[84] 《聖經》360-61。
[85] 《聖經》391。
[86] 《聖經》450。
[87] 巴埃弗拉特　244-45。
[88] 賴明珠譯，《挪威的森林》，上　21。
[89] 《聖經》319-20。
[90] 《聖經》318。
[91] 《聖經》318。
[92] 《聖經》318；阿爾特　129。

1.《挪威的森林》開端關於「節日」的題詞

當前的文藝理論，或多或少，與列斐伏爾（Henri Lefebvre, 1901-91）的「日常生活」[93]理論有關；《挪威的森林》開端，有一句題辭：

　　獻給許多的節日

題辭引用者眾，莫衷一是。列斐伏爾認為節日能作克服「日常生活」的異化，如布朗肖（Maurice Blanchot, 1907-2003）所說，節日歡騰的瞬間，有類似革命運動，能清晰洞察存在的意義；《挪威的森林》對傳統的顛覆，是性方面的狂歡化，這也是巴赫金（M. M. Bakhtin, 1895-1975）的狂歡化的一環。

2.《挪威的森林》與狂歡化

巴赫金在《陀思妥耶夫斯基詩學問題》（*Problem of Dostoevsky's Poetics*）說中世紀的人，透過在廣場上的放縱行為，對神聖進行褻瀆和不敬[94]。狂歡節特別重視寫地球和身體的下半部，即地獄和生殖器[95]。狂歡式文學也特別重視寫身體開口器官，譬如口（大吃大喝）、鼻（排洩系統之一）、生殖器、肛門。糞便、分娩、性交的描寫。身體凸出部位和孔洞，在兩個人的間，又或者與外在的世界，可進行雙向交流[96]。

3.阿美寮與幽冥空間

巴赫金在《陀思妥耶夫斯基詩學問題》把梅尼普（Menippean Satire）體特徵總結為 14 點，以便分析文本的特徵：首先，是小說主人公上天堂，下地獄，或訪幻想的國度[97]、或透過夢境、又或遠遊描寫烏托邦社會或不

---

[93] Ben Highmore（1961-），《日常生活與文化理論》（*Everyday Life and Cultural Theory: An Introduction*），周群英譯（台北：韋伯文化，2005）180。

[94] 巴赫金，《陀思妥耶夫斯基詩學問題》（*Problem of Dostoevsky's Poetics*）白春仁、顧亞鈴譯，錢中文主編《巴赫金全集》，卷 5（石家莊：河北教育出版社，1998）170。

[95] 巴赫金，《拉伯雷研究》（*Rabelais and His World*），《巴赫金全集》，李兆林、夏忠憲等譯，錢中文主編，卷 6（石家莊：河北教育出版社，1998）429。

[96] 巴赫金，《拉伯雷研究》　368。

[97] 巴赫金，《陀思妥耶夫斯基詩學問題》　150。

知名的國度[98]。渡邊越過陰陽界，走訪直子。田中勵儀（TANAKA Reigi, 1952-）認為阿美寮屬於「山中他界」[99]，即幽冥的空間：作品中山頂，是鞍馬到別所之間花背嶺。這地方在平安時代供奉彌勒佛的北方淨土聖地。療養院可視為「山中他界」，「阿美寮」是法語裡頭的 ami（意謂著朋友），但發音與「阿彌陀佛」相近[100]。德永直彰（TOKUNAGA Tadaaki）說[101]渡邊曾提及過記憶中的地獄邊緣（Limbo）的地方，這個地方，本見於但丁（Alighieri Dante, 1265-1321）《神曲》（*Divine Comedy*）：

> 我想我體內甚至可能有所謂記憶的 Limbo（譯註：地獄邊緣）這種黑暗地方，重要的記憶或許已經全部沉積在那裡化為柔軟的泥了也不一定。（賴明珠譯，《挪威的森林》[102]）

德永氏指出日文譯作「邊土」的地獄邊緣，在《海邊的卡夫卡》和《人造衛星情人》都出現過[103]：

> 你知道什麼叫做靈薄獄（limbo）嗎？就是橫在生與死的世界之間的中間地帶。一個模糊暗淡的寂寞地方。那也就是，我現在所在的地方。現在的這片森林。（賴明珠譯《海邊的卡夫卡》[104]）

> 她也許已經回日本來了，可是無論如何都沒有辦法跟我聯絡，她也許寧可保持沉默，繼續擁抱記憶，甘願被埋沒在某個不知名的偏僻地方。（賴明珠譯《人造衛星情人》[105]）

---

[98] 巴赫金，《陀思妥耶夫斯基詩學問題》 150。
[99] 田中励儀（TANAKA Reigi, 1952-），（《ノルウェイの森》——現実界と他界との間で），《国文学——解釈と教材の研究》40.4（1995）：79。又，此文有中譯：田中勵儀，〈挪威的森林——在現世與他界之間〉，銀色快手譯，網站：「村上春樹論壇」，2013 年 6 月 27 日檢索。（http://mypaper.pchome.com.tw/haruki/post/1622953）
[100] 田中勵儀，〈挪威的森林——在現世與他界之間〉。
[101] 德永直彰（TOKUNAGA Tadaaki），〈《ノルウェイの森》におけるキリスト教的表象——辺土ををめぐって〉，《村上春樹スタディーズ：2000-2004》，今井清人（IMAI Kiyoto, 1961-）編（東京：若草書房，2005）62-88。
[102] 賴明珠譯，《挪威的森林》 上 17。
[103] 德永直彰 83。
[104] 賴明珠譯，《海邊的卡夫卡》，下（台北：時報文化出版企業股份有限公司，2003）305。林少華譯，《海邊的卡夫卡》，村上春樹著，17 版（上海：上海譯文出版社，2012）474。

「不知名的偏僻地方」日文本來是用「邊土」一語。塵世不過地獄邊緣一回眸，如越川芳明（KOSHIKAWA Yoshiaki, 1952- ）所說：現世在《挪威的森林》常以死者的眼光觀察[106]，譬如玲子說日本人速度飛快的子彈火車新幹線像棺材：

> 我是為了對你說這個而特地離開那地方來這裡的噢。搭著那像棺材一樣的電車[107]。

又，有潔癖的突擊隊把學生的宿舍房間弄得一塵不染，若「停屍間」[108]。參加直子的喪禮回到東京，渡邊回到原已為直子準備好的居所，思前想後，覺得木月和直子，都帶走了他的一部分到死地，獨守空置的幾個房間，自己覺得像是幽冥「博物館的管理員」：

> 嘿 Kizuki（或譯作木月），你以前把我的一部分拖進死者的世界裡去。而現在，直子又把我的一部分拖進死者的世界裡去。有時候我覺得自己好像變成博物館的管理員了似的。在沒有任何一個人來訪的空蕩蕩的博物館裡，我為我自己管理著那裡[109]。

渡邊和直子在阿美寮的交談，正是地獄「邊沿上的對話」（譬如農夫在天堂門口爭論），即「天堂入口文學」（literature of the heavenly gates），這種特殊的文體，叫做「死人的對話」[110]。

> 在那些奇怪的地方，我和死者一起活著。在那裡直子是活著的，跟我交談，有時也互相擁抱。在那些地方，死並不是終結性的決定性要素。在那裡死只不過是構成生的許多要素之一。直子包含

---

[105] 村上春樹，《人造衛星情人》，賴明珠譯（台北：時報文化出版企業股份有限公司，2003）260。林少華譯，《人造衛星情人》，村上春樹著，6版（上海：上海譯文出版社，2012）217。
[106] 越川芳明（KOSHIKAWA Yoshiaki, 1952-），〈《ノルウェーの森》——アメリカン・ロマンスの可能性〉，《ユリイカ》6（1989）：195。
[107] 賴明珠譯，《挪威的森林》　下　195。
[108] 賴明珠譯，《挪威的森林》　上　24。
[109] 賴明珠譯，《挪威的森林》　180。
[110] 巴赫金，《陀思妥耶夫斯基詩學問題》　153。

著死而依然在那裡繼續活著。而且她對我這樣說：「沒關係，渡邊君，這只不過是死噢，你不用介意。」

在那些場所我沒有感覺到所謂悲傷這東西。因為死是死，直子是直子。你看，沒關係呀，我不是在這裏嗎？直子有點害羞似地笑著說。她那習慣性的一些小動作撫慰了癒合了我的心。而且我這樣想，如果死就是這麼回事的話，那麼死也不壞嘛。對呀，其實所謂死並不是那麼不得了的事噢，直子說。死只不過是死而已。而且我在這裡非常輕鬆噢。從陰暗的海浪聲之間，直子這樣說。（賴明珠譯，《挪威的森林》[111]）

帕特莎・渥厄（Patricia Waugh），《後設小說：自我意識小說的理論與實踐》（*Metafiction : The Theory and Practice of Self-conscious Fiction*）說：

幾乎所有的後設小說中，人物都會突然意識到自己並不真的存在，也不會死亡，從來就沒有誕生過[112]。

梅尼普體在虛構和幻想之中，表達出主人公「最後的問題」（ultimate questions）的一種體裁：梅尼普體「企圖寫出人們最終的決定性的話語和行動，力求在每一句話，每一個行動中反映出整個的人，以及這個人的整個生活。[113]」。渡邊給直子的死作了總結：

死不是生的對極，而是潛存在我們的生之中。（賴明珠譯，《挪威的森林》[114]）

4.田園輓歌體

田園式的輓歌詩，總是讓大自然一起來哀悼死去的人，如下雨以喻悲傷，即用哀悼死者的方法，來讚美尚在人世的鴛侶[115]，渡邊得玲子信，知

---

[111] 賴明珠譯，《挪威的森林》 176。

[112] 帕特莎・渥厄(Patricia Waugh)，《後設小說：自我意識小說的理論與實踐》(*Metafiction : The Theory and Practice of Self-conscious Fiction*)，錢競、劉雁濱譯（台北：駱駝出版社，1995）104。

[113] 巴赫金，《陀思妥耶夫斯基詩學問題》 152。

[114] 賴明珠譯，《挪威的森林》 83。

[115] 魯思文（K. K. Ruthven），《巧喻》（*The Conceit*），張寶源譯，收入《西洋文學

直子或將不起，於是對佳人倍感思念，本居宣長說：「知道櫻花之美，從而心生感動，心花怒放，這就『物哀』。[116]」櫻花雖美，盛開之時，一場不大不小的雨，落紅無數，花期可供觀賞，也不過三數天，故東洋美學，以櫻花的萎謝，為哀感的象徵：

> 我還在望著櫻花。在春天黑暗中的櫻花，在我看來就像皮膚破裂而濺出來的爛肉一樣。那麼多肉的沉重而帶甜味的腐臭充滿了庭園。……春天的香氣充滿了所有的地面。可是現在，那令我聯想到的卻只有腐臭而已。我在窗簾緊閉的房間裡強烈地痛恨著春天。我恨春天為我帶來的東西，我恨那在我身體深處所引發的鈍重疼痛般的感覺[117]。

《挪威的森林》形容與突擊隊居住的宿舍，清潔如停屍間，這是他在38 歲時，以田園輓歌體對昔日的回憶，作了處理。以詹姆斯·費倫（James Phelan, 1951- ）「反常的」省敘（ "paradoxical" paralipsis）和「模棱兩可的疏遠』（ambiguous distancing） [118]的說法來分析，「反常的」省敘，是在回憶中將成年和幼年不同的感知加以省略，「模棱兩可的疏遠」則強調兩者的距離。村上的田園輓歌體，用了「反常的」省敘來處理。

5.性的狂歡

據一篇有關《海邊的卡夫卡》訪談，村上透露曾經看過法國兩位以情色知名的作家的作品，即薩德（Marquis de Sade, 1740-1814）和巴代耶（George Bataille, 1897-1962） [119]；巴代耶在日本出有全集[120]，研究者眾，

術語叢刊》（The Critical Idiom），顏元叔（1933-2012）主編，2 版（台北：黎明文化事業公司，1978）883-84。

[116] 本居宣長　66。

[117] 賴明珠譯，《挪威的森林》，下　142。

[118] 艾莉森·凱斯（Alison Case），〈敘事理論中的性別與歷史《大衛·科波菲爾》和《荒涼山莊》中的回顧性距離〉（ "Gender and History in Narrative Theory: The Problem of Retrospective Distance in David Copperfield and Bleak House"），《當代敘事理論指南》（A Companion to Narrative Theory），James Phelan 和 Peter J. Rabinowitz 主編，申丹（1958-）等譯（北京：北京大學出版社，2007）357-68。

[119] 村上春樹（MURAKAMI Haruki）、湯川豊（YUKAWA Yutaka.）、小山鉄郎（KOYAMA Tetsurō），〈ロング・インタビュー村上春樹《海辺のカフカ》を語る〉，《文學

村上的寫法，以布希亞（Jean Baudrillard, 1929-2007）的說法，是以無限放大的方法呈現，造成「狂喜」或「猥褻」、快感或反感[121]。《挪威的森林》的末尾，渡邊在打工的地方認識一位美術大學油畫系的學生伊東，伊東說他愛讀巴代耶作品[122]。

性的狂歡，是顛覆中世紀規限甚多的宗教和森嚴的階級制度，《挪威的森林》的男女交歡描寫，及於細節，論者以為，是日本文學得未曾有的。至於村上要顛覆的，在小說中顯示，是日本資本主義中，貧富懸殊的不平等現狀。

春心莫共花爭發，玲子與跟她鋼琴小女生於翻雲覆雨之間，豁然開朗，乃不知有漢，無論魏晉，行到水窮處，坐看雲起時，流水高山，相望終古。放浪形骸，亦即本居宣長所謂「知物哀」，筆法卻像海蒂（Shere Hite, 1942- ）《海蒂性學報告‧女人篇》（*Hite Report: Women and Love*）[123]的訪問記錄。

六、結論

以巴埃弗拉特《聖經的敘事藝術》、利蘭‧萊肯《聖經文學導論》和羅伯特‧阿爾特《聖經文學導論》有《聖經》的詩句和語意重複的模式，對村上春樹作一系統研究，結果有助突現《挪威的森林》的特色，對理解村上的創意，十分重要。

界》57.4（2003）：15。

[120] 巴代耶（George Bataille, 1897 -1962），《ジョルジュ‧バタイユ著作集》，全 15 卷（東京：二見書房，1969-75）。

[121] 陳英凱，〈猥褻〉，《文化研究 60 詞》（香港：滙智出版有限公司，2010）124-26

[122] 賴明珠譯，《挪威的森林》，下 153。

[123] 李銀河（1952-），《西方性學名著提要》（瑞金：江西人民出版社，2002）650。

參考文獻目錄

A

阿爾特,羅伯特(Alter, Robert).《聖經敘事的藝術》(*Art of Biblical Narrative*),
　　章智源譯。北京:商務印書館,2010。

BA

巴埃弗拉特,西蒙(Bar-Efrat, Shimeon).《聖經的敘事藝術》(*Narrative
　　Art in the Bible*),李瑾譯。上海:華東師範大學出版社,2006。

巴赫金(Bakhtin, M. M.),《陀思妥耶夫斯基詩學問題》(*Problem of
　　Dostoevsky's Poetics*)白春仁、顧亞鈴譯,錢中文主編,《巴赫金全
　　集》,卷 5。石家莊:河北教育出版社,1998,1-363。

——.《拉伯雷研究》(*Rabelais and His World*),《巴赫金全集》,李兆
　　林、夏忠憲等譯,錢中文主編,卷 6。石家莊:河北教育出版社,1998。

BEN

本居宣長(MOTOORI, Norinaga).《日本物哀》,王向遠譯。長春:吉林
　　出版集團有限責任公司,2010。

CHUAN

川村湊(KAWAMURA, Minato).〈耳の修辭學〉,《村上春樹をどう読
　　むか》。東京:作品社,2006,191-221。

DE

德永直彰(TOKUNAGA, Tadaaki).〈《ノルウェイの森》におけるキリ
　　スト教的表象——辺土ををめぐって〉,《村上春樹スタディーズ:
　　2000-2004》,今井清人(IMAI Kiyoto)編。東京:若草書房,2005,
　　62-88。

CUN

村上春樹（MURAKAMI Haruki）、湯川豊（YUKAWA Yutaka.），小山鉄郎（KOYAMA Tetsurō）.〈ロング・インタビュー村上春樹「海辺のカフカ」を語る〉，《文學界》57.4（2003.4）：10-42。

FU

弗洛姆（Fromm, Erich）.《人心》（*The Heart of Man. Its Genius for Good and Evil*），孫月才、張燕譯。北京：商務印書館，1989。

HE

河合隼雄（KAWAI, Hayao）.《コンプレックス》，16 版。東京：岩波書店，1983。

KAI

凱斯，艾莉森（Case, Alison）.〈敘事理論中的性別與歷史《大衛・科波菲爾》和《荒涼山莊》中的回顧性距離〉（"Gender and History in Narrative Theory: The Problem of Retrospective Distance in David Copperfield and Bleak House"），《當代敘事理論指南》（*A Companion to Narrative Theory*）, James Phelan 和 Peter J. Rabinowitz 主編，申丹等譯。北京：北京大學出版社，2007，357-68。

LAI

賴明珠譯，《挪威的森林》，村上春樹著。台北：時報文化，2003。
——.《海邊的卡夫卡》，村上春樹著。台北：時報文化出版企業股份有限公司，2003。
——.《人造衛星情人》，村上春樹著。台北：時報文化出版企業股份有限公司，2003。

LI

利蘭，萊肯（Leland, Ryken）《聖經文學導論》（*A Literary Introduction to the Bible*），黃宗英譯。北京：北京大學出版社，2007。

李銀河.《西方性學名著提要》。瑞金：江西人民出版社，2002。

LIN

林少華譯.《海邊的卡夫卡》，村上春樹著，17 版。上海：上海譯文出版社，2012。

——譯.《人造衛星情人》，村上春樹著，6 版。上海：上海譯文出版社，2012。

LUO

羅蘭巴特（Barthes, Roland）.《戀人絮語》（*Lover's Discourse*），汪耀進、武佩榮譯。台北：商周出版，2010。

TU

土居健郎（DOI, Takeo）.《依賴心理結構》，王煒等譯。濟南：濟南出版社，1991。

——.《聖書「甘ぇの構造」》。東京：PHP 新書，1997。

RI

日高昭二（HIDAKA, Shōji）.〈感応／官能のオブジェ——《羊をめぐる冒険》の「耳の女」〉，《村上春樹スタディーズ》卷 1，栗坪良樹（KURITSUBO Yoshiki）、柘植光彦（TSUGE Teruhiko）編。東京：若草書房，1999，142-50。

SHENG

《聖經》（《新舊約全書》〔和合本（神版）〕）。香港：香港聖經公會，1999。

SI

斯騰伯格，羅伯特・J・（Sternbery, R. J.）.〈愛情的二重理論〉（"A Duplex Theory of Love"），《愛情心理學》（*The New Psychology of Love*），斯騰伯格（R. J. Sternbery）編著，李朝旭譯。北京：世界圖書出版公司，2010，195-211。

TENG

藤崎央嗣（FUJISAKI Ōji），〈葬送小説としての村上春樹〉，《村上春樹と一九九〇年代》，宇佐美毅（USAMI Takeshi）、千田洋幸（CHIDA Hiroyuki）編。東京：おうふう，2012，238-52。

TIAN

田中勵儀（TANAKA, Reigi）.〈《ルウェイの森》──現実界と他界との間で〉，《國文學》40.4（1995）：78-81。

──，〈挪威的森林──在現世與他界之間〉，銀色快手譯，網站：「村上春樹論壇」，2013 年 6 月 27 日檢索。（http://mypaper.pchome.com.tw/haruki/post/1622953

WO

渥厄，帕特莎（Waugh, Patricia）.《後設小說：自我意識小說的理論與實踐》（Metafiction : The Theory and Practice of Self-conscious Fiction），錢競、劉雁濱譯。台北：駱駝出版社，1995。

XIAO

小林正明（KOBAYASHI, Masaaki）.〈井戶からイドへ〉，《村上春樹　塔と海の彼方に》，東京：森話社，1998，21-25。

YUE

越川芳明（KOSHIKAWA, Yoshiaki）.〈《ノルウェーの森》──アメリカン・ロマンスの可能性〉，《ユリイカ》6（1989）：188-98。

Highmore, Ben.《日常生活與文化理論》（Everyday Life and Cultural Theory: An Introduction），周群英譯。台北：韋伯文化，2005。

A Study of Bible-style Repetition
of Haruki Murakami's *Norwegian Wood*

Wood Yan LAI
Professor, Hua Xia College,
Honorary Research Fellow, Jao Tsung-I Petite Ecole,
The University of Hong Kong

Abstract:

This essay attempts to analyze Haruki Murakami's *Norwegian Wood* by making use of the biblical elements in Shimeon Bar-Efrat's Narrative Art in the Bible, Leland Ryken's A Literary Introduction to the Bible and Robert Alter's Art of Biblical Narrative.

Keywords: Haruki Murakami, *Norwegian Wood*, Shimeon Bar-Efrat, Robert Alter, repetition

《國際村上春樹研究》輯一（2013 年 12 月）278-84。

日本主要《挪威的森林》研究內容摘要

■王海藍

作者簡介：

　　王海藍（Hailan WANG），女，日本筑波大學學術博士，中國復旦大學比較文學博士後研究員，中國山東省日本學研究中心兼職研究員。在日本留學期間，碩博士階段的研究課題「村上春樹在中國」備受關注，從 2006 年起已被《朝日新聞》、《日經新聞》、NHK 廣播電臺等主要媒體採訪報導多次。已出版學術專著《村上春樹と中國》（2012），學術論文主要有〈中國における村上春樹の受容〉、〈中國における「村上春樹熱」とは何であったのか：2008 年・3000 人の中國人學生への調查から〉、〈「電影中毒者」村上春樹的電影觀〉、〈論村上春樹的戰爭觀〉等。

內容摘要：

　　本文摘要介紹日本比較重要的《挪威的森林》研究觀點。

關鍵詞：村上春樹、《挪威的森林》、日本文學

1. 川村湊（KAWAMURA Minato, 1951- ）.〈ノルウェイの森〉で目覚めて〉,《村上春樹スタディーズ》,卷 3,栗坪良樹、柘植光彦編。東京：若草書房,1999,13-20。

　　主要考察了《挪》中人物之間的三角關係。作者認為該小說出現的各種三角關係就像「森」字是由三個「木」組合而成一樣,成為《挪》故事結構的中心支架。很多三角關係如同拼圖嵌入一樣構成人際關係網絡,這正是日本社會關係的一種體現。

2. 千石英世（SENGOKU Hideyo, 1949- ）.〈アイロンをかける青年──「ノルウェイの森」のなかで〉,《群像》43.11（1988）：196-214。

　　指出《挪》是中年男子渡邊對自己青春時期的性與愛的回憶錄,敘述者渡邊氏與回憶錄中的渡邊君,將《挪》組成二重結構的小說,再加上強調「這是具有私人性質的小說」的後記中的作者村上氏,甚至認為小說有三重結構。

3. 加藤典洋（KATŌ Norihiro, 1948- ）.〈「村の家」から「ノルウェイの森」へ〉,《中央公論　文芸特集》6.1（1989）：114-31。

　　指出《挪》其實是「我」和直子的故事以及「我」和綠的故事這兩個獨立的故事,即自閉的故事與從自閉走向戀愛的故事,但由作者根據創作需要將兩個故事凝縮成一個故事。

4. 桜井哲夫（SAKURAI Tetsuo, 1949- ）.〈閉ざされた殻から姿をあらわして──《ノルウェイの森》とベストセラーの構造〉,《ユリイカ》21.8（1989）；182-87。

　　從社會學角度考察了《挪》暢銷的原因所在,指出文學生產也需要市場戰略,同時指出,作為精神療癒的這部小說《挪》,性描寫很多是因為作品嘗試用身體作為媒介與他人進行交流這一問題。

5. 三枝和子（SAEGUSA Kazuko, 1929-）.〈戀愛小説の陥穽——《ノ
ルウェイの森》と《たけくらべ》〉,《ユリイカ》22.10（1990）：
202-10。

作者指出《挪》不同於以往的戀愛小説，近現代日本文學中出現的多
是以男性優越思想為主導的戀愛小説，而《挪》是在男女平等的戀愛關係
意識之下構思而成的，更接近於描寫夫婦之間關係的「心境小説」。

6. 遠藤伸治（ENDŌ Shinji）.〈村上春樹《ノルウェイの森》論〉,《近
代文學試論》29（1991）：59-74。

從人物的語言行為這一視角對《挪》進行了分析，認為通過對過去青
春往事的審視，「我」進行了自我療救，因此自己現在的狀況也得以調整。

7. セシル モレル.〈村上春樹の小説世界——〈《ノルウェイの森》の
リアリズム〉,《世界文學》85（1997）：28-36。

作者是來自法國的研究者，從西歐風土人情的角度視角來考察《挪》
中出現的「青春」、「戀愛」、「三角關係」與「死」等諸要素，強調了
小説的現實主義特徵。

8. 近藤裕子（KODŌ Hiroko）.〈チーズ・ケーキのような緑の病い
——《ノルウェイの森》論〉,《國文學：解釈と教材の研究》43.3
（1998）：83-89。

作者從心理學角度指出，《挪》的男性讀者多青睞直子與玲子，而年
輕的女性讀者大多喜歡小説中任性可愛的小林綠。

9. 渡辺みえこ（WATANABE Mieko）.〈《ノルウェイの森》——視線の
佔有によるレズビアニズムの棄卻〉,《社會文學》13（1999）：27-36。

該論文關注小説中玲子與 13 歲女孩之間的同性戀，作者指出村上春
樹巧妙利用日本文化根基裡的「女身不淨」、「女性嫌惡」與明治以後傳
入日本的猶太基督教的「同性戀」嫌惡以及兩性科學上的同性戀病等引出
「我」的故事，因而成為暢銷小説。

10. 酒井英行（SAKAI Hideyuki, 1949-）.〈村上春樹・「ノルウェイの森」論（1）〉，《靜岡大學人文學部社會學科・言語文化學科研究報告》52.1（2001）：23-70。

　　本論文從三個方面對《挪》進行了考察：一是神戶女孩「直子」與荒井般的神戶之間的關聯；二是少男的夢中情人初美；三是小說人物之間互助平等的關係。

11. 今井清人（IMAI Kiyoto, 1961-）.〈『ノルウェイの森』──回想される〈戀愛〉てもしくは死──〉，《村上春樹スタディーズ》，卷3，東京：若草書房，1999，86-107。

　　主要以回想、記憶的問題為中心對《挪》進行了分析，指出《挪》從某種意義上可以說是戀愛小說。

12. 山根由美惠（YAMANE　Yumie）.〈村上春樹《ノルウェイの森》論──「綠」への手記〉，《近代文學試論》40（2002）：120-30。

　　主要對男主人公起初對直子的愛的約定與最後將愛投向綠的這兩種感情並存的原罪進行了分析與考察。

13. 酒井英行（SAKAI Hideyuki, 1949-）.〈村上春樹・《ノルウェイの森》論（2）〉，《靜岡大學人文學部社會學科・言語文化學科研究報告》54.1（2003）：43-80。

　　主要從「食」、「性」、「愛」分析了小說人物綠，指出《挪》是一部傾斜或有失平衡的回憶性小說，現實中 37 歲的主人公唯有失去直子的那種失落感與悲慟之情。

14. 竹田青嗣（TAKEDA Seiji, 1947-）.〈「恋愛小説」の空間〉，《村上春樹スタディーズ》，卷3，東京：若草書房，1999，21-54。

　　指出《挪》即使稱為一部「純粹的戀愛小說」，但也不能說是描寫「純粹戀愛」的小說。小說的幾個人物都是生活在自我封閉的世界裡，與外部的連接是欠缺的，因此失去與他人心靈交匯的可能性。

15. 黑古一夫（KUROKO Kazuo, 1945-）.〈「喪失」、もしくは「恋愛」の物語――《ノルウェイの森》村上春樹――「喪失」の物語から「転換」の物語へ〉，東京：勉誠出版，2007，105-31。

　　針對《挪》初版時被村上定性為為「百分之百的戀愛小說」這點，該文指出《挪》講述的並非是戀愛故事，而是失戀或迷失身份的故事。強調小說中的「愛情」並不存在，而人物之間存在的是「溫情」。

16. 小谷野敦（KOYANO Atsushi, 1962-）.〈《ノルウェイの森》を徹底批判する――極私的村上春樹論〉，《村上春樹スタディーズ2000-2004》，東京：若草書房，2005，59-95。

　　筆者首先回顧日本文壇各界對村上春樹的評論與態度，接著從《挪》是令人厭惡的「人氣男小說」這一視角出發，並通過與近代小說進行比較，對《挪》進行了徹底的批判，用詞犀利，號召讀者大眾打倒村上春樹和他筆下帶著女人味的男主人公們。

17. 鈴木直史（SUZUKI Naoshi, 1983-）.〈《ノルウェイの森》評価の振幅とその言説空間〉，《村上春樹と一九八〇年代》，宇佐美毅（Usami Takeshi）、千田洋幸（Chida Hiroyuki）編，東京：おうふう，2008，106-21。

　　本論文再度著眼於《挪》中的「戀愛」，而這「戀愛」在讀者是如何接受和評價的，並結合當時人們的思想流程進行了分析與探討。

18. 野中潤（NONAGA Jun, 1962-）.〈《ノルウエイの森》と生き残りの罪障感〉，《村上春樹と一九八〇年代》，宇佐美毅（Usami Takeshi）、千田洋幸（Chida Hiroyuki）編，東京：おうふう，2008，90-105。

　　指出《挪》是以描寫身邊人相繼自殺而使倖存者產生負面情緒、無力感以及在富裕的社會中產生一種罪孽感為主題的小說，而有這種罪孽感或內疚感正好使人們的精神得以療癒。並指出這也是《挪》暢銷的原因所在。

19. 川本三郎（KAWAMOTO Saburō, 1944-）.〈ロックと死の時代〉，《村上春樹論集成》，川本三郎著。東京：若草書房，2006，134-39。

　　該《挪》論考察了小說故事的時代背景，即 1960 年代的世界與日本，指出村上受到日本學運、越南戰爭與美國搖滾音樂的影響，並認為《挪》其實是描寫死亡的書，是向死者哀悼的書。

20. 福田和也（FUKUDA Kazuya, 1960-）.〈《ノルウェイの森》〉，《村上春樹 12 の長編小說：1979 年に開かれた「僕」の戦線》，福田和也著。東京：廣濟堂出版，2012，82-97。

　　指出陳英雄改編導演的電影版《挪》是極為失敗之作，並分析了其失敗原因，演員的演技儘管很精彩，但腳本與編劇是失敗的，拍出來之後讓人陷入通過大畫面觀賞 MTV 的錯覺。

A Summary of the Japanese Research Essays
Mainly on *Norwegian Wood*

Hailan WANG

Postdoctoral Scholar, Department of Chinese, Fudan University

Abstract

This summary introduces some important Japanese research view points on *Norwegian Wood*.

Keywords: ***Norwegian Wood***, **Haruki Murakami, Kazuo Kuroko, Minato Kawamura, Norihiro Kato**

《國際村上春樹研究》輯一（2013 年 12 月）285-309。

天吾：「王者」歸來

■劉研

作者簡介：

劉研（Yan LIU），女，中國東北師範大學文學博士，東北師範大學文學院教授。近年發表有〈「小資」村上與中國大眾文化語境〉（2012）、〈村上春樹研究中的「東亞」視角與文化訴求〉（2012）、〈村上春樹可以作為東亞的「鬥士」嗎？〉（2010）等論文。目前從事中國國家社會科學基金《日本「後戰後」時期的精神史寓言：村上春樹論》（09BWW005）課題的研究，本文為其階段性成果。

内容摘要：

村上春樹在《1Q84》中將弗雷澤（James George Frazer）的《金枝》（*The Golden Bough*）的「殺王制度」設置為敘事的內在線索。青豆作為天吾的分身完成了「殺王」任務，作家進而從特質、功能、成「王」的進程三個層面將天吾塑造成新「王」。深繪里、青豆與天吾象徵性地成為一體，他們是故事的製造者，也是故事的主人公、閱讀者、評論者，乃至包含了村上對自身文學的評價。小說中真正擊退「小小人」的是由深繪里、天吾聯手創作的《空氣蛹》這一「有效物語」，最終使天吾成為「小說王」的是青豆和天吾聯手打造的「1Q84」。因此《1Q84》是一部凸顯物語思維、小說之力的具有元小說性質的小說。。

關鍵詞：《1Q84》、天吾、「小說王」、物語思維

一、引言

　　村上春樹（Haruki Murakami, 1949-）在談及自己早年主人公時這樣概括說：「從《聽風的歌》到《舞！舞！舞！》，我在小說中描寫的始終是三十歲左右的單身男性。……把都市人、沒有家庭的浮萍般的男人作為主人公，記述他怎麼被捲進故事中去，在那裡他如何看待事物，事情發生時又如何去處理，綿密地維持這樣一種視角，對我非常重要。這樣也可以不斷地驗證我自己。我強烈地希望獲得自由、成為個人，在我的故事中，主人公是一個個體、是自由的不被束縛的人，這比什麼都重要。作為代價，他們沒有社會保障。在大公司工作，擁有一個家庭，意味著一種保障裝置在發揮作用。那時我描寫的主人公身上幾乎沒有這樣的裝置。這是很重要的一點。對這樣的保障，當時的日本表現出遠比現在更為強烈的信賴感。[1]」其實不僅是早期創作，村上的大多作品的主人公雖然身份多變，但都是 20 歲至 35 歲左右生活在都市的、單身的、中產階級的、男性知識份子，既享受著工業社會帶給人們的前所未有的便利，又感受著無與倫比的孤獨，為保有個體的自由，疏離任何意識形態的規訓，與按部就班的人生格格不入，獨自而執拗地探索著「我是誰、我要怎樣活」的人生之路。

　　《1Q84》中的天吾 29 歲，即將跨入三十歲的門檻，是補習學校的數學老師兼無名作家，正在為成為一名真正的小說家刻苦練習寫作。29 歲，是酒吧老闆的村上創作處女作《聽風的歌》，即將在文壇大展宏圖的年齡，是村上青春四部曲中「我」的年齡。就職業而言既衣食無憂，又處於體制之外、社會邊緣；觀其理想，既嚮往如波西米亞人一樣自由創作，又要在社會建言發聲。總之，與其說是村上主人公中的又一個，莫如說是諸多主人公的集大成者，是作為王者——「小說王」的形象矗立於形象群體之中的。天吾何以是「王」？天吾怎樣成「王」？他作為「王」的實質又是什麼呢？

---

[1]　村上春樹、松家仁之（MATSUIE Masashi, 1958 -），〈村上春樹三天兩夜長訪談〉，張樂風譯，《大方》1（2011）：66。

二、《1Q84》中的「殺王」

　　《1Q84》堪稱後現代文學的典範之作，既有對新左翼學生運動、歐姆真理教事件的直接投影，又有「小小人」、「空氣蛹」等神話因素的設置，既有《金枝》(*The Golden Bough*)人類文化學的宏大結構，榮格(Carl Gustav Jung, 1875-1961)心理學的陰影理論，又有陀思妥耶夫斯基 (Fyodor Dostoevsky, 1821-81)對罪與罰的深入探求，既有嚴肅小說的倫理訴求，又有娛樂小說的香豔惡俗。文本多元，話語蔓延，彷彿一大堆不可窮盡的能指的聚合、各種代碼符號的碎片的堆積。面對如此龐雜的內容，有很多研究者指出，《1Q84》的核心裝置就是弗雷澤 (James George Frazer, 1854-1941)的《金枝》[2]。

1.《1Q84》對《金枝》神話元素的移植

　　弗雷澤寫作《金枝》源於古羅馬的一個風俗。古羅馬附近的內米湖畔的叢林中，有一座森林女神狄安娜的神廟，神廟的祭司由一位逃亡奴隸擔任，他一旦擔當祭司便被免除了逃亡的罪責，並獲得「森林之王」的頭銜，然而他晝夜不寧、手持利刃，守護著神廟旁的一株高大的橡樹，因為任何一個逃亡奴隸只要折下這樹上的樹枝，就可以獲得和他決鬥的權利，如果在決鬥中殺死祭司，這位新逃奴就可取而代之成為新「王」。針對這一奇異與殘忍的承襲制度，弗雷澤提出三個問題：1).祭司為什麼被命名為「森林之王」？2).為什麼必須殺死他的前任？3).為什麼在這樣做之前要折下被稱為「維吉爾的金枝」的樹枝？弗雷澤在卷帙浩瀚的世界各民族習俗考察中，試圖對上述問題做出回答：原始人通常把樹木視為神，祭司首先是作為森林女神狄安娜的伴侶「橡樹神」被膜拜的，原始人不僅相信超自然力量來自於神靈，並且認為神靈常常會化身為肉體凡胎的普通人，作為

---

[2]　如安藤禮二(ANDŌ Reiji, 1967-)，〈殺王之後——反抗近代體制的作品《1Q84》〉，《1Q84 縱橫談》，侯為、魏大海譯，河出書房新社編輯部彙編（濟南：山東文藝出版社，2011)9-14；佐藤秀明(SATŌ Hideaki, 1955-)，〈村上春樹的「殺王」〉，《村上春樹與小說的現在》，日本近代文學會關西支部編（大阪：和泉書院，2011)109-117；楊炳菁（1972-)，〈《金枝》與村上春樹的《1Q84》〉，《名作欣賞》12（2012）：100～01，106 等。

「神人」與超自然力相通，並由最初的巫師演變為宗教活動中的祭司，最終成為世俗政權中的統治人物——帝王。神聖帝王的生死與健康關乎世界的興旺，所以原始人用大量的禁忌保護帝王的「靈魂」，靈魂是人的身體之記憶體有的與他本人相同只是形體小些的「小人」，靈魂可以通過口、鼻逸出移居另一軀體，也可暫居其他生物之中，「金枝」就是靈魂寄生的象徵，當帝王的身體初露虛弱跡象之際，其神聖的靈魂遷至另一更為健康的軀體才能保證這靈魂的康泰平安。如果新逃奴奪得金枝，不僅獲得了與在任祭司決鬥的權利，而且已掌握了他的命運。通過殺戮，帝王的身體雖然不斷死去，但帝王的神聖靈魂卻永遠健康無恙，於是世界的平安獲得保證。弗雷澤還由此總結人的思維發展分為三個階段：巫術階段、宗教階段、科學階段。巫術階段人們相信自己的巫術之力能應對重重險阻，為自己的目的服務。迨至宗教階段，人們已經不再篤信自己擁有如此法力，而將此類超自然之力加之於精靈和神祇，並頂禮膜拜或對之祈祝。隨著科學時代的到來，人們恍悟原來左右世間萬物者，並非自身，亦非神靈，而是自然規律[3]。

　　村上在《1Q84》中對《金枝》的神話因素進行了大量的轉換、移植和變形，即便如此，作為敘事的內在動力線依然鮮明。在小說的高潮，即第 2 卷第 11 章，青豆與「先驅」領袖狹路相逢，正面對決，領袖深田保提到了《金枝》時說，「一本非常有趣的書。它告訴了我們各種各樣的事實。在歷史上的某個時期——那是遠古時期的事——在世界上的許多地方，都規定王一旦任期終了就要被處死。任期為十年到十二年左右。一到任期結束時，人們便趕來，將他殘忍地處死。對共同體來說，這是必要的。王也主動接受。處死的方法必須殘忍而血腥。而且這樣被殺，對為王者是極大的榮譽。為什麼王非被處死不可？因為在那個時代，所謂王，就是代表人民『聆聽聲音之人』。這樣的人主動成為聯結他們和我們的通道。而經過一定時期後，將這個『聆聽聲音者』處死，對共同體而言是一項不可缺的工作。這樣做是為了很好地維持生活在世間的人的意識和小小人發揮的力量之間的平衡。在古代世界裡，所謂統治和聆聽神的聲音是同義的。當然，

---

[3]　參見詹・喬・弗雷澤（James George Frazer, 1854-1941），《金枝》（*The Golden Bough*），徐育新、汪培基、張澤石譯（北京：大眾文藝出版社，1998）。

這樣的制度不知何時遭到廢止，王不再被處死，王位成為世俗的、世襲的東西。就這樣，人們不再聆聽聲音了。[4]」青豆殺掉領袖在逃亡中對自己養的那棵橡皮樹（令人聯想到《金枝》中的橡樹）極為牽掛，彷彿是她的生命分身，青豆和橡皮樹都與植物相關，都是勇士般的 Tamaru 極力保護的，在這裡又隱約透露出「金枝」的影像。

深田保在對《金枝》的重敘中，進行了有意識地改寫，首先「王」作為神人形象，不僅是神靈與人的世界的溝通者，還特別指出是「聆聽神的聲音之人」；其次與《金枝》中「王」必須被處死的原因不同，小說解釋是「為了很好地維持生活在世間的人的意識和小小人發揮的力量之間的平衡」[5]，如果不被處死，平衡即被破壞。由於他作為「小小人」的代理人，已完全被小小人控制，所以他請求青豆必須處死自己。

2.「小小人」是何物

《1Q84》中的「小小人」是何物？深田保解釋說，「小小人」是善是惡無法界定，「我們從遠古時代開始，就一直與他們生活在一起。早在善惡之類還不存在的時候，早在人類的意識還處於黎明期的時候。重要的是，不管他們是善還是惡，是光明還是陰影，每當他們的力量肆虐，就一定會有補償作用產生。這一次，我成了小小人的代理人，幾乎同時，我的女兒便成了類似反小小人作用的代理人的存在。就這樣，平衡得到了維持。[6]」村上似乎要在小說中如列維－斯特勞斯（Claude Levi-Strauss, 1908-2009）所說的「有必要退回到人類社會的最原始階段，在最原始的和最簡單的原始文化中，找出人類文化的真正原型」[7]，「小小人」一如當年的「羊」，引發了種種猜測，自然作家拒絕作出明確的解釋。不過與充溢著惡意的「羊」不同，以深田保為一側的小小人與深繪里、天吾、青豆一側的反小小人如格雷馬斯的矩形方陣中，「小小人」和「反小小人」構成的陣營雖然對立，但並非簡單的善惡對峙，而是互為嵌入。由於「小小人」

4　村上春樹，《1Q84 BOOK2 7 月-9 月》，施小煒譯（海口：南海出版公司，2010）169。
5　村上春樹，《1Q84 BOOK2 7 月-9 月》　169。
6　村上春樹，《1Q84 BOOK2 7 月-9 月》　193-94。
7　高宣揚，《當代法國哲學導論》（上海：同濟大學出版社，2004）589。

源於人類的原初時代，處於「自然人」時代的萌芽期，「所謂自然人，一個重要的標誌就是那時的人總是遵從著自己本能要求或自然欲望行事——即人的自然要求和自然欲望是人類一切行動的動因，同樣也是人類一切活動的目的和結果。[8]」概而言之，「小小人」是不是就是「人的自然要求和自然欲望」的對象化呢？「小小人」是不是人類文明的不同發展時期「人的自然要求和自然欲望」「陰影」部分的不同變貌呢？

　　儘管「小小人」神秘莫測，但大都研究者達成了共識，小說中此刻出現的「小小人」，是「『大眾』（＝我們）『集體無意識』」[9]，等同於權力，是「『體制』性的暗喻」[10]。小小人式的體制統治不同於父權制的外部高壓，是一種母性的支配，體制通過某一話語作用企圖統治我們，「它滲透到我們內部深處，彷彿以我們自己希望的形式從內側施以統治」[11]，「遵從這個命令而一度角色化的我們，只能一味回歸性地持續強化自己的角色，因為退出自己的角色就意味著實質性的『死亡』」[12]。

3.作為「王者」的深田保的實質是什麼

　　作為「小小人」代理人的深田保體現了怎樣體制的特點呢？安藤禮二（ANDŌ Reiji, 1967- ）認為村上賦予深田保的定義與折口信夫（ORIGUCHI Shinobu, 1887-1953）賦予天皇的定義相同，折口的「禦言持論」認為天皇是能夠聆聽上天諸神之聲的人物，是神之聲的象徵，其主張是戰後「象徵天皇制」論的先導。戰後三島由紀夫（MISHIMA Yukio, 1925-70）從《英靈之聲》到《豐饒的海》四部曲顯然有神之聲附體的「神主」和促成附體並實施操縱的審神者的基礎構造。這種天皇制體系並非太古傳承至今，不過是近代明治維新以來被重新發現和重新構建的一個體系，是將東西方信仰和文化統一在怪物般的君王麾下。戰前出現了出口王仁三郎建立的企圖

---

[8]　劉建軍，《歐洲中世紀文學論稿（從西元 5 世紀到 13 世紀末）》（北京：中華書局，2010）371。

[9]　石原千秋（ISHIHARA Chiaki, 1955-），〈應持「小心謹慎的態度」！〉，河出書房新社　64。

[10]　齋藤環（SATŌ Tamaki, 1961-），〈識字障礙的巫女會夢見吉裡亞克人嗎？〉，河出書房新社　76。

[11]　齋藤環　81。

[12]　齋藤環　82。

凌駕整個亞洲的神聖王國，「後戰後」時期出現了以麻原彰晃（ASAHARA Shōkō, 1955-）為中心好像天皇制諷刺畫似的歐姆真理教的香巴拉樂園。總之，「近代這個時代是以『象徵天皇制』為條件的，無論是在現實世界還是在想像世界，只能在此生命指標下建立模擬的體系。於是，有心的實行者就力圖建立模仿天皇制的現實組織與國家對峙，有心的表現者則憑藉想像力在自己的作品中重新建立理想的王國。他們具有驚人的相似之處。兩者體現了交叉的本質問題，超越了近代日本思想史和近代日本文學史。[13]」因此青豆所殺者正是「近代方式重新闡釋後的天皇制體系」[14]。作為學生運動領袖出身的深田保本應對近代天皇制持反對態度，按他的好友戎野的說法「對一切宗教都抱有生理性的厭惡」，「先驅」最終卻淪為與天皇制類似的組織，在被所謂「小小人」控制的歲月裡他是有所警醒的，與《金枝》中王的被動「被殺」不同，深田保主動選擇了「被殺」的命運。

所以佐藤秀明（SATŌ Hideaki, 1955-）在《村上春樹的「殺王」》一文中特別指出，《金枝》中的「殺王」是為了維護王權制，三島由紀夫在《英靈之聲》的「殺王」，誅殺的是天皇的肉身身體，尊崇的是天皇的神格身體，殺王與尊王是同一思想的二元，因尊王而殺王，殺王是為了使尊王思想更加純化。村上也將王的身體二元化，不過就如同《尋羊冒險記》中的「鼠」，作為肉體的人的身體誅殺了作為神格的身體，因此，「與三島不同，村上春樹是毫無顧忌地全然破壞『王』，殺『王』不過是表明在這一平庸世界生存下去的某種覺悟。雖說獲得了否定一切外在的標準、約束、秩序和規範的虛無主義，但在這平庸世界裡還是留存著反虛無主義的信念。即在那裡與世界、與人之間要構建怎樣的關係性呢，這便是村上春樹文學的課題。[15]」

也就是說，村上借用「殺王制度」堅決否定了日本的近代性，否定了日本近代性的象徵天皇制及其類似之物。這成為村上主人公走向新生的第一步。青豆作為殺王者取代舊王，成為新「王」。小說中天吾與青豆是柏拉圖（Plato, 427-347 B.C.）《會飲》（*Symposium*）中描繪的相互尋找的

---

[13] 安藤禮二　13。
[14] 安藤禮二　10。
[15] 佐藤秀明　117。

另一半，「天吾的分身實際上就是女主人公青豆」[16]，由此一來青豆的行動意義非凡，意味著新「王」天吾的誕生。

三、新「王」誕生

作家為了將天吾塑造成「王」，首先為讀者展現了天吾的「神人」特質，或者更確切的說，他是真正的「神的孩子」。其次，他與領袖深田保從外形到人物角色功能都極為相似。第三，天吾成「王」的過程曲折複雜，身邊匯聚了各色人物，既有魔鬼靡非斯特式的父輩級引領人物小松、牛河和垂死的父親，也有隱含母親意味的年長女友，還有作為分身存在的深繪里和青豆。分身存在作為一個群體，與以群體出現的「小小人」形成對抗之勢，抑或說達成某種平衡。

1.天吾的「神人」特質

天吾是身懷異秉之人。身材魁梧高大，頗有力氣，在學校學習從來優秀，從小就被視為數學神童，其他學科不必努力，就能成績超群，能效率極高地將各類知識逐一吸收。尤其擅長體育，從初中到大學都是柔道隊的中間力量。頗得老師歡心。老師對他處處關照，同學對他也是另眼相看。不過因為父親的原因，他幾乎和同學沒有來往。他在班上不屬於任何一個團體，總是一個人。他音樂才能突出，從未學過定音鼓，卻在短暫的時間裡，就演奏得極為出色。為編輯小松做些瑣屑的文稿工作。偶爾寫寫星座，占卜還很準確，比如居然能預報地震。做補習學校的老師，在學生中聲譽頗佳，他聲音洪亮，善於說理，尤其面對不特定多數聽眾，大腦清澈，口才流利。怎具這等才能，天吾自己也琢磨不透。

如果聯繫到村上文學內部互文性極強的特色，聯繫村上的另一部小說《神的孩子都在跳舞》就很好理解。《神的孩子都在跳舞》中善也的母親及其友人田端都宣稱善也是神的孩子，可是善也學習勉強過得去，體育簡直提不起來，總是遭到同學的嘲笑和抱怨，雖然他向父神祈禱，但無論怎樣也是「處於比普通稍微往下位置」的孩子。所以他對自己是否是「神的

---

[16] 楊炳菁　101。

孩子」產生了懷疑。天吾與諸般都很不起眼的善也不同，與村上其他「遊蕩於」街頭的年輕人也不同，天吾是個特異的存在，或者說至少是作為有著「神人」潛質的人而存在著的。

2.天吾與領袖深田保的相似性

戎野描繪深田保天生就是領袖人物，「像以色列人的摩西一樣。思維敏捷，能言善辯，擁有過人的判斷力，還具備天賦的領袖魅力」，還特別提到，「身材也高大偉岸」，與天吾的體格相似。實際上小說中很多細節反覆提醒讀者深田保和天吾在體型巨大方面的相似性。

深繪里是連接不同社會的女巫。「深繪里引入『故事』、天吾成為其『代理人』。若真如此，這與深繪里引入『小小人』、『領袖』成為其『代理人』的結構是相同的。在這裡，小說家和新興宗教的『領袖』間產生了意外的類似。深繪里給『領袖』帶來『小小人』，給天吾帶來『故事』。本來『天吾』這個名字就具有某種宗教色彩，應該可以證明在故事層面他是與『領袖』等價的人物。[17]」深繪里在未知的狀態中成為感應者——小小人與父親之間的通道，深繪里的子體作為通道也非常重要，子體將父親變成了接收者。深繪里與天吾交合，這種驅邪行為使天吾變成了接收者，兩種交合作為男性的主體都無法體現其主動性，只能被動地接受，只能做接受者。作為接受者、感應者，作家還極為精細地描寫了深繪里、天吾、青豆耳朵的超凡之處，對於他們來講，那是神的資訊的接受器。尤其是深繪里因為有認知障礙，因此耳朵聽力和聽東西記憶的能力極其發達。

3.天吾成「王」的引領者

小松和牛河都是四十五歲左右，均是智力超群，參透世事，不過從外表長相看，一個天上，一個地下，對照鮮明。但就其人物功用來看，都是「靡菲斯特要登場的故事」[18]。小松是一位優秀的有主見的編輯，曾參加1960年的安保鬥爭，外表看總讓人想起19世紀俄羅斯文學裡登場的落魄革命家型知識份子，對文壇多有嘲諷，打造美少女作家也是為了諷刺當今

---

[17] 石原千秋 62。
[18] 村上春樹，《1Q84 BOOK2 7月-9月》 35。

文壇的娛樂化。作為天吾小說創作方面的導師，小松認為天吾感受性強，一定能夠找到屬於自己的故事，囑咐他「不必心急，慢慢來」。小松追求藝術至上，他引用他人話語勸誘道：「一切藝術，一切希求，以及一切行動與探索，都可以看作是以某種善為目標。因此，可以從事物追求的目標出發，來正確地界定善。[19]」這裡包含著「殘忍的、非人性」的審美主義態度，天吾不禁追問，如此看來，希特勒（Adolf Hitler, 1889-1945）屠殺猶太人也是合法的了？他積極遊說天吾改寫《空氣蛹》。改寫《空氣蛹》參賽，無疑違背道德，涉嫌欺詐。面對小松的遊說，面對《空氣蛹》這個故事，天吾產生了難以抑制的創作渴望，從此被捲入一場沒有退路的冒險。雖然險象環生，但最終天吾找到了屬於自己的故事。

　　牛河的長相失衡怪異，耳朵很小，耳垂卻大得異樣，不過天吾詭異地發現其軀體構造總有看不厭的地方。如果說小松以藝術至上來誘惑天吾的話，那麼牛河更為直接，以金錢名聲利誘，假如天吾與所謂的「新日本學藝振興會」合作，每年將獲得三百萬元的資助金，有望成為下一個時代的領軍人物。牛河是個虛無主義者，在他看來，人生不過是不斷喪失的過程，剩下的全是些不值一提的偽劣品。而天吾這種為了生活零售時間和才華是不會有好結果的。因為牛河的鍥而不捨，讓青豆身處險境，但也正是因為牛河，青豆和天吾才得以最終牽手。牛河作為天吾的偉岸高大身軀的對照被稱為大頭娃娃，他悲歡：我為什麼不能得救，「說來我不就像沒能邂逅索尼婭的拉斯科爾尼科夫嗎？[20]」在深繪里的一瞥之下心有所動，生命危急時刻，家中小狗的意象不斷閃回，愛的需求與深深的孤獨感令人對牛河的命運悲歡。因此，無論是小松，還是牛河，都是靡菲斯特式的「作惡造善之一體」，是光明背後必然存在的陰影。

　　天吾的年長女友，小說第三卷點明她與天吾的母親長得很像，愈發強化了她作為母性原型的特點。她在性愛上是引領者，在聽爵士樂老唱片上是能幹的嚮導，有著和天后赫拉一樣極強的嫉妒心。年長女友最後給天吾講述的小屋子有關食物的夢，是民間傳說中太母的變形，太母作為母親原型具有善惡雙重性，既是孩子的保護者，也可能把人類作為食物吞噬掉。

---

[19]　村上春樹，《1Q84 BOOK1 4 月-6 月》　216。
[20]　村上春樹，《1Q84 BOOK3 10 月-12 月》　134。

她曾是天吾的保護者，但天吾並不愛她，也不喜歡爵士樂，清早聽雅納切克（L. Janacek, 1854-1928）的《小交響曲》才是他平日的習慣。當她的關愛有可能妨礙天吾重建人生時，也是她完成使命之際，於是在第 2 卷開頭她莫名喪失，當然小說中暗示是一種暴力性地被消除，與之一同消失的還有天吾對母親的噩夢記憶。

4.「新王」的特質

深繪里留言給天吾，小小人擁有很深的智慧和很大的力量，「要想不受到小小人傷害就得找到小小人沒有的東西。這樣就能安全地走出森林了。[21]」「小小人沒有的東西」，應該是「新王」所特有的東西。那是什麼呢？

小說中人們往往因為各種慾望，結果被小小人勾引出了邪惡慾望，進而陷於各種體制中難以自拔，如戎野分析深田保的問題是過於陶醉於自己的話語，自身缺乏深層的內省與證實之處。小小人化身為體制，將人餵殺於體制之內。天吾的生活始終遠離組織和體制。他沒有婚姻，他選擇的職業既非為了名聲，也非為了金錢，包括他選擇性對象（年長女性），都是出於恐懼、害怕受到傷害，不必負責，將自己封閉在一個單純的自己能把控的生活限界中。在一所代代木的補習學校一邊當數學老師，一邊寫小說。有教師資格證書，也在補習學校當老師，但不算是正式教師，小說是在寫，但沒有發表過，所以也不是小說家。戎野說，「你看上去既不像個數學教師，也不像個小說家。」總之與社會的中流砥柱之類相差甚遠。正因為不是中流砥柱，沒有要突出自己重要性的意願，天吾才得以逃脫小小人的控制。

天吾、青豆和深繪里都是有著極深創傷記憶的缺損之人，所以生存欲望極低。天吾人生的第一個記憶，便是作為一歲半的嬰兒目睹母親的乳頭被一個不是父親的年輕男人吮吸，那本該是嬰兒吮吸的地方，被母親徹底拋棄成為天吾心底永恆的精神創傷，有如當年的卡夫卡少年。這一創傷成為天吾揮之不去的記憶，記憶不斷複現提醒他這一傷痛經歷，在內心世界中不斷重播，激發了他對往事的闡釋和想像，這事後記憶的建構進而又加

---

[21] 村上春樹，《1Q84BOOK1 4 月-6 月》　379。

劇了他的心理創傷。有關母親的記憶已經引發了他身體上的眩暈不適，並定期發作，更糟糕的是，他痛感自己無法愛任何人，甚至也不愛自己。不愛別人的人，無法愛自己。青豆與之大體相同，覺得自己在世間沒有任何存活的價值。青豆被逼與父母傳教，天吾則在父親的催逼下收款，他們幼小的心靈遭到了終生難以去除的殘害。深繪里則因為識字障礙、「先驅」裡的生活、與父親交合等諸多遭際已經成為巫女式的人物。他們的創傷經歷很相似：與家人離散或被家人拋棄，陷入深深的孤獨之中。他們因與家人離散而匯聚到一起。如埃里克松所說，「那些本來毫無瓜葛，但是卻有過創傷經歷的人找到對方，依賴這個共同紐帶的力量結成了某種夥伴關係」[22]。

愛心，既是這個世界缺乏的東西之一，也是反小小人的殺手鐧。天吾去探望父親，追查自己出生的秘密，但與父親的對話中，卻漸漸重拾失去的「愛」。由於他的付出，父親流下了淚。也是在父親的病床上，天吾目睹了青豆的子體，下定決心要找到青豆。20 年前 12 月初那個晴朗的下午歷歷在目：青豆久久緊握他的手。經過握手之後，天吾知道了這位瘦削少女身上潛藏著「非同一般的強韌力量」。這種主動、強韌和信仰一樣堅定不移的愛正是天吾身上所缺乏的。「就在那個時候，青豆似乎把他的一部分拿走了。心靈或軀體的一部分。取而代之的，是把她心靈或軀體的一部分留在了他的體內。就在那短短一瞬間，便完成了這個重大的交換」[23]。這一場景從此成為天吾與青豆在孤獨生活中得以繼續生活下去的重要支撐。柴田勝二（SHIBATA Shōji, 1956-）指出，「天吾與青豆從『1984』轉向『1Q84』時，他們共同看到了兩個月亮出現在空中，兩個『月』並置便是漢字的『朋』，暗示了他們原本是『朋友』的關係。還有『Q』讓人聯想到浪漫的心的標誌，聯想到電腦附屬物的『滑鼠』，而『鼠』是三部曲作品的主人公，這些都暗示這是一個由浪漫情感支配的世界。[24]」有很多評論者都認為這是一部「純愛」小說。

---

[22] Kai Erikson, "Notes on Trauma and Community," in *Trauma: Explorations in Memory*, ed. Cathy Caruth （Baltimore: The Johns Hopkins UP, 1995）187.

[23] 村上春樹，《1Q84 BOOK2 7 月-9 月》 62-63。

[24] 柴田勝二（SHIBATA Shōji, 1956-），《村上春樹と夏目漱石 二人の國民作家が描いた「日本」》（東京：祥伝社，2011）258。

　　深繪里在逃離了先驅之後，開始獨自一人的戰鬥。去見戎野老師的路上，深繪里輕輕握住了天吾的手，安慰他不用害怕。「從握著他的手的深繪里手中，卻感受不到對異性的情愛那樣的東西。她始終用一定的強度握著他的手。她的手指間，彷彿有一種為病人試脈搏的醫師般的職業性的精確。這位少女也許是通過手指或手掌的接觸，在交流一種無法用語言傳達的資訊。[25]」她告知天吾，通過寫《空氣蛹》，「我們兩個成了一個」，發起了對小小人的挑戰。在那個青豆手刃領袖深田保的夜晚，深繪里回到天吾的住處，天吾被深繪里露出來的彷彿剛造出來、閃爍著豔麗光澤的粉紅耳朵深深震撼。在這個小小人作祟的雷雨之夜，深繪里通過與天吾交合隔空令青豆懷孕，最終深繪里、青豆與天吾象徵性地成為一體。深繪里應該是用自己的「新」耳朵將聆聽到的神之音傳達給了新王。他們不僅是互為夥伴的關係，還是互為分身的關係，他們的密切合作才創造了「1Q84」的世界。

四、天吾──小說之「王」

　　《1Q84》是富有元小說意識的小說，不僅直接指涉了小說的創作過程，反映了作家在創作過程中的自我意識，而且還揭示了小說的編織技巧。青豆把這個世界命名為「1Q84」，天吾構建了貓城的故事，深繪里講述了《空氣蛹》，他們都是故事的製造者，也是故事的主人公，閱讀者、評論者，乃至包含了對村上文學自身的評價，子體、母體、小小人、空氣蛹、橡皮樹……文本中的空白與謎團也需要文本之外的讀者去填補。不斷映入青豆眼簾的蜘蛛吐絲，不斷映入我們讀者眼中的空氣蛹，如同羅蘭‧巴特（Roland Barthes, 1915-80）所言：「文（Texte）意思是織物（Tissu）；不過，迄今為止我們總是將此織物視作產品，視作已然織就的面紗，在其背後，忽隱忽露地閃現著意義（真理）。如今我們以這織物來強調生成的觀念，……主體隱沒於這織物──在紋理內，自我消融了，一如蜘蛛疊化於蛛網這極富創造性的分泌物內。[26]」在《1Q84》的織物中，真正擊退小

----

[25] 村上春樹，《1Q84 BOOK1 4月-6月》　141。
[26] 羅蘭‧巴特，《文之悅》（*The Pleasure of the Text*），屠友祥譯（上海：上海人民出版社，2002）76。

小人的是由深繪里、天吾聯手創作的《空氣蛹》這一「有效物語」，開拓小說之「王」道路的是青豆、天吾聯手打造的「1Q84」。因此《1Q84》是一部凸顯「物語之力」的作品。

1.凸顯物語思維

村上有意將天吾設置成熟諳數學的小說創作者意圖表明：作為一個小說家，思維方式上不僅要有科學家冷靜觀察的思維力，也要有充滿感性承認差異的文學思維。二者缺一不可，相輔相成，方為物語思維。

數學讓天吾心平氣和，「數學是一座壯麗的虛擬建築，與之相對，由狄更斯代表的故事世界，對天吾來說則像一座幽深的魔法森林。數學從不間斷地向著天上延伸，與之相對照，森林卻在他的眼底無言地擴展。[27]」數學世界明快清晰，只需靜靜觀察。可是一旦返回現實世界他的挫折感卻極強，數學彷彿只是提供了短暫的逃離。

讀小說也是對現實的一種逃避，但挫折感沒有那麼強烈，那是因為，「在故事森林裡，無論事物的關聯性變得何等明確，大概也不會給你一個明快的解答。這就是它和數學的差異。故事的使命，說得籠統些，就是把一個問題置換成另一種形態。並根據這種置換的性質與方向的不同，以故事性來暗示解答的形式。天吾就帶著這暗示，返回現實世界。這就像寫著無法理解的咒文的紙片，有時缺乏條理性，不能立刻就起作用，但它蘊含著可能性。自己有一天也許能破解這咒文。這種可能性從縱深處一點點溫暖他的心。[28]」

2.鍛造審美體驗

所謂「小說家」不僅要具備專業知識，也要對社會、人類命運懷有深切關懷。強化經典文學的閱讀有助於讀者跨越科技理性和工具理性橫行的簡單冷酷，培育善感之心。文本中通過人物的閱讀史對此也有所反映。深繪里背誦了《平家物語》的「壇浦會戰」，頗具盲目琵琶法師說書的情趣，故事講述中聲音驚人有力，甚至讓人覺得有什麼東西附體，充分體現了口傳敘事詩的魅力。

---

[27] 村上春樹，《1Q84 BOOK1 4 月-6 月》　223。
[28] 村上春樹，《1Q84 BOOK1 4 月-6 月》　224。

　　深繪里要求天吾讀《1984》，因為手頭沒有書，天吾講述故事梗概，實則就是對故事的重新建構，他強調了《1984》中對歷史的改寫，「剝奪正確的歷史，就是剝奪人格的一部分。就是犯罪」，表達了對歷史事件的敘事態度。接著又為深繪里讀了契訶夫（Anton Chekhov, 1860-1904）的《薩哈林島》（Sakhalin Island），這是契訶夫以醫生（科學家）的眼光「親眼要檢查一下俄羅斯這個巨大國度的患處」，為此放下莫斯科的舒適生活，作為蕩滌文學污垢的文學朝聖行為前往薩哈林，真實記錄的俄國歷史的調查報告。之後他雖然沒有創作直接表現薩哈林生活的小說，但已化成他的血肉，融匯到他所有的文學創作中。顯然這裡有村上創作《地下》和《在約束的場所》的自況。在閱讀中天吾選擇了「吉里亞克人」的生活的這一片段，他們是生活在森林中的矮小人種，生活方式比較原始，因生活條件極其惡劣，深繪里說「好可憐」，吉里亞克人不好戰，熱愛和平，所有人都意見一致，只有做買賣時如小孩子般說謊，深繪里說「好可愛」。吉里亞克人應允別人之事一定踐行，一家之內，男性一律平等，女性則視為物品成為交易對象。沒有法庭，沒有審判，不理會鋪設的馬路，仍穿行於泥濘的密林中。

　　深繪里已經睡了，天吾還為自己多念了兩段，這兩段呈現出契訶夫在天涯盡頭品味孤寂與單調的蠻荒，而讀者天吾與作家契訶夫乃至文本之外的作家村上分有的便是「無處洩的憂鬱思緒」。19世紀的俄國苦難深重，每個有良知的作家都在反抗農奴專制的同時，又力圖避免俄國陷入資本主義泥潭，他們不能不為「誰之罪」和「怎麼辦」這兩大磁石深深吸引，「愛和受難相伴相隨」成為俄羅斯文學的性格。契訶夫作為19世紀的俄國知識份子與俄國同命運、共呼吸，背負著走投無路的慘烈命運。在21世紀之初，村上與之產生了深深的共鳴。探望父親的火車上天吾閱讀了《貓城》，它和《空氣蛹》一樣，是文本中的虛構小說，貓城是主人公註定該消失的地方。天吾探望父親如同前往貓城，但天吾並沒有在這裡消失，而是在如同女巫般的三位護士身上意識到自己與父親有著割捨不斷的關聯，並帶著這種關聯性乃至愛復歸，天吾回到他必須要戰鬥的地方。幽禁中的青豆閱讀普魯斯特（Marcel Proust, 1871-1922）的《追憶似水年華》（In Search of Lost Time），追隨普魯斯特從重建過去記憶的大廈中尋找生存的意義，閱讀《空氣蛹》成為她與天吾並肩創作、投入戰鬥的發端。

　　在第一次與深繪里見面前，天吾看了一本論述咒術的書，咒術在古代日本填補了社會制度的不完善與矛盾，而深繪里就是一個巫女似的人物。深繪里採用了和《古事記》、《平家物語》一樣的方式口述故事，15 歲的阿薊記錄下來，天吾將故事轉化為小說。吉里亞克人、阿伊奴人和印第安人等保存著原初人類特色的民族與深繪里一樣，沒有文字，口耳相傳中的「話」在傳承中有人用文字記錄下來，並成為後來作家們的創作武庫。天吾熱愛寫作，寫文章對他來說如同呼吸，但他缺乏某種參不透的東西，深繪里的故事正好彌補了這一點。改寫《空氣蛹》，天吾逐漸發現自己內心生出了新的源泉，雖然是涓涓細流，但從不間斷，故事自然演進，以前堵塞泉源的岩石被清除了，巧妙地刺激了潛藏在心中的某種東西。寫作《空氣蛹》的過程，一方面象徵性地概括了文學作品生成的過程，另一方面，對於小說主人公來講，又是他確證自身存在價值的重要所在。

3.創建小說王國

　　第 1 卷結尾，《空氣蛹》的創作暫告一個段落後，天吾著手寫一部「某個以我自己為原型的人的故事」[29]，在那個「並非這裡的世界」，黃昏東方的天空浮著兩個月亮，那是一個更長更複雜的故事。「並非這裡的世界的意義，就是這個世界的過去會在那裡被改寫」[30]。「如果改寫了過去，現在勢必也會改變，因為現在是由過去積聚而成的。[31]」當天吾頻頻思念青豆時，切實意識到對過去進行改寫其實沒有意義，無論怎樣熱心細緻地改寫過去，現在都無法改變，非做不可的，「是站在『現在』這個十字路口，誠實地凝望過去，如同改寫過去一樣書寫未來。除此之外，沒有其他路可走。[32]」其實作家對《空氣蛹》作者之一的深繪里的命名也暗示了這一點。深繪里全名為深田繪里子，在作品中常被簡稱為深繪里，許多研究者注意到了她與《天黑之後》中淺井愛麗在名字（えり）上的一致性，其實村上在命名上還很善於運用諧音，如卡夫卡（かふか，可與不可），深繪里的日文標音為「ふかえり」，有不可回歸之意。深繪里是傳遞原始意

---

[29] 村上春樹，《1Q84 BOOK1 4 月-6 月》　388。
[30] 村上春樹，《1Q84 BOOK1 4 月-6 月》　390。
[31] 村上春樹，《1Q84 BOOK1 4 月-6 月》　391。
[32] 村上春樹，《1Q84 BOOK2 7 月-9 月》　64。

識的巫女，卻又具有不可回歸的標識，恰恰說明了物語思維的悖謬性。接著天吾引用《馬太受難曲》的故事，指出耶穌和預知耶穌命運的女子並沒有改變未來。宗教改變不了未來，在宗教的世界裡一切都是宿命。在此，天吾確認了寫作的意義與使命，當然也認識到完成的艱鉅性。此刻對於能否改變未來，他仍然缺乏必要的拼搏意識，缺乏不顧一切向讀者的心靈傾訴的強力。

青豆的參與從閱讀《空氣蛹》開始，她發現天吾創造的文體乍看簡單，內裡環環相扣，形容性表達儘量壓縮，描寫準確，色彩豐富，音調豐富。這顯然是對村上自身文體的評述與褒獎。在內容重述中，青豆發現少女敘述者凸顯了小小人含有的病態的東西，這與青豆從深田保那聽來的小小人非善也非惡的認知是不同的。《空氣蛹》的故事曾反覆講過，這次青豆版多了一個阿徹的故事，故事中的少女明白和誰交好就會給誰帶去危險，如此人與人之間只能成為隔絕的孤島，她奮起反抗，在將要發生什麼的時候小說戛然而止。

青豆領悟到自己在天吾寫的故事中，青豆的這種領悟，與天吾通過改寫深繪里的《空氣蛹》而進入深繪里的故事世界是一致的。也就是說，「《1Q84》是通過《空氣蛹》將『深繪里－天吾－青豆』三個人緊緊聯繫在一起的物語，這一點是與這一作品包孕的『心』乃至『魂』之所在的物語主題明確地照應著的。因天吾與深繪里性交而導致青豆懷孕，就是以這種『關聯』為前提並加以強調性的展開，這一點是明瞭的。[33]」

在故事世界裡要遵循契訶夫的故事原則，即槍一旦登場就必須開槍，青豆在自殺之際聽到了天吾對她的呼喚，她心頭萌生了生的希望和愛的需求，她要找到天吾。因為已經是 20 世紀的尾聲，小說的寫法早就發生了巨變。天吾奔赴「貓城」探父，遇見三個護士，其中安達久美說出了暗號般的「空氣蛹」，彷彿化身為森林的貓頭鷹，將生存智慧傳達給他：人不能為自己重生，只能為了別人。貓城的青年永遠留在了貓城，是因為他孤立一人，天吾離開貓城重生，因為他有青豆。天吾和青豆的相互尋求與需要讓原本充滿死亡氣息的世界生機盎然。村上將這種對他者的訴求定位在

---

[33]　柴田勝二　265-66。

男女情愛，當然這不是一般的男女情愛，是發端於十歲兒童的純真之愛。無論如何，這是村上文學中的一個重要轉機。

　　青豆最終意識到：「我們兩人結成搭檔。就像天吾與深田繪裡子在寫《空氣蛹》時結成精明強幹的搭檔一樣，我和天吾在這個新故事裡組成搭檔。我們兩人的意志——或者說作為意志潛流的東西——合而為一，讓這個錯綜複雜的故事拉開大幕，演繹下去。這恐怕是在某個難以看見的深邃之處展開的作業。所以不必見面，我們也能結為一體。我們製作故事，另一方面故事也驅動著我們。[34]」青豆與天吾重逢，天吾看到了青豆和深繪里一樣的新生的粉紅耳朵，在攀爬冰冷的避難階梯時青豆知道那棵橡皮樹在為他們指路，在一個月亮的世界，天吾和青豆以及他們的孩子將聆聽屬於自己的「神之聲」，建立自己的王國。

4.成為「王者」

　　由此村上構建了自己小說的特質：物語思維縝密、審美體驗豐富，人性關懷深厚，表面簡單、內裡充滿張力，立足當下、書寫未來。那麼作為「小說王」的「王者」力量來自於哪裡呢？

　　弗雷澤在《金枝》的結尾將人類的思想發展比作三種不同的線：黑線——巫術，紅線——宗教，白線——科學——交織起來的網，在這一網織物中，「我們就會看出它首先是黑白交織的格子花似的圖案，是正確與錯誤觀念的拼綴品，這時候還沒有染上宗教紅線的顏色。順著這拼綴品再往前看，就會發現它上面雖然還有黑白交織的格子圖案，而在這織物的中心、宗教已經深深進入，有著赫然一片殷紅色素。可是隨著科學白線愈來愈多地編織進來，它已逐漸黯然失色。這樣編織和著色、隨著織物的進一步展開，畫面的顏色也逐漸變化。這同具有各種不同旨趣、相互矛盾趨向的現代思想的狀況正好相似。多少世紀以來一直在緩慢地改變著思想顏色的偉大運動在不遠的將來仍將繼續嗎？是否會出現倒退、阻礙進步，甚至毀棄已經取得的成就呢？按我們剛才的比喻來說，在時間的十分活躍的織布機上命運之神將在這塊織品上織出何等顏色呢？是白的？還是紅的？

---

[34] 村上春樹，《1Q84 BOOK3 10 月-12 月》　327。

——我們還說不上來。一片淡淡的微光已經照亮著這張思想織物的背景，它的另一端則還深鎖在濃雲密霧之中。[35]」

　　《空氣蛹》出版後，文本中批評家批評說這部小說「將讀者丟棄在漂滿神秘問號的游泳池裡」。誰能拯救全世界的人？顯然神無法拯救世界，科學技術讓地球越發千瘡百孔，「把全世界的神統統召集起來，不是也無法廢除核武器，無法根絕恐怖主義嗎？既不能讓非洲告別乾旱，也不能讓約翰・列儂起死回生，不但如此，只怕眾神自己就會發生分裂，開始大吵大鬧。於是世界將變得更加混亂。想到這種事態會帶來的無力感，讓人們暫時在滿是神秘問號的游泳池裡漂一會兒，也許算罪輕一等吧。[36]」村上借用契訶夫的話指出，「小說家不是解決問題的人，而是提出問題的人」。小說家確實不是宗教家，不是為現代人精神救贖給出所謂「正確」答案的聖者。但小說敘述的是個人的生命故事，飽含著個人的生命奇想和深度情感，閱讀富有創意的、刻下個體感覺深刻印記的敘事之後，有助於讀者明瞭自己的生存困境，有益於讀者在種種可能性中發現自己的生存信念。這正是小說之力、物語之力的所在。村上通過自己的小說創作設想物語時代已經到來。如果我們將物語思維這條線加入《金枝》的思想之網，這思想織物會發生怎樣的變化呢？

五、結論

　　村上正是因為洞察到敘述的隱秘而巨大的力量，才在《1Q84》中借用《金枝》的「殺王制度」通過種種冶煉最終將小說家塑造成「王者」。敘述是人類最基本的衝動和訴求。美國後經典敘事學家大衛・赫爾曼（David Herman）提出了「敘事創造世界」一說，指出：「我們既可以把故事看作是闡釋的對象，也可以把它看作是組織和理解經驗的手段，是一種思維工具。[37]」日本現象學家野家啟一（NOE Keiiti, 1949-）更是一語中的：「人

[35] 弗雷澤　1008-09。
[36]. 村上春樹，《1Q84 BOOK2 7 月-9 月》　85。
[37] 尚必武，〈敘事學研究的新發展——大衛・赫爾曼訪談錄〉,《外國文學》9（2009）：100。

是『敘述動物』，抑或說，人是具有『敘述欲望』的動物更為確切。[38]」
村上在長期的創作中也意識到，「小說家能夠通過巧妙說謊、通過栩栩如
生的虛構而將真相拽到另一場所投以另一光照。以其固有的形式捕捉真相
並予以準確描述在許多情況下是不可能的。惟其如此，我們才要把真相引
誘出來移去虛構地帶，通過將其置換為虛構形式來抓住真相的尾巴。但為
此必須首先在自己心底明確真相的所在，這是巧妙說謊所需要的重要資
格。[39]」

　　恰如當年柏拉圖充分認識到文藝的社會功效，在理想國中驅逐了詩
人，將哲學家樹立為王，村上也意識到了物語的功效，意識到了物語提供
的接近赤裸裸的真實的力量。因此，村上筆下的眾多人物，如青春三部曲
中的「我」和「鼠」、《舞！舞！舞！》中的主人公、〈蜂蜜派〉中的淳
平、《1Q84》中的天吾，都在為成為小說家而不懈努力著。在天吾「成
王」的艱辛歷程中，我們越來越發現了作家本人奮鬥的身影。堅信物語力
量，乃至小說家成為理想國的「王」，充分體現了村上作為作家的雄心與
野心。

---

[38] 野家啓一（NOE Keiichi, 1949-），《物語の哲学》（東京：岩波書店，2005）16。
[39] 村上春樹，〈村上春樹：「高牆與雞蛋」──耶路撒冷文學獎獲獎演講〉，林少華
　　譯，《為了靈魂的自由──村上春樹文學世界》（北京：中國友誼出版社，2010）
　　304。

參考文獻目錄

BA

巴特，羅蘭（Barthes, Roland）：《文之悅》（*The Pleasure of the Text*），
　　屠友祥譯。上海：上海人民出版社，2002。

CUN

村上春樹研究会.《村上春樹の「1Q84」を読み解く》。東京：データハ
　　ウス，2009。

CHAI

柴田勝二（SHIBATA, Shōji）.《村上春樹と夏目漱石　二人の國民作家が
　　描いた「日本」》（《村上春樹與夏目漱石　兩位國民作家筆下的「日
　　本」》）。東京：祥傳社，2011。

FU

弗雷澤（Frazer, James George）：《金枝》（*The Golden Bough*），徐育新、
　　汪培基、張澤石譯。北京：大眾文藝出版社，1998。

GU

谷崎龍彥（TANIZAKI, Tatsuhiko）.《村上春樹「1Q84」の性表出：book 1
　　のパラフレーズ》。東京：彩流社，2011。

HE

河出書房新社編輯部彙編.《1Q84 縱橫談》，侯為、魏大海譯。濟南：山
　　東文藝出版社，2011。

河合俊雄（KAWAI, Toshio）.《村上春樹の「物語」：夢テキストとして
　　読み解く》。東京：新潮社，2011。

HEI

黒古一夫（KUROKO, Kazuo）.《「1Q84」批判と現代作家論》。東京：
　　アーツアンドクラフツ，2011。

LING

鈴村和成（SUZUMURA, Kazunari）.《村上春樹・戦記：「1Q84」のジェ
　　ネシス》。東京：彩流社，2009。

PING

平居謙（HIRAI, Ken）.《村上春樹の「1Q84 Book 3」大研究》。東京：
　　データハウス，2010。

QING

清真人（KIYOSHI, Mahito）.《村上春樹の哲学ワールド：ニーチェ的長
　　編四部作を読む》。東京：はるか書房，2011。

RI

日本近代文學會關西支部編.《村上春樹と小説の現在》（《村上春樹與小
　　説的現在》）。大阪：和泉書院，2011。

YANG

楊炳菁.〈《金枝》與村上春樹的《1Q84》〉,《名作欣賞》12（2012）：
　　100-01, 161。

YE

野家啓一（NOE, Keiichi）.《物語の哲学》。東京：岩波書店，2005。

Tengo Kawana: The Return of the "King"

Yan LIU

Professor, The School of Literature, Northeast Normal University

Abstract

In Haruki Murakami's novel *1Q84*, he describes "the system of regicide" in Frazer's famous work, *The Golden Bough*, as an internal trail of narrating. After Aomame (as the body double of Tengo Kawana) completed the mission of "regicide," the writer then sculpts Tengo Kawana to be the new "king" based on three dimensions: characteristics, function and the process of being the "king". Fuka-Eri, Aomame and Tengo Kawana integrate together, and become the makers and the protagonists of the story. They are also the readers, commentators, and even represent Haruki Murakami's value towards literature. The "effective *monogatar*" from *Air Chrysalis*, which is created by Fuka-Eri and Tengo Kawana, repels "the little people" successfully. *1Q84*, which was constructed by Aomame and Tengo Kawana jointly, makes Tengo Kawana become "the king of the novel." Therefore, *1Q84* is described as a metafiction of highlighting *monogatari* mentality as well as the strength of the novel.

Keywords: *1Q84,* Tengo Kawana, "The King of the Novel," *Monogatari* Mentality

評審意見選登之一

1). 該論文通過對文本的深入研讀，對《1Q84》中的主人公天吾的人物形象進行分析，主題明確，論據充分，重點突出，具有較強的邏輯性和層次感。

2). 文中有以下這段話：「村上的大多作品的主人公雖然身份多變，但都是 20 歲至 35 歲左右生活在都市的、單身的、中產階級的、男性知識份子，既享受著工業社會帶給人們的前所未有的便利，又感受著無與倫比的孤獨，為保有個體的自由，疏離任何意識形態的規訓，與按部就班的人生格格不入，獨自而執拗地探索著「我是誰、我要怎樣活」的人生之路。」分析透徹，令人想起夏目漱石小說中那些孤寂的明治時期知識分子形象。

3). 文中的絕大部分大小題目較好地體現出內容，很得當，但有三個小題目有不足之處。

4). 具體的三個小題目為：1.何謂物語思維；2.文學滋養；3.物語的力量。首先這三個小題目與大題目「天吾：王者歸來」題目下中題目：天吾──小說之「王」的主題不吻合，二是也沒有很好地反映出所寫符合。建議修改一下這三個小題目。

評審意見選登之二

1). 能夠將相關理論有效地運用於具體文本分析中，理論嚴謹，文本分析得當。

2). 全文邏輯清晰，結論鮮明，非常符合論文的寫作規範。

3). 論文所提到的一些論點，如《1Q84》對《金枝》的移植，「殺王制度」是對日本近代天皇制的否定等，已有日本論者提出過，不是十分新穎。

4). 對於日文的前輩學者研究原文的理解有一些不十分準確的地方。比如《村上春樹と夏目漱石》一書的引文，漢語翻譯並不十分貼切，還有漏譯。

5). 所引用的日語原文的前輩學者研究，比如《村上春樹と夏目漱石》一書 P.258 和 P.266 的內容應該再做確認。

6). 在總結的前輩學者研究的基礎上，如果能進一步提出論者自己的新觀點，論文會更有新意和價值。

7). 做外國文學研究，雖然可以引用譯文，但似乎還是參考一下原語言的文本更好。建議參考文獻中應該加上《1Q84》的日文原文。

評審意見選登之三

1). 本篇文章相較於對文本的評論，更傾向於對文本的解讀，所以理論性稍差。

2). 本篇文章從創新或開拓性研究方面來說，屬於需要改進的一方。

3). 本文的長處在於對的前輩學者研究資料掌握充分，對其把握和理解比較適當，並能在此基礎上拓展出自己的見解。

4). 論文的題目與論述的內容不是很一致，建議換個更貼切的題目，或更改論文內容。

5). 論文結尾部分與論述內容的關照不是很密切，建議進一步豐富。

6). 如果能夠增加論文的論述性，減少解說性的敘述，或許會更好。

《國際村上春樹研究》輯一（2013 年 12 月）310-33。

被解構的「自我」
——《斯普特尼克戀人》*中人物性格的
「自他未分化」現象研究

■張小玲

作者簡介：

張小玲（Xiaoling ZHANG），女，文學博士，中國海洋大學外國語學院日語系副教授。代表著作有《夏目漱石與近代日本的文化身份建構》（北京大學出版社，2009），代表論文有〈作為「符號」的中國——從《諾門罕的鋼鐵墓場》看村上春樹中國觀之內涵〉（2012）、〈性和愛的分離——性別視角的夏目漱石和村上春樹比較研究〉（2011）、〈試論知識份子和民族國家的關係〉（2010）等。本文得到中國教育部人文社會科學青年基金（批准號 12YJC752045）的資助。

內容摘要：

本文選擇村上春樹《人造衛星情人》文本，從自我、戀愛、語言的角度分析了作品人物性格所具有的「自他未分化」特徵，說明這一特徵體現了村上春樹對主體能否具有實現自我本質性內省意識的質疑，以及對語言塑造自我功能的質疑。而這些質疑從根本上構成對「自我」概念本身的解構，是屬於後現代文學精神的。但村上春樹並沒有像後結構主義者一樣完全否定「自我」，卻通過在作品中對文學的「物語」功能的提及，為「自我」概念留下了一條突圍的途徑。

關鍵字：《人造衛星情人》、自我戀愛語言、後現代

---

* 即《人造衛星情人》（台北，時報出版，1999）。全文以此譯名稱之。

一、引言

　　村上春樹作為當今日本最活躍的作家之一，經常被冠以「後現代作家」的頭銜，尤其是在日本以外的海外評論界，儘管村上春樹本人對此並不加以認可。當然，由於文學評論家和作家兩者立場的不同，各自會得出不同的結論，這樣的例子並不少見。由於作品從誕生那一刻起就已經有了自己的生命，一方面，即使是創作出它的作者也無法決定它會被怎樣解讀、會被賦予什麼樣的性質；而另一方面作為文學評論者，也不應該先入為主地在為作品和作家貼上例如「後現代」的標籤後，就籠統地以這個概念的性質對研究對象加以限定。重要的不在於將研究對象歸於某個門類，而是從文本出發探究其獨特性。因為門類的劃分有時更多地出於策略的權益選擇，何況即使同為「後現代作家」也有不同的個性。例如關於村上作品中對「自我」問題的探討就讓我們對一點有更深的體會。村上春樹在作品中對「自我」這一主題的追問是有目共睹的。在為人熟知的《挪威的森林》的結尾就有這樣的表達：「我現在哪裡？我拿著聽筒仰起臉，飛快地環視電話亭四周。**我現在在哪裡？**我不知道這裡是哪裡，全然摸不著頭腦」（粗體為原文所加）[1]；在《人造衛星情人》的結尾也有相似的表達；在《尋羊冒險記》、《發條鳥年代記》、《世界末日與冷酷仙境》等村上春樹的很多作品中都有丟失──尋找這樣的模式，而這些幾乎都可以解讀為尋找自我的過程。如同村上在譯作《漫長的告別》的譯者後記中提到的：

> 很多小說家都在有意無意地描寫自我意識。或者運用各種各樣的特徵手法刻畫自我意識與外界之間的關聯性。這就是所謂「現代文學」基本的存在方式。有一種傾向，認為文學的價值要由這樣一點來決定，即如何有效地在文學中表現人的自我的運作情況（不管是具體的還是抽象的）[2]。

---

[1]　村上春樹，《挪威的森林》，林少華（1952-）譯（上海：上海譯文出版社，2007）376。本文所引村上春樹作品原文均以講談社所出村上春樹全作品集為準，中譯本參考林少華譯本，筆者如對譯文的個別地方有所改動，會在注中加以說明。

[2]　村上春樹，〈訳者あとがき　準古典小説としての《ロング・グッドバイ》，レイ

　　從表面看來，村上作品如此明顯地對「自我」問題的探究傾向似乎與後現代文學特徵之一的「自我的消解」格格不入。眾所周知，人們在評論後現代文學時常常會用「顛覆」、「消解」這樣的中心詞加以概括，認為「玩弄指符、對立、文本的力和材料」[3]這樣的文字表面的遊戲是其主要特徵，那些「關於穩定的真理的老觀念」[4]被摒棄一邊。不過，做出以上論述的西方當代著名後現代文論家詹明信（Fredric Jameson, 1934-）特別針對「自我」、「主體」的核心哲學概念有過這樣的具體論述，他認為踏入後現代境況以後，文化病態的全面轉變用一句話概括就是：主體的疏離和異化已經由主體的分裂和瓦解所取代，而這種「主體的滅亡」可以由兩種途徑得以解釋。一種是屬於歷史主義的，在過去的社會文化統制下，人的「主體」曾一度被置於萬事的中心，但在官僚架構雄霸社會的今天，「主體」無法支撐下去，必然會在全球化的社會經濟網路中消失；一種是從後結構主義的極端立場出發指出「主體」根本不存在，那向來只是一種意識形態的幻象[5]（詹明信表明自己同意前一種的看法）。那麼，究竟在村上春樹作品中對「自我」的追尋具有何種意義呢？是說明村上春樹雖然處在後現代語境之下卻依然執著於「穩定的真理的老觀念」[6]？或者村上作品是承繼了日本現代文學中夏目漱石（NATSUME Sōseki, 1867-1916）式的在自我與歷史中尋求自我的表達形式[7]？抑或說明現代文學和後現代文學本來就不存在純粹的斷裂性關係，追尋「自我」這一現代性話題在後現代語境下仍有討論的意義和魅力？雖然，村上本人很多次提及自己並非事先預定要撰寫後現代的作品。那麼，讓文本自己發出聲音也許是我們回答以上問題的最好途徑。所以，本論就選擇《人造衛星情人》這一文本，從戀愛、語言與自我的角度，討論村上春樹作品中對「自我」的追尋究竟具有怎樣的具體內涵。

モンド・チャンドラー：《ロング・グッドバイ》〉，村上春樹訳（東京：早川書房，2007）537。

[3]　詹明信（Fredric Jameson），《晚期資本主義的文化邏輯》（*The Cultural Logic of The Late Capitalism*），張旭東編（陳清喬等譯，北京：生活・讀書・新知三聯書店，1997）290。

[4]　詹明信　290。

[5]　詹明信　447-48。

[6]　詹明信　290。

[7]　楊柄菁（1972-），《後現代語境中的村上春樹》（北京：中央編譯出版社，2009）73。

　　《人造衛星情人》1999 年在村上春樹 50 歲的時候由講談社出版，是他的第九部長篇小說。在此之前，他有四年時間沒有進行小說創作，而是投入採訪東京地鐵沙林毒氣事件的紀實文學作品《地下》[8]、《在約定的場所》及紀行文學《邊境・近境》等非虛構作品的創造中。在此前最近的一部小說為 1995 年的三卷本的長篇小說《發條鳥年代紀》，在其後最近的小說是 2002 年的長篇作品《海邊的卡夫卡》。從目前村上春樹完成的作品來說，這應該屬於中後期作品，如果按照黑古一夫（KUROKO Kazuo, 1945-）的觀點，也是屬於上世紀 90 年代「轉向」後的作品[9]。無論村上的「轉向」成功與否，就《人造衛星情人》這部作品來說，它具有村上作品的一系列特徵性元素：比如戀愛、三角關係、性、語言與書寫、此側與彼側。而且由於在採訪毒氣受害者的過程中經歷了巨大的精神震動，村上出於身處「中間地點」[10]的一種對書寫虛構作品的自然渴求，開始寫《人造衛星情人》。村上自己陳述這部作品寫得很順手，如同找準了鎖眼，只是將鑰匙插了進去，便開始發動了「叫做物語的這台交通工具的引擎」[11]而已。也就是說這篇小說並沒有經過作者事先的過多構思，文本自身的生命力很強。基於以上原因，筆者擬選擇此小說作為文本分析的依據。

二、人物的「自他未分化狀態」表現及形成原因

　　這部作品的情節並不複雜，講述人雖然依然是村上常用的第一人稱「ぼく」，但沒有寫為漢字「僕」，顯示了與以往作品敘述者的區別。作品的視角是作者所做的新的嘗試，即「這回就像電視攝影機向後拉一樣將『ぼく』的視點拉往後側」[12]，使得敘述者可以自由地描述所有作品人物的心理。主要情節為：菫有生以來第一次陷入戀情，但對象卻是名為「敏」的年長十七歲的女性，雖然身為男性的「我」愛戀菫，和其無所不談，但

8　即《地下鐵事件》。
9　黑古一夫，《村上春樹　轉換中的迷失》，秦剛、王海藍譯（北京：中國廣播電視出版社，2008）5。
10　村上春樹，《村上春樹全作品 1990-2000》，卷 2（東京：講談社，2003）493。
11　村上春樹，《村上春樹全作品 1990-2000》，卷 2，496。
12　村上春樹，《村上春樹全作品 1990-2000》，卷 2，499。

卻無法和她身心合一。董在和敏去希臘的旅行中，傾聽了敏的一段丟失了真正自我的經歷後，寫下了兩段文字，也不知所終，我對此有了董是去了另一側的想法。小說結尾是我在深夜恍惚中接到了董的電話，稱自己已從另一側的世界回來了，然而電話卻在董還沒有告知具體地點的時候戛然掛斷，再也沒有響起。

首先引起我們關注的是作品中三個主要人物在人格構成上的相互依賴。例如「我」與董的關係：文本的第五章這樣寫道：

> 但無論董帶來怎樣的痛苦，同董在一起的一小段時間對我也比什麼都寶貴。面對董，我得以──儘管是一時的──忘卻孤獨這一基調，是她擴展了一圈我所屬世界的外沿，讓我大口大口地呼吸。而做到這一點的唯董一人[13]。

同董見面交談的時間裡，我能夠感覺出──最為真切地感覺出──自己這個人的存在[14]。

而董作為一個對世事漠不關心的傑克・凱魯亞克（Jack Kerouac, 1922-69）式青年，同樣**「從內心深處」**（黑體為原文所加）[15]需要「我」的一系列「凡庸的意見」[16]，「尋求我對其提問的見解」[17]。而「我」通過一絲不苟地回答她的問題，「向她（同時也向我本身）袒露更多的自己」[18]。最直接地反映兩者關係的是文本結尾，在董給「我」打電話的時候，她這樣說道：

> 我也非常想見你……見不到你以後我算徹底明白過來了，就像行星們乖覺地排成一列那樣明明白白──我的的確確需要你，你是我自己，我是你本身[19]！

有論者曾提及結尾的曖昧性，指出董真的是否打過這個電話是個問號[20]。如果將這個電話解釋為只是「我」的臆想的話，這也同樣說明在「我」

---

[13] 村上春樹，《人造衛星情人》，林少華譯（上海：上海譯文出版社，2008）61。
[14] 村上春樹，《人造衛星情人》 60。
[15] 村上春樹，《人造衛星情人》 61。
[16] 村上春樹，《人造衛星情人》 14。
[17] 村上春樹，《人造衛星情人》 61。
[18] 村上春樹，《人造衛星情人》 61。
[19] 村上春樹，《人造衛星情人》 219。

的意識中「我」和菫是一體的，互為分身。而對於菫和敏的關係，在第三章文本這樣說道：「菫可以看見自己映在敏黑漆漆的瞳仁裡的那鮮亮亮的姿影，彷彿被吸入鏡子另一側的自己的靈魂。菫愛那姿影，同時深感恐懼」[21]。第十二章中的菫的自述：

> 我愛敏，不用說，是愛這一側的敏。但也同樣愛位於那一側的敏。這種感覺很強烈。每當想起這點，我身上就感到有一種自己本身被分割開來的「吱吱」聲。敏的被分割就好像是作為我的被分割而投影、而降臨下來的。我實在是無可選擇[22]。

這些也暗示了敏也在某種程度上是菫的分身，是菫意識中與「另一側世界」相連的部分。在情節設計上菫也的確因為敏的「丟失另一半」的講述而失蹤，而在「我」的判斷中菫正是去了另一側世界。關於「我」、菫、敏的三角關係的內涵會在下一部分加以重點說明，簡單地說，「我」、菫、敏這三者是互為分身，三者加在一起才構成一個比較穩定的人格結構，失去任何一者另外的人便失去了存在的意義。這樣的人物結構關係模式在村上作品中不止一次地出現。比如對於《挪威的森林》中人物，石原千秋（ISHIHARA Chiaki, 1955-）曾經說到：「渡邊徹可以說是木月的鏡子，只不過照出的是木月的反面」[23]。有論者以「自我的他者化」[24]來概括這樣的現象，筆者認為這種說法在哲學邏輯上不夠嚴密，相比之下，小森陽一（KOMORI Yōichi, 1953-）在《精讀海邊的卡夫卡》一書中用過的一個心理學上的詞彙——「自他未分化狀態」更為合理和確切。筆者認為，這種互為分身的人物結構設計反映了村上作品中的人物處於「自我」形成之前的嬰幼兒式的「自他未分化」狀態，而導致這種現象出現的原因則是在後現代語境下人們對於形成獨立「自我」的一個必要條件——主體能夠對自我行為作出理性判斷和思考的**反思性能力**——的嚴重懷疑。

在《人造衛星情人》的文本中，文章一開頭便以前面提到的接近全知全能的視角描寫了菫對敏陷入愛戀的來由及我對菫的暗戀，直到第五章才

---

[20] 村上春樹研究會編，《村上春樹作品研究事典》，（東京：鼎書房，2001）97。

[21] 村上春樹，《人造衛星情人》39。

[22] 村上春樹，《人造衛星情人》169。

[23] 石原千秋（ISHIHARA Chiaki, 1955-），《謎解き　村上春樹》（東京：光文社，2007）284。

[24] 楊柄菁　96。

開始正面描述作為第一人稱的敘述者「我」的「故事」。而在此有這樣一段十分意味深長的表述：

> 問題是，在準備談自己的時候，我每每陷入輕度的困惑之中，每每被「自己是什麼」這一命題所附帶的古典式悖論拖住後腿。亦即，就純粹的信息量而言，能比我更多地談我的人這個世界任何地方都是不存在的。但是，我在談自己自身的時候，被談的自己勢必被作為談者的我——被我的價值觀、感覺的尺度、作為觀察者的能力以及各種各樣的現實利害關係——所取捨所篩選所限定所分割。果真如此，被談的「我」的形象又能有多少客觀真實性呢？對此我非常放心不下，向來放心不下[25]。

　　這一段話十分集中地體現了主體對自身反思性能力的強烈懷疑，是理解全文相當重要的「文眼」。作為主格的 "I" 是無法看清作為賓格的 "me"，那麼 "I" 也不可能成為 "I"。這的確是個莫大的悖論。佛洛依德（Sigmund Freud, 1856-1939）認為，「自我意識是基於『快感原則』行動的無意識、非理性的『原發過程』，向遵循『現實原則』行動的意識性、邏輯性的『繼發過程』過渡的媒介；是在時間的連續性中把握自己，將自己過去的體驗與現在之間作出關聯並進而統攝自我的行為；是將自我作為獨自的同一性存在加以把握的意識形態」[26]。正如小森陽一所著重強調的：「自我意識，是對自己進行語言化思考、將自我行為統合起來的**本質性內省意識**。」[27]（粗體為筆者所加）而在作品中的「我」看來，這種「本質性內省意識」能不能成立是個巨大的問號。如果聯想到安東尼·吉登斯（Anthony Giddens, 1938-）關於現代性語境下「反思性」對自我建構的巨大作用的論述，我們就會發現這種懷疑是典型的後現代語境下才會產生的。按照吉登斯的理解，「自我」這個概念本身並不是現代以後才產生的，但是只有在「現代」以後對於自我的反思才開始參與對「自我」的建構。他這樣說道：「自我可看成是個體負責實施的反思性投射。我們不是我們

---

[25] 村上春樹，《人造衛星情人》56。
[26] 轉引自小森陽一（KOMORI Yōichi, 1953-），《村上春樹論　精讀〈海邊的卡夫卡〉》，秦剛譯（北京：新星出版社，2007）26-27。
[27] 小森陽一　26。

現在的樣子，而是對自身加以塑造的結果。」[28]而從「我」的表述來看，對自我能不能具有這種反思性能力的回答是否定的。如果按照吉登斯的觀點，這應該屬於對「反思性自身的反思」[29]，但按照筆者來看，這應該叫做對反思性自身的「顛覆」或「解構」更為妥當，而「顛覆」和「解構」也正是後現代語境下出現的關鍵字[30]。

在文本中，「我」一方面強烈懷疑構成「自我」意識必要條件的「本質性內省意識」，另一方面，卻又保留著「一個根本性疑問」，即「我是什麼？我在追求什麼？我要往哪裡去？」[31]，那麼，「我」是採用什麼樣的方式解決這個矛盾的呢？文本中這樣寫道：

> 凡此種種，我越想就越不願意談及自己本身（即使有談的必要）。相比之下，我更想就我這一存在之外的存在瞭解盡可能多的客觀事實。我想通過知曉那種個別的事和人在自己心目中占怎樣的位置這樣的分佈，或者是通過保持包含這些的自己的平衡，來儘量客觀地把握自己這一人之為人的存在[32]。

也就是說，在「我」這裡是通過「個別的人和事」即「他者」（儘管並不是真正獨立意義上的「他者」）來驗證「自身」的存在。這一點本來無可非議，從社會學的意義上講「自我」這一概念是通過「他者」才得以實現意義界定的。問題在於這裡的「自我」和「他者」是不是具有獨立意義上的「個人」呢？如果按照上頁所引的話來看，「我」根本就對「自我」的「本質性內省意識」不信任，那麼，「我」和「那種個別的人」都不可能是真正意義上的「自我」，也就無所謂「自我」和「他者」。所以，兩者之間的關係不是具有自我意識的兩個「主體」的關係，而只可能處於一種「自我」形成之前的「自他未分化」狀態。按照佛洛依德的理論，具有

---

[28] 安東尼‧吉登斯（Anthony Giddens, 1938-），《現代性與自我認同》（*Modernity and Self-identity*），趙旭東、方文譯（北京：生活‧讀書‧新知三聯書店，1998）86。

[29] 安東尼‧吉登斯（Anthony Giddens），《現代性的後果》（*The Consequences of Modernity*），田禾譯（南京：譯林出版社，2000）34。

[30] 從這個意義上說，安東尼‧吉登斯只願意承認有「高級現代性」或「晚期現代性」或「激進現代性」，而不願意使用「後現代性」的觀點似乎有些保守了。

[31] 村上春樹，《人造衛星情人》 60。

[32] 村上春樹，《人造衛星情人》 57。筆者略加改動。

本質性自省能力的自我意識在嬰幼期並不存在，而是在第二性徵出現的時期內才開始確立的。處於發育初期階段的嬰兒和母親之間就處於彼此未分化狀態中，只有到嬰兒開始接受使用語言表達意志的訓練之後，才開始踏上確立自我意識的道路。而我們從文本中可以發現多處痕跡說明作品人物其實是（有意）處於向自我意識還沒確立的幼年期退化的狀態。在第五章中「我」陳述了對反思性自省意識的懷疑之後明確說道：

> 這是十歲至二十歲期間我在自己心中培育起來的視點，說得誇張些，即世界觀[33]。

而這個時期正是佛洛依德所說的第二性徵出現的時期。也就是說，「我」在這個時期就已經放棄了樹立自我意識的努力，將自己的意識發展有意停頓在這個時間點上。再比如，「我」從事的職業是小學教師，就筆者看來，這種職業的設置充分反映了「我」在意識上對嬰幼兒期的嚮往與認同。就如文中所說的：「我站在講臺上，面向學生講述和教授關於世界、生命和語言的基本事實，但同時也是通過孩子們的眼睛和思維來向自已本身重新講述和教授關於世界、生命和語言的基本事實」[34]。而最能說明作品人物自我意識向幼年期倒退的則是文中的戀愛關係設置，下面擬就此點加以具體說明。

三、三角戀愛模式與同性戀的意義

《人造衛星情人》中的人物關係是村上作品中反覆出現的三角戀愛模式：我愛戀菫，對菫抱有身心兩方面的渴望，但菫對我沒有戀人的感覺，反倒是對年長的韓裔日本女性敏一見鍾情，陷入戀愛的漩渦中；但是敏卻是由於某種機緣失去真正自我的人，已經成為空殼，按照她自己的話說是「無法同這世上的任何人溝通身體了」[35]。柄谷行人（KARATANI Kōjin, 1941- ）、蓮實重彥（HASUMI Shigehiko, 1936- ）、石原千秋（ISHIHARA Chiaki, 1955- ）曾對夏目漱石作品中三角戀愛關係做過這樣的闡釋：柄谷行人認為，制度本身總是在形成著三角關係。我們只有在這種制度中，才能

---

[33] 村上春樹，《人造衛星情人》　57。
[34] 村上春樹，《人造衛星情人》　60。
[35] 村上春樹，《人造衛星情人》　122。

成為人。而這直接關係到「我來自於哪方」這種關係乎根本意義的問題[36]；蓮實重彥認為，這反映了夏目漱石深深感受到了爭奪「組合軸」和「聚合軸」交點的唯一位置的西方文明中的"power"和"will"之殘酷[37]；石原千秋認為這是將女性作為證明友情禮物的男性社會（ホモソーシャル）的特質[38]。那麼，村上春樹文本中的三角戀愛模式包含著什麼樣的意義呢？從上一節的分析中，我們知道，村上作品中的人物經常是互為「分身」，主體處於一種自我意識樹立以前的「自他未分化」狀態，是從「他者」（非真正意義上）中尋找「自我」（亦非真正意義上）。那麼，如果人物的戀愛關係是靠戀愛雙方兩個人（無論異性戀還是同性戀）就能獲得身心滿足的話，那麼，這會構成一個完滿的「異體同心」的人物關係模式；然而，在村上文本中是極少這樣設置的，就好像《人造衛星情人》中一樣：「我」對菫有身和心的需求，菫卻只在精神層面與「我」溝通；菫愛戀的是敏，而敏卻無法對菫的身心需求加以回應，因為自我的另一半丟失在另一側。也就是，每個人在尋找「分身」的過程中，都無法得到全部的回應，完整的「自我」在不斷「延遲」「出場」，永遠不「在場」，已經成為一個漂浮的無所靠的能指符號，因為最終進入的是超出意識之外的「另一側」世界。在《挪威的森林》中「我」（渡邊）、木月、直子及「我」、直子、綠子、乃至「我」、綠子、玲子，均為這種模式。只不過《挪威的森林》中人物結構更加複雜，是由好幾個三角關係組合在一起而成的。

　　川村湊（KAWAMURA Minato, 1951- ）曾經就《挪威的森林》中這些三角關係評論說：就像是「森」這個漢字讓人聯想到的，一棵馬上就要倒下的樹木被兩旁的樹木支撐起來，從這其中露出的東西也只有通過將這三角網的破綻縫合起來的途徑才能癒合[39]。不過，筆者認為，這種三角網也由於有「另一側」世界的因素參與，而成為永遠無法癒合的一種機構。也就是說，村上文本中這種敞開的三角戀愛模式標誌著「自我」永遠處於尋

---

[36] 柄谷行人，《馬克思，其可能性的中心》，中田友美譯（北京：中央編譯出版社，2006）192。

[37] 蓮實重彥，《反日語論》，賀曉星譯（南京：南京大學出版社，2005）106。

[38] 石原千秋　73-74。作者在論及村上春樹的《聽風的歌》中的「男性社會」構造中提及此點。

[39] 村上春樹研究會　161。

找另一半的過程中，並在這個過程中脫離了能指鏈條，成為遊蕩的符號。
這樣的內涵意義是具有深深的後現代色彩的。而這種三角模式的起因根本
上來源於前文提到的主體對認識「自我」的必要條件——內省式反思能力
——的懷疑，所以，與其說村上的文本中「戀愛」是成人間的交往溝通的
一種途徑，不如說是主人公是在通過「戀愛」找尋幼年期的「自他未分化」
狀態下的溫馨感與安全感。這從《人造衛星情人》的文本中可以找到很多
表現。例如堇的同性戀傾向。

　　堇在不到三歲時便失去了母親，對其的印象十分淡薄，所以對母親的
記憶的追尋成了她心中的一個情結，而其父親卻不肯為她提供相關的感性
的情報，只是簡單的一句：「記憶力非常好，字寫得漂亮」[40]。其繼母和
母親一樣相貌平平是「印象淡薄」的人。而其身為牙醫的父親卻是非常英
俊，有著格里高利・派克（Gregory Peck, 1916-2003）般的挺拔的鼻子，
在女性中有著極高的人氣。按照佛洛依德的說法，同性戀是性心理發展中
某個階段的抑制或停頓，即幼兒期敏感區的固定。而雙親的健在與否是很
重要的，童年缺少一個強有力的父親或母親，會導致性倒錯的發展[41]。幼
年期的男孩的戀母情結和女孩的戀父情節如果沒有在青春期得到正確的
疏導，將很有可能使其發展為同性戀。由此看來，堇的同性戀傾向完全可
以說是童年經歷的影響而致，她的性心理停滯在幼年期，雖然文中沒有明
確提到堇的戀父情節，但從文中對其父親英俊相貌的突出描寫，讓讀者做
出這樣的判斷也不是不可能的。而且，就像有論者指出的，敏在那次不尋
常的經歷中的性愛對象菲爾迪納德的相貌和堇的父親是相似的，尤其是兩
者都有著特徵性的挺拔而漂亮的鼻子，這樣的描寫很難不讓讀者將這兩位
男性的形象疊加在一起[42]。前文提到文中的三個主要角色是互為分身的，
堇和敏亦是如此，所以可以說，敏和菲爾迪納德的性愛場面未必不可以解
釋為堇在無意識領域的戀父情結的表現。而文本中也提到了敏自己的父
親，他的家鄉——韓國北部的一個小鎮——因為其的無私捐助，甚而在鎮
廣場建造了一座敏的父親的銅像，這讓當時才五六歲的敏感到不可思議。

---

[40] 村上春樹，《人造衛星情人》9。

[41] 李銀河（1952-）：《同性戀亞文化》（北京：今日中國出版社，1998）32-33。

[42] 松本常彥（MATSUMOTO Tsunehiko, 1959-），〈孤獨——村上春樹《スプートニクの
　　 恋人》〉，《国文学　解釈と教材の研究》增刊號（2001）：64。

有意思的是當「我」在菫失蹤後在東京街頭再次看到敏的時候，感覺到的
是「空殼」，是「不在」，而「這時驀然浮上心頭的，是韓國北部一座山
間小鎮上矗立的敏父親的銅像。（中略）不知何故，那銅像在我心中同手握
『美洲虎』方向盤的敏的身姿合二為一」[43]。內田樹等論者曾提到過村上春
樹作品中「父親」的角色缺失[44]，不過，筆者倒比較贊成都甲幸治（TOKŌ
Kōji, 1969- ）的觀點，村上文本其實讓我們感到的卻是「父親」的普遍存
在，只不過採用了「父親」不在的形式而已[45]。至少在《人造衛星情人》
中我們可以清楚地看到由於「父親」角色的「在」與「不在」而給人物心
理成長造成的巨大影響。

　　可以說，敏對於菫的「分身」意義在於她在某種程度上是菫無意識之
中幼年期戀父情結的顯化。在敏和菫發生類似同性戀性行為的那天晚上，
引起這種行為的契機其實是菫的短時間的意識喪失。文中如此描寫菫的身
體形態：

> 這是一個人的身體，頭髮垂在身前，兩條細腿彎成銳角。是誰坐在地
> 板上，頭夾在兩腿之間縮成一團，樣子就像要避開從天而降的物體[46]。

　　這種姿態很容易讓人聯想起在子宮中幼兒的形態。在緊接其後的菫對
於敏感覺中身體的描寫中也反覆出現「還是個孩子」、「這孩子說不定是
處女」這樣的描寫。這也進一步證明了菫對敏的同性戀情感其實也是一種
向幼年期「自我未分化狀態」的倒退。

　　從「我」的角度來說，我們可以發現一種在村上文本中也是經常出現的
模式：即男性對年長女性的迷戀。「我」大一暑假的旅行中就如同三四郎一
樣和一位火車上遇見的年長八歲的女性共度一宿，不過和三四郎不同的是
「我」在這位女性的教導下增加了性體驗，實踐了一次完美的「豔遇」。文
中「我」對菫的未實現的身體需求也都在「比我年紀大，或有丈夫或有未婚

---

[43] 村上春樹，《人造衛星情人》217。筆者略有改動。

[44] 內田樹（UCHIDA Tatsuru, 1950- ），《當心　村上春樹》，楊偉（1963- ）、蔣葳譯
　　（重慶：重慶出版集團　重慶出版社出版，2009）29-34。在內田樹的論述中，「父
　　親」不僅是生理意義上的「父親」，更是形而上意義上的「權威」。

[45] 都甲幸治（TOKŌ Kōji, 1969- ），〈村上春樹の知られざる顔〉，《文学界》7（2007）：
　　136。

[46] 村上春樹，《人造衛星情人》116。

夫或有確立關係的戀人」這樣的年長女性身上得以實現。還有值得關注的是「我」與堇的關係。如果從加入同性戀和年長女性因素考慮的話，《人造衛星情人》中的人物關係和《挪威的森林》中「我」、綠子、玲子的關係最為接近。而且在第 14 章也明確寫到「我」與敏之間的好感：敏對「我」說：

> 「我喜歡你，非常」[47]；
>
> 「敏以不可思議的力度吸走了我的心」[48]；
>
> 「在我從渡輪甲板上遠望她離去的身影時，我才意識到這一點。雖然不能稱之為愛戀之情，但也相當接近了」[49]。

如果按照這樣的情節發展，「我」和敏之間如渡邊和玲子一樣發生性關係的可能性是很大的。川村湊曾經論及渡邊和玲子的身體的結合就象徵著通過死者直子這個媒介建構起一種確實的人際關係的可能性[50]，不過比起《挪威的森林》中這樣讓人感到一絲安慰的安排，也許《人造衛星情人》中這樣的未確定的開放性結尾更加符合文本自身的發展，雖然在情節設置上會存留一些破綻。村上文本中反映出的男性對年長女性的依戀在《人造衛星情人》其後的作品《海邊的卡夫卡》中得到了更為明確的表現：即少年卡夫卡與「母親」及「姐姐」的觸犯禁忌的亂倫關係[51]。筆者認為在《人造衛星情人》中這種傾向已經有所萌芽，「我」的這種情感或是性愛取向隱含著戀母情結的意味，也說明「我」的人格發展也（有意）停滯在獨立自我形成之前的「自我未分化」狀態。

總之，從全文描寫的戀愛關係來看，可以說沒有一種是真正意義上的成人間的戀愛，因為成人間戀愛的前提是雙方具有或準備具有獨立的「自我意識」，是長大了的「人」，而這一點正是作品人物所缺乏的。《三四郎》中三四郎通過與美彌子未果的戀愛逐步樹立自己的主體意識，戀愛是形成獨立自我的「成人式」，而通過前文引用過的在第五章「我」的表述，

---

[47] 村上春樹，《人造衛星情人》 184。

[48] 村上春樹，《人造衛星情人》 185。

[49] 村上春樹，《人造衛星情人》 185。

[50] 川村湊，〈ノルウェイの森〉で目覚めて〉，《村上春樹スタディーズ》，栗坪良樹（KURITSUBO Yoshiki, 1940-）、柘植光彥（TSUGE Teruhiko, 1938-）編，卷 3（東京：若草書房，1999）19。

[51] 關於這一點小森陽一已經有極為透徹的分析，可以參考小森陽一 32。

我們知道在《人造衛星情人》的文本中，人物對這種能夠通過「戀愛」等手段實現「自我認知」從而樹立「自我」的根本途徑是懷疑的，他們不想長大也不可能長大。

四、未實現的語言的功能

在《人造衛星情人》的文本中，還有一個村上作品的常見因素：對語言功能的探究[52]。前文中提到小森陽一曾論及，自我意識是對自己進行語言化思考、將自我行為統合起來的本質性內省意識，也就是說語言化的思維能力是我們成長為獨立人格的重要的亦是必要的途徑。當嬰兒接受使用語言表達意志的訓練後，也就意味著和母親的「自他未分化」狀態開始被切斷，母親開始成為「他者」而與嬰兒分離。只有經過這種嚴酷的被拋棄般的背叛感，孩子才可能慢慢具有完善的語言思維能力，具有理性的自我反省能力，從而成長為獨立的自我。那麼，作為有意向「自我未分化狀態」退化的作品人物，他們對待語言的態度又是如何呢？他們相信語言的這種塑造獨立「自我」的功能嗎？

通過對原始文本的閱讀中，我們至少能總結出這麼幾點：首先，用文字堆積出的虛構性作品如小說是我們確認自我存在的重要方式。「我」和董都是對讀書有著超出常人的熱情，董更是對寫作癡迷有加，並且從大學退學以便集中精力寫小說。而當董認識敏之後，開始到敏的事務所上班，像正常的 OL 一樣開始有規律的生活時，董發現寫不出東西了，對寫作這一行為也不再充滿自信。文中的敏在反省自己為什麼會有那樣離奇的丟失另一半的經歷時認為，這個事件從某種意義上是自己製造出來的，因為身為外國人為了成為社會的強者而只顧著拚命努力，缺乏廣博的溫情與愛心，自己心中其實有著缺少什麼的空白。而這樣的敏對於小說是毫無興趣，認為是「無中生有」。在董知道敏的故事之後，在希臘的小島上又開始了寫作，原因是：「為了思考什麼，首先必須把那個什麼訴諸文字。」[53]並且寫

---

[52] 這裡的語言包括口頭言語與書寫，在《人造衛星情人》的文本中重點指後者。雖然德里達的解構主義再次提醒我們重視兩者的區別，不過由於在村上文本中未見對兩者的明顯區分，所以在本文的論述中也將語言作為一個籠統的概念加以使用。

[53] 村上春樹，《人造衛星情人》 137。

下這樣的命題：「我日常性地以文字形式確認自己／是吧？／是的！」[54]從
這些材料中我們不難發現，當人被社會體系所吞沒的時候，虛構性作品就
失去了存在的意義；而當人和社會體系存在距離、開始意識到需要確認自
我的時候，虛構性作品的價值就開始顯現。詹明信曾經提到在晚期資本主
義社會，文化實踐已經無法與社會體制保持有效的「批評距離」[55]，而村上
文本提示我們虛構性作品能夠讓人和現實生活保持這種距離，如此看來，
村上似乎對文學的功能懷有期待。但是，問題並沒有這麼簡單。

　　我們能從文本中讀出的另一點關於語言的認識是：我們將語言作為確
認自身的思維途徑，然而，不幸的是，在語言的體系中我們最終無法認清
自我。董雖然熱愛寫作，但從來沒有完成過一部有頭有尾的作品。從「我」
看來，她是無法準確地找出所寫的文章哪部分對整體有用、哪部分沒用，
因為董總是想寫成十九世紀式的長卷「全景小說」。但是這些寫作的模型
無法完全裝載下她文中具有的質樸的力量。而董自述雖然滿腦袋都是各種
各樣的圖像、場景、話語、身影，但是一落實到文字，便失去了光芒，成
了硬邦邦的石塊。尤其重要的證據來自董在希臘小島上寫的兩段文字。前
一段提到，董是為了「思考」、為了「確認自己」而重新開始寫作，可是，
我們讀到的結果卻是董在文字中的迷失和最終對語言的放棄。董首先反省
了自己認識敏之後就不再寫文章的原因：因為停止了思考。而事實上我們
以為瞭若指掌的不需思考的事，只是一種假象，所以我們需要通過語言的
方式來思考。可是，在陳述的過程中董卻不斷地對這種用語言陳述並思考
問題的方式進行了質疑。比如：

> 換個說法。噢——換個什麼說法呢？有了有了！與其寫這亂七八糟的
> 文章，還不如鑽回溫暖的被窩想著敏手淫來得地道，不是嗎？正是[56]。

再比如：

> 那麼，為了真正做到不思考（躺在原野上悠悠然眼望空中白雲，耳
> 聽青草拔節的聲響）並避免衝撞（「通」！），人到底怎麼做才好呢？

---

[54] 村上春樹，《人造衛星情人》　138。
[55] 詹明信　505。
[56] 村上春樹，《人造衛星情人》　143。

難？不不，純粹從理論角度說簡單得很。C'est simple.做夢！持續做夢！進入夢境，再不出來，永遠活在裡面[57]。

　　因為在夢裡不必辨析事物，而現實卻是「人遭槍擊必流血」這樣得嚴酷。當回答記者為什麼必須在影片中加入大量流血的場景時，這句「人遭槍擊必流血」的回答是十分存在主義式的。也就是說，它迴避了理由的探尋，將存在的當做合理的全盤接受，摒棄了理性的思考，放棄了選擇的權利。董說自己的小說無法收尾原因就在此，也就是說她不具有「我」所說的選擇什麼、放棄什麼的理性思維能力。而她即使知道無法用語言整合不合理的夢，還是要不顧「文學性」地將夢陳述出來，陳述在夢中遇見看不清面容的母親，卻沒有和其進行語言的交流，並在夢醒後決定必須和敏坦白自己的愛慕之情。也就說這個文件 1 以試圖用語言確立自己存在開始，卻以放棄「文學性」投入夢境而結束。文件 2 是以第三人稱講述的敏的往事，這段往事其實是董說服敏，懇求與敏分享所有的一切，並和她一起手拉手尋找記憶的軌跡來分解重構的。前面提過，敏也是董的一部分分身，那麼這種記憶的追尋和文字的記述其實無疑是對自身潛意識層的探究，是在認識自己。然而經過追尋和記述之後，董產生的是對自身存在的巨大懷疑：「假如敏現在所在的這一側不是本來的實像世界的話（即這一側便是那一側的話），那麼，如此同時被緊密地包含於此、存在於此的這個我又到底是什麼呢？」[58]。我們可以跟著這個疑問繼續下去：如果我都不存在的話，那麼我所記述的這些文字又價值何在呢？就像「我」所總結的，這兩段文字的共同點落實在另一側的世界上，事實上，董在寫完這些文字之後，也的確不知所終，去了另一側的世界，也就是放棄了在這一側的通過語言的對自我的理性追尋。

　　村上在《人造衛星情人》的解題中明確提到，自己在非虛構小說中感受到無法用安易的語言表述矛盾的混沌的感受，為了避免這種「言語化的邏輯過程」，而轉換至「物語」這一不同的體系[59]。也就是說，村上要用虛構「物語」表達「混沌」，體驗一種非「邏輯過程」。這是他作為一名

---

[57]　村上春樹，《人造衛星情人》　141。
[58]　村上春樹，《人造衛星情人》　169。
[59]　村上春樹，《村上春樹全作品 1990-2000》，卷 2，493。

作家「治癒」（癒す）自己的方式。從這個意義上我們不難理解文本中對於虛構性作品在確認自我的積極方面的肯定，否則村上就會在根本上解構自己作為作家的存在。但是就像文中的菫一樣：

> 「我們要做無論如何也不能付諸語言的事」──菫想必會這樣對我說（但這樣一來，她最終還是向我「訴諸語言」了）[60]。

這種悖論也是村上需要面對的：如何用語言表達用語言表達不出的內容？也就是說，從根本上菫、還有作家村上本人對語言是抱有懷疑態度的，這種懷疑無疑是屬於後現代語境的。後現代主義哲學家已經給我們指出過：語言是先於主體的存在，主體進入語言符號秩序就意味著進入「他人的話語」和「語言的結構」，在語言這一自主性的結構中主體會脫離能指鏈，成為漂浮的能指[61]。在村上文本中這種用語言表達不出的東西是屬於「另一側」的，而這又偏偏是構成我們自我成立的不可或缺的另一半。

那麼如何解決這種語言的悖論呢？菫在向「我」徵詢如何寫作的意見的時候，「我」提到：「在某種意義上，故事這東西並非世上的東西。真正的故事需要經受聯結此側與彼側的法術的洗禮」[62]，就像古代中國人建造城門時必須找活狗的鮮血潑在門上一樣。這句話在全文被反覆提起過數次，具有很深的象徵含義。我們從文本中無從得知如果菫真的從另一側世界回來的話她會如何再次寫作，但是我們能夠通過文本看到：寫出經受過鮮血澆鑄過的聯接這一側與那一側的法術的故事恐怕正是村上自己的夢想和目標吧。將語言堆砌的虛構性作品澆鑄上鮮血施以法術，就是文本中反映出的村上的解決語言的悖論的途徑。儘管我們在文本中無法找到這種法術的具體實施途徑，（也許永遠也不可能找到），但筆者認為文中反覆出現的「鮮血」的暗喻顯示了一種在語言體系中尋找主體的有切膚之痛的努力：我們知道語言體系歸根到底都是具有強大的意識形態背景的，能夠在這種體系中尋找到遺失的主體需要的將是血淋淋的抗爭與搏鬥。

---

[60] 村上春樹，《人造衛星情人》188。
[61] 趙一凡、張中載、李德恩主編，《西方文論關鍵詞》（北京：外語教學與研究出版社，2006）876。
[62] 村上春樹，《人造衛星情人》15。

五、結論

　　本文以《人造衛星情人》為文本依託，圍繞「自我」、「戀愛」、「語言」這三個關鍵字，對作品人物的「自他未分化狀態」進行了具體分析。文本的主要人物都具有在人格上互為分身的特性，這來源於人物對於自我的本質性內省意識的嚴重懷疑；而文中的三角戀愛模式由於有「另一側」因素的加入，成為一個開放的結構，它反映了主體對於「自我」的沒有結果的追尋，使完整的「自我」永遠延遲出場，成為漂浮的符號。文中的同性戀現象反映了作品人物心理有意停留在自我確立以前的青春期階段；作品人物一方面對於通過語言認識自我這一途徑抱有期待，卻最終由於對語言體系的懷疑，而放棄了通過語言的理性邏輯尋找自我的努力。經過以上的分析之後，讓我們重新回到論文開頭的問題：究竟在何種意義上理解村上春樹在作品中對於「自我」問題的探究呢？如果將夏目漱石對於「自我」問題的思考和村上加以對照的話，我們會發現，後者對於「自我」問題的看法是具有明顯的後現代色彩的。夏目漱石著眼於探討「自我」與他者之間無法溝通的隔閡，可是從來沒有對自我能否成立這個問題給予懷疑。而無論村上本人承不承認，我們從其作品中確實讀到了他對主體能否具有實現自我的本質性內省意識的質疑，對語言塑造自我功能的質疑，這些都是從根本上對於「自我」概念的解構，是屬於後現代文學精神的。村上的小說也就似乎自然而然具有了後現代文學理論家所闡述的「原小說」特徵。不過，與詹明信所提及的後結構主義對「自我」的極端看法不同的是，村上並沒有因為這些懷疑就全面抹殺「自我」這個古老的理論概念。在《人造衛星情人》文本中反覆提到的用鮮血澆鑄的法術就是村上試圖通過「虛構性作品」找到語言體系中漂浮的「主體」的一種積極的努力，儘管他還沒有恐怕也無法說明這種法術的具體內容，不過這至少表明他在面對語言的悖論的時候還是給「物語」留下了生存的空間。從這個意義上，筆者贊成都甲幸治的觀點，為了避免文學解體的死胡同，村上引進入了物語性，這種嘗試可以說是「後・後現代主義」[63]文學式的。

---

[63]　都甲幸治　121。

參考文獻目錄

AN

安東尼，吉登斯（Giddens, Anthony）.《現代性與自我認同》(*Modernity and Self-identity*)，趙旭東、方文譯。北京：生活·讀書·新知三聯書店，1998。
──.《現代性的後果》(*The Consequences of Modernity*)，田禾譯。南京：譯林出版社，2000 年。

BING

柄谷行人（KARATANI, Kōjin）.《馬克思，其可能性的中心》，中田友美譯。北京：中央編譯出版社，2006。

CUN

村上春樹.《挪威的森林》，林少華譯。上海：上海譯文出版社，2007。
──·《村上春樹全作品 1990-2000》，卷 2。東京：講談社，2000。
村上春樹研究會編.《村上春樹作品研究事典》。東京：鼎書房，2001。

DU

都甲幸治（TOKŌ, Kōji）.〈村上春樹の知られざる顔〉,《文学界》7（2007）：118-37。

HEI

黑古一夫（KUROKO, Kazuo）.《村上春樹　轉換中的迷失》，秦剛、王海藍譯。北京：中國廣播電視出版社，2008。

LI

李銀河.《同性戀亞文化》。北京：今日中國出版社，1998。
栗坪良樹（KURITSUBO, Yoshiki）、柘植光彥（TSUGE Teruhiko）編.《村上春樹スタディーズ》，卷 3。東京：若草書房，1999。

LIAN

蓮實重彥（HASUMI, Shigehiko）.《反日語論》，賀曉星譯。南京：南京
　　大學出版社，2005。

NEI

內田樹.《當心　村上春樹》，楊偉、蔣葳譯，重慶：重慶出版集團重慶出
　　版社出版，2009。

QIAN

錢德勒，雷蒙德（Chandler, Raymond Thornton）.《レイモンド・チャンド
　　ラー・ロング・グッドバイ》，村上春樹譯。東京：早川書房，2007。

SONG

松本常彥（MATSUMOTO, Tsunehiko）.〈孤獨──村上春樹ｚｖ《スプ
　　ートニクの恋人》〉，《国文学　解釈と教材の研究》增刊（2001）：
　　62-64。

SHI

石原千秋（ISHIHARA, Chiaki）.《謎解き　村上春樹》。東京：光文社，
　　2007。

XIAO

小森陽一（KOMORI, Yōichi）.《村上春樹論　精讀〈海邊的卡夫卡〉》，
　　秦剛譯。北京：新星出版社，2007。

YANG

楊柄菁.《後現代語境中的村上春樹》。北京：中央編譯出版社，2009。

ZHAN

詹明信（Jameson, Fredric）.《晚期資本主義的文化邏輯》（*The Cultural Logic of The Late Capitalism*），張旭東編，陳清喬等譯。北京：生活・讀書・新知三聯書店，1997。

ZHAO

趙一凡、張中載、李德恩主編.《西方文論關鍵詞》。北京：外語教學與研究出版社，2006。

Self-deconstruction: The Non-Separation between "The Self and the Other" on the Personality of the Characters in *Sputnik Sweetheart*

Xiaoling ZHANG
Associate Professor, Japanese Department,
Foreign Language College, Ocean University of China

Abstract

This article will analyze Haruki Murakami's *Sputnik Sweetheart*. From the perspectives of self-love and language, the non-separation between "the self and the other" on the personality of the characters is examined. The examination of the characters is used to question the Haruki's intention and language on the self-reflection of the subject. Haruki, unlike other post-colonialists, denies the existence of the self. In contrast, he probes into the function of *monogatari* to throw light on the importance of "the self."

評審意見選登之一

1). 從文章結構來看，論述方法得當，論述重點突出。

2). 從對國內外學者研究的把握情況來看，對日本的研究較對國內的研究
更熟悉。

3. 從相關理論的運用來看，能夠理論聯繫文本實際，層層深入，較有說
服力。

4). 文章個別地方敘述有些累贅，如「的」字運用較多，建議改掉（已在
文本標記）。

5). 文章註腳部分個別引用雜誌沒有標明年份，建議標出（已在文本標記）。

6). 第三部分較之第一、二部分論述略顯概念化，如有可能，建議具體、
豐富之。

評審意見選登之二

1) 立足文本，對村上作品普遍存在的「自我迷失狀態」進行了細緻而深
刻的解析，立論堅實，論述充分。

2) 從後現代哲學及精神分析理論角度，對村上作品中「自我迷失與追尋」
深層原因的解讀很有見地，思辯性強，表述流暢。

3) 「自我」作為論題及論文關鍵字，沒有明確界定，後現代哲學中的「自
我」與「精神分析理論」中的「自我」概念不盡相同，與此相關的「自
我意識」「主體意識」「自我未分化」「自他未分化」等概念的表述
在理解上存在一些模糊性。

4) 第一論證層次「人物的『自他未分化狀態』表現及形成原因」中，指
出「首先引起我們關注的是作品中三個主要人物在人格構成上相互依
賴」、「『我』與董、敏三者互為分身，三者加在一起才構成一個比較
穩定的人格結構，失去任何一者另外的人便失去了存在意義。」似乎暗
合佛洛依德精神分析學中三重人格結構說，但在其後論述中是把三個人
物都作為具有「自我意識」的反思性主體來對待的。在這一論證層次中，
轉引了佛洛依德關於「自我意識」表述，而且運用弗氏「力比多」理論

分析進一步分析「自我」形成之前的「自他未分化狀態」的精神依據。但整體對弗氏精神分析論的運用存在某種斷章取義的偏頗。

評審意見選登之三

1). 該論文佔有較豐富的資料，具有較完備的論文形格。

2). 以「自我的未分化」為關鍵字分析村上該小說人物性格，較具理論適用性和有效性。

3). 該論文在注釋和引文的規範性上大體尚可，但還不夠完備。且文中有少許的誤植和個別文字及標點上的不妥之處，可參見審稿者的批註和用紅色標示的部分。

4). 對他人觀點的引用，有部分只標注了書名和作者名，還有一兩處沒有說明具體來源（審稿者已在文中批註）。似應更加規範化，比如加上參見部分的頁碼，至少是範圍，便於研究者確認。其中部分較難懂的術語，如「中間地點」等，如能在注釋中稍作解釋或輔以最經濟而又準確的引文將會更完美。

5). 黎主編曾建議用「元小說」理論來解讀該小說的結尾，認為這樣做將為本論文增色添彩，但本稿似乎尚未反映出這一建議。

《國際村上春樹研究》輯一（2013 年 12 月）334-42。

尊尼獲加與桑德斯上校
——標誌性形象在村上春樹小說
《海邊的卡夫卡》中的詮釋

■Tomáš JURKOVIČ 著
■勞保勤 譯

作者簡介：

　　Tomáš JURKOVIČ，1976 年生，布拉格查理斯大學教學助理，學士和碩士論文研究村上春樹，譯有村上春樹《挪威的森林》、《海邊的卡夫卡》和谷崎潤一郎的《秘密》等。

譯者簡介：

　　勞保勤（Po Kan LO），男，香港大學文學院學士及碩士畢業生，獲文學、哲學首獎多項，學術論文散見於《東亞人文學》、《韓中言語文化研究》、《國際漢語學報》及《東亞細亞文化研究中心學術叢刊》，曾應邀於澳門理工學院、全南大學、北京師範大學珠海分校、香港專業進修學校、復旦大學、廈門大學、國立中興大學、國立台灣大學、香港大學及揚州大學舉辦之國際學術研討會上發表論文，並任香港中文大學導師、《國際村上春樹研究》及《國際魯迅研究》譯文編輯、第一屆池莉小說研討會主席、國際金庸研究會理事、夏威夷華文作家協會及韓國東亞人文學會會員。

內容摘要：

　　差不多每一個讀過村上春樹作品的人，都不能忽視作品中經常提到的享譽全球的消費產品。直至最近，村上春樹都在他大部分小說中維持這一立場。不過，《海邊的卡夫卡》（2002）則帶來戲劇性的革新，小說中兩

個奇怪的角色：因威士忌標籤而為人熟識的尊尼獲加，和肯德基的標誌桑德斯上校。這兩人成為活生生的角色，並開始影響故事的發展。

關鍵詞：村上春樹、《*海邊的卡夫卡*》（*Kafka on the Shore*）、尊尼獲加（Johnnie Walker）、肯德基（Kentucky Fried Chicken）、桑德斯上校（Colonel Sanders）

　　如果這會議的題目是「日本文化中的消費與消費主義」，在眾多當代日本作家中，村上春樹應是非常有趣的選擇。差不多每一個讀過村上春樹作品的人，都不能忽視作品中經常提到的享譽全球的消費產品。對一些讀者來說，這甚至已成為一種託辭，用以標籤村上春樹為非日本的作家。村上春樹提及這些產品，這亦可理解為他打算以較諷刺和批判的方法，去描繪當代日本的真實情況。直至最近，村上春樹都在他大部分小說中維持這一立場。不過，《海邊的卡夫卡》（2002）則帶來戲劇性的革新，小說中兩個奇怪的角色：因威士忌標籤而為人熟識的尊尼獲加，和肯德基的標誌桑德斯上校。這兩人成為活生生的角色，並開始影響故事的發展。

　　在這論文中，我會以特定段落中的句子作輔助，概括說明我所認為的典型「村上型」寫作模式，是如何在小說中處理消費和消費主義的問題。在此之後，我會以其他句例以論述，村上春樹的這種典型態度，是如何在尊尼獲加和桑德斯上校在《海邊的卡夫卡》出現後而轉變。我首先集中在這兩人是如何介紹給讀者和他們在小說故事發展中的角色。最後，我會解釋他們的出現，以及村上春樹過往對當代日本消費主義的描寫有何意義。

一、在《海邊的卡夫卡》之前村上春樹和他對日本消費主義的描繪：為個人戲劇而設的舞台

　　村上春樹在他的小說和故事中，對日本的消費主義顯出了較批判的立場。為了做到這點，他經常使用不同方法，去敘述當代日本城市——就是眾多主角身處的世界，和他們實際生活之間的對比。

　　村上春樹小說中，各個主角所居住的物質世界出現了不少廣為世人所知的消費品牌。由音樂和電影到衣服和食物，這些主角都居住在「奢華世界」中。

　　與預期的相反，這「奢華世界」不單沒使眾多主角放縱，更反而變成他們的威脅，有些情況下更會充滿困難的任務，需要主角去解決。結果，主角們都不太喜歡這個奢華世界——他們批評這個世界，因此鬱悶。這樣一來，對於在村上春樹小說中經常提到的消費品，我們可理解為不過是故事場景的一部分罷了。讓我們接下來討論一些例子。

　　《尋羊冒險記》和《舞‧舞‧舞》兩套小說的主角，不論他們是生活在一個被廣告和電視業界背後的政治勢力完全操縱的世界，還是一個因要建設豪華酒店而被破壞的老地方，他們都對所身處的世界出奇地感到不悅。

　　在《挪威的森林》中，渡邊徹缺乏愛，在他拚命生活在東京的時間，即使是和他富有的「朋友」永澤一起到了新宿的豪華酒吧時，即使在那裡能讓他容易結識女孩和找到年輕人想要的一切東西，但他無一刻感到開心。相同地，在《國境之南，太陽之西》中，主角始擁有一切普通人會想要的東西——在東京和箱根都有自己的房子，有兩所爵士樂的酒吧好讓他能賺取更多的金錢來消費，一架昂貴的 BMW 汽車能讓他到處駕駛，但他就是找不到他一生中的唯一真愛。

　　在《世界末日與冷酷異境》中，無名的主角努力工作，並盼望能在未來過著簡單的生活，但到最後他發現，原來這看似完美的工作，卻讓他付出了所有，包括自己的生命。小說中其中一個最感人的場景，他看著他那破爛的房子，如同他看著自己那破爛的生命一樣，那一刻他終於清楚自己的生命是多無意義。他嘲笑過往的一切，嘲笑那強調「擁有」的所謂日本的經濟奇蹟——擁有電視、汽車和空調。書中這樣描述：

　　　　我幾年前曾經看過世界被廢棄物埋成廢墟的近未來科幻小說，我房屋的光景簡直就是那個樣子。地上散落了滿地各種不必要的廢物。從割破的三件式西裝、毀壞了的視聽音響組合、電視、破花瓶、斷了頭的立燈、踩破的唱片、溶化的番茄醬、扯斷的喇叭線……散得到處是的襯衫、內衣，大多都被穿著鞋子踐踏過，有的沾上墨水、有的沾上葡萄汁、幾乎都不能穿了。我三天前吃到一半的一盤葡萄就那樣放在床邊的桌上，結果滾落地上被踏得稀爛。康拉德（Joseph Cornard）和哈代（Thomas Hardy）的珍藏小說被花瓶污水濺得濕透了。劍蘭的切花像獻給戰死者的弔花一樣散落在米黃色開斯米毛衣的胸上。毛衣袖口沾上一個高爾夫球那樣大的 Pelican 西德製皇家藍墨水印。

　　　　一切都化為廢物了。

　　　　無處可去的垃圾山。微生物死後變成石油，大樹倒下變煤炭。
　　　　但在這裏的一切都是沒有地方去的純粹無用的廢物。壞掉的錄影機
　　　　到底能去什麼地方？（《世界末日與冷酷異境》[1]）

二、《海邊的卡夫卡》：由舞台設置到角色

　　主角對所居住的「奢華世界」表達出的那種超脫，當然亦可能在《海邊的卡夫卡》中找到。例如，主角，就是名為田村卡夫卡的少年，他因與父親同住而讓他感到困擾，因他專斷的父親雖然提供了一切，但同時卻在摧毀並控制他。《海邊的卡夫卡》和本文上述的其他小說之間有一大明顯分別，就是卡夫卡不像以往村上小說的主角一樣，卡夫卡拒絕被動地接受命運，並決定改變自己，而小說就是描述他為此如何努力。卡夫卡決定離家出走，並嘗試成為世界上「最堅強的十五歲少年」，捨棄那被父親控制的生命，自力更生，即使這意味著他必須審慎生活。這樣，《海邊的卡夫卡》就像本成長小說一樣，或是一本教育小說；而小說中，作者描述卡夫卡如何努力逃離其父親告訴他將會有的戀母情結的預言，這種具象徵意義的方式，在小說的另一部分表達出來，這亦能支持《海邊的卡夫卡》是成長小說的這個觀點。

　　主角的行動，是小說其中一項最重要的特色。卡夫卡與以往村上小說的主角有很大分別，他不會守株待兔，他不會無助地留在一處地方。為了完成任務，他不斷由一處地方到另一處地方。小說由他開始旅程開始，但到小說結束時他的旅程還沒完結。他持續活躍，彷彿就像跟某種龐大的「精神能量」連繫了一樣，這亦戲劇性地影響了他身邊的少數人，使他們協助卡夫卡去繼續旅程——縱使有時這違反了他們自身的意願。這些舉動，一方面是為了滿足其戀母情結，另一方面亦是為了破壞卡夫卡父親的邪惡力量。

　　在這情況下，村上春樹為「品牌產品的代表」發展了非常有趣的角色。跟主動的主角卡夫卡相似，在故事發生的地方，沒有一個「代表」是單純的場景佈置。村上春樹以尊尼獲加和桑德斯上校的形式，將這些品牌產品

---

[1]　賴明珠譯，《世界末日與冷酷異境》，村上春樹著。台北：時報文化，2012，206-07。

由單單只是舞台上的擺設，變成真正的「角色」。從前象徵被動的消費主義，突然能以人的樣式出現，並在故事的發展中發揮作用。

尊尼獲加和桑德斯上校，本來只是單純的品牌符號，在小說中突然變成人一樣並開始在故事中粉墨登場。他們在小說中的角色很明顯：他們是「使事情發生」的力量，他們就是「精神能量」。當卡夫卡看似成功逃到新宿，而他又看似不可能殺死他的父親，卡夫卡所掙扎的負面能量就變成了尊尼獲加，並強迫年老的中田代替他去殺人。

以下是小說中，尊尼獲加向中田的自我介紹：

> 我的名字叫做約翰走路 Johnnie Walker。世上大多人都知道我。不是我自豪，我在全地球上都很有名。可以說是偶像式的有名呢。話雖這麼說，我並不是真正的 Johnnie Walker 本尊。我跟英國的釀酒公司也沒有任何關係。只是暫且擅自借用商標上的那個模樣和名字而已。因為我無論如何都需要模樣和名字。(《海邊的卡夫卡》[2])

另一方面，桑德斯上校卻不像尊尼獲加那樣具破壞性。他的任務不是要使任何人死去。但是，他的作用則基本上一樣：他是來「使事情發生」，並使卡夫卡能在旅程中向著所需要的方向發展成長。桑德斯上校讓中田打開了詭異的入口，並讓卡夫卡面對失散多年的母親，為了完成這個目標，桑德斯上校甚至讓中田的年輕夥伴星野在高松的神社偷取「入口石」。桑德斯上校向星野的自我介紹，很大程度跟尊尼獲加的十分相似。和獲加一樣，桑德斯也承認不是真正的桑德斯，而只是一股想像的力量，以推動事情發生。

> 「歐吉桑真的是桑德斯上校嗎？」……「其實不是。只是暫且打扮成桑德斯上校的樣子而已。」……「既然是沒有形狀的東西所以要變成什麼都行。」……「暫且叫做桑德斯上校，可以稱為資本主義社會的符號。只是採取容易瞭解的形狀而已。米老鼠也行，只是迪士尼對肖像權太囉唆。」……「我沒有什麼角色性格。也沒有感情。」……「我的任務是管理世界和世界之間的相互關係。讓每件

---

[2]　賴明珠譯，《海邊的卡夫卡》，村上春樹著，上，台北：時報文化出版企業股份有限公司，2003，178。

事物的順序都能整整齊齊。讓原因之後結果能出來。(《海邊的卡夫卡》[3])

三、結論：掙扎中主角的幫手

在《海邊的卡夫卡》中，尊尼獲加和桑德斯上校作為品牌產品「活生生」的代表，這其實是劇情變得「動態」的結果，當中主角田村卡夫卡，跟以往村上小說的英雄不一樣，他主動地掌握自己的命運。卡夫卡拚命地掙扎，為了讓自己生活更美好，甚至是為了去克服他生命中一些「極端抽象且具象徵意義的風暴」，就如村上春樹在小說一開始所描述的一樣。由這本看似是成長小說的最開始，其實作者已明確認定我們應將這本小說定性為「具象徵和隱喻的故事」，亦即代表一個少年在當代日本成長的象徵和隱喻。

在小說後期，我們得知最初認為的尊尼獲加和桑德斯上校，其實只是某種東西用了他們的外貌罷了。換句話說，尊尼獲加和桑德斯上校只是「極端抽象且具象徵意義的風暴」的一部分，是卡夫卡自己的一部分，而卡夫卡亦在心裡知道他必須渡過這一關。就像童話故事中的邏輯，主角的行動會令一些神奇的助手出現，所以問題就是，在《海邊的卡夫卡》中，主角田村卡夫卡的情緒和內在問題，是否單單因為十分強烈，就能在整個故事中產生相同的反應。尊尼獲加和桑德斯上校是兩個隱性的魔法助手，他們被送到卡夫卡的身邊，讓他不會偏離預計的方向，那就是他解決自身問題的唯一方法。卡夫卡的積極努力產生出他們的外表。即是說，田村卡夫卡因著他的努力，讓他身處的無意義的「奢華世界」，在形而上學上成為他的得力助手。他成功去改變，而這種改變正正是以往村上小說中的主角所討厭或感到失望的。

---

[3] 賴明珠譯，《海邊的卡夫卡》，村上春樹著，下，台北：時報文化出版企業股份有限公司，2003，82-84。

參考文獻目錄

Murakami, Haruki. *Hitsuji wo Meguru Bouken*. Tokyo: Kodansha, 1985.

---. *Sekai no Owari to Hardboiled Wonderland*. Tokyo: Shinchosha, 1988.

---. *Norway no Mori*. Tokyo: Kodansha, 1991.

---. *Dance, Dance, Dance*. Tokyo: Kodansha, 1991.

---. *Kokkyo no Minami, Taiyou no Nishi*. Tokyo: Kodansha, 1992.

---. *Umibe no Kafka*. Tokyo: Shinchosha, 2003

---. *Hardboiled Wonderland and the End of the World*. Trans. Alfred Birnbaum. Tokyo, New York & London: Kodansha International, 1991.

---. *Kafka on the Shore*. Trans. Philip Gabriel. London: Vintage, 2005.

Rubin, Jay. *Haruki Murakami and the Music of Words.* London: The Harvill P, 2003.

Johnnie Walker and Colonel Sanders: An Interpretation on the Role of Those Iconic Images in Haruki Murakami's Novel, *Kafka on the Shore*

Tomáš JURKOVIČ

Teaching Assistant, Institute of East Asian Studies, Charles University, Prague

Abstract

Almost everyone who has tried to read some of Murakami's novels cannot overlook frequent mention of worldwide known brand-name products of consumption. For some readers these even became a pretext to label the author as an un-Japanese one. This mention of products can be interpreted as the author's attempt to describe contemporary Japanese reality in quite an ironic and rather critical way. Murakami has until recently kept this stance in most of his novels. However, his *Kafka on the Shore* (2002) brought a dramatic innovation when two strange characters, Johnnie Walker, known to everybody from whisky labels, and Colonel Sanders, the icon of KFC, appeared and, taking the form of living people, began to influence the development of the story.

Keywords: Murakami Haruki, *Kafka on the Shore*, Johnnie Walker, Kentucky Fried Chicken, Colonel Sanders

《國際村上春樹研究》輯一（2013 年 12 月）343-48。

總編輯的話

■黎活仁

　　《國際村上春樹研究》於 2013 年 12 月出版之後，估計一定有國內外媒體報導，為方便編輯們交功課，我寫了這篇答問，有興趣的讀者，也會因此了解多一點情況。

（一）關於《國際村上春樹研究》的構思

問：為什麼要出版《國際村上春樹研究》？

答：開始是想把已發表的兩岸三地論文，分門別類編為《閱讀村上春樹》系列，但覺得集稿不易，首先是版權問題，另外，是質量問題。要徵集有份量的論文，非得辦一份刊物不可。

問：籌備《國際村上春樹研究》的過程，有什麼困難？

答：首先是聯絡研究村上春樹的專家學者，我們幾乎已邀約了百分之九十五以上的中國村上春樹研究家加盟。日文系的老師很多，部分是中文系的，也有研究生。山東師範大學文學院呂周聚教授給我介紹了該校日文系李光貞教授，李光貞教授給我介紹了見於編委會的三分之二以上的編委，王海藍博士又先後介紹了劉研究教授、張小玲教授、王升遠教授等。這一點得感謝李光貞教授和王海藍博士。

問：《國際村上春樹研究》的經費何來？

答：《國際村上春樹研究》由秀威資訊科技股份有限公司負責出版，由我編校，逐一覆核引用文獻，統一格式，秀威責任編輯再跟進，轉換為就可以掛到網上的格式，從掛到網上的一刻開始，就開始接受來自全球，包括中國大陸、美國、歐洲網上點擊或郵購。應該說的是，沒有傳統上的出版經費問題。

問：《國際村上春樹研究》會不會出紙本的雜誌？

答：會應訂單印製紙本，秀威的設備能少量地印刷，不必如傳統一次印五百或一千。

問：《國際村上春樹研究》的對象是什麼階層的讀者？

答：首先，是面對台灣的讀者，不限年齡和職業，學術性之外，也能適合
　　一般人閱覽，《國際村上春樹研究》需要有銷路才能生存。

問：在中國大陸如何訂購？

答：把錢存進秀威在中國銀行的戶口就可以了。

（二）村上春樹小說的銷路問題

問：《挪威的森林》在日本據說初版銷路達四百萬冊，目前已過千萬，在
　　台灣和中國大陸的情況如何？

答：《挪威的森林》在台灣，據藤井省三教授《村上春樹心底的中國》（張
　　明敏博士譯）提供的數字，《挪威的森林》林少華譯本，1998 年已售
　　出過一百萬冊，香港葉蕙女士譯本，在 1991-2004 年間賣出 4 萬 7 千
　　本，印了 23 版。台灣賴明珠譯本，在 1997-2003 年，售出 11 萬本。
　　《挪威的森林》在日本，已售出超過一千萬冊（平野芳信《村上春樹
　　——人與文學》，2011）。

問：其餘的書，都暢銷嗎？

答：《1Q84》出版在日本創下一百萬本的紀錄。中國大陸新經典文化有限
　　公司以一百萬美元投得《1Q84》版權，2013 年 1 月問世的《沒有色
　　彩的多崎作和他的巡禮之年》，第一天售出 50 萬本，一星期內賣出
　　達百萬冊。台灣則以五百萬台幣破記錄高價取得此書版權。

問：村上的書，在港台仍然暢銷嗎？

答：仍然極為暢銷，大部分賣台灣賴明珠譯本，三聯商務都如此，部分書
　　店有中國大陸譯本，香港人已習慣到深圳買書或網上郵購，可能是不
　　賣林譯的原因。

（三）中國大陸的村上春樹研究如何評價

問：中國大陸研究村上的人多嗎？

答：碩士論文題目有村上春樹四個字的共 68 篇，博士論文 4 篇。單篇論
　　文在「中國期刊全文數據庫」錄得 406 條，以上是 2013 年 7 月 21 日
　　的數字。王海藍博士的博士論文（《村上春樹と中国》，2012），內

容是有關村上春樹在中國大陸的接受史，現在也出了書。藤井省三教
授《村上春樹心底的中國》內容也涵蓋內地的情況。

問：中國大陸研究村上的水準如何？

答：楊炳菁教授給我寫過信，說她寫作博士論文之時，閱讀過大部分的國
　　內村上研究，覺得流於「低層次的重複」，希望《國際村上春樹研究》
　　能夠改變現狀。楊教授專著《後現代語境中的村上春樹》（2009）有
　　聲於時，作為《國際魯迅研究》的總編輯，楊教授的話讓我想起由中
　　國社會科學院張夢陽教授的統計：張教授說國內魯迅研究，「一百篇
　　文章中有一篇能道出真見就謝天謝地了。」（韓石山〈可悲可羞的魯
　　研界〉[1]）村上春樹研究的情況，的確如楊教授所說的那樣。如果不是
　　有楊教授像「皇帝的新衣」的權威論述，肯定有人要跟我過不去。

（四）台灣旳村上春樹研究情況

問：台灣村上春樹研究情況怎麼樣？

答：台灣博士論文一篇，碩士論文 30 篇，數目不少。關於村上春樹在台
　　灣的接受史，張明敏教授的博士論文作了詳細的報導，張博士的論
　　文，現在也出了書──《村上春樹文學在台灣的翻譯與文化》（2009）。

問：據說台灣還召開過研討會。

答：淡江大學開過國際研討會兩次：「2012 年第 1 屆村上春樹國際學術研
　　討會」（2012.2.6）、「2013　第　2　屆村上春樹國際學術研討會」
　　（2013.5.4）。2014 年度將舉辦「第 3 屆村上春樹國際學術研討會」
　　（2014.6.21），以上為網上資料，相關論文至今無緣拜讀。台灣學術
　　界很有辦研討會的經驗，值得學習。

（五）《國際村上春樹研究》的活動

問：《國際村上春樹研究》也會召開研討會嗎？

答：今年 2013 年 10 月 19 日至 20 日，山東師範大學將舉行的「第一屆日
　　本學高端論壇」國際學術研討會，與會者約一百人，其下附設有「村
　　上春樹小組會議」，重點是《海邊的卡夫卡》和《1Q84》，用以配合

---

[1] http://news.xinhuanet.com/book/2004-04/21/content_1430155.htm

　　《國際村上春樹研究》第 2 輯《海邊的卡夫卡》專號（2013.12）和《國際村上春樹研究》第 3 輯《1Q84》專號（2014.3）的出版，目前報名者達 15 位。2014 年 3 月底，也準備在台灣召開一次大型研討會，但因為與「第 3 屆村上春樹國際學術研討會」（2014.6.21）會期過於接近，現在正研究如何因應。2014 年 6 月，又準備配合東北師範大學過百人的研討會，召開《沒有色彩的多崎作和他的巡禮之年》的小組討論。

（六）日本村上春樹研究的評估

問：日本的村上春樹研究如何？

答：王海藍博士提供網上的〈村上春樹関連書籍（1984-2012）[2]〉研究書目，著錄已出版相關單行本 155 種。另外，國立國會圖書館著錄研究村上博士論文 11 種[3]。

問：您看過多少種？

答：可能有四、五十種，斷斷續續在各地圖書館借閱。

問：學術論文能下載嗎？

答：部分論文可以透過 cinii[4]的網站下載。

問：香港各大學會有很多研究村上的書嗎？

答：到 2013 年 8 月底為止，香港各大學藏村上春樹研究日文書極少。

問：中國內地大學會有很多研究村上的書嗎？

答：東北師範大學的劉研教授給我一份該校藏村上研究書的目錄，達 138 種，十分驚人。但不是每一家都有這一收藏量吧。據知有些學校買得很少。

問：日本的村上春樹研究水準很高嗎？

答：我看過的，大部分都像中學生讀書報告，研究能力如此，不知如何指導博碩士研究生！很多論文仍不寫頁碼，顯示沒有據原件覆核的習慣，欠缺覆核程序的論文，誤植可達 50 至一百，日本的書籍印刷很漂亮，但欠缺覆核程序的話，每一本可能會有一百到三百個錯誤。

---

[2]　http://www.diana.dti.ne.jp/~piccoli/haruki-study.htm

[3]　http://iss.ndl.go.jp/books?mediatype=2&op_id=1&any=%E6%9D%91%E4%B8%8A%E6%98%A5%E6%A8%B9&display=

[4]　CiNii Articles（日本の論文をさがす，国国立情報學研究所）

問：根據你的校對經驗，日本學者是否也有很多誤植？

答：對，相當多。

（七）《國際村上春樹研究》的理想

問：《國際村上春樹研究》的水準要超過日本嗎？

答：估計一兩年內就可以。我知道做人要謙虛，但《國際村上春樹研究》是一個研究團隊，雖無約束力，但要設定目標，才能凝聚共識。

問：有什麼具體的策略？

答：我們在有系統地蒐集日本村上研究資料，目前《海邊卡夫卡》部分已完作，在進行《1Q84》的蒐集，這方面要感謝在名古屋博士班的王靜女士的幫助，筑波大學王海藍博士又協助到舊書店或舊書網購買過去的雜誌專號。

問：對不會日語的研究者，有什麼方案？

答：日文的《海邊卡夫卡》論文蒐集完畢之後，秀威已委託淡江大學日文系畢業，長期從事日語傳譯工作的白春燕女士加以甄選翻譯，目前進度良好；英國倫敦大學碩士班的勞保勤先生協助英譯中方面的工作，王海藍博士又同意撥冗把留日的韓國學者論文重譯。故明年，我們又會出版中譯村上學叢書（歐洲的、韓國的、日本的）。

問：準備培訓接班人嗎？

答：擔任編委的老師，很多都在指導博碩士做村上的專題。這些博碩士將成為第三梯隊，即接班人。以上如果如預期運作，將可大大改變中國村上研究現狀。

問：外國的日本文學研究，有可能會超過日本學者的日本文學研究麼？

答：日本學者對中國文學的研究，很多項目，都有獨當一面的成就，譬如魯迅，就遠遠超越中國人的研究。早稻田大學的《中國詩文論叢》，比任何一本中國的學報都要好，而且更具創意。日本有關中國文學時間觀研究，由青木正兒開始，經歷八十年，已探測出了一個類似經絡的系統，令人嘆服！學術研究不一定能以人海戰術進行，大部分日本的村上春樹論文都是讀後感，不應視為競爭對象。我在七十年代初期到日本留學，扶桑學術著作斷斷續續讀了 40 年，現在看東瀛學者的村上春樹論文，引進本國文化研究成果以為分析的不多。君子成人之

美，扶桑學術研究的成就，就讓中國學者結合村上春樹研究，發揚光大吧！。

問：您個人能做多少？

答：我已屆暮年，香港大學的日文書也很少，能做的事十分有限！而且著手研究村上春樹只有半年。如今萬事俱備——出有國際村上春樹研究學刊、系統地作日文資料蒐集、陸續進行日英研究論著中譯，組成龐大的研究團隊、年度舉辦研討會兩三次——團隊中的專家學者各領風騷五百年，開創主導村上春樹研究的格局，信可斷言。

Do文評002　AG0166

國際村上春樹研究　輯一

總　編　輯／黎活仁
主　　　編／林翠鳳、李光貞
責任編輯／廖妘甄
圖文排版／曾馨儀
封面設計／秦禎翊

出版策劃／獨立作家
發　行　人／宋政坤
法律顧問／毛國樑　律師
製作發行／秀威資訊科技股份有限公司
　　　　　地址：114 台北市內湖區瑞光路76巷65號1樓
　　　　　電話：+886-2-2796-3638　傳真：+886-2-2796-1377
　　　　　服務信箱：service@showwe.com.tw
展售門市／國家書店【松江門市】
　　　　　地址：104 台北市中山區松江路209號1樓
　　　　　電話：+886-2-2518-0207　傳真：+886-2-2518-0778
網路訂購／秀威網路書店：https://store.showwe.tw
　　　　　國家網路書店：https://www.govbooks.com.tw

出版日期／2013年12月　BOD一版　定價／460元

獨立 作家
Independent Author

寫自己的故事，唱自己的歌

國際村上春樹研究. 輯一 / 黎活仁總編輯. --一版. --臺
　北市：獨立作家, 2013.12
　　面；　公分
　BOD版
　ISBN　978-986-89946-7-6（平裝）

　1. 村上春樹　2. 日本文學　3. 文學評論

861.57　　　　　　　　　　　　　　　102020416

國家圖書館出版品預行編目

讀者回函卡

感謝您購買本書，為提升服務品質，請填妥以下資料，將讀者回函卡直接寄回或傳真本公司，收到您的寶貴意見後，我們會收藏記錄及檢討，謝謝！如您需要了解本公司最新出版書目、購書優惠或企劃活動，歡迎您上網查詢或下載相關資料：http:// www.showwe.com.tw

您購買的書名：_____

出生日期：_____年_____月_____日

學歷：□高中 (含) 以下　　□大專　　□研究所 (含) 以上

職業：□製造業　□金融業　□資訊業　□軍警　□傳播業　□自由業
　　　□服務業　□公務員　□教職　　□學生　□家管　　□其它_____

購書地點：□網路書店　□實體書店　□書展　□郵購　□贈閱　□其他

您從何得知本書的消息？

　　□網路書店　□實體書店　□網路搜尋　□電子報　□書訊　□雜誌
　　□傳播媒體　□親友推薦　□網站推薦　□部落格　□其他_____

您對本書的評價：（請填代號　1.非常滿意　2.滿意　3.尚可　4.再改進）

　　封面設計____　版面編排____　內容____　文／譯筆____　價格____

讀完書後您覺得：

　　□很有收穫　□有收穫　□收穫不多　□沒收穫

對我們的建議：_____

_____

_____

_____

11466
台北市內湖區瑞光路 76 巷 65 號 1 樓
獨立作家讀者服務部　　　收

⋯⋯⋯⋯⋯⋯⋯⋯⋯⋯⋯⋯⋯⋯⋯⋯⋯⋯⋯⋯⋯⋯⋯⋯⋯
（請沿線對折寄回，謝謝！）

姓　　名：＿＿＿＿＿＿＿＿　年齡：＿＿＿＿　性別：□女　□男

郵遞區號：□□□□□

地　　址：＿＿＿＿＿＿＿＿＿＿＿＿＿＿＿＿＿＿＿＿＿＿＿

聯絡電話：(日) ＿＿＿＿＿＿＿＿＿＿　(夜) ＿＿＿＿＿＿＿＿＿＿

E-mail：＿＿＿＿＿＿＿＿＿＿＿＿＿＿＿＿＿＿＿＿＿＿＿＿